文学概论

张笑一◎著

线装書局

图书在版编目（ＣＩＰ）数据

文学概论 / 张笑一著.-- 北京 ：线装书局,
2023.9
ISBN 978-7-5120-5582-7

Ⅰ．①文… Ⅱ．①张… Ⅲ.①文学理论 Ⅳ．①I0

中国国家版本馆CIP数据核字(2023)第143303号

文学概论
WENXUE GAILUN

作　　者：张笑一
责任编辑：白　晨
出版发行：线装書局
　　　　　地　　址：北京市丰台区方庄日月天地大厦 B 座 17 层（100078）
　　　　　电　　话：010-58077126（发行部）010-58076938（总编室）
　　　　　网　　址：www.zgxzsj.com
经　　销：新华书店
印　　制：三河市腾飞印务有限公司
开　　本：787mm×1092mm　　　1/16
印　　张：15
字　　数：350 千字
印　　次：2024 年 7 月第 1 版第 1 次印刷

线装书局官方微信

定　　价：68.00 元

前　言

　　"文学概论"是中文系的主干基础课，是未来教师解读文学作品的入门课。学好并掌握好基本文学原理对今后学习中文专业各门课程至关重要。

　　大学教学过程不是把理论知识从外部注入学生大脑，而是在教师引领下，让学生内在心智体系发生变化，由传习向独立认识过渡。理论与知识，情感与态度，价值观与创新精神以及个性、能力的发展，都要从自主自学、体验思考、合作探究入手。这就是为什么大学生就读经验会成为评价高等教育质量的一个方面的缘由。

　　本书的章前导读部分，全面梳理教材理论框架，学生可在任课教师指导下学习文学的基本原理，也可自己在预习或复习时参考学习。

　　知识盘点部分，围绕章节内容，选摘与本章内容相关的关键词、术语等，由学生自主思考学习，感受与体验，汇通所学的知识，逐步实现学习性研究。

　　随堂练习部分，用来检测学生的知识掌握程度。

　　附录部分，选择文学作品与研究理论，激活学生思维，综合地展开不同观点的交流，开放并活跃课堂，扩展学生的知识面。

　　本书的编写，还吸收了不少高校文论教师的建议和新的教改成果，又作了一次认真的修订。敬祈同行专家和广大师生批评指正，使之日臻完善。

前　言

编委会

张文菊　崔洪男　赵忠军

袁　夕

目　录

第一章　文学理论的研究对象与方法

　　【章前导读】　　文学是人类的一种重要的社会历史现象，文学作品是人类特有的审美创造物；一部成功的文学作品一定会在一定程度上折射出一个时代、一个民族的精神风貌，而一部文学史就是人类历史发展的心灵史，正是在这个意义上，人们称文学为"人学"。研究文学现象及其规律，有助于我们形成一个洞察人类自身精神世界及其发展历程的新的视野；对文学专业的学生来说，学习"文学概论"有助于形成较为系统的文学理论思维模式，正确地理解、分析和研究各类文学现象，同时为学好各门文学史和文学理论史课程做好理论准备。

　　面对浩瀚的文学典籍，面对林林总总的文学现象，应该如何去把握，如何去研究，是许多初次接触"文学概论"的人都会产生的问题。其实，这也正是学习"文学概论"课程必须先解决的问题。文学理论研究什么，文学理论如何进行研究?文学理论与文学史、文学批评都要研究文学现象，它们之间有什么不同，又有什么联系?有人说，不研究文学理论的人照样能创作出好的文学作品，而许多研究文学理论的人（包括许多文学理论专家）却写不出什么像样的文学作品，说明文学理论不能指导文学创作，没什么用，这种看法对吗?正确地分析和解答这些问题是我们学好"文学概论"课程的前提，在第一章中我们先来探讨文学理论的研究对象与研究方法。

　　这一章要求学生掌握两方面的内容：（1）了解什么是文学理论；了解文学理论的研究对象及文学理论与其他学科的关系；明确文学理论在人文社会学科中的地位；明白学习文学理论的意义，懂得文学理论与社会实践之间的相互关系，使自己能够在未来的工作和实践中运用所学到的理论知识为社会主义文化建设服务。（2）掌握文学理论的研究方法。

第一节　文学理论概述

一、什么是文学理论

"文学概论"是一门全面、系统而概要地介绍文学理论的课程。从字面意思上讲，文学理论就是研究文学的理论。而作为文学理论的研究对象——文学，其内容非常丰富，不仅指文学作品，还包括创作它的作家、阅读它的读者以及作家、读者生活于其中并成为文学作品所反映、所表现的大千世界——这就是艾布拉姆斯所谓的文学四要素（如图1-1所示）。

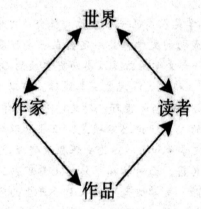

图1-1　文学活动要素系统

文学活动是以人为主体，以人的内心世界为直接对象，以满足人的审美需求为目的的一种艺术活动。文学四要素正是在这种文学活动过程中，以一种内在联系构成了相对完整的系统，其中，世界是文学的基础，作家和读者是文学活动的主体，作品是活动的产物。构成文学的四要素，彼此之间并非孤立叠加构成，而是有着复杂关系的系统，它被人的一种活动——文学活动联结在一起，发生作用而造成彼此间的相互影响。

文学已经有了几千年的发展历史，作品浩如烟海，作家不计其数，而且每一个民族都有自己独具特色的文学传统，每一个时代的文学现象也都是林林总总、变化无穷的。为了从纷纭复杂的文学现象中概括、总结出本质特征和一般规律，人们需要一个学科，这就是文学理论。

文学理论是从一定的世界观出发，观察文学现象、探索文学本质、总结文学规律、指导文学实践的学科。文学理论建立在一定的世界观基础上，因为具体的人或具体的流派而有所差异。我们的目的是要建立能够指导我国社会主义文学实践的中国文学理论，为此，就必须以马克思主义、毛泽东思想、邓小平理论和"三个代表"重要思想以及科学发展观为指导，坚持辩证唯物主义和历史唯物主义的世界观和方法论。

二、文学理论的来源

理论来源于实践活动，文学理论来源于文学实践活动，它包括文学创作、文学传播、文学欣赏、文学批评、文学运动和文学研究。总之，人类一切与文学有关的实践活动都属于文学实践活动，都是文学理论的研究对象。

在长期的文学实践中，前人已经为我们创造并留下了大量的文学理论遗产。这些遗产既是当时文学实践的产物，即前人研究的成果，也是后人深入研究并可资借鉴的基础。

（一）文学理论的遗产异常丰富

早在先秦时期，中国诗歌就已经达到了繁荣阶段。随着诗歌的繁荣，人们开始注意到了诗歌多样化的社会功能，从而为诗歌理论奠定基础。《尚书·尧典》里就有"诗言志"的记述；孔子也提出"诗可以兴，可以观，可以群，可以怨"。这些都是关于诗歌社会功能的经典性论述。

两汉时期提出"情动于中而形于言"的《诗大序》，注意到了诗歌不仅可以言志，而且可以抒情，即把情与志并列起来，作为诗歌的两大功能，使诗歌的理论研究有了极大的进步。

魏晋时期是"人的觉醒与文的自觉"的历史时期，虽然社会动荡，但文学却在动荡的社会中达到了另一个繁荣高峰。正是在这样的背景下，文学理论也开始走向自觉和成熟。曹丕的《典论·论文》是第一篇完整的文学理论专论；陆机的《文赋》具体涉及文学创作的规律问题；刘勰的《文心雕龙》更被后世认为是体大思精、全面论述文学规律的专著；钟嵘在《诗品》中，提出了"品"、"味"等诗歌研究范畴，为中国后来的诗歌研究奠定了基础。

诗歌艺术在唐宋时期，无论是创作还是研究都达到了鼎盛阶段。随着诗歌创作和欣赏的全面发展，诗歌研究也向纵深迈进。比如，司空图的《诗品》中有对"意境"的独特分析；严羽在《沧浪诗话》中提出了"言外之意，味外之旨"，揭示了诗歌含蓄空灵的美学特征。

元明清时期，基于戏剧、小说创作与欣赏实践趋于成熟，相应的理论研究也日渐深入。金圣叹的《评五才子书》中不仅有对小说艺术的一般性点评，更有对小说中人物性格塑造规律的艺术性探讨。另外，李渔的《闲情偶寄》也针对戏剧创作的特殊规律，总结出了全新的戏剧理论和范畴。

（二）西方文学理论的发展也经历了一个循序渐进的过程

概括地讲，古希腊时期柏拉图的《文艺对话录》和亚里士多德的《诗学》，成为开文学理论研究先河之代表论著。

古罗马贺拉斯的《诗艺》、启蒙主义时期狄德罗的《论戏剧艺术》，继承了柏拉图和亚里士多德的文学思想，并有所深入。

到了德国古典美学时期，康德《判断力批判》和黑格尔《美学》集西方文学研究思想之大成，是后世文学理论研究不可忽视的参照著作。

近代，文学理论研究的重点集中于俄罗斯。列夫·托尔斯泰在他的《论艺术》中指出文学的情感传达应该是它的本质特征；别林斯基和车尔尼雪夫斯基的典型理论及文学真实理论也为现代文学研究奠定了基础。

作为文学理论研究的重要组成部分，马克思主义文学理论是在继承前人的文学理论遗产和成果之上，以辩证唯物主义和历史唯物主义奠定其基础。马克思主义文学理论主要有两个特点：第一，它是科学的世界观与方法论；第二，它的产生和发展同样基于无产阶级文学创作实践，是一个系统而开放的理论体系。

综上所述，文学理论的产生是随着文学实践的产生而产生的，文学理论的发展也是随着文学实践的发展而发展的。所以说，文学理论来源于文学实践。

三、文学理论的地位和作用

文学理论来自文学实践，并影响着文学实践，这种影响的方式是多样而具体的。

（一）文学理论在文学研究中的地位

人们一般把对文学现象的各种研究统称为文艺学（或"文学学"）。文艺学属于社会科学范畴，由文学发展史、文学批评和文学理论共同构成。

文学发展史是按照历史年代的顺序，研究各类文学现象的发生、发展的过程、状况和规律，着眼点主要在文学现象的历史成因、历史地位以及对后世的影响上。

文学批评是对当前具体的作家、作品进行分析、研究和评价，兼及其他文学现象，着眼点主要在具体作品的成败得失和经验教训上。

文学理论是从宏观的角度和理论的高度，从具体的历史现象和作家、作品中概括抽象出文学的本质，阐明文学的特点和规律。文学理论的目的不是零散的、个别的观点汇总，而是建立文学基本原理的理论结构，提出文学研究的概念范畴体系，确定文学研究的方法论。

文学理论以文学发展史和文学批评为基础，吸收、借鉴它们的研究成果；同时；又以自己理论的深刻性、普遍性和预见性指导文学发展史研究和文学批评。三者之间是相互联系、相互渗透、相互作用的。如图1-2所示。

（二）文学理论在文学社会过程中的作用

文学的社会过程是指文学四要素及其所引起的文学活动的一般发生过程，它一般可以概括为社会生活、文学创作、文学作品、文学传播、文学欣赏、文学批评和文学理论七个阶段。如图1-3所示。

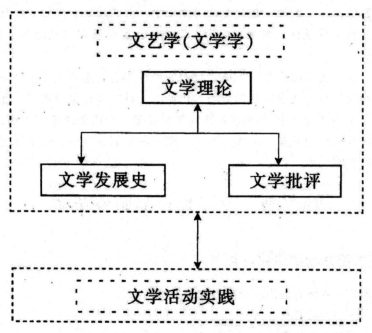

图1-2　文学理论在文学研究系统中的地位

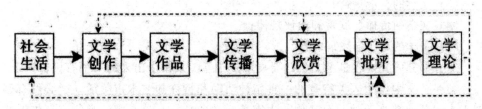

图1-3　文学的社会过程

文学理论建立在包括文学创作、欣赏、批评在内的文学社会过程的基础之上，要概括这个过程中所有要素的现象，揭示所有要素自身及其相互关系的规律。文学理论又是这个过程的一部分，必然要参与到这个过程各要素之间的相互作用中去，给予各要素相应的反作用。其中，文学理论对文学批评的影响是最主要的，虽然它对文学欣赏和文学创作也有影响，但主要是通过文学批评间接地实现的。

四、学习文学理论的意义

理论源于实践又指导实践，这句话同样适用于文学。文学理论的学习对从事中文专业的人来说有着多方面的意义。

第一，文学理论是文学活动规律的概括和总结，学好文学理论有助于我们更加自觉地开展文学实践活动，提高我们创作、欣赏、评论文学作品的能力。能力来自实践，关键在于认识文学实践的规律。学好了文学理论，掌握了文学规律，就能够更好地进行文学实践。

第二，学习文学理论是研究文艺学的关键，学好文学理论有助于进一步掌握文艺学的其他内容。例如，我们要学习文学史，分析历史上的作家作品、各种文学现象，进行文学批评，如果学好了文学理论，就能够用理论武器，站得更高，看得更远。

第三，学好文学理论有助于提高我们的思辨能力，逐步建立文学理论的思维模式，提高我们分析文学现象的能力。比如，一种文学现象出现了，如果我们具有良好的文学分析能力和较高的文学素养，就能从不同的角度和方面进行剖析，给出一个最佳的处理方案，尽管这不是一朝一夕就能练就的，但学好文学理论毕竟是重要的基础。

第二节　文学理论的研究范畴

一、文学理论的研究内容

文学理论主要研究的内容分为五大部分：

（1）文学的本质特征；

（2）文学的创作规律；

（3）文学的构成规律；

（4）文学的传播、欣赏和批评规律；

（5）文学的起源与发展规律。

这五部分研究内容是由文学四要素及其相互关系派生出来的一个有机整体：

第一，文学作为人类特有的一种精神活动和特殊的艺术审美活动，必然有区别于人的其他精神活动乃至其他艺术审美活动的独特之处。辩证唯物主义告诉我们，研究一事物要研究它与众不同的特殊规律，即该事物的本质属性，因此，研究文学的特殊本质，揭示文学的特殊规律，就构成了文学的本质论。

第二，文学来源于社会生活，但是生活自己不会变成文学作品，作品是作家有感而发创作出来的；研究从生活到作品的发生过程，以及这一过程中的心理规律、创作方法、艺术风格等，就构成了创作论。

第三，作家创作出的文学作品是由诸多要素构成的复杂结构，这种结构和构成有其自身的具体规律。比如，作家要创作一部作品，其内部要素构成是有一定规律的；同时，不同的文学作品划分为不同的类型，而类型的划分要根据作品的外部形态。因此，研究作品的内部微观构成规律，以及文学作品的外部形态规律，就是文学的构成论。

第四，文学作品创作出来，如果藏之名山，不与世人见面，那么，即使含有极高的文学价值也无法实现。而要实现价值就必须借助传播，让人欣赏，任人评说，供人研究。这其中的传播、欣赏、批评规律的研究就构成了鉴赏论。

第五，人类的文学活动是一种人类特有的历史现象，和一切历史现象一样，都有一个发生、发展的历史过程。研究文学四要素如何相互作用，如何在特定历史条件下与社会诸要素相互影响、推动，促成文学演变的外部条件与自身规律，就构成了发生发展论。

总之，文学理论的本质论、创作论、构成论、鉴赏论和发生发展论，正是与文学四要素组成的文学活动结构相对应的。这一对应不是巧合，也不是杜撰，而是文学活动的客观规律在文学理论体系结构上的正确反映。

二、文学理论与其他社会学科的关系

文学是一种复杂的人类活动，具有十分丰富的内涵与意义，与人类几乎所有其他活动都有着十分密切的联系。人们在研究文学时，也可以从不同的角度进行观察和分析，与其他社会学科结合起来进行研究，从而发现文学不同侧面的不同特性，形成文学理论的不同分支。

文学是一种社会现象，它的产生与发展都离不开一定的社会环境；文学的健康与繁荣是社会良性发展的有利条件。社会学是研究社会运行的规律，即关于社会良性运行和协调发展条件和机制的社会学科。文学研究与社会学相结合便产生了文学理论的分支——文学社会学，它侧重研究文学的社会属性，揭示文学繁荣发展的社会运行机制。

文学作为一门艺术，审美是最核心的本质特征。文学理论与美学相结合产生了文学审美学，它侧重从文学活动中审美主体与客体和谐统一的角度揭示文学艺术与人类其他社会活动不同的本质和规律。

文学艺术是展示人的内心世界的，文学创作与欣赏都是基于人的心理活动的。文学心理学借鉴心理学的研究手段与现代脑科学的研究成果，侧重揭示文学审美活动的心理过程和心理机制。

文学社会心理学并不是文学社会学和文学心理学的叠加拼凑，而是有自身独特的方法论的。它从环境与人相互作用的中介环节人手，特别有助于揭示环境是如何对人以及人的文学活动发生影响的，这对揭示文学与社会的互动机制无疑具有重要意义。

语言是文学有别于其他艺术门类的造型手段，也使文学产生了独特的审美特性。文学语言学把文学现象理解成一种语言现象，认为语言才是文学存在的本体，文学所有的艺术形象都是用语言这个载体创造出来的，文学语言学侧重从作品的言意关系以及韵律、节奏、句式、结构、手法等方面探讨文学的本质和规律。

一方面，我们要认识文学的特殊规律，强调文学理论的特殊对象和特殊方法；另一方面，我们又要看到文学与其他事物的广泛联系，看到文学理论与其他学科的一致性和互补性，努力发展文学理论的分支学科。

第三节 文学理论的研究方法

一、文学理论研究的方法论

文学理论在长期的研究实践中逐渐形成了自己独特的研究方法论及体系，这些方法论及体系增强了文学理论的科学性与实证性，为文学理论的发展提供了必要的手段。

方法论是科学研究的主体认识客体及其规律的中介，是人们从事科学活动的行为方式，是以理论和实践把握客观现实，从而实现一定目的的途径、手段和方法的总和。简单来说，方法论就是依据对象选择方法的原则和思路。

恩格斯说过：方法是对象的相似物。马克思也曾指出，探讨问题的途径和研究对象的方法应当受到问题和对象自身性质和特征的制约。马克思和恩格斯的论述正合于我们对方法须适合客体属性的认识。换句话说，有什么样的对象就必须采用什么样的方法，根据对象选择方法、原则就是所谓的方法论。

方法论是有序的复杂系统，大致分为以下三个层次：

第一层次，一般方法。一般方法是人类认识客体世界的最普遍、最高层次的方法，主要指哲学方法。它既是世界观，又是方法论。换句话说，它是与世界观最接近、联系最紧密的一种方法，具有最高的概括力和最广的普适性。对我们来说，这种最高层次的哲学方法即唯物辩证法。它规定了研究工作中最普通的原则，如物质与精神、存在与意识的关系等，具有很强的指导性。

这一层面还包含着相对独立的一种意义，我们姑且称之为方法科学。它是哲学观点的方法论意义的具体化、专门化，是它的完善与补充，是研究者采用的一般认识方法。如被称为"三论"的系统论、信息论和控制论等，它们不是哲学观点，也不是具体方法，我们可以称之为方法论的次高层，这些方法有着很强的操作性。

第二层次，特殊方法。特殊方法是指人类认识客体世界过程中所形成的具体学科的研究方法。它是一般方法在特殊研究领域中的具体实现，是在一般方法论的指导下，根据具体研究对象的特殊属性，为了解决该领域当中的一系列特有的基本问题而在研究实践中产生的。它具有很强的针对性，不能被其他方法论所代替。如自然科学和社会科学中的不同学科，都有自己独特的把握世界的角度和方法。

第三层次，个别方法。个别方法是指形式逻辑意义上的"推理"、"判断"、"演绎"、"归纳"、"分析"、"综合"等剖析个别问题的形式。这些形式不仅是科学研究中阐释个别观点时所运用的思维形式，也是一般口头或文字语言表达必须遵循的表述形式。此外，还包括用以解决研究过程中技术性问题的方法。如怎样获得资料，怎样处理资料的具体原则、手段、方法等。个别方法具有很强的实践性。

从方法论的三个层次可以看出，文学理论方法论是属于第二层次意义上的，即作为一门具体学科的"方法"。文学研究要用到一些具体的方法，如"推源溯流"、"考据实证"、"知人论世"等，也要运用一些个别的方法，如"归纳"、"演绎"、"分析"、"综合"等。但文学理论不是将个别方法简单、等同罗列在一起，如果这样，必将导致文艺学方法失去重心与内核，呈现各不相关、一盘散沙的状况。文学理论是针对具体的研究对象，为实现文学研究的具体目的而形成的体系，这种体系才是我们所说的文学理论方法论。具体说来，所谓文学理论方法论，就是文学理论作为一门独立的科学学科所特有的思维的原则、方式和规律。它有一定的起点（出发点）、终点（结论）和操作过程，有一定的结构、模型和参照系统。它既是一门学科层面上的方法，又是科学研究的思维模式。它是理论家、批评家研究文学本质和规律（经过思维）的工具和支撑点。

在认识文学理论方法论的时候要注意两点：

第一，作为文艺学学科的思维范式，它是在不断借鉴、移植其他科学学科的思维方法的同时丰富发展自身的。文学理论的方法论不是封闭的，它既要保持和发挥自身的特点和优势，也要不断借鉴和吸纳其他学科方法论的优点。

第二，每一种方法在给文艺学研究提供独特视角、产生独特优势的同时，也会存在一定的局限性，文学理论也不例外。这种所谓的视角，就是我们站在一个特殊的角度去观察事物的特殊的出发点，正是因为这种研究方法是特殊的，才有不可替代的地位和意义。正是因为它是特殊的，不会方方面面全部观察到，所以必须考虑其不可逾越的局限性，避免夸大文学理论方法论的适用范围和功能。

二、文学理论研究的具体方法

研究方法和手段与研究对象的感性存在方式及特殊功能结构是一致的。正因为如此，文学理论研究的具体方法才呈现出它的对象性特点，主要表现为五种方法。

（一）阅读、体验、内省法

文学作品是一切文学活动的焦点，也是文学活动信息的主要载体，当然也是文学理论研究的主要对象，而作品的基本物质形态是语言文字。文学活动的主要目的是传达和感受来自生活的审美体验，因此文本性与感受性成了文学活动的基本特征。有鉴于此，研究文学的基本方法和手段就是先阅读文本，感受作品所传达的审美体验，进而对自己的感受进行反省和把握。阅读、体验、内省法所获得的信息最直接、真实、具体，但这种方法因人而异，往往带有个体性、偶然性。

（二）归纳、演绎的逻辑论证法

文学理论研究的目的是获得对文学现象的理性认识，尽管要以阅读、体验为基础，但要达到对本质和规律的把握还必须依靠归纳、演绎等逻辑论证的方法。因此，抽象思辨能力对从事理论研究的人是不可或缺的。

（三）文献、实物与史学研究法

文学活动的文化历史性决定了文学理论研究的许多对象（如作品、作家故居、遗物、作品所表现的事物等）具有文物性，对这些对象的研究就要运用文献、实物考据等史学研究的方法。比如对手稿的研究，能够发现作者的某个作品或观点的形成过程。

（四）访谈法与心理实验法

文学活动是基于个体心理过程实现的，我们把这样的心理过程，比如创作、欣赏的心理过程，称为文学活动的内过程。文学活动的内过程不是简单的刺激反应过程，它有着丰富的内容。离开了对文学活动主体的心理研究，文学理论就难以深入下去。文学活动心理规律的研究，关键在于获取有价值的心理信息，其方法主要有以获取主观陈述性信息为主的访谈法和以获取指标数据信息为主的心理实验法。值得一提的是，以往的心理研究一般是以访谈法作为主要手段，其中又有别人采访和作者记述两种方式。随着现代科学，尤其是脑科学的发展，心理实验法越来越多地成为文学研究的手段，为文学理论由定性研究到定量研究并最终成为一门现代科学奠定了基础。

（五）社会调查与统计法

文学活动毕竟是一种社会现象，是基于人的社会交往的社会活动，这是文学活动的外过程。内心感受的获得离不开社会交往，内心感受的传达也离不开社会交往。一个作家长期离群索居，创作不出符合时代发展的好作品，一个不介入社会的读者也不会理解作品的内容。通过社会调查和统计分析获得大量真实客观的数据，是发现和掌握文学活动社会环境规律（如文学作品的传播量和阅读量与宣传活动的相关性）的重要手段。

需要强调的是，文学研究的方法是一个整体，在具体运用的时候不能过于偏执，而要根据研究对象和目的有选择地使用，这样才不失为科学的研究方法。

【知识盘点】 文学四要素　文学活动　文学理论　文艺学　文学的社会过程　文学社会学　文学审美学　文学心理学　文学社会心理学　文学语言学　方法论　一般方法　特殊方法　个别方法

【随堂练习】

1.简述文学理论在文学研究系统中的地位。

2.简述文学理论在文学社会过程中的作用。

3.谈谈你对文学理论研究方法的理解。

4.试论文学理论的研究内容与文学四要素组成的文学活动结构的对应关系。

第二章　文学的形象性

【章前导读】　文学作为一种社会意识形态，它的特性主要是它的形象性。文学与科学的区别在于，文学创造形象反映生活，科学用概念和理论系统反映生活。文学的对象是人和社会生活。科学的对象只是研究自然和社会的某一方面。文学形象是美的。文学形象具有具体与概括、描写与造型、认识与情感相统一的三个特征。文学形象多样性，决定于社会生活多样性。文学形象基本上可以归纳为形象、抒情形象和怪诞形象三种表现形态。

第一节　文学形象的内涵

一、文学以形象反映生活

（一）文学与科学的区别

文学与科学各有特点。科学的特点，是"将丰富的感觉材料加以去粗取精、去伪存真，由此及彼、由表及里的改造制作工夫，造成概念和理论系统"，反映事物的本质和内部规律性。科学即使引用许多数据、图表和事实，也是作为表述概念和理论系统的例证，没有独立的意义。所以，对于科学，我们要从理智上去把握。相反，文学没有舍弃丰富的感觉材料，而是在这些材料的基础上进行加工，创造出形象，反映生活的本质和内部规律性。文学具有科学所没有的感染力，我们能够直观地去把握。鲁迅曾说："文学和学说不同，学说所以启人思，文学所以增人感。"就因为文学与科学的反映方式不同，作用于读者也不同。

例如，垂柳，在我国南方是一种常见的树，植物学论著这样写：属于杨柳科，落叶乔木。小枝细长下垂，叶披针形或线状披针形，有锯齿。早春先叶开花。植于河畔，可防止工崩。为绿化树，木材供矿柱、家具等用。很明显，这是植物学家观察了千千万万株垂柳，抛弃了每株垂柳的具体形态，抽取其本质，造成这一概念，并通过理论加以说明。我们虽然知道垂柳是什么，但总觉得抽象。可是，读唐朝诗人贺知章的《咏柳》，就不一样了。

> 碧玉妆成一树高，万条垂下绿丝绦。
>
> 不知细叶谁裁出，二月春风似剪刀。

高高的垂柳像用碧玉砌起来的，它挂下了千万根丝带似的枝条。片片整齐的细叶是什么人裁的，原来是二月春风如裁剪师的剪刀，把它们剪出来的。这首诗，描绘了一幅垂柳图，透示出春意盎然的生机，表达了诗人喜悦的心情，给我们审美的具体感受。

又如，毛泽东在《青年运动的方向》这篇著名政论中指出："辛亥革命把一个皇帝赶跑，这不是胜利了吗?说它失败，是说辛亥革命只把一个皇帝赶跑，中国仍旧在帝国主义和封建主义的压迫之下，反帝反封建的任务并没有完成。"毛泽东讲辛亥革命的胜利和失败，是用概念组成的理论判断来表述的。辛亥革命怎样"失败"，中国仍旧在帝国主义和封建主义的"压迫"之下，反帝反封建的革命任务没有"完成"，都没有一一去写，我们只能在理智上接受了这个正确的结论。在鲁迅写的《阿Q正传》中，我们看到关于辛亥革命的生动描写，几乎可以得到这方面的同样认识：赵秀才将辫子盘在顶上，去拜访钱假洋鬼子"咸与维新"，相约去"革命"。去了静修庵，砸碎了"皇帝万岁万万岁"的龙牌，打了老尼姑，偷走了"宣德炉"。这时，知县还是"原官"，带兵的也还是"先前的老把总"。但是，小说的主人公，贫穷而又愚昧的阿Q，想"造反"，假洋鬼子又不准，最后他被当作"抢劫犯"抓去，得了个"大团圆"的结局，枪毙了。至于舆论：

> 在未庄是无异议，都说阿Q坏，被枪毙便是他的坏的证据；不坏又何至于被枪毙呢?而城里的舆论却不佳，他们多半不满足，以为枪毙并无杀头的好看；而且那是怎样的一个可笑的死囚呵，游了那么久的街，竟没有唱一句戏：他们白跟了一趟了。

从上述文字看来，鲁迅没有直接说辛亥革命的胜利和失败，他只是写出原先坚决反对革命的赵秀才和钱假洋鬼子一类人，现在摇身一变，混入革命队伍了，他们表面上砸掉了龙牌，实质上在保护自己的利益，他们还在欺压阿Q这样穷苦农民。知县、把总都没动，表明封建统治势力还存在，中国人民还在受压迫，这岂不是说本来是反对帝国主义和封建主义的辛亥革命失败了吗!尤其是，阿Q这样的农民理应成为革命的主要力量，却送了命。那些未庄和城里的人都是一般的劳苦人，他们也理应成为革命的力量，但对这个革命毫无所知，浑浑噩噩，不但对阿Q的死漠不关心，无动于衷，而且认为阿Q坏，才被枪毙，甚至认为枪毙不如杀头好看。多么麻木不仁呵!这个生活画面，给了我们的心灵强烈的震撼!

总而言之，科学用概念和理论系统的方式反映生活，文学是用形象的方式反映生活，反映方式不同，作用也不同。这就是文学与科学的区别。文学用形象方式反映，正是文学的形象性的主要表现。

（二）文学形象释义

形象，分开说，形是见，如《广雅·释诂三》释："形，见也。"象是形状，如《周易·系辞上传》释："圣人有以见天下之赜，而拟诸其形容，象其物宜，是故谓之象。"意思是，圣人发现天下深奥的道理，把它比拟成具体的形状外貌，用来象征特定事物适宜的意义，称之象。所以，形与象合起来说，就是事物的形状外貌，具有可观、可闻、可触、可感的性质。在自然界中的山光水色、草木花卉和飞禽走兽，在社会人际关系中的各种各样人的音容笑貌、行为举止、矛盾冲突和生活环境，这一切通过我们感官都可以看得到、听得到或者摸得着的，都是形象。例如，《三国志·魏志》的《管宁传》："宁少而丧母，不识形象。"这就是说，管宁少时便死了母亲，他已经记不起母亲生前的外貌形态了。

上面所说的，是现实形象。然而，文学形象与现实形象是不同的。把现实形象这概念用在文学理论中，在我国是很早的；不过，大多讲"形"，也含有"象"之意。陆机在《文赋》提出"穷形而尽相"，强调诗人要真实地反映生活，就要在笔下穷尽事物的外貌形状。刘勰在《文心雕龙·物色》篇中讲到晋、宋以来的诗歌创作时，进一步指出：

自近代以来，文贵形似。窥情风景之上，钻研草木之中，吟咏所发，志惟深远，体物为妙，功在密附。故巧言切状，如印之印泥，不加雕削，而曲写毫芥。故能瞻言而见貌，即字而知时也。

刘勰讲的"文贵形似"的"形"，也就是形象。这段话是说，当时诗人写景物注意形象与现实相似，他们能在景物中观察其神态，在草木中钻研其形状，自己情怀深远，加上体验深切，写出景物形象就显得真实。所以，巧妙的语言切合景物形貌，好比在印泥上盖印，用不着雕饰，却能把最细微的东西表现出来。人们可以从语言中看到景物的形貌，从文字中知道季节变化。这段话也表明，当时诗歌成就很高，因为诗人"志惟深远，体物为妙"，他们作品的形象与现实形象又不同，寄托了他们的远大情怀和人生理想。陶渊明的田园诗就是一例。至于金圣叹评点《水浒传》说："叙一百八人，人有其性情，人有其气质，人有其形状，人有其声口。"说的是在梁山泊聚义的一百零八好汉的形象，个个不同。而杜甫的《寄董卿嘉荣》诗："云台画形象，皆为扫妖氛。"说的是绘画形象。用形象反映生活，其他艺术和文学是共同的。

在西方国家关于文学艺术形象的提法也很多。例如，莎士比亚在他的悲剧《哈姆雷特》中借主人公之口说："要给自然界一面镜子，给德行看一看自己的形象和印记。"黑格尔也在《美学》中指出："艺术的使命在于用感性的艺术形象的形式去显现真实。"显然，他们都强调文学艺术的反映方式必须是形象。

文学形象能给我们如临其境、如历其事、如见其人、如闻其声的感受。但是，应该注意到，文学形象不仅是文学作品所写的人物形象和其他事物形象，而且主要是文学作品中以人物形象为中心的各种形象有机联系的形象整体。以莎士比亚的《雅典的泰门》为例，马克思曾指出，这部剧作通过贵族泰门由富到贫的生活变化，把各种人物和事物形象组织为整体，绝妙地描绘了金钱统治的罪恶本质：

金子!黄黄的，光光的，宝贵的金子!……只这一点儿，就可以使黑的变成白的，丑的变成美的，错的变成对的，卑贱变成尊贵，老年变成少年，懦夫变成勇士。……这东西会把你们的祭司和仆人从你的身旁拉走；把健汉头颅底下的枕垫抽去；这黄色的奴隶可以使异教结盟，同宗分裂，它可以使受诅咒的人得福，使害着灰白色的癞病的人为众人所敬爱；它可以使窃贼得到高爵显位，和元老们分庭抗礼，它可以使鸡皮黄脸的寡妇重做新娘，即使她的尊容会使身染恶疮的人也见了呕吐，有了这东西也会恢复三春的娇艳。我们讲文学以形象反映生活，这形象指的主要是形象整体。

二、文学形象是作家的创造

（一）文学形象与特殊对象

文学与科学在反映方式上有根本的区别，关键在于它们的对象不同。科学对象有很多是关于人和社会生活的，但它们只注意人和社会生活的某一方面或某一部分，只是探索与人有关的某一奥秘。它们更多的是以自然界为对象的。文学的对象是大千世界，它立足于写人，写活生生的、有血有肉的人。这样的人，不是生物学上的抽象的人，而是马克思所说的处在"一切社会关系的总和"的人。这是马克思主义文学理论的一个基本观点。

人和社会生活是不可分割的。没有人就没有人的社会生活，有了人才有人的社会生活。文学正是作为"一切社会关系的总和"的人的描写，去反映社会生活，包括人所处的时代、社会和错综复杂的社会关系，如生产关系、民族关系、阶级关系、家庭关系、朋友关系和爱情关系等，去揭示人的灵魂世界，包括人的意愿和理想、人的兴趣和爱好、人的痛苦和欢乐等。果戈理认为作家是"人类灵魂的观察者"。托尔斯泰以为"艺术主要目的是为了表现、说出关于人的灵魂的真理"。鲁迅要通过阿Q"写出一个现代的我们国人的魂灵来"。茅盾的经验是："人——是我写小说的第一个目标。"当代作家蒋子龙说，他要千方百计地找到自己的文学位置，不论写工业还是写农业，都要写出活人的灵魂，写出我们今天改革中所经历的痛苦和欢乐。高尔基曾经把文学称为"人学"，这是很好地概括了文学对象的特殊性。

在文学作品中对自然界事物的描写，也都是为了表现作为社会的人的行为和心情。例如，杜甫的《绝句》："两个黄鹂鸣翠柳，一行白鹭上青天，窗含西岭千秋雪，门泊东吴万里船。"这是写景诗。诗中再现了诗人所住成都草堂周围的景色，突出了草堂环境的清新开阔，展示出色彩鲜明的画面，有一种景物组合的动态美，表露了诗人在安史之乱平定后的悠然自得的心情。又如高尔基的《海燕》，是写飞禽的，以暴风雨中海燕的形象，来象征俄国革命者要推翻沙皇制度的意志、决心和力量。

直接写人和社会生活的作品，如《水浒传》，它通过诸多人物的生活遭遇矛盾冲突和理想愿望的描写，再现了北宋末年各阶级的状况和尖锐的阶级斗争，讴歌了农民起义，塑造了农民起义中的许多英雄，反映了中国中世纪时期的社会生活。虽然，由于梁山泊总首领宋江，一心想招安，报效朝廷，导致了这场农民起义斗争走向失败，连宋江本人也被残害，但这一描写使我们认识到封建社会的腐朽和罪恶。又如，巴金的《家》，写了高觉慧等人在五四思潮影响下的觉醒，敢于与封建大家庭决裂，反对封建礼教和家族制度；也写了高觉新等人在封建大家庭里受迫害的命运和内心痛苦不安的灵魂。我们在觉慧等人身上看到了生活前进的激流，在觉新等人身上看到封建礼教和宗族制度的吃人的本质。

别林斯基是19世纪俄国进步的文艺理论家。关于文学对象问题，他有一句话是人们经常引用的：

哲学家用三段论法，诗人则用形象和图画说话，然而它们说的都是同一件事。政治经济学家被统计材料武装着，诉诸读者或听众的理智，证明社会中某一阶级底状况，由于某一种原因，也已大为改善，或大为恶化。诗人被生动而鲜明的现实给武装着，诉诸读者的想象，在真实的图画里面，显示社会中某一阶级底状况，由于某一种原因，也已大为改善，或大为恶化。一个是证明，另一个是显示，可是他们都是说服，所不同的只是一个用逻辑结论，另一个用图画而已。

别林斯基要人们注意文学与科学的差别，这是对的，但以为文学对象与科学对象是"同一件事"，则忽视了它们的不同，他把对象看作内容，认为文学与科学内容完全相同，仅仅反映形式不同，这并不确切。内容和形式相联系，内容不同，形式才不同。

马克思、恩格斯对文学是写人和社会生活则有精辟的评述。马克思认为，19世纪英国小说家狄更斯、沙克莱、白朗特等人能够向世界揭示"政治和社会真理"，就在于他们写了人和社会生活，"对资产阶级的各个阶层，从'最高尚的'食利者和认为从事任何工作都是庸俗不堪的资本家到小商贩和律师事务所的小职员，都进行了剖析"，"把他们描绘成一些骄傲自负、口是心非、横行霸道和粗鲁无知的人"。恩格斯也指出："近十年来，在小说的性质方面产生了一个彻底的革命，先前在这类著作中充当主人公的是国王和王子，现在却是穷人和受轻视的阶级了。而构成小说内容的，则是这些人的生活和命运，欢乐和痛苦。"认为这一派的作家乔治·桑、欧仁·苏和狄更斯是"时代的旗帜"。马克思、恩格斯肯定这些作家作品，正是因为他们对文学对象的特殊性决定了文学的形象反映生活这一方式有着深刻的研究。

（二）文学形象的美

文学形象是作家的创造，它之所以能感染人，是因为它在反映生活时，能够给人以美的感受。那么，文学形象的美在哪里呢？它是马克思主义文学理论研究的一个重要问题。

我们知道，人和社会生活作为文学的对象，是存在着美的，存在着体现了人在生产和斗争实践中发展起来的智慧、意志、力量，符合了社会进步要求的美好事物。莎士比亚就赞扬过人："多么高贵的理想！多么伟大的力量！多么优美的仪表！

多么高雅的举动!在行为上多么像一个天使!在智慧上多么像一个天神!宇宙的精神!万物的灵长!"在社会生活中，反对封建压迫、要求婚姻自由、争取人民解放、为祖国捐躯、为人民利益而牺牲等行为，以具体又可感的形态呈现在我们面前，都是美的。

在自然界，美的东西很多，日月星辰、石林云海、飞瀑流泉、春回大地、鸟语花香等难道不美吗?此外，还有"人化"的自然，荒山种树、填海造田、变沙漠为绿洲等，体现了人的改造自然界的力量，难道不美吗?

但是，文学对象存在的美仅仅是原型，而且往往是分散的，它们并不等于就是文学形象的美，这就有赖于作家的创造。同时，我们也应看到，作家与对象的关系也不是一般的关系，而是一种科学家所没有的审美关系，他的视角也是放在人和社会生活中能够激动他的美好的事物上面，并且站在他的思想认识的立场上，根据文学要求和情感爱好，对摄取来的这些美好事物进行加工提炼、集中概括、思想评价和情感渲染，从而创造出来自生活却又比实际美好事物更美的形象来。例如，杭州西湖是美的，但北宋诗人苏东坡的《饮湖上初晴后雨》诗："水光潋滟晴方好，山色空濛雨亦奇。欲把西湖比西子，淡妆浓抹总相宜。"经过诗人的加工、评价和情感渲染，更集中地把西湖的美表现出来。又如，南宋诗人陆游的《秋夜将晓，出门迎凉有感》："三万里河东人海，五千仞岳上摩天。遗民泪尽胡尘里，南望王师又一年。"三万里长的黄河东流人海，五千仞高的华山顶上了天。沦陷区的百姓急盼宋军进攻北伐，收复失地，然而年复一年地过去了，他们在金人的奴役下，眼泪都哭干了。写祖国河山的壮丽，写沦陷区人民的苦难，表达了人民的悲痛和对南宋投降派的愤慨。这首诗的形象，就有一种崇高美。

又如，元代作家关汉卿的《窦娥冤》，列入世界大悲剧名作亦无愧色。它写窦娥从小卖进蔡婆家，婚后丈夫病死，守寡，但流氓张驴儿父子闯入她家，逼迫她们婆媳嫁给他们为妻。窦娥坚决反抗不从。张驴儿想毒死蔡婆于霸占窦娥，不料反将其父毒死。张驴儿以药死"公公"罪名把她告到官府去，太守贪赃枉法，将窦娥屈打成招，判处死刑。她继续抗争，怀着满腔悲愤，唱出《滚绣球》一曲：

有日月朝暮悬，有鬼神掌着生死权。天地也，只合把清浊分辨，可怎生糊哭了盗跖颜渊：为善的受贫穷更命短，造恶的享富贵大寿筵。天地也，做得个怕硬欺软，却原来也这般顺水推舟。地也，你不分好歹何为地?天也，你错勘贤愚枉做天!哎，只落得两泪涟涟。

临刑前，窦娥在三伏天发了三个"誓愿"："刀过处头落，一腔热血休半点儿沾在地上，都飞在白练上者"；"身死之后，天降三尺瑞雪，遮掩了窦娥尸首"；"从今以后，着这楚州亢旱三年"!果然，这三个誓愿都一一实现了。通过这些描写，剧本表达了"这都是官吏们无心正法，使百姓有口难言"的思想，作家不仅同情窦娥的悲惨命运，而且深刻揭露封建官吏的极端腐败，对迫害窦娥致死的各种邪恶势力进行了强烈的鞭挞。"这部作品的形象，就有一种悲剧美。

还有些文学作品写的是人和社会生活中丑恶的事物，目的是把丑恶韵事物撕破开来，暴露其本来的真面目，加以讽刺、嘲笑和抨击，也间接地肯定了美好事物。例如，《儒林外史》写范进一朝中举，忽然发疯，岳父胡屠户势利，原先瞧不起范进，这时在发疯的范进身后，只见"衣裳后襟滚皱了许多，一路低着头替他扯了几十回"，出尽丑态。蒲松龄在《聊斋志异》的《司文郎》写瞎眼和尚能凭嗅觉嗅出文章好坏，嘲笑考官的有眼无珠，揭露封建时代科场的腐朽。鲁迅的《高老夫子》写高尔础的愚蠢无知、卑鄙好色和虚伪可耻，揭露这一类人生活的荒谬。这些作品的形象，是在对反面事物进行否定时表现出的理想美。

综上看来，文学形象的美是以人和社会生活的美为基础，经过作家的创造，比实际生活的美更美，更能强烈地引起人们对美好事物的向往和追求。

第二节　文学形象的特征

一、具体与概括的统一

具体是独一无二的个别存在，是这一个而不是那一个。文学形象愈具体，就愈个别，也就愈生动可感。概括，是指在具体中进行概括，能表现出人及社会生活的某些本质。在成功的文学形象中，具体与概括是统一在一起的。李白的《秋浦歌》："白发三千丈，缘愁似个长。不知明镜里，何处得秋霜。"诗人通过夸张，抒发怀才不遇的感慨，写得具体生动可感，而又概括了封建社会有抱负的文人不得志的苦闷。杜甫在《自京赴奉先县咏怀五百字》诗中写道："朱门酒肉臭，路有冻死骨。"封建贵族地主过着淫逸奢侈的可耻生活，而穷人百姓饥寒交迫，冻死街头。形象地写出封建社会的阶级矛盾，表达了诗人对统治者的憎恨和对人民的同情。这也是具体与概括的统一。曹禺在《雷雨》中通过封建资本家周朴园一家的多重矛盾冲突，揭露这类家庭的罪恶。他说："一部《雷雨》全都是巧合。明明是巧合，是作者编的，又要让人看时觉不出是巧合，相信生活本来就是这样，应该这样。这就要写出生活逻辑的依据以及人物性格、人与人之间关系的必然性来。"的确这样，像周朴园、繁漪、周萍、四凤、鲁妈、鲁贵等人的性格，富有个性，具体突出，但都表现出"必然性来"。这"必然性"，就是概括在这些形象的具体性中的本质的东西。

著名画家齐白石说，画应在"似与不似间"，"似"是形象与实际生活的事物相似，具体可感，"不似"是形象而不是实际生活的摹本，有艺术概括。讲的也是这个道理。在文学作品中，有些形象使人感到虚幻，但同样也是具体与概括的统一。例如，明吴承恩在《西游记》中写的神魔妖魅形象，虽然在实际生活中是没有的，是根据作家的想象在人和社会生活方面添加了一些东西，说到底，还是植根在现实土壤中。鲁迅说：这部小说"讽刺揶揄则取当时世态，加以铺张描写"，"又作者禀性，'复善谐剧'，故虽述变幻恍惚之事，亦每杂解颐之言，使神魔皆有人情，精魅亦通世故，而玩世不恭之意寓焉。"清蒲松龄在《聊斋志异》中写花妖狐魅，"多具人情，和易可亲，忘为异类，而又偶见鹘突，知复非人。"这表明，《西游记》和《聊斋志异》这两部作品的神魔妖魅和花妖狐魅的形象，有独特的具体性，同时也把"世态"和"人情"都概括进去了，因此它们才有审美的价值。

小说、剧本的形象是具体与概括的统一，在诗词中也是这样。先看孟郊的《游子吟》：

慈母手中线，游子身上衣。临行密密缝，意恐迟迟归，谁言寸草心，报得三春晖？

慈母手中的千针万线，缝进了即将远行的儿子的衣裳；临行前针针线线密密地缝，为的是怕儿子迟迟归来能穿得更久。谁说儿子的心像寸草中抽出的嫩芽，能报答得慈母似春天般温暖的阳光？这首诗，表现母亲对儿子无微不至的关怀和爱护，像阳光哺育小草一样。形象具体，而又概括了母爱这个千古传诵的主题。再看李清照的《声声慢》：

寻寻觅觅，冷冷清清，凄凄惨惨戚戚。乍暖还寒时候，最难将息。三杯两盏淡酒，怎敌他晚来风急！雁过也，正伤心，却是旧时相识。满地黄花堆积，憔悴损，如今有谁堪摘？守着窗儿，独自怎生得黑！梧桐更兼细雨，到黄昏点点滴滴。这次第，怎一个愁字了得！

诗人百无聊赖，到处寻觅自己精神上可以寄托的安慰，但秋天景物那么萧索凄清，更使她惨然悲伤。气候一会儿回暖，一会儿冷，自己很难调养休息。喝上一点儿淡淡的酒，怎能抵挡傍晚一阵阵的寒风！飞过天空的雁群，原来是给我带来书信的旧相识，没人可寄，真叫人伤心。菊花枯了谢了，有什么可采？孤单单的一个人，怎能挨到天黑。窗外风吹着梧桐树，加上下着小雨的声音。这种种情况，一个愁字怎能包括得尽啊！这首词，写出一个晚年无依无靠的寡妇的无限痛楚抑郁的愁情，形象具体鲜明，而这种愁情，绝不是个人的，而是概括了南宋末年社会动乱年代无数妇女遭受苦难的愁情。

对于文学形象是具体与概括相统一的这个特征，马克思主义文学理论是十分重视的。恩格斯批评敏，考茨基的小说《新人和旧人》男女主人公爱莎和阿尔诺德被写得理想化和抽象化，"个性就更多地消融到原则里去了。"就是说，这两个人物形象缺乏具体性，只有理想化的"原则"，没有做到具体与概括的统一，所以写失败了。列宁在《托尔斯泰是俄国革命的镜子》一文中，明确指出："如果我们看到的是一位伟大的艺术家，那么他一定会在自己的作品中至少反映出革命的某些本质的方面。"这是说，伟大的文学艺术家一定能够使自己的作品像镜子一样，用具体鲜明的形象，把"革命的某些本质方面"反映出来。列宁强调的也正是文学形象必须是具体与概括的统一。

二、描写与造型的统一

文学是借助于语言描写来造型的。高尔基说："语言把我们的一切印象、感情和思想固定下来，它是文学的基本材料。文学就是用语言来表达的造型艺术。"这是文学形象另一个特征：描写与造型的统一。这个特征主要表现在，文学用语言手段不受时空限制，可以抒写一切事物，既能把时代复杂的面貌表现出来，又能把对象任何细微的东西表现出来，使形象活起来。例如，《水浒传》第十五回"吴学究说三阮撞筹"，其中有一节文字写智多星吴用与阮家兄弟关于官军害怕梁山好汉的对话：

阮小五道："如今那官司一处处动弹便害百姓，但一声下乡村来，倒先把百姓家养的猪、羊、鸡、鹅，尽都吃了，又要盘缠打发他。如今也好教这伙人奈何！那捕盗交司的人，那里敢下乡村来。若是那上司官员差他公缉捕人来，都吓得尿屎齐流，怎敢正眼看他！"阮小二道："我虽然不打得大鱼，也省了若干科差。"吴用道："恁地时，那厮们倒快活？"阮小五道："他们不怕天，不怕地，不怕官司，论秤分金银，异样穿绸锦；成瓮吃酒，大块吃肉，如何不快活？我们兄弟三个空有一身本事，怎地学得他们！"吴用听了，暗暗地欢喜道："正好用计了。"阮小二说道："人生一世，草生一秋。我们只爱打鱼营生，学得他过一日也好！"

在这一节文字里，我们看到作家从阮小二的话里写出封建官府的爪牙横行乡里、鱼肉人民的情状，而那些大小官吏作恶更是可想而知了，阮小二说的："我虽然不打得大鱼，也省了若干科差。"金圣叹评点这句话，"十五字，抵一篇《捕蛇者说》"。《捕蛇者说》是唐柳宗元的散文佳作，是写捕蛇者随时有被蛇咬死之险，衬托在封建制度的残酷统治和剥削下赋税之沉重，捕蛇者宁可捕蛇抵税，表现出作家对人民的深刻同情和对赋税之毒有甚毒蛇的愤慨。由此可见，阮小二他们所处的是怎样一个横征暴敛、人民痛苦不堪的社会时代环境。"学得他们过一日也好"，写出了在封建统治下的劳动人民，无法生存下去，以致什么朝廷王法都不放在眼里，官逼民反，想投奔梁山泊过上好日子的强烈愿望。小说正是通过这些对话，揭示这些人物的痛苦生活和内心活动，细微而深刻，广泛地描写一个酝酿着重大事变的腐朽社会中人民与封建统治之间的不可调和的矛盾。

为了把形象写活，许多大作家都是精心刻画，毫不含糊，甚至人物的外表描写，都要反复修改，使之个性更鲜明，更有具体个别性。托尔斯泰在小说《复活》中写女主人公玛丝洛娃在法庭上第一次出现的形象，就修改了二十次之多。

头几次写："她是瘦削而丑陋的黑发女人，她之所以丑陋是因为那个扁塌的鼻子。""高高的个子，带着凝神和病态的样子。""一个矮个子的黑发女人，与其说她是胖的，还不如说她是瘦的。她们脸本来就不漂亮，而且在脸上又带着堕落的痕迹。"显然，这是剖析玛丝洛娃外貌丑陋和堕落痕迹，很难使人同情。托尔斯泰不满意，又改为："美丽的前额，卷曲的头发，匀正的鼻子，在两条平直的眉毛下边，有一双美丽的眼睛。"这样写，玛丝洛娃是漂亮了，但看不出她的堕落，这又违反生活的真实。托尔斯泰改来改去，在定稿里，玛丝洛娃的形象就生动鲜明，更有具体个别性了：

一个小小的胸脯丰满的女人，贴身穿一套白色的布衣布裙，外面套一件灰色的囚大衣，活泼地走出来，站在看守的身旁。她脚上穿着布袜和囚鞋。她头上扎着头巾，明明故意让一两绺头发从头巾里溜出来，披在额头。这女人的面色显出长久受着监禁的人的那种苍白，叫人联想到地窖里储藏着的番薯所发的芽。她那短而宽的手，和大衣的宽松领口里露出来的丰满的脖子，也是那种颜色。两只眼睛又黑又亮，虽然浮肿，却仍旧发光（其中有一只眼睛稍稍有点斜睨），跟她那惨白的脸儿恰好成了有力的对照。

两只眼睛"又黑又亮"，"仍旧发光"，让人想起玛丝洛娃天真可爱的少女时代，也显示她作为俄国社会下层妇女纯洁美好的内心世界。故意留在外面的"一两绺头发"、"浮肿的眼睛"和"惨白的脸儿"，则显示出她被侮辱被损害的精神创伤和堕落后的内心痛苦。通过这样的强烈对比，托尔斯泰把一个惨遭俄国沙皇专制制度和封建贵族迫害和蹂躏的妇女写得个性突出活灵活现。

一首小诗，借语言力量，也能写出丰富的生活内容，使之形象地呈现在我们的面前。唐王之涣的《登鹳雀楼》："白日依山尽，黄河入海流。欲穷千里目，更上一层楼。"太阳靠着山的那边慢慢地落下去了，奔腾不止的黄河汇入大海，要想看到更远更远的地方，还得再上一层楼。在诗中，写出了祖国河山的壮丽，表露了诗人的宽广胸怀，体现了多少年代来人们奋发向上的人生真理啊。

高尔基曾赞赏契诃夫的描写与造型的力量，他写信对契诃夫说："我要告诉您，除了我喜爱您之外，还因为我知道——您是这样的一个人，用一词儿就能够创造出一个形象，用一句话就足够写出一篇故事，一篇妙不可言的故事，这篇故事打进生活的深入和要害的地方，就像钻头打进地壳里一样。"因为文学形象有这个特点，伟大的作家能够充分发挥自己的才能创造出形象，给读者以审美的感受和丰富的联想，让读者看到时代的面貌。正像马克思、恩格斯评价巴尔扎克那样，"用诗情画意的镜子反映了整整一个时代"，写了封建贵族残余在浑身铜臭的暴发户逼攻下逐渐灭亡或被腐化，写了贵妇人怎样让位于专为金钱和衣着而不忠于丈夫的资产阶级妇女，在这幅中心图画的四周，"汇集了法国社会的全部历史。"

三、认识与情感的统一

科学从理智上说服人，没有这方面知识的人，"阅不终篇，辄欲睡去"；文学用形象反映生活，从情感上打动人，读之"不生厌倦"。文学形象这种感染力，是作家的认识与情感渗透作品中的结果。北宋宋祁写了一首著名的词《玉楼春》，其中有一名句"红杏枝头春意闹"，却引起后人的争议。清李渔在《窥词管见》中批评道：

红杏之枝头，忽然加一"闹"字，殊难著解，"争斗有声之谓闹"，桃李争春则有之，红杏闹春，予实未见也。"闹"字可用，则"吵"字、"斗"字、"打"字皆可用矣。

然而，王国维却不这样看，他在《人间词话》中说：

"红杏枝头春意闹"，着一"闹"字，而境界全出。

所谓境界，也称意境，就是做到外在境象和诗人情志的交融。而诗人的情志，也就是诗人的认识与感情。王国维肯定这一句，认为写得好，是在于诗人把自己对这显示春光美的红杏的认识与感情渗透进去了。叶圣陶说得好："古代词人看见杏花开得堆满枝头，蜂儿在花间来来往往，他想，这景象闹烘烘的，蜂儿固然闹烘烘的，杏花挤挤挨挨地开出来也是闹烘烘，这里头蕴蓄着多少春意啊!于是一句有名的词句形成了，'红杏枝头春意闹。'"

李渔的看法是错误的，而王国维的看法则是对的。

作家的认识，不是一般的认识，而是审美的认识；作家的情感，是审美的情感。作家的认识与情感是融合在一起的。情感是在审美地认识对象的基础上产生的，是对对象的美丑的态度和体验。刘勰说："人禀七情，应物斯感，感物咏志，莫非自然。"人具有喜、怒、哀、惧、爱、恶、欲七情，接触到客观事物有了认识后，就要吟咏自己的情志，这是必然的。他认为，情感在创作中是很重要的，"繁采寡情，味之必厌"，虽有繁丽的文采，但缺乏感情，读起来干巴巴的，必定令人讨厌。刘勰甚至提出要"为情而造文"。唐白居易也指出："感人心者，莫先乎情，莫始乎言，莫切乎声，莫深乎义。诗者：根情，留言，华声，实义。"诗歌，情感是它的根本，语言是它的枝叶，声音是它的花朵，思想是它的果实。总之，真正的文学形象，不仅仅是具体与概括的统一和描写与造型的统一，而且是体现了作家的认识与情感的统一，于是才有感染力。曹雪芹在《红楼梦》中把"半世亲见亲闻的几个女子"的生活遭遇，以"不敢稍加穿凿，至失其真"的审美态度，经过"披阅十载，增删五次"艰苦劳动而创作出来的。作家以贾宝玉和林黛玉的爱情悲剧为线索，描写了大观园内外青年妇女的不同命运，广阔而真实地反映了封建社会的种种矛盾和崩溃征兆。曹雪芹非常同情这些女子。所谓"满纸荒唐言，一把辛酸泪!都云作者痴，谁解其中味?""字字看来都是血，十年辛苦不寻常。"就是用与认识融合在一起的情感去对待她们，所以后人读了《红楼梦》写道："传神文笔足千秋，不是情人不泪流。可恨同时不相识，几回掩卷哭曹侯。"鲁迅在《故乡》《阿Q正传》和《祝福》等小说中，也都是以"哀悲所以悲其不幸，疾视所以怒其不争"的感情态度对待闰土、阿Q、祥林嫂这些被封建势力压迫和损害的人物，既同情他们的苦难，又批判他们的麻木，表现了他希望有一种新生活的审美理想。

巴金谈到《家》的创作说："我仿佛在跟一些人一同受苦，一同在魔爪下面挣扎，我陪着那些可爱的年轻生命欢笑，也陪着他们哀哭，我一个字一个字地写下去，我好像在挖开我的记忆的坟墓，我又看见了过去常使我们心灵激动的一切。""我要为过去那无数的无名的牺牲者喊冤!我要从恶魔的爪牙下救出那些失掉了青春的青年。"他写钱梅芬受着礼教的束缚，不能和他所爱的高觉新结婚，却屈从别人的意志，嫁给另一个陌生的男子。她守寡后再次遇到觉新时，满腹心事，痛苦感情不敢宣泄诉说，最后吐血抑郁而死。瑞珏和梅芬一样温顺善良，侥幸嫁给觉新，但也成了封建大家庭互相倾轧、阴谋陷害和愚昧迷信的牺牲品，临产时被迫迁出公馆，在外分娩，终因难产身亡。聪明美丽的丫头鸣凤，私下爱着觉慧，可是高老太爷把她当作礼品送给封建老头冯乐山做姨太太，逼得她跳河自尽。巴金说："我写梅，写瑞珏，写鸣凤，我心里充满了同情和悲愤。"《家》的形象感染力，正是由于渗透了作家的认识与情感，猛烈抨击了封建礼教和封建家庭制度，极大地同情那些被封建礼教和封建家庭制度所戕害的青年男女。

还有不少作品，尽管写的是"无情物"，但由于作家认识了对象的美妙特质，并用热烈的感情对待它们，所创造出来的形象，同样有激动人心的感染力量。杜牧的《山行》："远上寒山石径斜，白云深处有人家。停车坐爱枫林晚，霜叶红于二月花。"诗写秋景。过去许多诗人写秋景，都是显示秋之萧瑟、悲凉、凄清，而杜牧这首诗却不同凡响，描绘了秋天的景色着重写枫叶的美艳，"霜叶红于二月花"简直胜过春光。毛泽东的《卜算子·咏梅》："风雨送春归，飞雪迎春到。已是悬崖百丈冰，犹有花枝俏。俏也不争春，只把春来报。待到山花烂漫时，她在丛中笑。"严冬时节，大雪纷飞，冰凌垂挂于危崖，梅花坚挺地独自开放，俏色夺目。但梅花甘愿做报春的使者，等待百花盛开的到来，它在那里欢笑。词中写梅花崇高的品格，实际上用它来比喻无产阶级革命家，讴歌他们在当时国际反共反华的声浪中无私无畏的革命意志、乐观主义精神和必定战胜敌人的信念。毛泽东的伟大的情怀，使他写出了这篇感人至深的作品。

文学形象的三个特征是相互联系在一起的，这有助于我们进一步理解文学与科学的区别。

第三节　文学形象的多样性

一、怎样理解文学形象的多样性

文学用形象反映生活，而形象是作家的创造，因此，我们要正确地理解文学形象的多样性。

按照马克思主义的观点，文学是经过作家头脑依据生活进行加工创造的产物，它不是生活的简单复制，而是作家能动创造的结果。毛泽东曾指出，生活是文学作品的唯一源泉，但"在文艺作品中反映出来的生活却可以而且应该比普通的实际生活更高、更强化、更有集中性、更典型、更理想，因此就更带普遍性。"这就是说，文学源于生活，又高于生活。文学作品的形象，是作家按照生活本身的形式反映生活，但又高于生活本身。这一点，我们在上面已经阐述过。现在的问题是，社会生活既然是文学的唯一源泉，那么生活本身又是复杂多样的，这就决定了文学形象也必然是多样的；所以，我们不能用一种固定的眼光去看文学形象。

文学形象的多样性，取决于人和社会生活的多样性。从文学对象来看，凡是在大千世界里与人和社会生活的事事物物，都可以作为文学创造形象的材料；当然并不等于说随便什么东西都写进作品来造型。正如鲁迅所说的："世界实在还有写不进小说里的人。倘写进去，而又逼真，这小说便被毁灭。""譬如画家，他画蛇、画鳄鱼、画果子壳、画纸笔、画垃圾堆，但没有谁画毛毛虫、画癞头疮、画鼻涕、画大便，就是一样道理。"因为文学形象是美的，即使表现丑恶的东西，也是通过对它的否定和批判，表现一种审美理想而存在。人与社会生活的多样性，还表现在社会在发展，生活在变化，不同时代不同社会的人和社会也都有多样性。刘勰说，"物貌难尽"，文学创作也还不能穷尽对象，很难做到创造出来的形象同实际事物那样丰富多样。

构成生活的多样性，也还表现在事物的多方面性和多层次性上。苏轼的《题西林壁》："横看成岭侧成峰，远近高低各不同，不识庐山真面目，只缘身在此山中。"说的是认识庐山的美，可以从各方面去看，当然最好能全面去看它。这对于我们理解社会生活的多样性也有启发。

作家作为文学创作的主体，他们"各师成心，其异如面"，他们所创造出来的文学形象也是多样的，如果写同一对象，也是大不相同的。我们翻开文学史，古今中外的作家创造出的文学形象，真是难计其数，美不胜收。

例如，写现实生活的作品，其形象就无法统计，光巴尔扎克的《人间喜剧》，就有九十多部小说之多，它们反映法国贵族社会崩溃的历史，性格各异的贵族、暴发户、贵妇人、银行家等，可以开出一大串的名单来。在托尔斯泰的《安娜·卡列尼娜》和《复活》等小说中的人物从上流贵族社会到下层人民，形象之多，也是为读者所赞叹的。鲁迅的《呐喊》和《彷徨》两个短篇小说集展现了辛亥革命前后半殖民半封建社会的面貌，其中每一篇小说各有各的形象，就人物形象说，妇女、农民、知识分子、工人等人物也都各个不同。至于贺敬之、丁毅的《白毛女》，赵树理的《小二黑结婚》，《李有才板话》，丁玲的《太阳照在桑干河上》，周立波的《暴风骤雨》，梁斌的《红旗谱》，杨沫的《青春之歌》，曲波的《林海雪原》，魏巍的《东方》以及王蒙、李国文、高晓声等人的作品，反映了1942年以来我国抗日战争、解放战争、土改运动、抗美援朝和社会主义建设的历史发展面貌，文学形象更加丰富多样了。

取材于神话、传说之类的文学作品，它们的形象虽然不同于上一类的作品，但也是多样的。马克思曾说，希腊神话不仅是希腊艺术的宝库，而且是它的土壤，都是古希腊在想象中和通过想象的征服自然力、支配自然力的表现。所以，它的人物形象，诸如宙斯、雅典娜、丘比特等也是多样的。毛泽东在《矛盾论》中也说："神话中的许多变化，例如《山海经》中所说的'夸父追日'，《淮南子》中所说的'羿射九日'，《西游记》中所说的孙悟空的七十二变和《聊斋志异》中的许多鬼狐变人的故事等，这种神话中所说的矛盾的互相变化，乃是无数复杂的现实矛盾的互相变化对于人们所引起的幼稚的、想象的、主观幻想的变化，并不是具体矛盾所表现出来的具体变化。"当然，这些形象是怪异的，但在文学形象多样性上，他们占有独特的位置。以我国神话《羿射九日》来说，它讲的是上古时代，天空出现十个太阳，大地被烤焦，禾苗枯干，百姓活不下去了。羿挺身而出，用他超群的箭法，一口气箭射九个太阳，留下一个太阳，为人民解除了苦难。这个神话写了羿这个英雄形象，并加以热烈赞颂。这一类的形象，是文学形象的多样性的一方面表现。取材于历史的文学作品，是史实和虚构的结合。这类作品的形象不同于历史事件和历史人物，它们有历史真实却又不照搬历史，如《三国演义》，作品中的曹操是奸雄，可是在史书中记载，他却是一个有雄才大略的政治家和军事家，差别很大。史书还记载，赤壁之战时，周瑜是三十四岁，诸葛亮是二十七岁，鲁肃是三十七岁。周瑜气量很大，诸葛亮却是青年后生。可是作家罗贯中为了烘托诸葛亮的老成持重，足智多谋，把周瑜写成英姿飒爽的青年，胸怀极窄，诸葛亮"三气周瑜"，把周瑜活活气死了。姚雪垠的《李自成》写出了明末李自成领导的农民起义的壮烈画面，在史书中是看不到的；潼关南原大战、商洛山反明军"扫荡"、武关突围、率兵入豫、破洛阳杀福王等，更是扣人心弦。李自成等人的形象也都写得栩栩如生。这类作品的形象，同样是多样性的一个表现。

写自然景物的作品，借景抒情，借物喻人，这类形象，在形象的艺术世界里，也发出夺目的光彩。不妨读一读陈毅的《青松》："大雪压青松，青松挺且直。要知松高洁，待到雪化时。"这跟毛泽东的《卜算子·咏梅》一样，陈毅虽写松实写人，表现了老一辈无产阶级革命家不畏险恶，坚持革命到底的崇高品德。

文学形象的多样性，是一个与文学对象密切相关的话题。我们只能从大的方面去看这个问题。

在今天，人民的审美需求是多方面的，他们希望在社会主义文学中，看到战斗在各条战线上为现代化建设作出卓越贡献的更多的文学形象，看到不断涌现出来的一代社会主义新人的形象，作为自己仿效的榜样。邓小平说："我国历史悠久，地域辽阔，人口众多，不同民族，不同职业，不同年龄，不同经历和不同教育程度的人们，有多样的生活习俗、文化传统和艺术爱好。雄伟和细腻，严肃和诙谐，抒情和哲理，只要能够使人们得到教育和启发，得到娱乐和美好享受，都应当在我们的文艺园地里占有自己的位置。英雄人物的业绩和普通人们的劳动、斗争和悲欢离合，现代人的生活和古代人的生活，都应当在文艺中得到反映。

这段话的内容丰富，也为我们社会主义文学创造更多的文学形象，指明正确的途径。

二、文学形象的主要表现形态

根据文学形象的创造方法，我们可以把文学形象基本上归纳为三种表现形态。

（一）写实形象

所谓写实形象，就是说，按照生活本身的形式，从现实出发，做到"形似"和"神似"。写实形象就文学形象整体看，以人物为中心，还有环境、器物等，都要写得逼真生动，以"形"得"神"。甚至一个细节，一个动作，一个对话，也都要这样。鲁迅在《祝福》中写祥林嫂被赶出鲁四老爷家，流落街头，成为乞丐，脸上瘦削不堪，黄中带黑，而且消尽了先前悲哀的神色，仿佛是"木刻似的"，只有"那眼珠间或一轮，还可以表示她是一个活物"。这"轮"字，准确而生动地描写出祥林嫂在封建礼教迫害下从精神到肉体的惨状。曹禺在《雷雨》第一幕写繁漪与周萍初见的场面：繁漪正与儿子周冲讲到周萍，这时周萍来了，周萍已经爱上丫环四凤，不想再与繁漪保持那种人不人鬼不鬼的暧昧关系，打算远走高飞，到他父亲周朴园的矿上去，避开繁漪纠缠。繁漪气愤在心，叫了一声："萍!"这里真是有千言万语，她觉得周萍没有理她，移情别恋，这一声"萍"，是埋怨，是怀恋，是痛苦，是不安，是害怕。不知就里的周冲要周萍坐下："你不知母亲病了么?"繁漪接过这话说："你哥哥怎么会把我的病放在心上?"繁漪的心病，周萍最清楚，说周萍不把自己的病放在心上，话里就充满了对周萍负情的怨意，也是为了反激周萍坐下，叫他开口说话。接着，谈到周萍要到矿上去，她说："这屋子曾经闹过鬼，你忘了。"含义是：你忘了在这屋子里我们的相爱?你忘了当时说的那些山盟海誓的话?我要你认真地想那件事。你想走，抛开我，我能让你走吗。这些对话蕴涵着的繁漪的感情是多么复杂，是多么急剧地变化着，完全符合繁漪在周公馆里受周朴园的禁锢和压抑，而不顾一切地追求个人的"自由幸福"的火一般的性格。总之，写实形象可以包括古今中外这一类作品，创造写实形象的方法，就是以"形"传"神"，光求"形似"而不能传"神"，所创造的形象也不是写实的。

（二）抒情形象

所谓抒情形象，虽然注意"形"，但重在抒写情志，重境界，塑造抒情形象。这包括了诗歌词曲和部分散文。李白的《早发白帝城》："朝辞白帝彩云间，千里江陵一日还。两岸猿声啼不住，轻舟已过万重山。"安史之乱，李白曾参加李璘（永王）的抗敌军队，后来李璘争皇位失败，李白受到株连，被流放夜郎，刚到白帝城又被赦回。这首诗是遇赦回来时写的。诗中写三峡山势之美和江上行船之急速，抒发他轻松愉快的心情，这种心情有一定的概括性的。元稹的《行宫》："寥落古行宫，宫花寂寞红。白头宫女在，闲坐说玄宗。"这座过去唐玄宗的行宫已经冷落不堪，红花在悄悄地开放，没有人欣赏它了，寂寞得很。当年年轻漂亮的宫女长期被幽禁在这个地方，韶华水逝，现在满头白发了。她们空虚无聊，在闲坐时回忆和谈论的都是唐玄宗寻欢作乐的事情。从这首诗来看，行宫、宫花、宫女、玄宗，这是一些具体对象和人物，诗人通过这些描写，显现出旧行宫极其荒凉的情景，抒发对宫女们一生不幸的同情。

元马致远的《天净沙·秋思》："枯藤老树昏鸦，小桥流水人家，古道西风瘦马。夕阳西下，断肠人在天涯。"跋涉旅途，见到晚秋这些萧瑟的景象，更感到飘零异乡，思家之苦，通过这个画面，把封建社会里这种生活现象写出来，在抒情形象上既独特又有普遍性。

宋秦观有一首著名的《鹊桥仙》：

纤云弄巧，飞星传恨，银汉迢迢暗渡。金风玉露一相逢，便胜却人间无数。

柔情似水，佳期如梦，忍顾鹊桥归路!两情若是久长时，又岂在朝朝暮暮。

这首词写牛郎织女的故事。朵朵云彩变幻许多花样，织女怀念牛郎，夜时渡过天河。在清爽凉快的天气里相会一次，胜过人间无数次的欢聚。甜蜜的时光像做梦似的过去了，怎忍心看那要回头走的鹊桥，只要两情永远相爱，哪里在乎天天在一起。这首词不落俗套，自出机杼，以写牛郎织女离合悲欢的情意为主，最后两句"两情若是久长时，又岂在朝朝暮暮"，构成新境界，使人体会到男女之间天长地久的坚贞爱情。

鲁迅的散文《藤野先生》，写日本老师藤野先生正直无私的品格和对中国新医学的希望，表达对藤野先生的深切怀念和由此所抒发起的战斗激情。杨朔的《荔枝蜜》，写浓翠可爱的南国山水和香甜满口的荔枝蜜，引起作者对新生活的深情蜜意，特别是与蜜蜂"对人无所求，给人的却是极好的东西"，写梦见自己变成一只小蜜蜂，把个人情志和时代精神汇合起来，展示社会主义的美好。

抒情形象，种类也很多，但从创造方法上看，着重表达的既是个人又是通向时代的心灵世界。

（三）怪诞形象

就是不求"形似"，用变形方法，创造形象。西方一个美学家说："在形相的奇异中，我们还依稀感到它的统一和性格，那么我们便说它是怪诞。""正如出色的机智是新的真理，出色的怪诞也是新的美。"这话说得有道理。

这一类作品在形象的描绘上，出现了超出常规和不可言喻的人物和事物。怪诞充满幻想，尽管背离了生活的正常性，奇异突出，但没有背离生活内在的可能性，在它里面也有某些多样的统一。妖魔鬼怪，狐妖精魅等类人物，都是用变形的创造方法来写的。屈原在《离骚》里，描绘一个人神相处、奇禽怪兽神魔鬼魅的奇异世界。写上天人地，香草美人，充满神话传统的怪诞故事，但是表达了他"哀民生之多艰"、"路漫漫其修远兮，吾将上下而求索"、追求人生真理的爱国热情。这又有合乎生活内在逻辑的地方。《西游记》写孙悟空大闹天宫，保唐僧上西天取经，一路上降魔伏妖的故事，荒诞不经，但正如我们在上面说过，妖魔皆有"人情"，精魅亦通"世故"，这也是符合生活的逻辑的。

郭沫若在他的《女神》诗集里，以有关凤凰的传说为材料，借凤凰"集香木自焚，复从死灰中更生"这一故事，象征黑暗的旧中国的毁灭和光明的新中国的诞生。除夕将近，梧桐已枯，天下寒风凛冽，一对凤凰飞来飞去地为自己安排火葬。自焚前，它们回旋起舞，鸣声呼应。它们诅咒腥秽的旧宇宙，把它比作"屠场"和"旧牢"，"坟墓"和"地狱"。它们在大火中牺牲，也烧毁了旧世界和一切黑暗，它们也终于获得新生。这种通过凤凰的形象，表达了诗人与旧世界决裂的宏伟气概，正是五四运动中人民大众反帝反封建精神的写照。

荒诞形象不仅在文学作品中存在，而且在其他艺术中也存在，如郑板桥的书法"乱石铺街体"，一反正宗，字怪而有法，怪而有理；八大山人朱耷画的鸟，表情奇特，冷眼看人，表现一种高傲、孤独、冷漠的神态，山水环境大都是"残山剩水，地老天荒"的境界。造型扭曲变形，但又保持对象的基本特征。

古今中外优秀的文学艺术作品，往往通过怪诞形象，揭示事物的某些本质，它的变形，来自创造，在超过常态的不协调中，有着内在的逻辑统一。唯其如此，这类形象别有一种撼人心灵的力量。

【知识盘点】　文学与科学　文学形象　具体与概括　描写与造型　认识与情感　多样性　写实形象　抒情形象　怪诞形象

【随堂练习】

1.文学为什么用形象方式反映生活？

2.文学形象的美表现在哪里？

3.从哪些方面把握文学形象的特征？

4.怎样理解文学形象的多样性？5.文学形象有哪些主要表现形态？

第三章　文学的审美性

【章前导读】　文学的审美性是最重要最本质的文学特性。文学的审美不同于一般的审美。文学形象的美包括内在美和外在美。文学的审美形态还体现为真实美、情趣美、独创美。文学的审美性是文学客体的审美属性与作家主体审美条件的有机融合，它与文学的形象性、文学的情感性不可分割地联系在一起，审美性统驭着形象性、情感性。文学的娱乐、认识、教育诸功能综合在审美功能之中。文学的审美性为文学实现美育开辟了广阔的前景。

第一节　文学审美的内涵

文学的美是现实美的集中表现。可以说：任何表现对象以它的具体可感的生动形态呈现出来，体现了人在社会实践活动中发展起来的智慧、意志、力量，人的自由、自觉的特性，符合社会进步的要求，引起了人的精神愉悦，这就是美。客观存在的这种美，我们时时去感知它，品味它，评价它，这就是审美。但人们并不满足于仅仅能欣赏现实已有的美，还不断地按着美的规律通过创造美来实现自己的审美理想。

文学的审美，指的是作家按照美的规律，观照和反映客观生活所创造的艺术美，并以此满足人们的审美需求，使人们从中获得美的享受和教育的一种本质属性。美与生活是分不开的，人在生活中总是为了美好的生活理想而生活和斗争的。作家艺术家为了表达生活理想，总是根据自己对生活的感受与认识，通过对生活的具体描绘、对艺术形象的生动刻画，反映他对生活的情感与态度、理想与愿望，唤起人们思想情感上的交流与共鸣，激发人们对未来美好生活的追求与向往，以及对丑恶事物的憎恨与唾弃，从而陶冶人们的情操，净化人们的灵魂。

文学作品的艺术美体现在文学形象中，它能引发读者喜悦、热爱、欢乐、崇高等情感，唤起人们对美好事物的想象和追求。《红楼梦》中的黛玉是封建贵族家庭的叛逆者，她不仅容貌秀美，而且鄙视庸俗、虚伪的封建礼教，尽管不幸可以吞噬她，但她仍不屈服，她对心中的爱情以死抗争。这个文学形象是外在美与内在美的有机统一。写景状物的文学形象的美，以毛泽东的《沁园春·雪》上阕为例：

> 北国风光，千里冰封，万里雪飘。
> 望长城内外，惟余莽莽；
> 大河上下，顿失滔滔。
> 山舞银蛇，原驰蜡像，欲与天公试比高。

词中为我们描绘了一幅生动、具体、优美的艺术图画。毛泽东把具体的事物，如冰峰、雪飘、大河、山舞、蜡像等组织起来，于是祖国北方雄伟壮丽的大好河山的景象呈现在人们面前，充盈着一种宏阔雄放的美，令人赞叹不已。

凡优秀的文学作品，一般都以内容与形式的美统一于一体，为读者所喜爱。具有相对独立性的形式美，在审美活动中的价值、作用也受到读者的青睐。如张志和的《渔歌子》：

> 西塞山前白鹭飞，桃花流水鳜鱼肥。
> 青箬笠，绿蓑衣，斜风细雨不须归。

诗人的淡怀逸致不是诉诸直接咏怀，而是寄情于景，以词人画。写山，写水，写白鹭，写肥鱼，写斜风细雨，更写了优游自在的渔夫。词人借渔夫寄托了自己的情怀，而渔夫又在这样一个溢美、流光之所在，一幅江南水乡的渔歌图，跃然纸上。词作本身没有多少思想内涵，但在读者欣赏它时为其画面的宁静真切与淳朴所动，为其色彩、声音、线条所动，总而言之，为其外在形式的美所深深吸引。

第二节　文学的审美形态

文学作品中塑造文学形象的方法多种多样，所以文学形象展现美的形态也各不相同。

一、真实美

文学作为人类的审美创造，真实是它的艺术生命。庄子说："真者，精诚之至也。不精不诚，不能动人……故圣人法天贵真，不拘于俗。"庄子的论述显示了古人在真实问题上的主导倾向。古希腊的亚里士多德认为艺术真实性的追求源于人类对事物模仿的本能。黑格尔说："美就是理念，所以从一方面看，美与真是一回事，这就是说，美本身必须是真的。"真是美的基础，是文学作品有无价值、能否产生魅力的首要条件。真的不一定都是美的，但美离不开真，失真的作品会使读者产生失望乃至被愚弄的感觉。那么，怎样理解真实呢？

鲁迅说："艺术的真实非即历史上的真实，我们是听到过的，因为后者须有其事，而创作可以缀合，抒写，只要逼真，不必实有其事。"这表明，文学作品中的人物和事件，不能受现实生活中原有的真人、真事的局限，而应该按照生活本来面貌和固有逻辑，进行艺术的集中和概括，从而反映的生活真实比实际生活更高、更典型。文学以形象思维的方式，在一定艺术形式手段的运作下，通过对生活的变通性的处理，达到真善美相统一的审美境界。这就是文学所追求的真实美或者说是艺术真实。曹雪芹称自己的《红楼梦》，是"满纸荒唐言"，巴尔扎克称自己的小说是"庄严的谎话"，都是对自己作品的艺术真实的诠释。

别林斯基在评价果戈理的小说时说：果戈理的作品"是现实的诗，生活的诗，是我们时代真实的与真正的诗。它的显著的特点是忠于现实；它不篡改生活，而是复制和再造它，仿佛是一面凸透镜，从一个观点上反映了繁复的生活现象，取其对于组成一整幅丰富而生动的图画所必要的东西"。马克·吐温的小说《竞选州长》，根植于美国的资本主义社会现实，其故事本身属于子虚乌有。作家以一连串的虚构情节和细节，用漫画式的笔法，创造出一个个鲜明生动的形象，惟妙惟肖地揭露了被资产阶级吹嘘得天花乱坠的"民主"和"自由"的本质。如果马克·吐温把那些恶棍给"我"捏造的种种离奇荒唐的罪名，改用写实的方法，那么作品的讽刺力度将大为逊色。

二、情趣美

文学的审美性与趣味性是密不可分的。我国南朝齐、梁时期的钟嵘，倡导诗歌"滋味"说，北宋范温提出"韵者美之极"，明代李贽认为"天下文章当以趣为第一"，近代梁启超说："文学的本质和作用最主要的就是趣味。"这些观点不一定准确，但他们都把情趣美归结为事关文学魅力的重要因素。应该说，凡对读者具有吸引力，诱惑力的作品，总是或隐或显，程度不同地包容着令人赏心悦目的情趣美。如晏殊的《破阵子》：

燕子来时新社，梨花落后清明。

池上碧苔三四点，

叶底黄鹂一两声，

日长飞絮轻。

巧笑东邻女伴，采香径里逢迎。

疑怪昨宵春梦好，原是今朝斗草赢，

笑从双脸声。

这首词写的是古代少女春天生活的一个片段。鲜明亮丽的春光是生活背景，人物生动，充满了青春的气息。这在古代描写妇女生活的作品，扣是不多见的。许多同一题材的作品往往反映劳动妇女生活的悲惨和反抗，而这首词则显示了她们对生活的热爱，对于美好理想的向往。少女们这种特有的乐观精神，尽管在重重压迫和束缚下，仍然展现得淋漓尽致。词作把姑娘的聪明、调皮与妩媚用白描的方法展示在画面上。本词的情趣所系，紧扣在"斗草赢"上，同时与梦境紧密相连，梦里的兆头与现实的胜利，使少女越想越高兴，得意的微笑挂在双颊，这篇词作的情趣赏心悦目。

三、独创美

独创美，是文学的生命之所在。它包括作家对生活的独特认识和艺术上的独特体现。作家对生活的准确、缜密，深邃的发现，穿过生活的表层，向深处开掘，是捕捉社会人生底蕴和审美价值的前提和基础。马克思说："每一种本质力量的独特性，恰好就是这种本质力量的独特的本质，因而也是它的对象化的独特方式，它的对象性、现实性、活生生地存在的独特方式。"主体的审美本质力量决定着他的对象化的独特方式——造型体式的独特方式。杰出的艺术家，无一不是因其能在创作上独树一帜而自立于文学空间，一部世界文学史，就是由无数独具风格的文学家及其作品汇成的长河。

鲁迅先生曾说过：依傍和模仿，决不能产生真正的艺术。他的作品常常把视角对准浙东的小城镇，写出了当时农民的生活，《阿Q正传》《药》《祝福》《风波》《故乡》等，表现了他在选材上的独特风格。又如欧·亨利的短篇小说《麦琪的礼物》，写一对年轻夫妇要在圣诞节彼此赠送一点礼物，丈夫有一块金表，但没有表链；妻子有一头美丽的头发，却没有相称的发梳，丈夫想送给她一套贵重的发梳；妻子要送给丈夫一条精致的表链。但他们都没有钱，为了圣诞的礼物，他们互相瞒着对方卖了自己珍贵的东西：妻子卖了漂亮的头发，丈夫卖了金表。等到互赠礼物时，他们才发觉彼此的礼物对于对方都已经没有什么实际用处了。这个事与愿违的结局，构置得十分巧妙，又不虚幻离奇，真实可信地表现了"贫贱夫妻百事哀"。这使读者在惊愕之余深思不已。这种奇巧的安排，正表现了作家作品的独创美。杜甫的《春夜喜雨》：

> 好雨知时节，当春乃发生。
> 随风潜入夜，润物细无声。

诗人别树一帜的独特感受与审美认识，深受读者喜爱，代代相传。它不沿袭一般拟人的俗套，而是将人化的春雨的独特性展现开来，给人以别致新颖的审美感受。

凡此种种，独创美表现在文学创作的各个环节中，渗透在文学形象的内容和形式诸多因素之中，并体现出有机整体的艺术特色，将永远是文学家们所追求的审美理想。

第三节　文学形象高级形态的审美特性

在文学作品所塑造的文学形象中，有三类形象可称之为文学形象的高级形态，这就不能不使我们对其审美特性去进行分析和研究。

一、文学典型

文学典型，即文学作品塑造的典型形象，是指具有鲜明而丰富的个性特征，又能高度概括某些方面社会本质规律的，独特的具有较高审美价值和强烈社会效果的艺术形象。文学典型是文学形象高级形态之一，它除了具有一般文学形象的特征之外，还比一般文学形象更富于艺术魅力，表现出更鲜明的美学特征。

马克思在《致斐迪南·拉萨尔》中指出："我感到遗憾的是，在性格的描写方面看不到什么特出的东西。"所谓性格描写的"特出的东西"，指的就是典型的一个重要美学特点："特征性"。"特征""就是组成本质的那些个别标志"，是"艺术形象中个别细节把所要表现的内容突出地表现出来的那种妥帖性"。也就是说文学典型要具有贯穿其全部活动的统摄其整个生命的总特征。又要通过局部"特征"，反映和形成总特征。

"特征"可以是一句话、一个细节、一个场景、一个事件、一个人物、一种人物关系等，高明的作家可以通过特征化把以上各个因素，单独变为传世之作。陆游的《示儿》，把临终的一句遗言变成千古名篇；契诃夫把"打喷嚏"这个细节生发成一篇名扬四海的小说；杜甫的《兵车行》，是通过一个场景，给我们留下大唐帝国穷兵黩武给人民带来严重灾难的历史画卷；鲁迅通过人血馒头治痨病这件事，揭示了中华民族深刻的历史教训和悲剧命运的根源。也就是说，上述因素无论哪一个被"特征化"了，都可以产生不朽之作，可见"特征化"在艺术表现中的巨大能量。文学典型的特征化原则要求作家调动一切方面的特征化表现力，为形成文学典型的"总特征"服务。

文学典型极具魅力，而艺术魅力又是一个模糊的概念。它是文学作品的各种审美素质衍生出来的综合审美效应。文学典型的艺术魅力可以从魅力的表现和魅力的实质两个方面来考察。艺术魅力一般表现为吸引力、感染力和震撼力；而它实质上是由文学典型的真实性、新颖性、诚挚性和蕴藉性造成的。

文学典型的魅力，一般首先表现为吸引力。当《阿Q正传》一章一章地陆续在报纸上发表时，阿Q形象便辐射出一股强大的吸引力，使它成了当时的舆论中心。阿Q之所以产生这样广泛深刻的吸引力，因为它特别能感染读者，震撼人的灵魂，而产生艺术魅力的主要原因在于真实。这是艺术生产的原则，更是马克思主义典型理论的核心，它为艺术典型性规定了严格的历史尺度。当典型以扑面而来的"特征"闯入我们的视野时，就能以它所揭示的现实关系的真理、真相引起欣赏者的强烈共鸣。这样文学典型的吸引力就形成了。如果文学典型所揭示的真理、真相十分深刻，不仅与读者尚处于感性状态的生活体验相一致，而且还能帮助读者把他对生活的体验提高了一步，从而把握了社会生活更深层次的本质，弄清了真相，懂得了真理，读者便会拍案叫绝，形成一种震撼灵魂的审美激动，产生刻骨铭心的艺术感染。所以符合历史主义尺度的真实性，历来是作家创造文学典型的最高追求，也是典型的艺术魅力之第一位元素。

文学典型的艺术魅力，还源于新颖性，就是典型塑造的独创性。在文学典型的画卷里，绝不允许重复。文学典型的新颖，也是文学鉴赏的客观要求。鲁迅告诉我们不仅丑的东西重复使人生厌，即使美的事物也不能重复，老是让人看雷同的美的事物，也会使其失去艺术的魅力。

文学典型的魅力来源于诚挚。诚挚也是"真"的一个侧面。《庄子·渔父》有段议论很有启发性：

孔子愀然曰：请问何谓真？客曰：真者，精诚之至也。不精不诚，不能动人。故强哭者虽悲不哀；强怒者虽严不威；强亲者虽笑不和。真悲无声而哀；真怒未发而威；真亲未笑而和。真在内者，神动于外，是所以贵真也。这段话，深刻地揭示了诚挚的情感与艺术感染力的关系，精辟地论述了怎样才能做到诚挚。典型作为富于魅力的生命活体，一方面典型按照自己性格的逻辑，在一定生活境遇中产生情感；一方面是作家透过典型所折射出来的自己的最诚挚的人格态度和情感。

蕴藉性，也是使文学典型富于艺术魅力的原因之一。文学典型总是给人一种蕴藉含蓄、挖掘不尽的艺术魅力，让你反复玩味、百读不厌。由于作家在塑造典型的过程中，调动了"特征性"因素，使典型思想容量巨大，形成了其内涵的丰富性。

二、文学意象

意象一般以两种形态出现于文学作品中，即单个意象和整体意象。所谓单个意象是文学创作中最基本的、最小的意象单位。而整体意象则是一组或一串意向构成的有机的整体画面，或意象体系。文学意象就是文学形象、艺术形象所表现出来的象征性和哲理性。关于"意象"，我国古代已有比较深入的研究。当代学者顾祖钊有专门研究意象的专著《艺术至境论》可参阅。这里先以马致远的《秋思》为例加以说明：

> 枯藤老树昏鸦，
> 小桥流水人家，
> 古道西风瘦马，
> 夕阳西下，
> 断肠人在天涯。

一般认为在这首散曲中有八个意象。这八个意象不能再分，若再分就失去了它原来的意义。如"枯藤""老树""断肠人在天涯"等，就是单个意象，它们是文学创作中最小的意象单位，它们又是这支散曲中整体境界中的"部件"，它们不能离开整体。

文学意象，就是文学形象或艺术形象。它具有美学特征。

一是主观和客观的统一。即客观存在的与"人心营构之象"的统一。这就是说，意象既是客观的产物也是主观的产物。二是假定与真实的统一。文学意象一方面是假定的，它不是生活本身，另一方面它又来自于生活，使人联想起生活，使人感到比真的还真。所以作品中的日月山川、草木鱼虫可以通人性，屈原可以上扣天门，但丁可以下睹地狱。三是个别和一般的统一。文学意象作为艺术概括的方式，始终不摒弃个别，而且还要强化它，突出它，丰富它，使个别成为独特的"这一个",最终与一般化同步、统一。卢卡契指出:"每一种伟大艺术,它的目标都是要提供一幅现实的画像,在这里,现象与本质,个别与规律,直接性与概念等的对立消除了,以致两者在艺术作品的直接印象中融合成一个自发的统一体,对接受者来说,是一个不可分割的整体。"这里所说的"现实画像",在文学中就是文学意象。《天净沙·秋思》提供给我们的文学意象就是"一幅现实的画像"。它首先表现为一种现象的、个别的、具体的形象画面,然而它却是那个时代落魄天涯、羁旅异乡的人,特别是失意文人的痛苦心情的真实写照。画面虽呈现的是个别失意文人的凄苦情境,但它却概括了整个时代千千万万个知识分子前途渺茫,归宿不定的痛苦,有"以少总多""万取一收"的艺术效果。四是确定与不确定的统一。比如《红楼梦》中的黛玉,作者通过对她的描写,这个文学意象的确定特征:她是宝玉姑妈的女儿,她不是一个丑陋、健壮、愚笨的姑娘,而是一个美丽、聪慧、纤弱而又多愁善感的少女,这些都是确定的。但她具体怎样美丽,怎样相貌、气质神韵,作者虽有描写但极不确定,让读者去想象。《红楼梦》中女儿众多,但形态各异,性格不同,都是通过这种方式来塑造的。

三、文学意境

文学的意境就是情景交融、虚实相生的能诱发和开拓出丰富的审美想象空间的整体意象。它同文学典型一样,也是文学形象的高级形态之一,并具有一定的审美特征。

(一)情景交融

情景交融是意境创造的方法特征。王国维说:"文学中有二元质焉:曰景曰情。"意境创造是把二者结合起来而形成一个新的有机整体。一种形式是景中藏情。如李白的《送孟浩然之广陵》:

> 故人西辞黄鹤楼,烟花三月下扬州。
> 孤帆远影碧空尽,唯见长江天际流。

这首诗全是对客观景物的具体描写,字面上一点也没透露对友人的态度。但从美好的景致中,已透露出对友人的祝福;诗人没有直抒对友人的不舍之情,但通过孤帆远影的消失,表达了诗人对友人的情真意切。在这类意境创造中,作家藏情于景,一切通过逼真的画面来表达,虽不言情,但情藏景中,往往更显得情深意浓。第二种是情中见景。这种意境创造方式,往往是直抒胸臆。如陈子昂的《登幽州台歌》:

> 前不见古人,后不见来者。
> 念天地之悠悠,独怆然而涕下。

这首诗虽不见景物描写,但当你了解了陈子昂写诗时所面临的处境和痛苦心情之后,你的面前就会出现一幅闪耀血泪之光的图画:浩渺无际的天宇,兀然耸立的高台,一位独立苍茫的诗人,这就是诗人为读者开启的审美想象空间。虽不用写景，景却历历在目。第三种是情景并茂，即王国维所说的"有我之境"。这是对以上方式的综合，写景抒情浑然一体。如杜甫的《闻官军收河南河北》：

> 剑外忽闻收蓟北，初闻涕泪满衣裳。
>
> 却看妻子愁何在，漫卷诗书喜欲狂。
>
> 白日放歌须纵酒，青春作伴好还乡。

即从巴峡穿巫峡，便下襄阳向洛阳。这首诗欢畅明快，一气流贯：先写诗人为收复失地激动不已，接着写老妻顿失愁容。于是诗人是漫卷诗书喜若狂，在狂欢中放歌纵酒，畅想回家的路径，如一个天真烂漫的小孩子。诗中处处情态皆现，情景并茂自然天成。

（二）虚实相生

这是意境创造的结构特征。宋代诗人梅尧臣说："必能状难写之景，如在目前，含不尽之意，见于言外，然后为至矣。"这就是说"如在目前"的实的因素与"见于言外"的较虚的部分的统一。融合，是客观事物的再现与联想的审美空间的结合。叶绍翁的《游园不值》正是这一结构的体现：

> 应怜屐齿印苍苔，小叩柴扉久不开。
>
> 春色满园关不住，一枝红杏出墙来。

诗中写诗人去游一座花园，因无人，久叩柴扉而不开，十分扫兴。门前的台阶上长满了青苔，表明一向游人甚少，更添遗憾和惋惜。但突然一枝出墙的红杏，不甘寂寞，伸出墙外，它那盎然的生机引起诗人对满园春色的无限遐想。虚实兼济，体现着实境创造的意象和目的，以及艺术效果。

（三）韵味无穷

这是意境最集中的审美特征。"韵味"是意境中所蕴涵的那种咀嚼不尽的美的因素和效果，它包括：情、理、意、韵、趣、味等多种因素。请看李白的《忆秦娥》

> 箫声咽，秦娥梦断秦楼月。
>
> 秦楼月，年年柳色，灞陵伤别。
>
> 乐游园上清秋节，咸阳古道音尘绝。
>
> 音尘绝，西风残照，汉家陵阙。

这首词气势博大，意境苍凉沉郁。在历史与现实的许多同类事物的对比中，抒发了世事沧桑、社稷飘摇的慨叹，情韵极其丰富。

第四节　文学审美与教育

文学的审美具有娱乐功能、认识功能、审美教育功能，在不同的时代、不同的作品中可以各有侧重，又不可分割。体现在具体作品中的这种各有侧重又不可分割的文学审美功能，恰恰是文学与美育所要探讨的课题。

审美活动在人类生活中占有重要的地位，因此，人们在长期的实践中形成了一种自成体系的教育——审美教育，简称美育。审美教育的根本目的是培养人，引导人熔铸和丰富尽可能完美的个性，设计和完成尽可能完美的人生。具体地讲：美育要培养合乎时代进步要求的审美价值观，用新的审美价值观去影响人的审美意识，指导人们按照美的规律去欣赏美、创造美，满足人们的爱美天性。

美育不像科学知识教育那样注意抽象、概括，也不像伦理道德教育那样注重理性的说教，它引导人在美的天地中漫步、徜徉。这是美育形象性所决定的。美育是一种感情教育，其功效是潜移默化的。它以情动人，以情感人，如"润物无声"的春雨，渗透人们的每个感情领域的各个方面。这是情感性在美育中的运作方式。美育采取一种自由的方式。处于审美者的自觉自愿的主观愿望，靠美的事物的诱惑力来吸引人，无须动员或命令。这是美育的自由性。美的事物不仅悦目动听，而且动心。动神，动态，潜移默化。经过长期美的熏陶和浸染的人，就会形成一种比较完善的审美心理结构和比较高尚的精神境界。这种心理结构和精神境界，一经形成就具有较强的稳定性，为人的精神生活带来深刻而久远的影响。

美包括自然美、社会美、艺术美。美育可以通过多种途径，运用多种形态的美来进行。但在实践中，文学艺术作品对审美教育具有特别重要的意义。因为文学艺术是人与现实审美关系的结晶，是包括自然界在内的整个人类生活的再现和表现。文学艺术的美比其他的美更高，更集中，更典型，更理想，别具深度和新意地揭开了生活中美丑的秘密，让人们从中真正领略到什么是美，什么是丑？为什么美？为什么丑？它能艺术地揭示出生活中各种世态物象，把社会人生奥秘，人的最细微的心曲谱写出来，以最真挚的感情拨动读者的心弦，激起人们深深的共鸣。

文学审美对美育具有重要意义。文学对美育的作用通过语文教材表现出来。语文教材既是一个知识体系，又是一个价值体系，不仅是传授知识的教育，而且是传播和引导一定社会价值观念的教育。语文学科的教学内容是人类智慧的结晶。由于社会生活的复杂性，由于认识者不可避免地参与到认识对象即社会生活中，因此它不能不带有鲜明的价值取向。知识体系与价值体系的结合，是一定历史条件下的产物，体现着一定阶级或国家观念和意志，因此我国的中学语文教育特别重视接受正确的价值观念的教育。

【知识盘点】　文学审美　真实美　情趣美　独创美　文学典型　文学意象
文学意境　审美活动　美育

【随堂练习】

1.什么是文学的审美性？文学的审美性是由哪几个方面构成的？

2.举例分析文学客体的审美属性和文学主体的审美条件。

3.怎样把握文学的审美性与形象性、情感性之间的关系？为什么说文学的审美性是文学的首要的本质的特性？

4.举例说明文学的综合审美，功能。为什么说审美性是对文学功能的深层把握？5.美育的目的是什么？美育有哪些特点？为什么说文学对美育具有特殊意义？

第四章　文学的情感性

【章前导读】　文学的情感性是文学特性之一，情感是人对客观事物是否符合主观需要而产生的态度和体验。文学情感是一种社会高级情感，是一种审美情感。文学情感必须合乎真、善、美统一的原则。文学情感表现为情绪、情感和情操三个层次，它渗透着作家的审美观和情感体验。文学情感有信号机制、自控机制和创造机制，表现方式是对现实中人的情感的提炼和升华。文学情感是创作的动力，但受理性的制约，理导以情，情理要统一。

第一节　文学情感的内涵

一、文学离不开情感

情感是人的心理现象之一，是人对客观事物是否符合主观需要而产生的态度和体验。情感的产生，一方面取决于客观事物的刺激，因为人受了这种刺激，就会对客观事物产生这样或那样的认识，于是在这认识的基础上情感便产生了，另一方面又取决于人的主观需要，因为没有这种需要，人便无动于衷，情感也不会产生，所以客观事物能否引起人的情感，是以人的需要为中介的。总之，情感的产生最终根源在于外在现实，这是外因，人的主观需要是内因，是人的主观需要对客观事物的反应。

人是情感的主体，是情感的载体。在阶级社会里，人是社会的人，每个人都在一定的阶级地位中生活，情感也打上了阶级的烙印。正如毛泽东所说，"世上决没有无缘无故的爱，也没有无缘无故的恨"，我们爱的是人民群众，恨的是敌人。鲁迅之所以伟大，就因为他为了人民解放事业，"横眉冷对千夫指，俯首甘为孺子牛"，他憎恨一切侵略者、压迫者和罪恶势力，他热爱人民群众，心甘情愿地做他们的牛，为他们服务。

列宁曾经指出："没有'人的感情'，就从来没有也不可能有人对真理的追求。"这里所讲的"人的感情"，也就是属于进步的、革命阶级的人的感情，只有这种感情，才能为寻求社会发展和人民幸福的真理而进行不倦的追求。

人的情感是复杂的，除了爱和恨外，还有喜、怒、哀、惧、恶、欲等。但是，不管怎样，情感具有肯定与否定，积极与消极，紧张与轻松，激动与平静，强化与弱化等两极，它们之间相互依存、相互冲突和相互转化。如没有爱，就没有恨；没有欢乐，就没有悲伤；没有紧张，就没有轻松；没有破除颓丧、冷漠的情感，就没有振奋、热情的情感。又如，乐极生悲、破涕为笑，就是情感矛盾的转化。至于情感的两极，有时也会交织一起，如悲喜交加，既爱且恨等。同时，还要看到，情感不仅有两极，而且有高低之分。自私自利、贪婪无厌、追求肉欲、颓废消沉、好逸恶劳、虚伪作假之类情感，是假、恶、丑的情感，都是低级卑下的情感，而那些对社会对人民有利的道德情感、审美情感和理智情感，则是真、善、美的情感，都是社会高级的情感。这真、善、美三种情感，是和假、恶、丑三种情感完全对立的。

道德情感，指的是从道德原则出发，来认识客观现实的各种现象所体验到的情感。如爱国主义和国际主义的情感，社会公德和道德品质的情感，劳动的情感，集体的情感，友谊互助的情感，义务的情感等。

理智情感，指的是在对客观事物的认识过程中所体验到的情感。如热爱科学真理和反对愚昧落后的情感，热爱中国共产党和社会主义的情感，热爱人民的正面情感，反对反动分子破坏社会主义建设的负面情感，等等。

审美情感，指的是人在感受自然美、生活美和艺术美的过程中需要得到审美体验所满足的情感。如欣赏山川之美所产生的情感，见到社会进步美所产生的情感，欣赏文学艺术美所产生的情感，等等。

文学离不开情感，但我们所讲的情感，是高级情感，最主要的是审美情感，这就是我们在文学形象的特征中讲到的对对象美丑的态度和体验。文学当然也体现道德情感和理智情感，但都要突出审美情感，而且它们往往统在一起的。如果说，理智情感求真，道德情感求善，审美情感求美，那么，三者虽有区别，但也可以一致，因为美的情感；总是真的，也总是符合善的，同时理智情感和道德情感，不是抽象地而是具体地体现在作品形象中能给人们以愉悦感受，它们本身也是美的。所以在优秀的文学作品中，真、善、美是统一的。例如，岳飞的《满江红》，陆游的爱国主义诗歌，历史小说，哲理作品和科幻作品，它们所表现出来的道德情感和理智情感，实际上也是审美情感。鲁迅曾经指出：

文学的修养，决不能使人变成木石，所以文人还是人，既还是人，他心里就仍然有是非，有爱憎；但又因为是文人，他们是非就愈分明，爱憎也愈热烈，从圣贤一直敬到骗子屠夫，从美人香草一直爱到麻疯病菌的文人，在这世界上是找不到的，遇见所是和所爱的，他就拥抱，遇见所非和所憎，他就反拨。

这就是说，文学情感是要求真、善、美统一的。是非之感，算是理智情感；爱圣贤和美人香草，憎骗子屠夫和麻疯病菌，则是审美情感，也符合道德情感。在鲁迅看来，作家在创作中的情感要强烈，但这情感要合乎真、善、美的原则。

正因为情感在文学作品中具有重要的地位，所以刘勰强调"情者文之经"。鲁迅强调"创作需要情感"。别林斯基认为"没有感情，就没有诗人"。杜勃罗留波夫认为"诗是以我们内在的感情，是以我们的内心对一切美丽、善良并且理智的事物的向往作为基础的"。托尔斯泰甚至在他的《艺术论》中把艺术看作是情感的感染。总之，情感虽然不是作家所独有，但对于文学创作来说，它的作用特别重要?为什么会有概念化作品的产生?为什么我们要坚决反对这类作品呢?关键的一个原因，就是这类作品干巴巴的，缺乏情感，根本不算是真正的文学作品。

在我们的时代里，革命作家要把优秀的作品献给人民，就必须重视情感的体验。鲁迅就非常重视这一点，他写阿Q坐牢时，曾经想喝醉酒到马路上去打警察，让自己也去坐牢，体验一下阿Q坐牢的情感，这样写阿Q坐牢的心境才会真实。丁玲也有这方面的创作经验，她告诉青年作家：你如果不体验群众的思想感情，而只凭搜集来的"材料"装进你的作品，那你的作品是没有血肉的。

综上所述，我们可以知道，文学的情感性作为文学特征之一，它是和文学的形象性相联系的。没有文学的情感必然也就没有文学的形象性。因为形象离开情感，就成为没有生命的东西。

二、文学情感的三个层次

文学情感大体可以分为情绪、情感和情操三个层次。

（一）情绪

情绪和情感一样，是人对客观事物与自身需要之间关系的心理反应，所以有些心理学家认为情绪即情感，不必加以区分。不过，情绪也有特点，这就是情绪随需要情境而出现，潜在的平静的成分较普泛，情感也由需要情境引发，但更多地表现出稳定性，并以外显方式存在于言谈行踪中，或通过某种微妙方式流露出来。在文学中，表达情绪这一层次的作品也不少。陶渊明的"采菊东篱下，悠然见南山"，宁静的山村景色和悠闲自得的情绪相叠；谢灵运的"池塘生春草，园柳变鸣禽"，春日园林景色和令人欢乐的情绪融为一体；白居易的"水心如镜面，千里无纤毫"，是一种恬淡平静的情绪。禅宗门徒神秀的诗偈"身是菩提树，心如明镜台，时时勤拂拭，莫使有尘埃"原是虚静清净的情绪，但大法师弘忍还嫌他六根未除。行脚僧慧能有见于此，即作两首诗偈：

菩提本无树，明镜亦无台，佛性常清静，何处有尘埃?

心是菩提树，身为明镜台，明镜本清静，何处染尘埃?

这可以说是虚静清净到极限的情绪。王蒙的《杂色》不强调故事情节，主要表现曹千里去供销社为别人购买礼品的"平凡的、平淡的、平庸的"情绪及其各种意识心理活动。表达情绪的作品从内容到形式，其艺术特色是冲淡平和，如涓涓细流，融化于作品的字里行间。

（二）情感

情感常在关系密切的对象之间，表现有意识的注意、联想以及回想等心理活动。凡是作品中人物形象的此类情感活动便多方面表现了文学作品的情感这一层次。柯云路的《新星》《夜与昼》将李向南置于改革大潮的漩涡中，其情感或爱或憎，或喜或怒，展示了各种不同的方面：顺向流动（喜的欲望→哀的干预→喜的实现）、逆向流动（喜的欲望→悲的结果）等多元形态。《红与黑》中于连的内向情感与外向情感的连锁反应。于连开始跻身于上流社会，出于野心欲与占有欲，对市长夫人的"爱欲实现"，是情感的顺向流动。而后东窗事发，被迫离她而进入神学院，则是感情的逆向流动。但是，当彼拉神父把于连推荐给木尔侯爵做私人秘书，不仅野心欲唾手可得，而且情欲也因侯爵女儿玛特尔小姐的青睐而得到满足。这是情感的逆向流动转为倾向流动。在这对情侣幽会过程中，由于两人秉性乖戾反常，喜怒无常而导致情感的曲折流变。结局是于连的被处以死刑，玛特尔小姐亲手埋葬了情人的头颅，德·瑞那夫人为于连的处死而殉情。这又是三人情感汇合于"爱"的热点的顺向流动。

（三）情操

一般说，情操是人的一种特殊的情感层次。它更明显、更主要的是表现了人的道德、责任、信仰以及宗教等社会感情和社会意识。情操是在情绪基础上升华为情感而又递增为情操。情操具有两重色调：既可以是有意识情感的转化，如范仲淹的"先天下之忧而忧，后天下之乐而乐"就是一位封建社会进步人士以天下为己任的高尚情操的写照。也可以是情绪的转化，如李清照忧戚悲惨的愁情转化为对战乱频仍、国家破亡的爱国情感，就是逆增的情操。情操的主要特征是"自我"的超越或牺牲。它与群体共相的"大我"是不同的，但情操可以作为超越或牺牲"小我"而趋向服从"大我"，将情绪、情感升华为群体情绪和群体情感。文学作品中英雄人物情绪、感情的发生、发展和归宿的流动过程，就表现了情操的不同特色。西方古典主义作品中的情操表现往往是单一性的，容易流于某种伦理或政治说教，缺乏艺术感染力。因此，一部作品如果能够以多层次的感情流程作为表现对象，其多层次的立体交叉感就会更鲜明、更丰满。这就必须强化文学感情的组合整体性原则，即将情绪、情感与情操三者组成为统一体，依据特定情况而突出其中的某一层次。果戈理的《塔拉斯·布尔巴》重在表现老塔拉斯·布尔巴那种大义灭亲的爱国主义情操，但也不乏表现他在杀死叛变了的儿子以前的爱子心肠的种种情绪、情感层面。所以，不仅具有爱国主义的深度，而且还具有人性人情的特色，使之富有艺术感染力。

总之，情感的三个层次说明了情感的复杂性，它之于作品，犹如血液之于人体，都是内在的、热腾腾的、不停地流动着，把生机带遍全身。《红楼梦》中的贾政打宝玉，一方面把宝玉打昏过去；一方面又"自悔不该下毒手到如此地步"。《牛虻》中的神父蒙泰尼里，亲笔签字处死叛逆的私生子。但是，当牛虻被杀害以后，他又昏倒了、发狂了。作家写出了贾政、蒙泰尼里的复杂情感，也就把人物写活了。这是由于人物形象有了情感，等于人体有了流动的血液，才获得了生命。

文学作品的情感是作家创作情感的外化。一部文学作品如果不是凝结着作家对生活的独特发现和深层描绘，不是渗透着作家的审美观照和情感体验，就不可能引起人们的情感撞击，就不可能称之为成功的文学作品。

第二节　文学情感的表现

一、文学情感的三大机制

作家如果没有情感，决然创作不出激动人心的艺术珍品。但是光是情感也创作不了艺术。艺术作品的创造，不仅以情感为动力，而且还要以理智情感来调节。这种调节功能是由情感本身的信号机制、自控机制与创造机制决定的。

（一）情感的信号机制

前苏联心理学家彼得罗夫斯基认为："情感是关于世界上所发生的对人具有意义事物的信号系统。"这类信号系统对作家来说，就是客观事物刺激于作家的感官，由于情感的触发，把其中的某些刺激物象予以分解组合，生成与原物不同的意象。它是涂上情感色彩的记忆映象，积淀于大脑神经中枢。当然，在艺术意象生成以前，某些客观刺激物就向作家发射各种不同形态的信号，随时可以影响并改变作家的创作心理定势。如果要保持创作活动合目的地进行，就必须对创作心理随时进行调节，排除有害信号，吸收有益信号。这就要凭借情感体验，使客观事物在作家心灵中成为意象，能动而形象地表现出来。雨果在弱冠之年，看到吉卜赛少女在广场上被吊打的情景，立即在大脑皮层作出条件反射的情感信号。这一信号就是他几十年以后创作《巴黎圣母院》的内驱力。由此可见，作家在感知自然物与社会物组合的客体对象时，必有情感调和着主客观的对应关系。这样，不必说人际关系，就是人与物的关系，也由情感的触发而可以融为一体。无情的物，情感的信号机制也可使之情态化：青山，成为相看两不厌的知己；绿水，成了跳跃欢唱的少女；松柏，成了傲骨铮铮的硬汉；花卉，成了或溅泪、或孤独、或轻薄、或凝重的人格化身或情愫象征。

（二）情感的自控机制

情感自控机制，主要表现为对作家心灵的自我实现与对客观事物的调节选择。在很大程度上，情感的自控机制决定着作家的创作模式，成为作家所采取的方法、手段或技巧的契机。这种创作契机主要是由情感的自控机制激活出来的。鲁迅所说的，感情炽烈时，不宜写诗，是让感情体验处于冷色调，浓缩于"焦点"，对客观事物作出严格的调节选择。贾岛的反复推敲，福楼拜的创作，一天只能写数百字到几千字，并且把情感隐没于客观叙述之中，给人以冷静到冰点之感觉。这是一种情感自控机制形态。而郭沫若则不同，他热情奔放，大发其诗兴。这看来似乎是一种失控现象，其实是让感情体验处于热色调，扩散于"平面"上，对客观事物作出的调节选择。这是另一种情感自控机制形态。所以，任何作家都离不开情感的自控机制，在调节主客观的内在关系时，都有各自的特色、方式。这就是古人所说的"随心所欲不逾矩"。

（三）情感的创造机制

情感的创造机制主要表现在：客观事物的信号机制通过作家心灵的自控机制，在创造机制的激发下，对原来的客观事物进行加工，从而创造出一个艺术世界。在这个不同于生活原型的艺术世界中，活跃着性格各异的形象，显现着环境迥殊的景象。这是情感创造机制发挥了作用。例如，福楼拜于1870年1月给乔治·桑的信写道："我们如今浸在怎样的风俗里面！"可以说，这就是福楼拜潜心于社会世情之后的情感创造机制的自白。正是基于这一契机使作家将《包法利夫人》中的各类人物的命运与生活其中的农村、小镇、庄园的环境相殊的各类景象，水乳交融地描绘出来。福楼拜描写爱玛在农村修道院时，着意将修道院那闭塞灰黯的环境与女主人那忧郁消沉的情调相互感应；福楼拜描写爱玛搬至永镇时，又将小集镇那庸俗卑琐的生活与爱玛那感情积郁的心境相互映衬；福楼拜描写庄园主罗道耳勾引爱玛时，又设置了两人策马游荡庄园密林深处的幽会情景。诸如此类的不同环境的不同景象，都是由情而造的。可见，文学的景象或意境，不是没有感情色彩的一块白板，那是充溢着各种情态的"镜头"组合。

情感的信号机制、自控机制与创造机制，在作家的创作中，有重要的意义。

二、文学的情感表现方式

文学情感与现实中人的情感，在表现方式上是不同的。现实中人的情感来自人的欲念的显在发泄，所谓乐则大笑，悲则大叫。但是，文学情感却要加以节制，正如黑格尔所说的：笑虽然是暴烈的表现，艺术当然不应丧失，但是表现这爆烈情绪，仍然应该表现出它的镇定性。同样，啼哭在理想的艺术作品里，也不应是毫无节制的哀号。黑格尔还进一步以音乐中的声调为例，说明"把痛苦和欢乐尽量叫喊出来并不是音乐"。美国美学家苏珊·朗格也同样认为，婴儿的啼笑，政客的嚎叫，是最强烈的情感外露，但它不是艺术。可见，文学情感决不能照搬现实中人的感情。

文学情感应将现实中的人的情感升华，即必须经过作家的心灵纯化。我们不妨称之为对现实中的情感的艺术再造：扬弃其轻浮性，保留其凝重性；扬弃其矫揉造作，保留其淳朴性；扬弃其感官刺激，保留其合理性。如黑格尔所高度赞美荷马史诗中那种不可磨灭的出自神仙似的笑声，这种上升为文学情感的笑声不同于生活原发性的笑声，而是"从神仙的和悦静穆的心境中发出来的，只表现明朗的心情，没有什么片面的放肆"。

人的情感有种种需求，如物质需求、情欲需求、成就需求、爱美需求与赞扬需求等。文学情感表现上述需求时都要加以提炼，并与要着重表现的审美需求联系起来。换言之，文学情感表现人的所有需求，必须给人以一种高于肉欲快感的审美感。

人的情感的表现方式，除了表情外，也借助于语言手段。另外，人的感情富有个体性。张三的感情就是张三的感情，不可能是李四的感情，而与之交往的对象也只能接受张三的感情，而不能接受未曾交往的李四的感情。文学情感的表现方式，其语言文字，也是经过情感提炼的文学语言。无论作家抑或创作对象，均弥漫着情感色彩。与人的情感的个别性特点不同，文学情感除了人物情感外，主要是作家对情感的具体概括，如《红楼梦》中宝玉、黛玉、宝钗三人情感的具体概括，不仅含有"这一个"的个体性质，而且还带有较广泛的共体性质。这就是说，文学情感包孕了社会共相的情感，能为广大接受者所共鸣。

总之，文学感情来自情感而又超越现实中人的情感。作家之所以能够将人的情感转化为文学情感，一个重要因素，在于作家的创作心理积淀着理性意识与审美理想。

第三节　文学的情理关系

一、情感是文学创作的动力

（一）文学情感的功能

文学创作需要情感。没有情感，就没有文学的生命力。生理挂图、动植物标本以及宣传画（如计划生育）等，尽管其生理形态精确，有解剖与宣传效应，但是，不能打动人的心灵，而齐白石的虾，情趣盎然，徐悲鸿的奔马，气势昂扬。这类作品之所以能够撞击心灵，感应人的性情，主要是情感的功能。

对于文学情感的功能，在中国古今文论里有很多论述，如：《毛诗序》说诗歌是"情动于中而形于言"，陆机《文赋》说"诗缘情而绮靡"，上面提到的刘勰《文心雕龙》倡导"为情而造文"，白居易《与元九书》把情感看作诗歌的根本。没有情感之根本，就没有创作的花果。在西方，巴尔扎克说他创作《人间喜剧》都是"以热情为元素"。托尔斯泰说作家创作最首要之点，是"在自己的心里唤起曾经一度体验过的感情，并且在唤起这种感情之后，用动作、线条、色彩，以及言词所表达的形象传达出这种感情，使别人也能体验到同样的感情，这就是艺术活动。"黑格尔认为"艺术的目的就是被规定为：唤醒各种本来睡着的情绪、愿望和情欲，使他们再活跃起来；把心填满……在赏心悦目的观照和情绪中尽情欢乐"。苏珊·朗格认为艺术是情感与形式的融汇：一方面"一件艺术品，经常是情感的自发表现，即艺术家内心状况的征状"；另一方面"'活的形式'是所有成功艺术的必然产物，它表现了生命——情感、生长、运动、情绪和所赋予生命存在特征的东西。"综上所述，中外古今的文学家美学家都有一个起码的共识：文学情感的功能在于它是文学的生命力所在。

（二）文学情感的实践性

在创作中，情感之所以如此重要，它是怎样发挥功能呢？

1.情感与对象融为一体

作家进行创作时；他的情感体验，随着时间的流逝与空间的扩展，逐步进入"高峰体验"的境界，情感与对象情感融化在一起，"你中有我，我中有你"，任谁也不能将这个情结排开。屠格涅夫创作《父与子》，就把自己化身为巴扎洛夫，为他写日记，想他之所想，言他之所言，行他之所行。福楼拜创作《包法利夫人》时，写到包法利夫人爱玛服毒自杀时，"自己一嘴砒霜味，像中了毒一样，把晚饭全吐出来了。"巴尔扎克的朋友前来探望作家，从屋里传出巴尔扎克大吵大闹的声音，推进门，巴尔扎克说，我的主人公正在吵得不可开交，你一来，吵不下去了。同样，汤显祖写《牡丹亭》，天天与剧中人物柳梦梅、杜丽娘、春香打交道，难解难分。有一天，他忽然失踪了，家里人四处寻找，忽听后院柴屋里传出阵阵哭声。原来汤显祖躲在这里写《忆女》一场，丫环春香想起杜丽娘生前对她的厚爱，又哭又唱："赏春香……还是你，……旧罗裙……"。汤显祖与小春香同心悲恸。这一些创作实践说明作家情感与对象情感互为融化，无形的情感纽带把两者凝聚成"合二而一"的角色了。

2.情感移入对象

作家的情感达到饱和点，所谓"登山则情满于山，观海则意溢于海"，可以把无生命的作为有生命的，予以描绘。田园诗人的山水诗，把山水之美写得有灵有性，让接受者赞叹不已；还可以把非人视为人，予以塑造。高尔基的《海燕》就是将情感移给海燕，表现革命者的勇敢战斗。毛泽东的《咏梅》也是将情感移给梅花，表现无产阶级革命家的崇高品格和无畏的斗争气魄。其他，诸如寓言童话和神魔小说中的非人对象，由于作家予以拟人化描写，赋予情感，也被写活了，具有审美魅力。

3.情感火山爆发

作家情感激起，往往将郁结于心胸的激情喷薄而出。这个"喷薄点"就是他所定的"诗眼"或"文眼"，以此作为宣泄情感的"火山口"，让奔突于地层的情感岩浆般喷涌而出。这种情感在浪漫主义诗人身上尤为鲜明。屈原以"离骚"为情感爆发的火山口，让忧患意识，爱国思想喷涌而出。郭沫若赤着脚在石子路上奔跑，倒在地上睡觉，感触地球母亲的皮肤，受她拥抱亲昵，看似发狂，却是感受着情感的逼迫，创作了《地球，我的母亲》。浪漫主义作家都有类似的创作心态。

4.情感多重显现

海明威提出冰山理论，是说创作如同一座冰山，30%露出海面，70%沉入海底。爆发是情感的强烈，冷静是情感的深沉。作家直面人生，以"感情折光"来寻找宣泄点。萧伯纳的幽默诙谐、马克·吐温的妙趣横生、鲁迅的冷嘲热讽等，就是文学情感多重显现，在冷静的后面奔涌着情感潜流。

二、理性是文学创作的导向

（一）创作理性的重要性

黑格尔说："艺术用来感动心灵的东西可好可坏，既可以强化心灵，把人引到最高尚的方向，也可以弱化心灵，把人引到最淫荡最自私的情欲。"由此看来，文学创作除了情感外，还要理性的制约，而理性起着导向作用。理性的导向作用是决然不能忽视、不能否认的，因为作家面对着社会的各色生活、人们的精神状态，首先要把握现象与本质、偶然与必然、个别与一般等范畴的辩证关系。然后才能"按照美的规律塑造物体"。而在其形象创造的全过程中，不是单个的孤立的，而是"在社会历史领域内进行活动的，全是有意识的，经过思虑或凭激情行动的。追求某种目的的人，任何事情的发生都不是没有自觉的意图、没有预期目的的"。作家的创作心理是作家对周围人物事件的能动自觉的反映，体现了他的审美的理性意蕴。创作理性不能完全等同于政治、哲学与伦理，但是在审美认识、审美情感中，渗透着以上诸因子，则是无疑的。创作理性包容着审美认识、智力活动与创造目的的整合机制。作家凭借这整合机制，建构其艺术大厦。当然，理性不是抽象的，是具体的，有正误之分、高低之别。列宁说过，真理多走一步就成为谬误。这需要作家正确把握。正确理性具有正面导向作用，谬误理性则有负面导向作用。

（二）创作理性的实践性

文学史上，有社会责任感的作家，创作实践总是以正确理性观念作为自己的导向的。它表现为完善形象、拓展背景与深化意蕴等三方面。

1.完善形象

歌德说：诗歌创作，"艺术想象为理性观念塑造或发明了形象，鼓舞整个人类。"他的浮士德形象就是在理性光辉照耀下，塑造成为"鼓舞整个人类"的追求真理的典型。托尔斯泰在创作《安娜·卡列尼娜》时，准备将女主角塑造成为道德败坏的女人，而后来经过理性观念的浸润，并以此为创作导向，将她塑造成为追求个性自由反对农奴制官僚的解放型女性形象。这就大大完善了人物形象的典型意义。

2.拓展背景

作家的创作如果能够最大限度地发挥理性的导向作用，就能将作品的社会环境与时代背景向横广纵深拓展。香港作家梁凤仪的《拥抱朝阳》，本是表现香港企业家的盛衰际遇的，而且只有两家的纠葛，但是梁凤仪却把情节的空间从香港拓展到上海，以世界东方的这两大都市为商场角逐主战场，把时间又置之于1997年

7月1日香港回归祖国这一历史大背景中,所以大大超越了一般恩恩怨怨的爱情描写,情人之爱交织着祖国之爱,给人有回肠荡气之感慨。

3.深化意蕴

作家的创作如果仅是卖弄噱头,就以制造情节的紧张、语言的笑料为满足;如果以理性为导向,就会不断深化意蕴。托尔斯泰创作《复活》,原本以科尼的故事为素材,仅仅表现聂赫留朵夫与玛丝洛娃的性爱纠葛以及他良心的忏悔与道德的复活。可是,他经过理性的反思,以调整结构的方式,首先向法律的不公正宣战,其次揭露农奴制的残酷,最后表现复活的母题是玛丝洛娃在流放中终于寻觅到一条与革命者结合的新生之路。这就是创作实践中理性导向作用的鲜明表现与生动说明。

显然,作家情感与创作理性不是一分为二的对立物,而是合二而一的混合体。当然,某些作品的侧重面可以有其不同的特性,例如抒情的与哲理的,抒情散文与议论散文,言情小说与哲理小说(法国启蒙主义者所写的哲理小说)等。但是,不能由此作为非理性反理性或非情感反情感的依据。文学史上的纯情论与唯理论都是片面的,只有情理合一的创作观才是全面的看法。

三、文学创作的情理融汇论

(一)情理融汇的理论

康德在《判断力批判》一书中,将理性判断凌驾于感性想象之上,指出:"有了想象,艺术只能算是有'才';有了判断,艺术才能说得上是'美'……美术需要想象和理解、才情和鉴别力。"康德还阐明:诗歌创作是诗人超越经验的限制,运用想象力使诗作具有圆满完善的形象。而在整个过程中"感情和理性所提示的典范是在相竞赛的,看谁能达到最伟大的境界。"康德关于理性凌驾感性的说法以及两者竞赛说,似欠妥切。黑格尔的论述,比康德全面些。

黑格尔在《美学》中认为:"艺术作品所处的地位是介乎直接的感性事物与观念性的思想之间的。"黑格尔有意识地在"介乎""之间"下面打了着重号,似乎是对康德的凌驾说与竞赛说的异议,强调"之间"的特点既不是纯粹的思想,也不是单纯的情感,而是一种彼此融汇的混合体。如何混合呢?黑格尔没有展开。倒是普列汉诺夫说得正确:"艺术既表现人们的情感,也表现人们的思想。但是并非抽象地表现,而是用生动的形象来表现。"这种情理融汇论,在中国古代文论中阐述得更加言简意赅:"情者文之经,理者辞之纬,经正而后纬线,理定而后辞畅,此玄文之本源也。"以上情理融汇论的阐述,是符合文学创作实际的。

作家的情感与意识都是源于客观社会生活的,作家对客观生活的情感体验也罢,理性观照也罢,往往在大脑神经中枢发生"刺激反应"模式。客观的刺激与作家的反应,形成了双向往返过程。这个过程是"发生认识"时既分流又整合的复杂过程。所谓分流是指触目注视于某一人某一事与某一物的形状性态。当"刺激反应"在大脑神经中枢多次反馈以后，传导出兴奋性情感弥漫于大脑右半球，而后又扩散于大脑左半球。主抽象思维的大脑左半球进行理性思考。可见，情感的弥漫扩散给理性以相应的范围，理性的凝聚给情感的流散以相应的方向，稳固情感，定性定位，将情感由朦胧嬗变为清晰，由表层导向深层。这就是发生认识论关于情感激活与理性规范的"刺激反应"模式。

马克思主义文学理论认为情与理是辩证统一的。人的认识过程是由感性而至理性的。作家作为个体的人，对生活的认识总要受到一定条件的限制。如何突破这个限制呢?只有在活蹦乱跳的"这一个"人、事与物前面，激发出创作情感，突破相应的限制，由个别向一般逼近，由感性向理性逼近。反过来，又强化个别感性形象。情感不仅牵引认识通向理性王国，而且可以纠正原先理性认识的偏差，弥补原先理性认识的不足，真正把握人、事、物的本质特征，进行文学创造。例如，巴尔扎克的理性——政治信念是坚定的保皇党，但是，创作激情反而突破他原先的理性观，在其文学创作中，毫不掩饰地赞赏圣玛丽修道院的共和党英雄们。由此可见，创作的创作激情往往可以冲破其谬误的历史偏见，而融汇于正确或比较正确的理性。这种情理融汇的现象，巴尔扎克是一个范例。今天，富有社会责任感的革命作家更是如此。我们可以从他们的强调学习马克思主义、毛泽东思想和邓小平的伟大理论以指导创作文学实践中，得到有力的验证。

（二）情理融汇的创作实践

鲁迅依据现实主义的创作原则，在给许广平的信中说:"情感正烈的时候，不宜作诗，否则锋芒太露，便将'诗美'杀掉。"鲁迅以自己的诗作实践了这一原则。他在日本留学时，在幻灯片中目睹日本军国主义的战争叫嚣的场面，感情十分愤懑。尔后，对日本侵略中国的战争表示愤慨，不断反思祖国的衰弱，当局的腐败，又苦于自己救国无门，于是创作了一首诗:"灵台无计逃神矢，风雨如磐暗故园。寄意寒星荃不察，我以我血荐轩辕。"铄古震今，激励后人。可见，创作情感固然十分重要，但是应该经过理性的处理，让情感得到提炼，成为群体性情操。理性给予情感的不断反思，就使创作越个体性而又富有历史浓度与社会意蕴，闪烁着艺术的理性之光。法国诗人艾吕雅1942年给爱妻努施写了一首诗，每节末句"我写着你的名字"，结尾写道:"我生来是为了认识你，为了叫你的名字。"但是，他想到祖国被希特勒侵略，人民生活在希特勒铁蹄下渴望自由，于是将诗题《给努施》改为《自由》，提高了诗作的境界。

我们再从另一视角反证理性导向与否的不同效应。

18世纪后期，英国流行感伤主义文学，理查逊的《克莱丽莎》描写一位少女的惨剧，充满感伤和哀怨，心理刻画细腻感人。斯泰恩的小说《感伤的旅行》以及"墓园诗派"的诗作，多写少女夭折，夕阳西下，黄昏落叶，墓地凄凉的容易打动心灵的人、事、物，以期引起人们对月伤怀，看花落泪。可是，失恋殉情而缺乏理性意蕴，就很难在文学史上立足。但是，歌德的《少年维特的烦恼》却在感伤主义的情场中，融进了卢梭的启蒙思想——回归自然、向往自由以及天赋人权，与其说是为情场失恋殉身而感伤，毋宁说是对黑暗社会愤懑的悲痛。这主要原因是歌德将情感与理性有机结合，融进小说的情节、人物的心灵，大大超越了感伤主义窠臼，而成为德国启蒙运动的重要作品。比这部小说更有说服力的是，歌德创作长达六十年的《浮士德》诗体小说就是通过浮士德博士与魔鬼梅非斯特的多重关系，表现了人是怎样摆脱中世纪的蒙昧状态，经历种种痛苦，不断探求真理，最后走向胜利。这部恢弘巨著被文学史家誉之为：从文艺复兴以来三百年历史的总结。

世界大作家的创作实践告诉我们：情感与理性的互动关系——情感的冲动为理性所制约，而理性的生成为情感作向导，将在优秀作品的社会效应中得到进一步的验证。

（三）情理融汇的社会效应

情理融汇的社会效应表现在发挥作品的审美魅力与满足读者的审美享受两大方面。

首先，发挥作品的审美魅力。文学体裁是由二分法三分法四分法而至庞大的谱系。但是，追本溯源，乃是抒情与叙事两大系列。抒情文学情感的审美魅力，主要是诗人的创作能够确定诗情的凝聚热点，以此切入诗作的横断面，再理出一缕牵引心灵搏动的情思。试看台湾诗人余光中的《乡愁》：

小时候/乡愁是一枚小小的邮票/我在这头/母亲在那头。长大后/乡愁是一张狭狭的船票/我在这头/新娘在那头。后来啊/乡愁是一方矮矮的坟墓/我在外头/母亲在里头。而现在/乡愁是一湾浅浅的海峡/我在这头/大陆在那头。

这首诗以"乡愁"为凝聚热点，切入时、空、心等三大阈限——时间，从"小时候"进入"长大后"再到"后来啊"而又至"现在"；空间，从大陆内的母子生离到海峡的夫妻分手再到异地间的母子死别；心间，从母子夫妻之情缘扩展到游子与祖国的眷爱。字里行间，汹涌着情感的波涛，蕴蓄着理性的因子，使人们亢奋而又沉思。这个审美魅力是由于诗作所抒发的生活是概括的，情理的特征是特殊的。诗人在创作时，选择了一个非常独特的假性契合点，营造了一个新的结构，结果使情与理双方都升华到新的境界。我们吟诵此诗，可以作出审美把握：对于客观生活特征来说，是在假定性中的强化；对于意象创造来说，是一种创新——从个体之情到群体之爱，只有意象更新了，情理特征才真正被强化到具有审美魅力的高度。

其次，满足读者的审美享受。作家的创作目的是把自己的作品奉献给时代社会的接受者，期望他们对之审美鉴赏评论。为此，作家广泛而深入地把握现实、描绘人生时，就要开拓自己的情怀，提高自己的意识。只肯具备充塞天地的胸襟情怀，囊括人世的浩然正气，其作品才能在接受者的心坎中引发强烈的共鸣。一切真正优秀的作品所表现的，都是从社会历史激流和人民的生活斗争中汲取来的火热的激情与睿智的理性。反映当前市场经济生活的作品诸如《情满珠江》《苍天在上》《英雄无悔》与《极限人生》，都是作家将情感理性融化进社会大变革中的作品，满足了读者的审美享受。

我们知道，作家对人生的审美情感、对生活的理性评价，必然渗透于形象之中，成为形象的血液精髓。即使是有哲理意味的一些格言也是建构于艺术形象的细胞。读者面对艺术形象的魅力，之所以能够产生审美感，是由于作家将理性意蕴与情感猛烈撞击，迸发出激动人心的闪光点，大大满足读者的审美享受。

【知识盘点】　文学情感　道德情感　理智情感　审美情感　情绪、情感和情操　信号机制　自控机制　创造机制　情感升华　情感　理性　实践性　情理融汇论

【随堂练习】

1.什么是情感?文学情感和道德情感、理智情感的区别和联系。

2.以具体作品为例，说明文学情感的三个层次。

3.文学情感在创作中是怎样表现的?作家怎样发挥其情感机制?

4.为什么说文学情感是创作的动力?

5.为什么说理性是创作的导向?

6.从创作上说明情理的关系。

第五章　文学是语言艺术

【章前导读】　文学是人类特有的审美活动，属于审美意识形态。如何理解文学区别于其他艺术门类的具体性质与特征呢?这是最终回答"文学是什么"问题的关键所在。

我们要研究文学的审美属性，主要就是研究文学塑造艺术形象的物质手段。只有从文学的语言造型机制入手，剖析文学形象的生成规律，才能最终解释文学形象的种种艺术特征以及它与其他艺术门类的区别。

本章将通过文学与其他艺术门类的比较，阐述文学作为语言艺术的审美属性、文学用语言创造艺术形象的内在机制以及文学语言和文学形象的艺术特征，从而揭示文学自身的具体本质规律。

第一节　语言是文学的第一要素

一、艺术的分类

艺术可以按不同的标准进行分类，主要有以下六种。

（一）按艺术形象的存在方式分类

艺术可以分为时间艺术与空间艺术。时间艺术如音乐；空间艺术如绘画和雕塑。

（二）按艺术形象的感知方式分类

艺术可分为视觉艺术、听觉艺术与想象艺术。绘画、雕塑是视觉艺术；音乐是听觉艺术；文学是想象艺术，读者需要通过自己的想象获得艺术形象，作家并不直接给出具体的形象。

（三）按艺术形象的展现方式分类

艺术可分为静态艺术与动态艺术。前者如绘画、雕塑和建筑；后者如舞蹈，以活动的方式呈现。

（四）按艺术与现实的关系分类

艺术可分为再现艺术与表现艺术。再现艺术致力于再现事物原貌或近似原貌的艺术形象，如绘画和雕塑；表现艺术则致力于表现艺术家的内心感受，如音乐。

（五）按艺术的功能分类

艺术可分为实用艺术与美的艺术。工艺美术和建筑就属于实用艺术。

（六）按审美体验的传达方式分类

艺术可分为造型艺术、表演艺术与语言艺术。这是最主要的一种分类方式，也是本章阐述文学与其他艺术门类区别的分类方法。

1. 造型艺术

造型艺术是指运用一定的物质材料塑造静态可视性的平面或立体的形象以传达艺术家独特的审美体验的艺术门类。主要包括绘画、雕塑、建筑、书法、摄影、工艺美术等。造型艺术必须运用一定的物质材料。比如绘画要运用颜料和画布、纸张等材料来塑造静态的艺术形象，表现色彩美；雕塑要运用石料、泥土、青铜以及其他各种物质，塑造出具体可见的"体积形态表现造型的美"；建筑要运用砖、石和混凝土，以"组合、形体、比例、色调"等要素表现造型美；书法要运用笔、墨、纸等工具；摄影需要相机和相纸等。不同的材料属性决定了不同的表现手段。

2. 表演艺术

表演艺术是指通过人的活动塑造动态过程性的艺术形象以传达艺术家独特的审美体验的艺术门类。主要包括音乐、舞蹈、戏剧、影视等。表演艺术的核心特征是人的参与。例如舞蹈，主要依靠人的动作、形体，包括手势、表情等塑造动态的艺术形象，表现动作的美，以此传达艺术家的审美体验；戏剧、影视是综合性的艺术，要运用文学、音乐、绘画、建筑、舞蹈、雕塑等各种表达手段，表现综合的美感，但这一切都要依靠演员的动作、语言和神态等活动来呈现；音乐的情况比较复杂，其中声乐就是通过人的歌唱行为来传达的，而其他演奏音乐，虽然需要乐器发声，但终究还是人的活动参与造成的。

3. 语言艺术

语言艺术指的是文学。与其他的艺术比较起来，作为语言艺术的文学只能用抽象的符号系统"语言文字"作为表达的工具和构成的材料。

二、文学用语言塑造形象

（一）文学是用语言塑造艺术形象的艺术门类

文学是语言艺术，是用语言塑造艺术形象、反映社会生活、传达作家对人生独特的审美体验的艺术门类；用语言塑造艺术形象是文学区别于其他艺术门类的本质特征。尽管我们还可以从其他方面界定文学，如从艺术形象的感知方式、艺术形象的存在方式以及艺术形象的展示方式等方面，但唯有从造型手段与物质材料的角度入手，才能揭示文学区别于其他艺术门类的本质特征。

（二）语言是文学作品的物质载体

文学是以语言（文字）为物质材料呈现在人们面前，供人们阅读的。离开了语言，文学就无法存在。文学的物质材料、表现工具和传播媒介都是语言文字，因此，它只能用语言文字来描写艺术形象，表现文学语言的美。

文学作品的意义结构包括"言"（语言）、"象"（形象）、"意"（意义）、"道"（本质）四个层面。"言"这一层面指的是文学作品首先呈现于读者面前、供其阅读的话语系统，这是作家选择一定的语言材料，按照艺术世界的逻辑创造出来的，是作家的创造性物化的形态；"象"这一层面指的是读者在阅读文学的"言"即话语系统过程中经过想象和联想在头脑中唤起的动人的生活图景；"意"和"道"指的是文学话语系统内在蕴涵的思想、感情和哲理，是纵深的层次。可见，对文学来说，它的意义生成的基础是它最基本的构成材料——语言，没有语言，其他的都不存在。

（三）语言是文学的第一要素

语言艺术是指运用语言调动人们的经验与想象，在读者的头脑中唤起艺术形象以传达艺术家独特的审美体验的艺术门类。

语言是文学的第一要素，苏联作家费定说，"文学形象是语言塑造出来的"，要研究文学，"语言应是注意的中心"。文学的许多特点，尤其是一些其他艺术门类不具备的特点，比如形象的间接性、擅长描写人物的内心世界等，都是由语言这种特殊的造型材料所决定的。

三、语言与其他造型手段的关系

（一）艺术分类的相对性

任何分类都只有相对意义，这就造成了艺术的物质手段和表现手法互通与借鉴的可能性。

文学被划分为想象型的艺术，突出的是其艺术形象呈现的间接性，读者欣赏作品需要通过语言文字提供的信息，结合自己的经验感受在头脑中经过想象和联想创造出艺术形象。其他艺术类型，比如绘画和雕塑，虽然是将物质的形象直接呈现在欣赏者的面前，但是欣赏者并不是完全被动地接受，也要经过想象得到审美体验。如罗中立的油画《父亲》，描画的是一个头戴白羊肚手巾、满脸岁月刻痕的老农形象，它的艺术震撼力在于唤醒了我们对这一主题背后的历史文化以及亲情的想象。再如古希腊雕塑《拉奥孔》，刻画的是拉奥孔父子将要被巨蟒缠死时的刹那间情景，艺术家以静态的方式呈现动态过程中一个关键时刻的形态，从而为欣赏者提供了一个契机——透过静态形象想象出一个撼人心魄的悲壮过程。所以，不同艺术类型之间，在手段和方法上是可以互相借鉴的，这种借鉴往往是艺术家发挥创造性的地方，也是艺术作品突破自身形式局限的一种方式。文学作为以语言为物质手段的艺术，同样可以借鉴其他艺术门类的创作手段，并且具有更大的自由度，既可以生动细腻地刻画形象，又可以提供给读者较大的想象空间。

文学对其他艺术类型的借鉴既存在于文学内部的表达，又存在于文学外部的形态。

（二）文学语言借鉴造型艺术

文学作品要描绘艺术形象，往往要借鉴造型艺术的手段。绘画运用色彩、线条和明暗等手法呈现一个艺术形象的具体形态；文学作品在刻画形象时则是调动与事物外部形态相关的词汇，提示读者在头脑中形成一个鲜明的意象。苏轼称赞王维的作品："味摩诘之诗，诗中有画，观摩诘之画，画中有诗。"作为诗人兼画家的王维，其诗作与画作融会贯通——诗中有画境，画中有诗意。如《使至塞上》：

> 单车欲问边，属国过居延。
> 征蓬出汉塞，归雁入胡天。
> 大漠孤烟直，长河落日圆。
> 萧关逢候骑，都护在燕然。

这首五律诗情景交融，描绘的画面十分开阔，和谐。全诗首尾叙事，中间写景抒情，线条清楚，色彩鲜明，风格雄浑，充分体现了诗歌创造绘画美的语言技巧。

还有"明月松间照，清泉石上流"、"渡头余落日，墟里上孤烟"这些千古名句皆以此胜。在现、当代的文学作品中也有很多作家注意借鉴造型艺术的手段，比如借鉴绘画，选用富有色彩的意义的词汇描写艺术形象。如：

> 这时我的脑海中忽然闪出一幅神异的图画来，深蓝的天空中挂着一轮金黄的圆月，下边是海边的沙地，都种着一望无际的碧绿的西瓜。

> （鲁迅《故乡》）

在这里，作家调用了色彩词汇"深蓝"、"金黄"、"碧绿"等，向读者展现了一幅明丽愉悦的海边月夜图，具有很强的艺术感染力。再如：

> 绿柳丛中露出雪白的粉墙，黑漆大书四个字"鸡鸭炕房"非常显眼。

> （汪曾祺《大淖记事》）

作者将一些寻常词语"绿"、"雪白"、"黑漆"调动起来，组成了视觉效果很鲜明的形象。

许多作家借鉴建筑艺术的形式美，提出文学语言结构整齐的"建筑美"，旨在构筑文学语言外部形态上的美感，例如徐志摩的诗《再别康桥》，全诗七节，每节四行，每行六七个字，单行提行，双行压行，错落有致：

> 悄悄的我走了，
>
> 正如我悄悄的来，
>
> 我挥一挥衣袖，
>
> 不带走一片云彩。

还有贺敬之、郭小川的自由诗创造性地发展了"楼梯式"，如：

> 东风
>
> 红旗
>
> 朝霞似锦
>
> 大道
>
> 青天
>
> 鲜花如云

（贺敬之《十年颂歌》）

此外，就文学的外部形态而言，其存在方式也可以借用造型的手段。例如书法与诗配画（题画诗），不同艺术类型的结合增加了彼此的艺术感染力。

（三）文学语言借鉴表演艺术

表演艺术中的朗诵、声乐和舞蹈对旋律、声韵和节奏都有严格的要求。文学作品的创作不但要文从字顺，而且要做到朗朗上口，尤其是诗歌，在韵律上要求更严。唐诗是我国古典诗歌的高峰，其成就主要得益于格律形式的成熟和完美——规定严格的停顿（一般是四言二顿、五言三顿、七言五顿）；调配声调，平仄起伏；讲究押韵等。作家通过对语言"音乐性"和"节奏感"的加强，达到诗歌和谐整齐的感官审美效果，从而促进情感的抒发和意境的创造。例如，杜甫的《闻官军收河南河北》：

> 剑外忽传收蓟北，初闻涕泪满衣裳。
>
> 却看妻子愁何在，漫卷诗书喜欲狂。
>
> 白日放歌须纵酒，青春做伴好还乡。
>
> 即从巴峡穿巫峡，便下襄阳向洛阳。

这首诗一气贯注，奔流直下，它的每一个音节都像春天的圆舞曲，飞转着轻快的旋律。以"传"、"闻"、"涕"、"看"、"卷"、"喜"、"放"、"还"、"穿"、"向"等连续的动作，构成快速的节奏，而颔联和颈联对仗工整，音韵和谐，全诗押响亮的"ang"韵（裳、狂、乡、阳），抒发狂喜的心情。

再如当代诗人郭小川的《甘蔗林——青纱帐》：

> 南方的甘蔗林哪，南方的甘蔗林！

> 你为什么这样香甜，又为什么那样严峻？
>
> 北方的青纱帐啊，北方的青纱帐！
>
> 你为什么那样遥远，又为什么这样亲近？
>
> 我们的青纱帐哟，跟甘蔗林一样的布满浓荫，
>
> 那随风摆动的长叶啊，也一样的鸣奏嘹亮的琴音；
>
> 我们的青纱帐哟，跟甘蔗林一样的脉脉情深，
>
> 那载着阳光的露珠啊，也一样的照亮大地的清晨。

这首诗音节匀称，基本上是长句；节奏和谐，每行停顿数差不多；合辙押韵，有的诗节连韵（荫、音、深、晨等都押"en"韵）；运用词语反复和对偶句式展开描述，加强抒情，形成鲜明的节奏。

其他体裁，如小说、散文，也有如此借鉴的现象。例如《水浒传》中关于武松的一段动作描写：

武松再把右手去地里一提，提将起来，望空只一掷，掷起去离地一丈来高，武松双手只一接，接来轻轻地放在原旧处。

这段话读起来具有上承下接、铿锵悦耳、节奏鲜明的音乐美，主要运用了同字顶真，首尾蝉联的修辞技巧，因此受到评论家金圣叹的称赞："提"与"提"字顶真，"掷"与"掷"字顶真，"接"与"接"字顶真。又如冰心的《往事·二》：

今夜的林中，也不宜于高士徘徊，美人掩映——纵使林中月下，有佳句可寻，有佳音可赏，而一片光雾凄迷之中，只容意念回旋，不容人物点缀。

这段文字，由于整散结合，散中有整，特别是句中四字格（如"高士徘徊"、"美人掩映"），对偶整齐，音节和谐，平仄交错，读起来抑扬顿挫，流畅悦耳。

语言艺术借鉴造型艺术和表演艺术，讲究语言的形象性、语音的和谐度和句式的整齐规整，结合起来增强了文学的艺术性。

（四）借鉴与借用的实践基础是综合艺术

文学对其他艺术表现手段的借鉴，一方面是出于自身表达的需要，另一方面是出于实践的要求。

不少文学体裁本身就是综合艺术的一部分，文学在综合艺术的创作及演出实践中必须适应、配合其他艺术形式，同时接受其他艺术形式的影响。如诗、词、曲、戏剧与影视文学。诗歌在最初产生时就是用于歌唱的，词、曲也是为歌唱而作的，所以必须符合韵律和节奏的要求：戏剧和影视属于表演艺术，而舞台表演强调语言的动作性、冲突性以及口语化，最初的文学脚本变为案头之作时，这种影响也依然存在。例如郭沫若《屈原》的一段：

风！你咆哮吧！咆哮吧！尽力地咆哮吧！在这暗无天日的时候，一切都睡着了，都沉在梦里，都死了的时候，正是应该你咆哮的时候，应该你尽力咆哮的时候！

剧本中这一段是人物的心灵独白，具有很强的抒情性，也有明显的音乐性，适于演员舞台朗诵，可谓"声情并茂"，带有明显的戏剧特征。

（五）借鉴与借用的心理机制是通感

文学与其他艺术相互借鉴的心理基础是通感。人的视觉把握事物的空间特性：体积、面积、色彩和形状等；听觉把握事物的声音特征：音高、音强和音色等；触觉把握事物的质地：软硬、脆韧、冷热等。人们在日常生活中用语言表达不同的感觉时也常用通感的手法，例如形容颜色特征用"色调"一词。"调"本是音乐名词，不同的音乐给人带来的情感影响是不同的，低音往往使人沉郁，高音常常使人兴奋。而不同的颜色也会对人产生不同的情绪影响，因此就有了"色调"的划分：红色和黄色属暖色调；蓝色和紫色属于冷色调。人们也可以借用视觉和味觉的特征词来形容声音，比如说某位歌唱家"音色甜美"，这里声音不仅和色彩相通，而且具有情感特性。由于这种通感的心理机制，艺术家能很自然地在不同的艺术门类之间进行借鉴，从而更全面、真切地传达自己的审美感受。

第二节　语言造型的基本规律

一、对几种论点的分析

文学以语言为主要的物质手段，关于语言与表意的内在机制，自古就有不同的观点。

（一）"言意之辩"

两千多年前，庄子与惠子的"濠梁之辩"，提出了不同主体之间沟通的可能性的问题。

汉代的"言意之辩"把问题的焦点聚焦于语言的"达意"功能上，虽然没有得出最终结论，却提出了如语言的"能指"与"所指"、语言的"达意"与"尽意"、语言的"达意"与"传情"等一系列重要的理论范畴。

"言意之辩"讨论的问题，实质是作家能不能以及如何把自己在构思过程中已经基本酝酿成熟的形象和意念转换成语言，并固定在纸张上的问题，即文学创作中的物化问题。作家在丰富的生活储备的基础上，对头脑中积累的表象进行联想和想象加工，在自己的头脑中生成审美意象，这是构思；而将构思移到纸上，则是一个甚至比构思还艰难的操作过程。作家胸中构思的形象并不完全是眼睛所能看到的外在物象，而是蕴涵着主体复杂情感因子的形象，所以作家不仅要把物象的外在视觉形象付诸文字，还要将其深含的意念和情感附于其上；对读者而言，阅读不仅是接受语言的字面信息，更重要的是发掘文字背后的深蕴。这种特殊的转换机制就是语言造型的基本规律。

（二）"具体、形象、生动的语言"

现当代文学理论在论及文学语言特点及造型机制时，一般用"文学语言是具体、形象、生动的语言"来作答。这种泛泛而谈并不能揭示其内在本质。

要真正了解文学运用语言构造形象的机制，还要从语言文字本身的特征人手，考察由文字而生成艺术形象的具体过程。

（三）文字三要素

文学语言主要是书面语言即文字，文字主要由字音、字形、字义三要素构成。

字音：具有形象性要素，但与字义之间只有约定俗成的偶然性联系，对文学作品中艺术形象的塑造并无直接意义：lao hu（老虎）和 tai ge（tiger）的造型功能完全一样；字音的形象性只对表演艺术的造型具有意义。

字形：具有形象性要素，但与字义之间也只有约定俗成的偶然性联系，对文学作品中的艺术形象的塑造亦无直接意义："老虎"和"tiger'"的造型功能完全一样；字形的形象性只对造型艺术的造型具有意义。

字义：本身没有形象性，文字的基本单位是词，词所表达的是概念，而任何概念都是抽象的，概念总是一类事物，而形象必须是具体的。

（四）语言本身的形象性与文学形象无关

文学表达作者的意思，用的是语言的"义"，虽然诗歌还要考虑语音的调配，但是"义"是文学构筑自身审美殿堂的主要材料。这就构成了一对悖反的关系，即文学要用最抽象的语言文字之"义"来构造艺术的形象性。

二、人的三种记忆及其心理机制

文学的形象性来自抽象的语言，这种转换的基础在于人内在的造型心理机制。古希腊神话中说，主宰整个宇宙人生的万神之王宙斯和记忆女神莫涅靡辛涅结合之后生了九个女儿，即分管悲剧、颂歌、喜剧、史剧、舞蹈……的文艺女神缪斯姐妹。这不经意的安排却深刻地触及了文学艺术活动与人类记忆的关系。记忆，是一个在文艺创作和欣赏过程中不可缺少的因素和举足轻重的环节。黑格尔在《美学》中写道："这种创造活动还要靠牢固的记忆力，能把这种多样图形的花花世界记住……艺术家必须置身于这种材料里，跟它建立亲切的关系；他应该看得多、听得多，而且记得多。一般来说，卓越的人物总是有超乎寻常的广博的记忆。"

（一）心理三要素及三种记忆

人脑是由100多亿个神经细胞（或者叫神经元）组成的极其精微的神经机构。每个神经细胞如同电子计算机中的电子元件那样共同组成人脑的功能系统。在人体神经元上，有无数轴突和树突伸出，并相互接触。当外界事物发生刺激作用时，这些细胞会产生一系列生物电、热和化学变化，并通过树突和轴突，最终传递到大脑。这种生理变化活动，能使外界事物形象到达大脑，留下痕迹。从理论上来讲，凡是大脑接触到的外界事物——如读过的书、见过的人、听过的话、亲历过的事件等，都会在大脑中得到储存。当人们回忆或思考某一问题时，就会出现与之相关的记忆的"复呈"。感觉器官纳入这一知觉格局中的环境影响越多，被知觉到的东西在脑中记忆越好，在活动中利用得越好，传递给环境的越多，这样的机体也就越有活力。人类的记忆功能主要有三种：形象记忆、情绪记忆和语词记忆。

1. 形象记忆

形象记忆也叫表象记忆，就是将曾经感觉到的事物的形象属性信息储存起来，并可以在内外刺激下重新唤起，作为一种内心感觉形象出现在脑海中。

形象记忆的敏感度、清晰度和稳定性与人的心理素质、状态和外界刺激的强度以及该刺激的主体关注度有关。

2. 情绪记忆

情绪记忆就是将曾经体验到的由实践对象引发的情绪反应储存起来，并可以在内外刺激下重新唤起，作为一种内心情绪被重新体验到。

情绪记忆的敏感度、清晰度和稳定性与人的心理素质、状态和外界刺激的强度以及该刺激的主体体验深度有关。

文艺家往往具有情感活动的优势，情绪记忆在他们身上体现为一种凭借身心感受和心灵体验并凝聚、浓缩着丰富生动的情感、情绪的心理活动方式，是敏锐的、丰富的、牢固的、强烈的、细腻的。卓别林在他的《自传》中写道，他始终记着他们家起居室里那些经常影响他情绪的东西，母亲的那幅和真人一般大小的蕾尔·格温画像使他感到厌恶；他们家餐具架上那些长颈瓶使他感到愁闷；那个圆形的小八音琴，它的珐琅面上绘了几个云雾中的天使，他看了又是喜欢，又是迷惑。他爱的却是那个用六便士从吉卜赛人那儿买来的玩具椅子，因为这使他体会到一种占有财物的特殊感觉。而颇具虚荣心的狄更斯，10岁时曾到一家鞋油作坊中当童工，被老板关进橱窗中做包装鞋油的表演以招徕顾客。他晚年时提到这段生活，仍然充满了忧愤痛苦。他说起自己那年轻的心灵所受到的痛苦，这段深刻记忆是无法写出来的。他的整个身心所忍受的悲痛和屈辱是如此巨大，即使到了晚年，自己已经出了名，受到了别人的爱戴，生活愉快，在睡梦中他还常常忘掉自己有着爱妻和孩子，甚至忘掉自己长大成人，好像又孤苦伶仃地回到那一段岁月里去了。狄更斯在那些感人至深的一部又一部小说中，塑造了一个又一个真切生动的，在生活的苦海中浮沉、挣扎的流浪儿童和苦难少年，同他早年的情绪记忆有着密切的关系。

3. 语词记忆

语词记忆就是将曾经识记过的语词的音、形、义及其相互关联的意义信息存储起来，并可以在内外刺激下重新唤起，作为一种意义单位被重新编辑、理解。

语词记忆的敏感度、清晰度和稳定性与人的知识储备、心理状态和外界刺激的强度以及该刺激的主体关注度有关。

（二）三种记忆的相关性及互唤功能

人的心理活动是综合性的，形象认知、情绪体验和意义判断总是同步进行并相互影响的。因此，上述三种记忆有很强的相关性，往往被作为一个完整的意义单位存储在记忆中。

这种感知和记忆的整体性带来了记忆的互唤性，就是说，一方面，看到一件曾经看到过的事物，我们不但能够回忆起那个事物的形象、场面，而且能够在心中又一次涌起当时的情绪体验，同时还会自觉不自觉地想起它的名称，有时甚至脱口而出。另一方面，当我们看到一个字形时，我们会联想起它的音和义；当我们听到一个字音时，我们则会联想起它的字形和字义；而当我们借助语词进行思考时，不但与词义相关的字音和字形会从记忆中不断浮现，而且那些相关事物的形象和我们曾经有过的种种体验，也会从尘封的记忆中奔涌而出，充满我们的脑际和心间。

例如，美国诗人惠特曼回忆他当年参加林肯总统的葬礼时，仍记得那个4月的天气，棺材两边堆满了紫丁香花。他说："在以后的年月里，由于一种难以理解的奇怪想法，我每次看见紫丁香，每次闻到它的香味，就想起了林肯的悲剧。"

人的这三种记忆要素和功能以及它们之间相互转换的功能是文学语言产生形象性的内在心理基础。

三、表象的定向变异

文学的语言造型机制核心是表象的定向变异。

（一）表象及表象记忆

表象是个心理学概念，狭义的表象是指存储在记忆中的曾经感觉到的事物的视觉形象；而广义的表象则包括听觉、触觉、嗅觉、味觉、运动感觉等一切记忆中的事物可感属性信息。表象是可以在内外刺激下重新唤起的。

表象记忆也叫形象记忆，就是将曾经感觉到的事物的形象信息储存起来，并可以在内外刺激下重新唤起，作为一种内心感觉形象出现在心目中。

（二）表象变异

表象变异是指表象在记忆和重新唤起的过程中所呈现的事物的形象所发生的变化；这种变化主要与主体的经验、愿望以及外部环境的诱导性因素有关。如果说记忆是对人所接触的既往的感、知觉信息的"存储"，那么联想和想象就是相应的对这些形象的"提取"。人的大脑在生活中受外界刺激所获得的表象具有主体的选择性，与客观的物象并不完全一致，也并不永远那么清晰地呈现在记忆中，所以在"提取"表象时必然会发生变异。

（三）表象定向变异

表象定向变异是指表象在记忆和重新唤起的过程中，由于内外必然因素的诱导，表象所呈现的事物的形象所发生的有规律、倾向性的变化，这种变化主要与主体特定的经验、愿望以及外部环境必然性、定向性的诱导性因素有关。人的大脑中"存储"的表象经过时间这把筛子昼夜不停的筛选，大多数都渐渐淡漠、模糊、泛化到人的无意识中，只有那些震撼过人的灵魂、在人的心灵深处留下深刻烙印的记忆才能占据自己的位置，并在日后经由特定外界刺激唤醒，通过渗透着主体性的联想和想象呈现出新的形象。

（四）表象自觉定向变异

表象自觉定向变异是指在记忆和重新唤起的过程中，由于主体有意识的诱导和外部必然因素的作用，表象所呈现的事物的形象所发生的有规律、倾向性的变化。

（五）表象自觉定向变异是文学创作的心理机制

文学创作的过程，尤其是其核心部分——艺术形象的构思过程，就是将生活中的物象积累成为记忆中的表象，再将生活积累的表象与作家的审美理想、审美趣味、创作精神相结合，生成能够传达作家审美体验的审美意象的过程。鲁迅作品中的人物大致可分为两类：一类是阿Q、七斤、华老栓等作者"哀其不幸，怒其不争"的愚昧、麻木的旧中国国民形象；另一类是魏连殳、绢生这样的苦闷、无出路的知识分子形象。这些形象是作者从生活积累中提取出来经过艺术加工而成的典型形象，是对原有的表象的定向变异的结果。鲁迅之所以做这个向度上的加工，是因为他有着明确的创作目的："揭出病苦，引起疗救的注意。"这种文学思想引导着他的艺术创作，令其塑造出具有鲜明倾向性的审美意象。所谓审美意象，就是作家有意识的、自觉的创造活动的产物，其间，由物象到表象，由表象到意象，再由意象到形象的创作过程，就其心理机制来说，就是表象的自觉定向变异过程。

四、生活储备、语言修养与想象能力

表象的定向变异机制是文学语言创造形象的基础，除此之外，作家要创造出好的文学作品还要进行一系列的准备。一方面，作家头脑中要有丰富的表象储备作为创作的素材；另一方面，作家要有一定的物质手段把变异后生成的意象传达出来。然而，这种定向变异及其传达依赖于一定的主体能力，一般人都具有表象定向变异的能力，但是如何对这种变异控制自如，而且能传达出作家独到的体验，却要经过专门的训练才能做到。

（一）生活储备是语言造型的源头活水

作家进行艺术创作和读者进行文学欣赏，如果没有丰厚的、来自生活的表象记忆、情绪记忆储备，那便如"巧妇难为无米之炊"。因此，无论创作还是欣赏，审美主体所调用的都是他个人的生活储备。文学活动是个性化的审美活动，所以，写生活因作家而不同，读作品因读者而不同。作家只有热烈地拥抱生活、敞开心扉接受大千世界传输给自己的各种各样的、无穷无尽的信息，才能在创作时"随心所欲"地调动那些过往的生活记忆，那些原生的、丰富的信息才能够被充分享用和占有。同样，读者欣赏作品所得的感触也是随着年岁和经历的增长而不同的。

（二）语言修养是语言造型的专业技巧

"工欲善其事，必先利其器。"语言是传达文学审美意象的唯一手段，对于进行文学审美活动的人（尤其是作家）来说，语言能力就是文学创作的专业能力。

人类语言历经千万年的丰富发展，内涵深厚，就其功效的可能性而言，早已达到出神入化的境界。对于语言表达感到困难的人来说，多数原因是个人能力修养问题，而不是语言容纳力的问题。文学的语言不同于一般的语言表达，它是有一定的技巧要求的，作家必须用万人共用的、一般的语言工具表现特殊的个别人物、个别事件，和他自己的独特风格。所以，作家必须深入理解，掌握并运用语言的技巧。

（三）想象能力是语言造型的心理素养

想象力是语言造型必不可少的心理素养，无论是作家还是读者。作家运用想象把形象构思出来，还要运用想象把构思恰当地表现出来，使读者接受语言后能顺利地把形象还原出来。作家是自己作品的第一读者，在创作过程中时时都要进行这样的想象。晋朝陆机在《文赋》中就提到了艺术创作时作家"精骛八极，心游万仞"的情态；刘勰在《文心雕龙·神思》里说："形在江海之上，心存魏阙之下……寂然凝虑，思接千载，悄焉动容，视通万里。"他们都对想象作了很高的评价。对读者而言，接触到的是文字，文字携带的是意义，读者要理解的不只是意义，还要把意义背后的形象调动出来，运用自己的想象力把作品中的形象再造出来。想象力对一切创造活动都是不可或缺的。黑格尔把它称为"最杰出的艺术本领"。而作为虚构的艺术，想象力是文学用来补缀和虚构生活链条的唯一途径，可以说，文学创作就是想象。

五、"文学语言"的定义

语言造型是一种间接造型。所谓间接，就是说语言本身并不是传达给人的艺术形象，由语言构成的文学作品的物质形态——文本是建构文学形象的一份蓝图。所不同的是，这份蓝图不是用蓝色的线条和各类符号构成的，而是由语言文字描绘成的。

作家把取自生活的表象自觉地定向变异为审美意象，将自己对生活的独特的审美体验融入其中，然后用语言将这审美意象描绘出来形成文学作品。文学作品是一个复杂的结构，包含文体、语言、结构、风格等。而作品必须经过读者的阅读、鉴赏、批评，才能成为审美对象。读者将语言解码编辑，"按图索骥"，调用自己的生活储备（包括语词记忆、表象记忆和情绪记忆），照图施工，在自己心中重构审美意象，进行二度审美体验，将作品变成有血有肉的活的生命体，从而使传达审美体验的文学活动得以完成。

文学的语言只是形象建构的物质材料，文学形象本身是由生活记忆材料形成的，这些生活的记忆材料包括形象的和情绪的，而读者要在自己的头脑中进行二度的创造必须出于自身的生活积累。只有作家提供形象设计，而读者没有丰富的生活经验，后者仍然不能准确地接受作家要传达的丰富的体验。因此，文学语言是能够唤起形象与情绪记忆并有利于激发表象自觉定向变异从而催生并最终物化文学形象的语言。这一点曹雪芹在《红楼梦》中借香菱之口道出了其中深蕴。在第四十八回里，香菱读了王维的诗集后对黛玉说道："据我看来，诗的好处，有口里说不出的意思，想去却是逼真的；有似乎无理的，想去却是有理的有情的。"黛玉问她："这话有了些意思，但不知你从何处见得？"香菱于是说了这样一番话：

我看他《塞上》一首，那一联云："大漠孤烟直，长河落日圆。"想来烟如何直？日自然是圆的，这"直"字似无理，"圆"字似太俗。合上书一想，倒像是见了这景的。若说再找两个字换这两个，竟再找不出两个字来。再还有"日落江湖白，潮来天地青"。这"白"、"青"两个字，也似无理。想来必得这两个字才形容得尽；念在嘴里，倒像有几千斤重的一个橄榄似的。还有："渡头余落日，墟里上孤烟"。这"余"字合"上"字，难为他怎么想来！我们那年上京来，那日下晚便挽住船，岸上又没有人，只有几棵树，远远的几家人家做晚饭，那个烟竟是青碧连云。谁知我昨日晚上看了这两句，倒像我又到了那个地方去了。

香菱的体会正是文学语言的特征所致，也是她文学欣赏能力的体现。

第三节　语言艺术的特点

一、艺术形象的间接性

（一）文学形象间接性的含义

文学形象的间接性有两层含义：一是指文学形象不能直接作用于欣赏者的感官，不能由欣赏者的感官直接接受；二是指文学形象由于语言的概括性而造成的形象的多义性和模糊性。如前所述，文学是运用抽象的语言之"义"来塑造形象的，读者接受的过程就是将抽象还原为具体的过程，各人的生活经验不同，知识背景不同，对语言概念的理解也不同，从而在脑海中唤起的表象变异也必然不同。这是文学形象间接性的根本原因所在。读者阅读作品后得到的审美意象可能和作家头脑中原有的意象很不一样，而不同的读者从同一作品中得到的审美感受也不会相同。

（二）文学形象间接性的优势

文学语言的概括性造成的形象的间接性，如果被作家很好地利用就成了文学作品的优势所在。

第一，由于语言描写的概括性，给欣赏者预留了巨大的想象空间，这一参与机制，极大地调动了欣赏者的积极性与创造性。真正成功的文学作品，不应当是意义确定和完结的，而应当是意义含蓄和开放的，可以满足读者无限的阐释兴趣。古代的理论家很早就认识到这一点，老子的"大象无形"，钟嵘的"滋味"，司空图的"象外之象"、"景外之景"，指的都是文学在语言之外留下的想象空间。

第二，语言描写的概括性还赋予了文学形象以含蓄的审美意象，所以古人有"文似看山不喜平"、"构文如构园，贵曲不贵直，贵隐不贵显，贵虚不贵实"等追求。例如，唐代王昌龄有《长信宫词》："奉帚平明金殿开，暂将团扇共徘徊。玉颜不及寒鸦色，犹带昭阳日影来。"这首诗虽然写失宠于汉成帝的宫妃班婕妤的痛苦生活，却对此未置一词，而是巧借宫妃的一个动作含蓄地表现出来：她在寒秋清晨仍舞动着一把合欢扇，使人感到是在期冀昭阳殿君恩再度降临；她感觉自己美丽的容颜尚不及那带东方日影而来的寒鸦的颜色，表明她已意识到自己的命运不如寒鸦。诗人直接写出的很少，却能让读者从字里行间感受到宫妃的无限幽怨之情和深广痛苦。正如清代沈德潜在《唐诗别裁》卷十九中所评论的那样，这首诗"优柔婉丽，含蕴无穷，使人一唱而三叹"。叶燮甚至把含蓄视为诗之至境："诗之至处，妙在含蓄无垠，思致微渺，引人于冥漠恍惚之境，所以为至也。"（《原诗·内篇》）

第三，语言描写的概括性使文学作品的形象刻画追求概括传神。例如，鲁迅在《祝福》中对祥林嫂的刻画，三次描写她的眼睛，深刻地揭示了命运对她的摧残。祥林嫂第一次来到鲁镇，"头上扎着白头绳，乌裙，蓝夹袄，月白背心，年纪大约二十六七，脸色青黄，但两颊却还是红的。……只是顺着眼，又不开一句口，好像一个安分耐劳的人"；她第二次到鲁镇，"脸色青黄，只是两颊上已经消失了血色，顺着眼，眼角上带些泪痕，眼光也没有先前那样精神了"；她被赶出鲁家，沦为乞丐后，"脸上瘦削不堪，黄中带黑，而且消尽了先前悲哀的神色，仿佛木刻似的；只有那眼珠间或一轮，还可以表示她是一个活物"。鲁迅主张画人的特征最好画眼睛，而无须画他的全部，这几段对眼睛的刻画凸现出了封建宗法制度蹂躏下的祥林嫂悲惨的一生。

第四，由于语言的多义性（能指与所指的差异性），文学形象的表现获得了更大的自由度与灵活性。文学可以运用象征、比喻、谐音等多种修辞手法，表现那些其他艺术不易表现的，甚至是无法达到的意味。刘禹锡"东边日出西边雨，道是无晴却有晴"的诗句就用的是双关的手法，既有字面的意思又有文字背后蕴涵的情感。又如杜甫《江汉》诗中有两句："落日心犹壮，秋风病欲苏。"虽然词语是恒定不变的，但却蕴涵着三种彼此相似或相反的意义。第一种，"虽然我的心已如落日，但它仍然强壮，虽然我的病已如秋风，但它会很快痊愈的"；第二种，"我的心不像落日，它还很强壮，我的病不像秋风，它很快会痊愈"；第三种，"在落日中，心仍然强壮，在秋风中，病将要痊愈"。这两句诗蕴藉多重意义，由此可见文学语言的蕴藉特性。

（三）文学形象间接性的局限

艺术塑造形象，总是要尽力将艺术家头脑中生成的审美意象完整地传达出去，更希望读者也能准确地接受。由于文学以语言为塑造艺术形象的物质材料，它的形象不可避免地具有间接性，这种间接性使它具有相对于其他艺术的明显优势之外，也有其局限性。

第一，文学形象的直观可感性远逊于其他艺术门类，缺少由感官获得的直接冲击力。

第二，文学欣赏对欣赏者有较高的要求，要求欣赏者起码得识字，并且能够自主地欣赏，因此妨碍了文学的普及。

二、艺术表现的广阔性

（一）文学形象艺术表现广阔性的含义

一是指"语言是心灵的直接现实"，人的心灵的领域是极其广阔的，因而，语言的领域也是极其广阔的，作为语言艺术的文学，其艺术形象的表现力自然也是十分广阔的。

二是指语言是一种人工符号，与其他艺术所用的造型材料相比，最少物质性，因而也最少受物质条件的限制，凡是心灵能够想象出来的，它一般都能够加以表现。

（二）文学形象的艺术表现不受时空限制

像《红楼梦》《复活》《四世同堂》这样的鸿篇巨制，其巨大的社会容量和精微的精神内涵是其他任何艺术门类的作品都难以负载的。优秀的长篇小说或史诗可以展示社会转折或动荡时期的广阔的历史画面，刻画丰富生动的人物形象，显现壮丽的人生图景，它只需依附于抽象的物质性最小的语言，而不必受其他物质条件如时间、空间的限制，因而有着其他艺术门类无法相比的自由度和包容性。

（三）文学形象的艺术表现不受有形与无形的限制

艺术所表现的都是人所感觉的。尽管文学也有"意不称物，文不逮意"（陆机《文赋》）的困扰，但比起其他艺术，文学还是有明显优势的：

"蛙声十里出山泉"，文字虽简，但要付诸画作，也让齐白石老人踟蹰三日；

"海上升明月，天涯共此时"（张九龄《望月怀远》）：表现异地思念，具有深远的意境，是其他的造型艺术难以企及的；

"执手相看泪眼，竟无语凝噎"（柳永《雨霖铃》）：表现离别伤痛之情，淋漓尽致；

"春蚕到死丝方尽，蜡炬成灰泪始干"（李商隐《无题》）：表现爱人之间刻骨铭心的爱，语意双关，含蓄贴切。

（四）语言具有穿透一切的巨大表现力

语言作为人类交际的第一工具，它传递信息的功能是其他方式无法比拟的。它既可以描绘生动具体的各种感觉形象，又可以抒发内心隐秘的情感和深刻的思想。几乎人的世界中的一切它都可以涵盖。

三、艺术内涵的深刻性

（一）文学形象艺术内涵深刻性的含义

文学作为语言艺术，形象的物质性、直观性不足，但表现精神、内心和思想却有独到的优势；相比较而言，其他艺术在表现精神与内心世界方面却显示出难以回避的间接性。

（二）文学表现精神世界的直接性

文学作品可以暂时撇开人物的外在形象和行动，运用人物的内心独白或作家旁白式的心理描写，直接揭示人的内心世界。

托尔斯泰在《安娜·卡列尼娜》中，在安娜临死前对她进行了大量的内心独白式的描写，精微地刻画了人物当时的心理状态。这种"心灵辩证法"式的清晰展现，使文学形象具有其他艺术形象所不可比拟的思想意蕴的深刻性。

（三）文学表现精神世界的手段的多样性

除了独白、旁白式的书写，文学作品在表现人的精神世界时经常运用的手法还有很多，如下所列：

1. 利用环境描写，烘托人物内在心灵

例如朱自清的《荷塘月色》：

沿着荷塘，是一条曲折的小煤屑路。这是一条幽僻的路。白天也少人走，夜晚更加寂寞。这段景物描写为全篇定下了基调，烘托人物当时孤寂、落寞的心境。

2. 通过动作、表情等外部形象因素的描写，暗示人物内心的微妙变化

以孙犁的《荷花淀》为例：

水生笑了一下。女人看出他笑的不像平常。

"怎么了，你？"

水生小声说：

"明天我就到大部队上去了。"

女人的手震动了一下，想是叫苇眉子划破了手，她把一个手指放在嘴里吮了一下。水生说：

"今天县委召集我们开会。假如敌人再在同口安上据点，那和端村就成了一条线，淀里的斗争形势就变了。会上决定成立一个地区队，我第一个举手报了名的。"

女人低头说:

"你总是很积极的。"

这里作者通过人物的对话和情态暗示人物内心的变化。水生嫂听说丈夫要到大部队上去了,手上的细微动作暗示她内心荡起的波澜;当她得知水生是第一个报名的,虽然有些嗔怪,但她不是拖后腿的人,所以只是低头说了一句赞怨参半的话,凸现人物感情的细腻,产生意味深长的效果。

3. 借助幻觉、梦境,透露人物的潜意识活动

法国作家莫泊桑在小说《项链》中表现主人公玛蒂尔德虚荣心和享乐主义的心理就运用了这种手法,通过主人公的"梦想"展示她隐秘的内心:

每当她在铺着一块三天没洗的桌布的圆桌边坐下来吃晚饭的时候,对面,她的丈夫揭开汤锅的盖子,带着惊喜的神气说:"啊!好香的肉汤!再没有比这更好的了!"这时候,她就梦想到那些精美的晚餐,亮晶晶的银器;梦想到那些挂在墙上的壁衣,上面绣着古装的人物,仙境般的园林,奇异的禽鸟;梦想到盛在名贵的盘碟里的佳肴;梦想到一边吃着粉红色的鲈鱼或者松鸡翅膀,一边带着迷人的微笑听客人密谈。

4. 采用如实记录意识流的手法,显示人物真实、复杂的心理活动

意识流本是心理学术语,指人的内心活动呈现为历时性的流动状态。在近、现代的文学创作中,作家运用这种方式展示人物在外界环境刺激下引起的内心意识的流动,这种流动使人物的心理活动呈现出片断化和零散化的特征,以表现打破时空限制和"逻辑常规"的"自由联想",这种"自由联想"更接近于人内心活动的原初状态。王蒙是新时期最早运用意识流手法的作家,他的小说《春之声》采取自由联想的放射结构描写主人公岳之峰坐在沙丁鱼罐头一样的闷罐子车厢里浮想联翩:

咣的一声,黑夜就到来了。一个昏黄的、方方的大月亮出现在对面墙上。岳之峰的心紧缩了一下,又舒张开了。车身在轻轻地颤抖。人们在轻轻地摇摆。多么甜蜜的摇篮啊!夏天的时候,把衣服放在大柳树下,脱光了屁股的小伙伴们一跃跳进故乡清凉的小河里,一个猛子扎出十几米,谁知道谁在哪里露出头来呢?

作者用摹声、变形的手法绘声绘形地描写了人物活动的环境,展示了人物在特殊的心理和视角下所获得的异常感觉,然后使主人公由外在的刺激——车身的摇摆——想到了"甜蜜的摇篮",继而回忆起童年的生活情景。作者将人物所处的环境和人物内心的细微变化巧妙地融合在一起,这就是意识流小说的手法。

5. 综合运用各种手法,给文学形象赋予更加深厚的精神内涵

例如茅盾的小说《春蚕》中的一段描写:

呜!呜,呜,呜,——汽笛叫声突然从那边远远的河身的弯曲地方传了来。就在那边,蹲着又一个茧厂,远望去隐约可见那整齐的石"帮岸"。一条柴油引擎的小轮船很威严的从那茧厂后驶出来,拖着三条大船,迎面向老通宝来了。满河平

静的水立刻激起泼剌剌的波浪，一齐向两旁的泥岸卷过来。一条乡下"赤膊船"赶快拢岸，船上人揪住了泥岸上的茅草，船和人都好像在那里打秋千。轧轧轧的轮机声和洋油臭，飞散在这平和的绿的田野。老通宝满脸恨意，看着这个小轮船来，看着它过去，直到又转一个弯，呜呜呜的又叫了几声，就看不见了。老通宝向来仇恨小轮船这一类洋鬼子的东西!他从没见过洋鬼子，可是他从他父亲的嘴里知道老陈老爷见过洋鬼子：红眉毛，绿眼睛，走路时两腿是直的。并且老陈老爷也是很恨洋鬼子，常常说"铜钿都被洋鬼子骗去了"。老通宝看见老陈老爷的时候，不过八九岁，——现在他所记得的关于老陈老爷的一切都是听来的，可是他想起了"铜钿都被洋鬼子骗去了"这句话，就仿佛看见了老陈老爷将着胡子摇头的神气。

在这段语言中，作者用摹声、绘色、拟人等手法描写洋人、洋船侵入平静的水乡，激起老通宝的满腔恨意，描述时诉诸听觉、视觉、嗅觉等各种感官，把巨大的场面描写和人物的心理细节有机地结合起来，从多角度展示了人物的性格。

四、文学表现审美的精神和意识，并以审美的方式去表现

文学要表现的是审美化了的精神和意识，它不是用概念判断和公式直接告诉读者，它的深刻仍然是形象的深刻性。也就是说，文学要呈现出审美的感性形态，即文学是以形象形态存在的。正如上文所引《红楼梦》中香菱学诗时描写的，文学需要以直觉的方式捕捉活现于瞬间的形象，并以饱含情感的笔墨将其生动地表现出来。所以，文学虽然要传达作家对社会和人生理性的、深刻的认识，但审美的特性仍然是它最突出、最直接的属性。真正成功的文学作品，总是善于把隐秘的意识掩藏或渗透在审美的诗意世界中，并赋予这种审美的诗意境界以多重读解的可能性。

【知识盘点】　造型艺术　表演艺术　语言艺术　形象记忆　语词记忆　情绪记忆　表象　表象记忆　表象变异　表象定向变异　表象自觉定向变异　文学形象的间接性　文学语言思考题

【随堂练习】

1. 怎样理解语言是文学的第一要素？

2. 简述文学艺术形象的基本特征。

3. 试论文学语言的造型机制。

4. 文学形象间接性的优势是什么？

第六章 文学创作论

【章前导读】　文学的创作思维是多种思维的组合，主要有形象思维与抽象思维、灵感思维与模糊思维。形象思维是艺术思维，是创作思维中最重要的一种思维方式，它有别于表象思维与具象思维。形象思维的主要特征。形象思维并不排斥抽象思维。灵感思维与模糊思维在创作思维中的地位。各种思维互有渗透。文学的创作思维具有直觉、定向、想象、情感、理智诸功能，是作家创作成功的重要保证。

创作方法是文学创作的原则和方法。在文学发展史上，创作方法的两大潮流是现实主义和浪漫主义。现实主义的演变过程及其特征。浪漫主义的演变过程及其特征。消极浪漫主义。古典主义、自然主义的特征。现代主义的思想倾向及其艺术特征。不能照搬现代主义。社会主义现实主义特征、革命现实主义和革命浪漫主义相结合。应该提倡社会主义时期创作方法的多样化。

文学风格是作家创作个性的表现。文学风格的形成有客观因素、主观因素和创作实践等三方面的原因。文学风格有时代、民族、社会、文体、个人和审美等特征。风格近似的作家自觉或不自觉的结合，称之为文学流派。文学流派的形成，有文学发展的要求、思想潮流的影响和社会变革的促进。文学流派有政治倾向性、文艺思潮性、审美共同性和国际流动性的特征。社会主义新时期文学风格流派必须多样化，这是文学繁荣的一个标志。

第一节　文学创作的主体与客体

一、创作的主体与客体

文学创作的主体是指与客观世界处于审美关系上，并以文学形象来能动地进行审美创造的实践者。换言之，文学创作的主体是作家、诗人。离开这个审美创造的实践主体，便没有真正的文学作品。讨论文学创作的主体问题，对创作主体在文学活动中的地位和意义做出合乎实际的解释，对文学创作活动中主体审美意识的内在活动特点做出正确的分析，是科学地认识文学创造规律的重要课题。

在文学理论史上，对文学创作的主体曾有过种种不同的解释。其中较有代表性的是"模仿者"与"创造者"理论、"旁观者"与"移情者"理论和"集体人"理论。"模仿者"理论认为，艺术是对自然的模仿，作家、艺术家就是"模仿者"。赫拉克利特、德谟克利特、柏拉图、亚里士多德以及后世许多文艺理论家、艺术家都持这种观点。但他们对"模仿者"的具体理解各不相同。在柏拉图看来，艺术家作为模仿者是没有"真知识"的无能的人，包括荷马这样伟大的诗人也是如此，因为他们不能直接模仿"理式"，只会模仿自然，即和真理（理式）相距甚远的影像。而且艺术家对自然（"理式"的影像）的模仿不过像"拿一面镜子四面八方地旋转"。因此，艺术家作为模仿者也就只是"影像"的复制者，机械的临摹者。亚里士多德则认为，艺术家成为模仿者并非由于无能，而是天性使然。他认为，诗人对自然的模仿并非依样画葫芦似的被动，而是不同于历史家的主动创造者："诗人的职责不在于描述已发生的事，而在于描述可能发生的事。历史家与诗人的差别……在于一叙述已发生的事，一描述可能发生的事。"亚里士多德的观点影响了文艺复兴时期的阿尔伯蒂，达·芬奇，启蒙运动的先驱狄德罗等。18世纪以后，"模仿者"理论受到冲击，特别是在18世纪末19世纪初浪漫主义对"模仿者"的批驳中，强调艺术的想象和创造的本质，强调艺术家、诗人作为创造者的主体地位。例如，歌德说艺术家既是自然的奴隶，更是自然的主人；艺术家的本领是驾驭自然，创造自然。黑格尔说艺术是对自然的征服，艺术作为一种想象是真正的创造。浪漫派诗人希勒格尔、柯勒律治都宣称艺术家就是创造者。这种观点不断为后人重申。我们认为，"模仿者"的说法含有轻视主体创造性的色彩，它突出了作家、艺术家观察、复制自然的能力，把艺术活动降低为技术活动。把艺术主体看作创造者，肯定了人在艺术活动中的主动性，是，合乎艺术创作规律的。值得注意的是，主体的创作并不是随心所欲的，而是受到了客体的制约，以往的"创造者"理论未能辩证地揭示艺术主体作为创造者的全部内涵。

西方有的理论家从审美的角度出发，认为艺术主体是生活的"旁观者"。古希腊哲学家毕达哥拉斯认为艺术家就是游离于现实利害关系之外的"旁观者"，只有在这样的位置上，他才能获得审美的愉悦。后来的康德、叔本华、布洛等，都把艺术主体看作与现实无利害关系，与对象保持一定心理距离的审美者。中国古代虽无"旁观者"一说，但庄子的"虚静无为"，苏轼的"游心物外"，都直接或间接地说明了艺术主体的超功利心态。另一些理论家认为，艺术主体其实是"移情者"。德国心理学家立普斯和伏尔盖特都持这种观点。立普斯认为，人们在对周围世界进行审美观照时，不是被动感受，而是自我意识、自我感情以至整个人格的主动移入。通过移入使对象人情化，达到物我统一，"非我"的对象成为"自我"的象征，"自我"从对象中看到自己，获得自我的欣赏，从而产生美感。因此，审美主体包括艺术家就是移情者。德国另一位心理学家伏尔盖特把审美移情说用于说明艺术创造的心理，认为艺术创造和艺术欣赏都是移情活动，都是把自我感情外射、附着到外在对象上去，因此艺术主体其实就是主观感情的给予者。"旁观者"和"移情者"理论指出了艺术实际中创造主体的非功利心态，但它又把创作主体简单化，忽视了主体在艺术创造中精神活动的丰富性和复杂性，把艺术活动仅仅看作主体情感的外射，否认了客体的意义，具有唯心主义的倾向。

"集体人"理论的代表人物是弗洛伊德和荣格。弗洛伊德提出艺术是"个体无意识"的转换形式，也就是把艺术主体归结为纯粹的个人，而荣格在提出艺术是"集体无意识"的象征的同时，明确地将艺术家称为"集体人"。荣格认为：艺术的真正本体是原始意象，而艺术家要把握住那幽灵般的原始意象，就必须超越个体意识，潜入"集体无意识"中去。换言之，只有超个体的属于全人类的"集体人"，才能接近它。因此，艺术家必然是"集体人"。在荣格看来，作为艺术家的个人和作为个人的艺术家是不同的，后者指的是日常情形的艺术家，是原始体验所要超越的个人，与艺术无关；前者指超越了日常情形之后的超越性人格，他已不是通常的个人，而是普遍的人，也就是"集体人"。"集体人"是体现整个人类集体无意识的精神生活的人。一位艺术家是"集体人"，因此在创作中他要写什么，表现什么都不能自主，只能像工具一样听从集体无意识的安排，艺术作品之所以打动人，也是因为艺术家以集体人的身份在作品中表现了人类普遍的精神和心灵。"集体人"理论克服了把艺术主体看作纯粹自我、把艺术品看作纯粹自我经验表现的缺陷，但"集体人"否定了艺术主体的现实性、具体性、个性和创造性。

我们的观点是将创作主体放置于审美关系中来考察，强调主体的个性，强调文学创作是创作主体复杂的精神活动，强调主体在文学创作中的能动性。文学不能脱离生活土壤，作品总是植根于客观社会生活中。但是，任何客观实际生活形态都不能直接构成作品。而且即使是同一时代、同一民族的作家，对同一种社会生活所作的艺术反映，也是千差万别、互不雷同的。因为"艺术并不完全服从自然界的必然之理，而是有它自己的规律"。文学创作绝不是把全部的实际生活搬进作品；也不是机械地拼凑生活材料，更不是照相式地模拟生活局部，而是"外师造化，中得心源"，这就少不了主体的创作实践过程。

在将客观实际生活转化为艺术作品的质变过程中，作家是实现这种审美转化的实践主体。他们总是依据现实对象，受心灵主宰，并在艺术形式的制约下，通过能动的审美创造来完成这种转化的。其间要经过一番复杂而微妙的心理加工过程，要注入主体的感受、意趣、情感、想象、发现、认识和理想等，创作主体全部的生理和心理机制都自觉地发挥能动作用，最终创造出带有鲜明主体特征的艺术形象。波斯彼洛夫说："对艺术学来说，形象不是人感知现实生活现象的结果，而是借助于这些或那些物质手段再现已经在人们的意识中感知过的、反映过的现实现象的结果。"作为一个文学创作主体，他首先也像马克思所讲的"直接地是自然物"，也就是说，作家以实际的感性的对象，作为他的生命的表现对象，或者说他只能凭借实际的感性的对象表现他的生命。例如，同样是王昭君，在郭沫若和曹禺的剧中大相径庭；同是一条秦淮河，在朱自清和俞平伯的散文里风采各异，这都体现着文学形象是创作主体根据自身对客观世界的感受和把握，凭借自身特有的主体条件进行创作的结果，是创作主体依据生活并受心灵主宰所实施的一种"造物之妙与造意之妙相表里"的全新的审美创造。正如黑格尔所说："有人可能设想：画家应该在现实中的最好的形式中东挑一点，西挑一点，来把它们拼凑在一起……但是艺术的要务并不止于这种搜集和挑选，艺术家必须是创造者，他必须在他的想象里把感发他的那种意蕴，对适当形式的知识，以及他的深刻的感觉和基本的情感都熔于一炉，从这里塑造他所要塑造的形象。

由此可见，如果把文学作品比做大地上的植物，那么客观的社会生活就是土壤，丰富的生活原始材料便是蕴涵于土壤之间中的水分、养料等，而创作主体则是被水、肥催发的种子，主体的心灵是特殊的"加工厂"。虽然离开客观生活的土壤，便无任何艺术的花朵，但艺术之花总还是根系于种子的，并非土壤的直接产物，从这个意义上讲，置身于现实中的创作主体是作品得以脱胎的直接母体。也正因为这样，"种子"的主体条件的差异，导致了作品也像植物世界里物种一样，有乔木、灌木和小草的区别。作家在文学活动中占核心地位，任何客观的物质存在和社会生活都必须经过创作主体的心灵这一中介，才能成为文学作品的内容。福楼拜说"包法利夫人就是我"，郭沫若说"蔡文姬就是我"，丁玲说"我写东西就是写我个人的，就是写我自己"，高晓声说"我写他们，是写我心"，都是在揭示创作主体心灵的中介作用。所谓"文如其人"，也道出了创作主体的心灵这一审美反映中介，对于作品内容与形式、风貌与格调的内在决定意义。它使创作主体笔下的以形象的方式构成的生活场景、事件、人物等，都成为被主观化了的或带有一定主观色彩的精神产品。这类产品体现了物我渗透、物我交流的关系，体现了创作主体"按照美的规律来建造"的审美创造性质，同时作家也总是"在他所创造的世界中直观自身。"可以说，有什么样的实践主体，就有什么样的文学作品。人是社会实践的主体。人的主体性，表现为实践主体性与精神主体性的统一。前者是指人与客观世界构成实践关系时，人具有按照自己的方式去行动的实践主体性质；后者是指人与客观世界构成认识关系时，人具有按照自己的方式去感受、思考、反映客体对象的精神主体性质。人在这两种关系中都处于主体地位，都要表现出自己的本质力量与价值。在人们对世界加以艺术的把握——文学创作的过程中，作家的精神主体性显得尤为重要和突出。这种精神主体性，主要是指创作者的内在精神世界的能动性，如主体的感受、情绪、动机等因素，都对创作的完成起着积极作用。这种主体的能动性，是有自身独特的运动规律的，它对于创作活动有着至关重要的意义。文学创作的客体是、特殊的社会生活。如何理解文学创作的客体，即文学反映的对象，是影响对文学创作的性质、规律的认识的重要问题。

二、创作的客体

在中外文论史上，对文学创作的客体有过不同的解释，比较有代表性的是

"自然"说、"情感"说和"原始意象"说。"自然"说认为，创作客体是对立于人之外的自然。这里的自然最初指的是客观存在的自然界，后来指社会生活。在古希腊，它集中体现在"艺术模仿自然"的艺术观中。赫拉克利特、德谟克利特、亚里士多德等都认为，艺术是人通过模仿造成的，模仿的对象就是自然。后来古罗马的贺拉斯，文艺复兴时期的薄伽丘、塞万提斯，18世纪的狄德罗、歌德，19世纪的巴尔扎克等都认为艺术是对自然的模仿，尽管他们对艺术如何模仿自然的解释各不相同。在中国古典文论中，这种意向早已存在。例如，刘勰在《文心雕龙》中说："人文之元，肇自太极，幽赞神明，易象惟先。庖牺画其始，仲尼翼其终，而乾坤两位，独制《文言》。言之文也，天地之心哉！"这就明确了文学的客体是天地自然。然而，对于作为艺术客体的自然究竟有何特定内涵，它与其他精神生产的客体有何区别，他们并未做出科学的说明。

"情感"说虽然早在古希腊就存在，但主要盛行于18世纪启蒙主义、感伤主义和浪漫主义思潮兴起之后，这些思潮的代表人物和著名作家、诗人、艺术家认为，艺术的职责不是模仿自然，而是表现心灵，表现情感。英国浪漫主义诗人华兹华斯说："诗是强烈情感的自然流露。它起源于在平静中回忆起来的情感。"雪莱说："诗人的职责就在于：把他自己从这些形象和感觉中所得到的愉快和热忱传达于他人。"法国浪漫主义作家史达尔说，诗表现的是诗人"灵魂中的感情"，当热情激动灵魂时，诗人就借助形象和比喻来表现"内心的东西"。20世纪关于文学创作的对象是情感的理论被进一步强调和系统化。著名符号学美学家苏珊·朗格一再指出，艺术就是把情感呈现出来，就是情感的物化形式。美学家科林伍德说，艺术是在想象中表现自己的感情，真正的艺术就是；情感的表现。在中国古典文论中，强调文学艺术是情感表现的观点也贯穿始终。西晋陆机的《文赋》明确提出了"诗缘情而绮靡"的见解，承继了中国文论萌发期就有的"诗言志"思想，开启了后世"诗缘情"的观念。中西"情感"说把人的情感作为文学艺术的表现对象把握了文学创作的特性和规律，但如果把文学客体归结为情感，以此否定客观世界作为文学的根本对象，或割断个人情感与社会生活的联系，则是唯心主义的。

"原始意象"说是由弗洛伊德的"个体无意识"转化而来的。瑞士心理学家荣格不满于弗洛伊德将"原欲"形成的"个体无意识"确定为艺术表现的客体，提出了"集体无意识"说，认为一切人类文化包括文学艺术都是"集体无意识"即"原始意象"的呈现。所谓"原始意象"在荣格那里是远古人类在生活中形成的并世代遗传下来的深层心理体验，是一种亘古绵延、无所不在、四处渗透的最深远、最古老和最普遍的人类思想，即人类精神本体。荣格把人理解为人类自身全部积淀的成果，肯定文学艺术必然要反映人的深层的心理体验，这一思想有其深刻的一面。但他把深层心理经验作了唯心主义和神秘主义的解释，并把文学客体完全归结到这种神秘的心理经验上去，也就否认了文学是对现实生活的反映，因此缺陷也是明显的。

我们认为文学创作的客体是特殊的社会生活，有两层含义。首先，文学创作的客体是社会生活，它是文学创作的唯一源泉，离开这个客体，就没有文学创作。这里的社会生活不仅指物质生活或自然观上的物质世界，也包括已客观存在的特定社会意识、社会心理、文化氛围、历史情境和作家个人对生活的体验等，而后者正是文学创作作为一种精神创造与物质交换形式的实践活动的重要区别。说文学创作的客体是社会生活，是指物质生活和精神生活相统一的社会生活。其次，作为文学创作客体的社会生活有它的特殊性。特殊性表现为这种社会生活是以整体的方式进入文学作品的。所谓整体的方式，是指多方面生活的交融、渗透，是现象与本质、具体与一般相统一的社会生活。列夫·托尔斯泰的《安娜·卡列尼娜》，以安娜和渥伦斯基的爱情故事为主线，展现的是19世纪俄罗斯社会上层与底层，城市与乡村，物质与精神等多方面生活相交织的画卷，从中传达出对虚伪、冷漠的批判和对纯洁人性的赞美。卡夫卡的小说《城堡》，通过在城堡中的种种经历，揭示了人类生活的困境。客体的现象与本质、个别与一般在作品中得到了统一，展示了社会生活的整体性。特殊性还表现为这种社会生活是作家体验过的社会生活。创作客体是相对于创作主体而言的，是处于审美关系中互相渗透、互相依存的两个方面，因此进入文学作品的社会生活，是既包含生活真实，又凝聚着作家对现实的感知、理解、想象与感情的心理复合体。凡是被作家理解和体验得愈深、愈独特的生活，进入作品的可能性愈大，艺术形象的品位也愈高。曹雪芹如果没有对封建时代青年女子不幸命运的了解和同情，就不会塑造出如此神采各异又栩栩如生的少女群像；巴金若无在走向没落的大家庭中的生活经历，就不能写出反映动荡时代里青年的痛苦和理想的激流三部曲，茅盾写《子夜》《林家铺子》等作品与他对江南小镇和大上海的社会生活的熟悉是分不开的。这些被写入文学作品的社会生活已不再是纯粹的客观存在，而是浸染了主体思想与情感的文学形象了。沈从文的《边城》不是他的故乡湘西凤凰，是被他的人性理想烛照的"世外桃源"；鲁迅笔下的阿Q是他对中国国民性的形象表述，决不仅仅是绍兴乡间的农民；王安忆的《长恨歌》在繁复细致的叙述中不是为了复制过去生活的场景，而是要表达她对那个风华绝代的"上海"的想象……在文学创作中，作家对生活的体验是一种审美体验，而审美体验是一种情感体验，虽然它也包含着认识、思考，但它们已融化在情感之中了。因此可以说，文学创作的客体是经过作家的体验而情感化了的心理现实。

三、创作主体与创作客体的统一

文学创作同人类的其他精神活动一样，是主体与客体交互作用的、自觉的创造活动，是主体与客体的统一。文学创作的主客体的统一受制于文学创造的本质、规律与特征，有自己所遵循的原则。正如上文所说，创作主体的能动性决定了其在创作过程中的主导地位，决定了文学创作是作家对社会生活的主观认识和审美把握，而客体也对主体的创作活动起着影响和制约作用。

　　创作主体的主导作用表现在，当作家认识生活，从审美关系上去把握社会生活时，对生活的反映要借助于主体的评价、想象和虚构，生活真实就转化为一种艺术真实。凡是历史上出现过和现实存在的一切事物与现象，包括自然的与社会的、物质的与精神的、崇高的与卑下的、必然的与偶然的、真相与假相……这些都是生活真实。生活真实虽然为文学创造提供了原型启示，而且是取之不尽、用之不竭的源泉，但生活真实不同于艺术真实，艺术真实是创作主体对社会生活内蕴的认识和感悟，并表现在假定情境之中。从这个侧面上说，艺术真实是一种内蕴的真实，是假定的真实。

　　内蕴的真实是指，艺术真实不是生活真实的自然主义模本，而是对生活真实的反映。反映具有主观能动性，就是说，艺术真实是作家对社会生活的认识和感悟产物。认识是理智的体察，感悟是直觉的把握。文学创造正是创作主体在既有理智体察又有直觉把握的心理机制和思维活动中，以历史的与审美的眼光，透过生活真实的表层对社会生活的内蕴作出艺术的揭示和表现。创作主体的个性不同，其认识和感悟的侧面及深广度也会有很大的差别，许多作品都是在对生活的富有个性的逼真描写中写出生活的本质特征。

　　何申的小说《年前年后》曾于1998年获1995—1996年度鲁迅文学奖。作品写的是从县委办下到七家乡当乡长的李德林年前年后的一段生活经历，这部小说是与谈歌的《大厂》、刘醒龙的《分享艰难》、关仁山的《大雪无痕》等一起被文学评论界称为"现实主义的回归""现实主义的冲击波"的代表作品。从面貌上看，《年前年后》与新写实的笔法一样，用一种生活之流映射出了当下的现实生活图景，没有什么磅礴之气，所以很多评论者都说这部作品明显地缺乏一种形而上的深远。也许作品确实没有把李德林描写成一个充满正气与锐气的理想人物，而是更多地显示了他对现实的认同感（比如请客啦，找关系想调回县城啦，对妻子的不忠只能旁敲侧击等），但我们也不能不承认作品的确写出了社会转型期物质与精神、工具理性与价值理性之间的背离、冲突与紧张。这就是对当下生活本质特征的提取和写照，作者的用心就寄寓在这些表象之中。

　　诗歌以表情为主，可以表现对人生哲理的洞察和丰富的情感体验。如李白在《行路难》中用"欲渡黄河冰塞川，将登太行雪满山"来表现人生道路的艰难险阻，表现自己怀有伟大抱负却不能得到施展的悲愤感情，又用"长风破浪会有时，直挂云帆济沧海"表达自己的乐观自信、对理想的执著追求，展示了诗人力图从苦闷中挣脱出来的强大的精神力量。这实际上就是诗人对生活本质的认识和揭示：人生之途多苦闷，但人的精神不能垮，要积极乐观地对待生活。作家只有在广泛观察与深刻体验社会生活的基础上，认识和感悟其内蕴——主要是本质性的东西，并予以提炼和集中，才能创造出艺术的真实，达到主客体的统一。

　　文学作品的内容是创作主体对社会生活的加工和改造，通过这种能动作用使对象与主体发生关系，对象之中寄寓了主体的情思，体现了主体的精神特征，实现了主客体之间的统一。但不能忽略的是，这种能动性是受到创作客体的影响和限制的。它首先表现在作家的认识和情感都来自生活上，他只能写生活赋予他的东西。生活的存在在先，艺术从此发源，没有社会生活的基础就没有艺术，生活是高于艺术的。南朝由宋入梁的诗人江淹，年轻时以《恨赋》《别赋》名动一时。因为这个时期的江淹，穷困潦倒，奔走江湖，对生活有感受，有不平之气，发而为文，故能妙笔生花。后来他官至梁朝的金紫光禄大夫，养尊处优，才思减退，再也写不出好作品了，人谓"江郎才尽"，实际上是作为艺术创造客体的生活之源枯竭了。北周诗人庾信的创作，被誉为"庾信文章老更成"，主要原因是他暮年遭遇萧瑟，多有故国沦亡之感，是生活的变化使他的文学创作有了新的转机。其次，生活本身是最丰富的，从自然界到人的行为心理，都是无限广阔无比复杂的，文学作品中的一切都来自生活，那些意想不到的巧合，动人心魄的悲欢离合，扣人心弦的变故等，生活中应有尽有。即便是时空、环境及人物关系的设定荒诞不经，细细品味也会发现其没有离开生活事理的逻辑。贝克特的剧本《等待戈多》是荒诞派的代表作品。在第一幕中，作者为我们描绘了这样的场景：黄昏，乡间路旁，一棵光秃的树。爱斯特拉冈，也是戈戈，正坐在土墩上脱靴子。弗拉基米尔，也就是狄狄，走来走去同他闲扯。他们一边语无伦次地谈着，一边做些无聊的动作，他们究竟干什么来了?戈戈说："咱们在等待戈多。"戈多不来，却来了波卓和幸运儿。他们把波卓当作戈多，原来他们对于自己苦苦等待的人竟然素不相识。戈多还不来，但终于还是等来了戈多的使者。他说，戈多今天不来，明天准来。于是他们相信明天一切都会好起来，他们唯一该做的事就是等待戈多。第二幕。还是那个时辰，还是那地方，仅有的差异是那棵光秃秃的树上有了四五片叶子。他们仍然在无望地等待，结果戈多的信使又来传话：戈多今天不来，明晚准来。狄狄和戈戈想离开这里，想去上吊，但他们既不能走，又不能死，因为还得等待戈多，只要他来了，"咱们就得救了"。这部作品整个时空、环境的设定荒诞不经，但它却以夸张的方式凸现了等待的焦虑与厌烦，从而使人物的言语与行动显得可以理解。它把二次大战以后人们对生活的荒诞感及无望感表达得淋漓尽致，展现了人类生活和命运的不可知性。再次，社会生活进入文学作品后，作家必须遵循生活演进的必然规律和人物自身的逻辑。如曹雪芹的《红楼梦》，写封建大家庭由盛而衰的过程，暗含了对客观对象规律的把握。曹雪芹认为事物的轮回转换是无法避免的，他细致入微地写出了这种变化是如何发生的。尽管对笔下的人物充满同情，但不能给一个美满的结局。同样，福楼拜写包法利夫人不得不死，托尔斯泰写安娜的不能不死，都说明了作家在创作过程中必须忠实于人物性格自身的逻辑。最后，创作客体的本质特征规定了主体的思想内涵和情感取向。进入审美关系中的客体，之所以被主体所观照，是因为主体在客体身上发现了"自我"，但他为什么在这一客体中有所发现呢?因为该客体蕴涵了与主体相一致的本质特征，在审美过程中主体所引发的思想和情感活动都受这一本质特征的影响。如兰花高雅、美丽，被称为花之骄子，天姿国色。在中国历代咏兰作品中，人们对兰的象征意义进行诠释，并且成为一种固定的符号、定向的语码。所有爱兰、植兰、赏兰、咏兰之人，都从兰花身上吸取到道德的力量，从而自觉地塑造、提升、升华自身的人格与胸怀，兰象征了中国传统人格理想：德行高雅，坚持操守，淡泊自足，独立不迁。兰与传统文化中的人格定位能够建立对应关系，与它的生物学特性有关：兰花叶态绰约多姿，色泽终年常青，花朵幽香高洁，符合民族审美趣味。同时，长期以来对兰的内涵规定，使咏兰之作有着内在的一致性和传承关系。它的文化内涵既可理解为孔子那种"当为王者香"的理想和不为贫贱失意所动的人格信仰，亦可象征为屈原对个人美德的保持与追求，又可寄寓郑思肖的民族气节与易代之心，还可表现明清之际士大夫不拘一格、张扬个性的志趣。此外，在中国文学中诸多有固定内涵的文学意象，如松、竹、梅等，都离不开客体的本质特征对主体情思的规定与制约。

因此，我们在理解文学创作是主客体的统一时，既要看到主体的能动作用，又要看到客体对主体的影响和制约，看到主客体之间的互动、互渗，这样才能全面地、辩证地理解文学创作中主客体的关系。

第二节　文学创作中的构思与传达

一、文学构思

文学构思就是作家在材料积累和艺术发现的基础上，在创作动机的指导下，以心理活动和艺术概括方式，创造出完整的呼之欲出的意象序列的思维过程。艺术构思是创作活动中最关键最重要最紧张的环节，也是最能体现文学创作的精神活动特性的阶段。它虽然在某个阶段显得较为集中和鲜明，实际上它贯穿了文学创作的始终。构思的内容十分广泛，涉及了文学创作的方方面面，比如：题材的选定，形象的铸造，情节的设置、安排，视角的选择、切入，意境内蕴的提炼、确定等。既然构思是一种心理活动和艺术概括方式，那么我们就从这两个方面来展开探讨。

（一）探索作为心理活动的构思

在构思阶段，进入创作视野的信息纷至沓来，它们有待于创作主体的检视、整合、连缀、升华。在这个过程中，每个作家有他个人的创作方法和特点，因此，文学创作心理才会呈现令人眼花缭乱的情态。但将它放置于艺术构思的一般过程中去考察，文学构思的心理活动突出地表现为想象与灵感。

1. 想象

"想出一个象"，是就想象本义来讲的。假如说材料的积累是文学创作的准备阶段，作品的通篇构思就是文学造型的实在开端，那么，构思所提出的艺术课题将有赖于想象去丰满、修正、展示和实现。构思只是假设、提纲、灰蒙蒙的人物影子和粗线条的情节框架，想象才是照亮一切、赋予它们生命的"太阳"。活脱脱的想象力是作家普遍禀赋的心理特征。想象可分为再造性想象和创造性想象两类。再造性想象是为主体复现符合文字描绘的形象；创造性想象是要提供现实所不曾有的新的艺术造型。对作家而言，创造性想象无疑更重要亦更具独特性。文学对想象的依赖远甚于科学。科学也需要想象，它在科研的早期阶段甚至会导致天才的假说或推测。但科学的想象终结于客观规律的被确证，而文学的想象则永远向遥深的精神世界延展。想象也与记忆不同，从心理机制方面看，记忆是对以往曾接通的暂时联系系统的激活，新异性不明显；想象则是在分离了的暂时联系系统之间建立新的联系，这就有强烈的新异性即创造性。

文学形象是自由的。文学想象之所以成为可能，是因为文学创作活动为想象提供了一片广阔的天地，任由作家驰骋。可以说，想象是作家的特权，他们可以将文学素材进行自由切割和自由组合，显示了想象超越和主宰素材的优越机能。看齐白石、徐悲鸿的画，那自由自在的虾，英姿飒爽、炯然生风的骏马，给我们的感觉与动物学教科书的各种挂图绝不一样，因为艺术作品表现了艺术家对生活中原型的重新组合，内中包寓了作者的理解。在文学作品中也是如此，海明威的《老人与海》已完全不同于生活中那个名叫曼奴埃尔的哈瓦那渔夫的故事，托尔斯泰的安娜也不是当时彼得堡上流社会的那个偷情女子，郭沫若写的《屈原》也不是历史上的那个诗人，在想象的作用下，作者将认识到的与体会到的融为一体。但是，想象也是有规范的。一方面，想象不拘泥于素材，相反，素材碎片越丰富，可供想象进行艺术排列和组合的天地就越广阔。另一方面，从作家的创作实际看，想象绝非大杂烩，作者大多执著地追随着自己所醉心的审美趣味和美学原则，有度、讲规范。因为作品写出来总是要被人解读的，读者阅读文字所激发的再造想象能否达到作品境界的最高处，就看作者运用想象是否规范。这里所说的想象规范，应是指造型法则，即用什么来组合造型，怎样组合造型。比如小说《永远的蝴蝶》，就充分运用了特定的色调和语调营造出哀婉忧伤的情境。那时候刚好下过雨，柏油路面湿冷冷的，还闪烁着青、黄、红颜色的灯火。我们就在骑楼下躲雨，看绿色的邮筒孤独地站在街的对面。我白色风衣的大口袋里有一封要寄给在南部的母亲的信。樱子说她可以撑伞过去帮我寄信。我默默点头，把信交给她。"谁教我们只带来一把小伞哪。"她微笑着说，一面撑起伞，准备过马路去帮我寄信。从她伞骨渗下来的小雨点溅在我眼镜玻璃上。

随着一阵拔尖的刹车声，樱子的一生轻轻地飞起来，缓缓地，飘落在湿冷的街面，好像一只夜晚的蝴蝶。虽然是春天，好像已是秋深了。

她只是过马路去帮我寄信。这简单的动作，却要教我终生难忘了。我缓缓睁开眼，茫然站在骑楼下，眼里裹着滚烫的泪水。世上所有的车子都停下来。人潮拥向马路中央。没有人知道那躺在街面的，就是我的，蝴蝶。这时她只离我五公尺，竟是那么遥远。更大的雨点溅在我的眼镜上，溅到我的生命里来。

为什么呢？只带一把雨伞。

然而我又看到樱子穿着白色的风衣，撑着伞，静静地过马路了。她是要帮我寄信的，那，那是一封写给在南部的母亲的信，我茫然站在骑楼下，我又看到永远的樱子走到街心。其实雨下得并不大，却是一生一世中最大的一场雨。而那封信是这样写的，年轻的樱子知不知道呢？

妈：我打算下个月和樱子结婚。

一系列的意象构成了灰暗的色调，那绵绵的细雨，那闪烁的灯火，那孤独的邮筒，那两个穿着白色风衣的主人公，这一切景物给全篇奠定了忧伤的基调。反复出现的"樱子过马路"的动作将那个瞬间变成了永恒，而"我"的悲伤也成为永恒。"结婚"和"死亡"的对比增强了情感的力度。"蝴蝶"在中国传统的审美心理中既代表了忠贞的爱情，又暗示了爱的悲剧结局。作者在短短的篇幅里苦心经营，既能看出想象的自由（如对时间的随意安排），又能看到想象的规范（如表达方式的合目的性）。当然，随着时代的发展变化，审美习惯也会发生变化，那么，作者的想象规范也将有不同的形态。

在文学创作中，想象的原动力在于作者要形象地传达主体对社会的某种审美把握。在未诉诸文字表达前，它在作者心中呈现为对历史\世界、人生的总体性理解或体验。这里的总体性，是说想象能源发轫于他的社会阅历及精神探索的深远视野，而不是一时一事的素材所能限定的，虽然看起来想象是对素材的组合。那些素材的碎片：进入作品后之所以熠熠生辉，是它在作者整体的艺术图谱中被安放在恰当的位置上，成了整体的有机组成部分。艺术想象的使命就是要创造出一个新的非实践意义的审美现实，来形象地传达作家对世界的总体性思考。作家这种思考的深刻与否，直接影响到文学想象能否在整部作品中生气贯注。比如舒婷的诗《惠安女子》：

野火在远方，远方/在你琥珀色的眼睛里以古老部落的银饰/约束柔软的腰肢/幸福虽不可预期，但少女的梦/蒲公英一般徐徐落在海面上/啊，浪花无边无际天生不爱倾诉苦难/并非苦难已经永远绝迹/当洞箫和琵琶在晚照中/唤醒普遍的忧伤/你把头巾一角轻轻咬在嘴里这样优美地站在海天之间/令人忽略了：你的裸足/所踩过的碱滩和礁石/于是，在封面和插图中/你成为风景，成为传奇。这首诗以流动的意象、柔和的色彩构成了——幅美丽的画面：一个纯真、美丽的少女亭亭玉立在海天之间的晚照中。惠安女子以忠贞、坚忍、勤劳的品格在世人面前尽现了那种内在的美丽，美丽藏起她们的忧伤和痛苦，掩盖了她们所经受的种种磨难，人们也因此忽略了她们为了这种美丽而付出的沉重代价。诗人正是穿透这种美丽让我们看到生活的另一面，寄予了她对惠安女子及世间——切美丽事物的深刻理解和同情。诗中那些关于惠安女的片断描写，成为一种寓意，一种暗示，一种象征，——种符号，诗的深意读者在反复体味中"悟而得之"。反之，缺乏对人生、历史、世界的总体性深刻把握会削弱作品的艺术性。俄国作家蒲宁的短篇小说《乌鸦》，写了父子两人同时爱上家庭使女的故事，结果父亲胜利了。于是儿子——小说的叙述人，便对父亲进行连篇累牍的挖苦、谩骂，说他是一只乌鸦。尽管小说不乏生活原型，也经过了艺术想象的加工，但读了却败人胃口，这就是因为作者在反映社会现实和矛盾冲突中，没有给人以力量，以希望，以美好的感受。他写得很熟练，但写得很肤浅，写成了父子之间的争风吃醋。这实际上就是作者对社会、人生思考不深，品味不高。乱伦行为作为一种丑恶现象，不是不可以写，问题在于以什么样的情感去"裁判"它，即从中提炼出一个什么样的主题，传达给读者一个什么样的生活感受、生活思考和生活信念。我们在这里强调作家的总体性审美思考的重要意义，并不是说一个人只有先当哲学家，才可能成为大作家，不是提倡"主题先行"，事实上文学创造活动中，作家的思想素质与艺术禀赋是浑然一体，水乳交融的。

2. 灵感

灵感是文学创作中一个带有神秘色彩的心理现象，作家和理论家都试图对它作出准确的解释，但它却像一个古怪的精灵，让人难以看清真相，我们只能在作家们关于灵感的叙述中去寻找一些共性。苏轼《文与可画筼筜谷偃竹记》，介绍文与可"画竹必先得成竹于胸中，执笔熟视，乃见其所欲画者，急起从之，振笔直遂。以追其所见，如兔起鹘落，少纵则逝矣。"普希金描绘过这样的情景：一瞬间脑海似潮水汹涌，幻想的波涛自由地吞吐着无数美妙的意象、结构、细节和词句，灵魂激动着，像在梦里……果戈理写《死魂灵》时，有一次"我不知为什么走进这家饭馆的一刹那突然想写作了。我吩咐摆张小桌子，在一个墙角坐好……在烟雾腾腾的令人窒息的环境里，我仿佛沉入梦境，没动地方就写了整整一章。"托尔斯泰把灵感叫做"来潮"，"假如来潮，我会写得更快。"如此这般，我们可以对灵感做这样的描述：灵感是以创造想象为核心的作家智慧的自动突发，经常给创作带来直接成果。

文学灵感的触发需要外界事物的刺激。列夫·托尔斯泰从睡衣袖口精美的花纹联想到女性所热衷的时装，联想到安娜的孤独和郁闷，因为所有的妇女都离开了她，没有人与她谈论这些纯属女人的快乐，结果笔走如飞；路边一棵牛蒡花会让他思绪起伏，产生写哈泽·穆拉特的冲动。但不管是否伴有随机性，灵感应该是这样一个事实：在作家进行写作之前，心中突然"看见"了那些人物的面影，或涌起了连贯流畅的词句。灵感的产物并非外物所赐，而是已经存储于作者心灵空间的艺术创造。这是一个暂时被封闭在作家内心的艺术情境，它若隐若现，亦真亦幻，仿佛夜幕下宁静的大海，突然一颗流星划过，照亮了海天、礁石、船、沙滩、航标灯塔看得清清楚楚。外在的触媒就是那颗流星，它照亮了作家心中沉睡的艺术情境，一时间，形象纷至沓来，让人目不暇给。但流星是短暂的，就像所有的灵感都是"瞬间性"的，它不会自始至终地伴随创作的整个过程。而这个沉睡在作家心中的艺术情境恰恰是作家对某个人物形象，某种结构安排，某些辞句表述长期孜孜不倦，专注思索的结果。这就理解了真正能给创作带来直接成果的灵感往往产生于作家创作心理活动高度紧张之际。也正是因为在这一艺术情境中积蓄了太多的能量，一旦爆发，作者常处于被动状态，仿佛被一种魔力驱使，只能听从、顺应、承受。阿·托尔斯泰曾感叹自己写得最顺手的时候不知人物五分钟后会说些什么。郭沫若原准备写屈原的一生，结果却写了一天，宋玉是被临时拉进作品的，婵娟之死也是灵感所致。这样看来，灵感代表了作家更富有创造性的"自我"，是提升了的自我，是作家对自我精神世界的新探索或再认识，是对旧的自我格局的扬弃和超越。大作家往往借灵感的启迪，洞悉了包括自我在内的整个人生的广大、深邃和充实。当他们将这些深得人生三昧的历史意蕴物态化为形象，这些人物造型的生命可能比作家活得更长久，如浮士德之于歌德，阿Q之于鲁迅。

灵感的自动来潮是与自觉创造过程相平行的无意识创造过程的突然崛起。现代心理学掘开了人的精神世界的深层地幔，人类第一次确认脑海深处还有一片无意识的新大陆。无意识、潜意识、意识构成了人类心理的三个层次。意识是以明晰形态在感知水平线上流动的高级心理过程。潜意识介于意识与无意识之间，又叫下意识或半意识，它能被个体模模糊糊地感知。无意识是在个体身上发生但个体却感知不到的所有心理活动。但感知不到不等于"不存在"，就像看光谱：人所看见的赤橙黄绿青蓝紫七色，其实只涉及波长在400～760毫微米之间的光波，该幅度还不到整个电磁光谱的1/70，我们看不见的光线远比七色多。同样，在精神世界里，明晰意识也并非包罗万象的心理形式，在自觉创作之外，还有一条几乎与之平行的无意识的创作之流。无意识创作集中表现在素材的无意积累和意象的无意组合。作家在生活中常常会有意识地搜集材料，有时还会用物质手段如文字、数据，音像将材料保存下来，目的是为创作提供素材库，这属于素材的有意积累。而素材的无意积累是以忽略和遗忘为特征的，在每天摄入的大量信息中，只有那些契合作家心理定势或创作意向的信息才可能转化为印象，其余的则被忽略而打入了无意识"冷宫"。一些进入意识素材库的印象在一段时间后由于长期不得使用而遭遇"清仓"，被扔进无意识层，这就是遗忘。被忽略与遗忘的无意识层信息作为意识素材库的补充，能为灵感状态中的作家提供意外援助。朱光潜对此有精辟的说明："艺术家都不宜在本行小范围内用功夫，须处处留心玩索，才有浓厚的修养。鱼跃鸢飞，风起云涌，以至于一尘之微，当其接触感官时，我们常不自觉其在心灵中可生如何影响，但是到挥毫运斤时，它们都会涌到手腕上来，在无形中驱遣它，左右它。在作品的外表上我们虽不必看出这些意象的痕迹，但是一笔一画之中都潜寓它们的神韵和气魄。这样意象的蕴蓄便是灵感的培养。"无意识创作的另一个表现是无意组合，这在人物造型上表现得尤为明显。"婵娟之死"是郭沫若没有料到的，这一方面说明艺术生命一旦诞生，就有着强大的力量突破作家原定的理念框架；另一方面这强大的力量也是作家无意中赋予的。婵娟对祖国的爱和为正义捐躯的刚烈，正是抗战时期中国的"民魂"。郭沫若身上又何尝没有它的烙印?虽然作家本身对"婵娟"这个人物没有这样的认识，但这颗"民魂"在灵感来潮时却导演了这样的无意组合。由此可见，灵感与无意识有着密切的关系。

灵感往往产生于脱离尘世的审美心理空间。审美的无功利性决定了审美是对俗世的摆脱，是与它拉开"心理距离"，在主体内部抑制实用性思虑，全神贯注于对象的"美"，这时灵感会翩然而至。许多大作家都深谙其中的奥妙。巴尔扎克就是善于利用心理距离来诱发灵感的高手。每当写作时，他要把阁楼的窗帘都拉上，披上"巴尔扎克长袍"，点亮蜡烛。这时，现实生活悄然退出作家的视野，追逐财富的念头、豪门贵妇的诱惑都远离了作家，他沉浸在艺术的情境中，与他笔下的人物生活在一起，而美神亦为他对艺术'的忠诚而眷顾他，把灵感赐给了他。由此令人联想到，创作是在作家真正自由的状态下实现的，无论用何种世俗的名义对创作进行干预，即使达到了目的，也是以牺牲作品的艺术价值为代价的。

虽然灵感是作家孜孜以求的，但灵感的美学素质远不能保证作品的全部价值，灵感所提供的意象、情节、辞藻、激情令人目眩神迷，但它毕竟是粗糙、松散的，还有待进一步的艺术加工。

（二）探讨作为艺术概括的构思

艺术概括是文学创造的基本原则之一，它要求作家依据自己的体验和认识，对个别或特殊的事物加以独特处理，在主体与客体相统一的基础上，创造出既具有鲜明的独特个性又具有普遍性的艺术形象。

艺术概括的原则能够使文学作品具有较高的艺术真实品格，也使其具有巨大的艺术魅力。在艺术概括这一原则的指导之下，作者能够通过个别的、有限的现象表现出普遍的、无限的事物，通过一个人的一生和一些最普通的事物，使所有人的一生涌现在人们面前。海明威的《老人与海》写的是一个老渔夫历尽艰辛捕到一条大鱼，但回到港口时却只剩下一个鱼骨架。老人最初无休止地追寻大鱼，而后一遍遍地放索拉钩，费尽千辛万苦终于弄死了大鱼，但紧接着便是死鱼的血水引来了一群群的鲨鱼。老人用鱼叉去扎鲨鱼，把刀子绑在桨把上去打鲨鱼，用棍子揍鲨鱼，但鲨鱼还是吃光了大鱼的肉，老人终于没得到他所期望的收获。表面上看，老人是个失败者，可老人坚韧不拔、临危不惧的行动，让我们看到了人面对失败所具有的气度。小说有句名言："一个人并不是生来要给打败的，你尽可以把他消灭掉，可就是打不败他。"作品虽然写的是一个人的故事，但我们却在他的不断追寻与失败中看到了一种伟大的东西，一种永不满足、永不屈服、永远进取的自由意志。海明威以其高度的艺术概括能力为我们塑造了一个打不垮的硬汉形象，在作品表层与深层的对比中，使我们感悟到，人的失败与否，并不能全看具体的结果，重要的是人的精神。

艺术概括不同于科学概括。科学概括以分析和综合为手段去抽取事物的本质属性，同时舍弃其外在表象和感性形态而造成概念、范畴及逻辑体系。艺术概括有自己的规律与方法。艺术概括的规律表现在以下两个方面：

1. 在对富有特征的具体事物的观照和描述中，实现"个别"与"一般"的统一

实际生活里，一切人与事、场与景都是"个别"的存在。文学创造就是从感受、体验、认识和理解这些"个别"开始的，并以它们为创造的原料。诚然，这

些"个别"都在不同的范围内与不同程度上跟"一般"相联系，但是任何"个别"所体现的"一般"都是不完全、不充分的。因此，如何使文学作品达到"个别"与"一般"的辩证统一，就成为文学创造中的一个重要课题。

艺术概括是以对特殊的事物即富有特征的具体事物的观照和描述为途径的。在特殊之中显出一般；才能使艺术具有真正的生命。欧·亨利的小说常以情节取胜，人们说他的作品总是既在意料之外，又在情理之中，他的《麦琪的礼物》《警察与赞美诗》都是非常典型的篇章。前者歌颂了贫苦夫妇之间那种真挚的爱情，后者则讽刺了资产阶级法律的虚伪。前者写在节日将至的时候，妻子卖掉了美丽的长发给丈夫买来了与其祖传的手表相配的表链，丈夫却卖掉了祖传的手表给妻子买来了配其美丽长发的全套发梳。作者在小说中反复强调这个贫穷的家庭所仅有的两样贵重东西，使这个特征非常鲜明地呈现在我们面前，而后又让男女主人公毫不犹豫地为爱牺牲掉他们的宝物，从而让我们深切地体悟贫困之中相互的爱与奉献才是生命中最可宝贵的。这篇小说是从一个个别的家庭生活场景中让我们体味到了人世间的苦涩与甘甜，并进而生发出对整个人生的体悟。《警察与赞美诗》让我们看到了世界的荒谬性，控诉了资产阶级法律的虚伪。对这一本质特征的把握，作者是通过具体场景的描述才实现的。苏比反复触犯法律以期得到在监狱里过冬的权利，然而他却始终未能如愿，而当他懊悔过去生活的颓废想振作起精神过一种新的生活时，警察却毫不客气地把他送进了监狱。

对个别事物的掌握和描述，使艺术具有了真正的生命，如果从某个观念出发去寻找特殊的话，只能写出概念化、公式化的东西。"文革"时期的文学创作已经证明了这一点。

2. 实现"个别"与"一般"相统一的过程，始终体现为主体意识对客体对象的能动性介入和把握

强调艺术概括是对富有特征的具体事物的观照和描述，并不是意味着作家对这些事物可以不作选择、提炼、加工与改造。无论是对生活的社会意义进行挖掘也好，还是对人生的价值、人的生存状态进行把握也好，每个作家都会把自己的主观能动性渗入其中，这不仅使不同的作品具有不同的面貌和意义，也使不同的作品在层次上呈现出差别。托尔斯泰擅长写社会悲剧，他常常能够突破生活原型，把视野扩展到沙皇俄国社会生活的方方面面，对罪恶的现实给予无情的揭露与鞭挞。作为这种社会制度的激烈抗议者、愤怒的揭发者和伟大的批评家，托尔斯泰以其主体意识介入生活，从而使其艺术形象上升到了典型化的高度，使艺术概括的力度在俄国现实主义文学中达到了顶峰。欧·亨利在许多作品中虽然也能达到对社会现实的批判，但对于资本主义社会中的主要矛盾，他却采取一种回避态度。他的笔墨常常集中在对小人物的同情以及对处在尴尬之中"坏人"的嘲弄上。他的《红酋长的赎金》写得极有趣味，把偷鸡不成蚀把米的人生之态描写得极为生动。

山姆和比尔一共有600块钱的资本，为了去西部做一笔骗人的地产生意，他

们决定绑架有名望的居民多塞特的十岁的独子做人质，希望据此从孩子的父亲那里诈骗出 2000 块钱来。可是他们没有想到这个孩子竟是一副天不怕地不怕的嘴脸，而且对这种在山洞露宿的生活非常满意。孩子的顽劣让绑匪比尔忍无可忍，决定让他滚蛋。没有这个红头发的孩子，比尔有了一种安逸的神情。可是那孩子留恋这个让他感到空前自由的地方，他又悄悄地跟着比尔回来了。两个绑匪到底还是觉得这只小公羊十分棘手，决定倒贴了赎金赶快把孩子送走。他们骗孩子说他爸爸给他买了来复枪，现在去取来明天好去打猎。可等到孩子发现两个强盗要把他留在家里的时候，作者写道：这孩子便像火车头似的吼了起来，像水蛭一样死叮住比尔的腿。他爸爸像撕膏药似的慢慢把他揭了下来。显然，像这样"倒霉"的绑匪不多见，作者通过某些情节的集中和夸大，达到了讽刺的效果。

　　主体观念对生活的介入和把握，不仅表现在不同的作家对生活进行不同的选择和提炼上，也表现在作家对不同的表现手法的选择上。西方现代派文学突出人的主观情绪，可说是主体意识介入生活的典型代表，这些作品用一种特异的方式概括了二战之后西方世界那种普遍悲观绝望的情绪。总之，在文学创造中没有主体对客体的能动介入与把握，就不会产生艺术概括性，"个别"与"一般"的统一是在"主体"与"客体"的统一中实现的。

　　艺术概括的具体方法常见的有这样两种。一是在广泛占有生活材料的基础上进行集中、概括。这就是鲁迅所说的"杂取种种人，合成一个"。鲁迅的小说大抵是用这种方式写成。他说自己的小说，"所写的事迹大抵有一点见过或听过的缘由，但决不会用这事实，只是采取一端，加以改造，或生发开去"，人物"是一个拼凑起来的角色"，"往往嘴在浙江，脸在北京，衣服在山西"。不少文学作品都是以这种方法进行艺术概括的。杂取种种人，是说杂取的对象是一个个个体的人身上最富有特征的东西，不是抽象的共性本质，而是个体的个性；杂取的结果是原型人物身上取来的自然特征相互作用而产生的新质，产生出的具有独立生命的崭新的形象，正如托尔斯泰所说："我需要做的恰恰是从一个人身上撷取他的主要特点，再加上我所观察过的其他的人们的特点"，把它们集中起来"反复搅拌"，"捣成粉碎"然后铸造成新的完整形象。二是以一个生活原型为主，同时吸收融入其他生活素材。这就是鲁迅所说的"专用一人"。这个原型的言谈举动、细微的癖性、衣服的式样等都可以不加改变直接写进作品。这种方法要求生活原型，或者是自己的体验，或者属于他人的经历，须有一定的典型意义。鲁迅的《狂人日记》中的狂人，就是以他的表兄弟为原型的；巴金的《家》中的觉新，则主要是以作家的大哥为原型的。另外像《红楼梦》中的贾宝玉，《钢铁是怎样炼成的》中的保尔·柯察金，《青春之歌》中的林道静，《林海雪原》中的杨子荣等?也是用这种方法创造出来的。这种方法的长处是所用材料确凿，有助于提高形象的真实性，短处是视野往往受局限，影响了形象的普遍性。所以，一般专用一人的方法，也常常同时还要从其他人身上选取一些特征，补充到这一个人身上。当然，这种补充，也不是简单地粘贴，而应该是一种化合，一种创造。

二、文学传达

（一）文学传达是一个过程

文学传达是指作家将构思过程中已基本酝酿成熟的形象和意念转换为文学符号的过程。它是艺术生产过程中出产品的阶段。在整个创作过程中，无论是素材积累还是文学构思，都发生在作家大脑内部，而传达使纯个体的审美外化为公众得以分享的财富。在传达阶段，飘浮不定的思绪要凝结为固态的文字符号，内部语言将转化为具有交流沟通功能的外部语言，对作家而言，这又是一个高强度的劳动过程。

艺术传达的过程不仅是个艰辛的过程，还是个复杂的过程。这是由于在艺术构思阶段，作家的内心意象尚不完备，它们处于若明若暗，变幻不定的状态中，还不能称为确定、鲜明的艺术形象。在传达过程中，这个预期的观念性的存在会发生变化，这变化有时是在原有的基础上使原内心意象的创造性、概括性得到丰富、生发和扩展，从而使它的审美意蕴不断增值，有时却与作家原先的意图背道而驰。后一种情况的发生，或是由于作者驾驭艺术表现形式的能力不够，或是在创作过程中，作者的创作动机发生了转换。托尔斯泰写作《安娜·卡列尼娜》就是一个例子。小说最初发轫于作家的宗教伦理热情。他想写这样一个女人，由于不恪守宗教原则背离丈夫而遭到惩罚，意图是宣扬夫妻关系的"永恒性"。在第一稿中，作家并不展开安娜与第三者的关系史而是直接将他们搁在丑闻之巅，任凭沙龙沸沸扬扬。这样的开头既没有写清安娜对渥伦斯基的吸引力，也没有写为何社交界将安娜拒之门外。而后又匆忙让安娜向情夫交代自己已经怀孕，必须同卡列宁离婚，从此以后，直到女主角最后一天，再也听不到这对生死恋人的爱的表白。既然作家当初所关心的是演绎宗教主题而不是展开情节和性格，那么，女主角的心路历程就不在作家的视野中，致她于死地的原因就被简单归结为她的肉欲和精神空虚。但托尔斯泰毕竟是现实主义大师，他不满足于将女主角之死看作个人事件，还要动用社交界来强化对安娜的谴责。当作家把视线投向安娜所生活的上流社会时，他却发现了更甚于安娜的腐败与恶俗。于是，作家自相矛盾了：当他以清教徒的目光来审视安娜时，安娜是有罪的，当他用现实主义大师的目光来看安娜时，安娜同她所处的上流社会相比，不乏真诚、可爱。这时，作家的审美性总体情思从宗教伦理的沼泽升华到社会批判的高度。于是，作家跟着新起的思潮往前走，安娜的形象从最初的构思中脱胎而出，逐渐变得丰满、清晰，她从第二稿中嘴咬黑珍珠项链上下摆弄着的荡妇，第三稿中低额头、小眼睛、短鼻子、红嘴唇的肥女人，成了定稿中莫斯科舞会的皇后，"单纯、自然、优美，同时又快活又有生气"，高雅迷人的外貌昭示着她的内在美，丑小鸭变成了白天鹅。安娜造型的美化根源在于作家在传达过程中创作意图的变化。

文学传达的过程是一个符号化的过程，也就是说作家要将他的构思整个地变成一种符号的现实，或者说用符号去构筑一个艺术世界。文学符号最基本的单位是词汇，作为文学符号的词汇有两个特征：一为泛理性，它受思维的管辖，心灵的痛苦、欢乐、悒郁、恬静等情感要素只有被意识察觉，才能被词汇"冠名"。二为非理性，它要深入作家幽深而恍惚的深层情怀中去探寻它是否符合主体的本意。这就是说，文学词汇既是语义性的，又是体验性的，它不仅要传达作家的心灵图景的意义（是什么），还要传达出图景的意味（作家是怎么看的），意义和意味都能够契合心灵图景的词汇才能称为文学符号。中国古代的"炼字"，就是寻找这个契合度最高的词；"红杏枝头春意闹"，为什么一个"闹"字境界全出？因为它不仅写出了诗人体会到的春天，浓墨重彩，生机勃勃，更传达了诗人满心的欢喜。"春风又绿江南岸"，"绿"比"到"好，因为其语言表达超越了平庸，与诗人的心灵图景吻合了。词汇毕竟是"点状"的，它只有组接成句子才可能传达心灵图景的完整意思，这就涉及到词汇的组接方式——句式。不同的句式在传达中会传递不同的审美情调，对此，作家有充分的认识，他们的作品也证实了句式在表达中的意义。列夫·托尔斯泰重浊的长句是构筑其纯洁道德感和心理过程体验的条石，作家靠它造起了心理现实主义的大厦。乔伊斯的无标点句则是尝试意识流实验的操作手段。海明威和加缪都喜欢用短句，但他们又有所不同。海明威果敢洗练，加缪凝重蕴藉，，萨特评价加缪的句式说："每个句子都不承接上一句话造成的语势，每句话都是一个新的开端。每句话都像是给一个姿态或一件物品抢镜头拍照。而对于每一个新姿态或话语又都相应地制造一个句子。"除了词汇和句式之外，体裁也是符号化过程中必须考虑的因素。因为在体裁中已经凝结了相对稳定的美学情调，它对艺术传达产生影响和制约，选择了什么样的体裁就意味着对这一体裁规范的遵从。曹禺动手写《雷雨》前已经构思了五年之久，作者在构思时就有了清醒的体裁意识，按戏剧"三一律"和巧合原则组织戏剧冲突，所有人物都在第一幕交锋，随着矛盾的激化推进情节，重视舞台气氛的渲染，《雷雨》成了中国话剧的典范之作。但也有作家通过对体裁规范的突破而获得令人耳目一新的传达效果。汪曾祺的小说不以传统小说的故事取胜，而以个性鲜明的人物，别具一格的风情见长，成了"散文化"小说的代表，王蒙各个时期的小说实验也是试图赋予小说这种体裁更丰富的美学涵义。

当我们谈到文学传达是一个符号化的过程时，这实际上就触及到了艺术的形式问题。对待艺术形式问题，存在着两种不同的观念和理论：一种是重内容而轻形式。在文论史上，认为形式只是内容的载体或容器而仅具有从属意义的观点非常普遍。清代袁枚说："意似主人，辞如奴婢。"欧洲的"再现说"与"表现说"就总体倾向而言，都是轻形式而重内容的。他们认为形式与内容虽然相互依存，但两者不是平等关系，而是内容决定形式，形式只是消极地服务于内容。另一种是形式主义。这种理论倾向虽然自古有之，但突出地表现在俄国形式主义、英美新批评及结构主义等流派的文学观念中。他们对文学形式的强调达到了一种极端的地步，但还是给了我们一些有益的启示。在内容与形式的关系上，强调内容决定形式的观点具有无可置疑的真理性，但是形式的能动性及其自身的审美价值也应得到充分、足够的评价。形式创造是文学创造性的基本原则之一，作家要赋予自己的创作对象以艺；术形式。形式创造既体现为对内容的内在结构的把握，又体现为利用语言材料及艺术手段（结构、体裁、韵律、表现手法）使之呈现为外在形态。可见，艺术形式的概念，从质的规定性上说，它必然是也只能是文学作品的存在方式与形态，是语言材料及各种艺术手段的有机组合。

（二）文学传达中应遵循的规律与原则

1. 内容与形式的完美结合才能产生优秀的作品

文学作品的内容是形式的内容，形式是内容的形式。无疑，只有它们和谐完美地融合在一起时，才能创造出理想的艺术生命之躯，否则，其艺术的生命力就会非常短暂。这里可以举《高山下的花环》作例子。这部中篇小说在1983年发表时获得了异常的轰动，作品所讴歌的"位卑未敢忘国忧"的精神，塑造的梁三喜、靳开来等英雄人物，给了人们极大的震动。作品不仅描绘了那一时代的真实场景，而且宁丁破以往"高、大、全"的模式，塑造了普通人的英雄形象。但从艺术形式的角度来评价的话，其陈旧的叙事方式及结构上的松散却使人明显地感到尽管是一部好作品，却难说是一部精品。所以多年之后我们再去读的时候，就会发现它缺少了耐读性。如果我们把它与《这里的黎明静悄悄》比较一下，虽然在内容上它们同样有厚重之处，但在形式上二者却不可同日而语。俄罗斯那幽静的森林，那洋溢着青春活力的美丽少女，那血洒疆场的英勇无畏……五个女兵在特定的背景中完成了她们的生命旅程，向我们展示了生命的脆弱与顽强。作者用一种浪漫的激情把爱国主义和诗情画意贯穿在整个小说中，一句摘录出来显得极为平常的话，却能够在特定的语境中大放异彩。

精彩的内容和完美的形式在艺术的生命力中起着至关重要的作用，但在形式的创造中，却要以内容为前提。别林斯基曾说，艺术形式并不是外在的，而是它自己所特有的那种内容的发展，因此，从内容出发去选择创造形式，内容才会与自己的形式构成一体，消失在它里面，整个儿渗透在它里面。一系列的素材，也许在心中萦绕很久都无法形成作品，而一旦确立了主题，那些生活的事实、细节就会在主题的照耀下各找各的位置，各显各的面目，从而以一个整体的形式呈现出来。可见，从内容出发，把内容形式化，或者说，让它渗透或消失在形式之中，是实现内容与形式统一的必由之路；正是由于形式是从内容生成的，是被内容生成的，是被内容所召唤的，因此，在中外文学史上，优秀作家在形式选择与创造上都是坚持从内容出发，根据内容表现的需要去选择与创造形式。有的内容适合用戏剧形式表现，有的内容却适合用诗来写，只有采用了合适的形式，才能使艺术作品具有生命力。

2. 形式具有独立的审美价值

在文学作品中，内容居于主导地位，形式从属于内容，但这不等于说形式是消极的、被动的。恰恰相反，形式具有巨大的能动作用。这包含着两层涵义：一是说当形式适合内容时内容就会得到充分的表现，否则就要遭到抑制甚至伤害；二是说在形式服务于内容表现的前提下，形式的完美创造能够使内容得到深化或升华，形式具有帮助内容生成的作用。这也是艺术创造的一个重要的规律。由于形式对内容具有这种能动的表现作用与构成作用，因此，高度的语言修养，圆熟的艺术技巧，较强的形式创造能力，对作家来说就十分重要了。这是文学创造与其他精神创造的不同要求。文学的形式除了对内容起塑造作用外，其自身的独立的审美价值还表现在文学艺术作品存在着形式美的问题。

形式美是美学的一个重要范畴。在历史上，美学家们作过大量的探讨，提出了许多形式美的定义。英国现代文艺批评家克莱夫·贝尔提出的"有意味的形式"理论，影响很大。这一理论认为艺术作品的基本性质就在于它是"有意味的形式"，意思是说作品各部分、各要素之间以独特方式组织起来的组合、排列形式是有力量的：一方面，它主宰作品，另一方面，它能唤起人们的"意味"感即审美感情。它虽然也是一种形式主义的理论，但其对艺术，形式的审美特征的揭示有着不可置疑的合理因素。"形式"所以"有意味"，是因为它们蓄积着社会历史内容和人类的审美感情，具体说就是，在长期的社会实践中，作为自然规律的形式不断地作用于人们的生活，人们也在不断地认识它们的过程中把它们主观化、情感化，久而久之，这些形式就成为人类情感意识的较为固定的表现。因此，当它们从现实的具体事物中分化出来而成为独立的、抽象化的、具有稳定性的审美对象时，尽管它们与社会功利内容及目的之间呈现着明显的疏离状态，然而它们却由于能与人们在长期社会实践中形成的审美心理结构相对应，因而依然能给人以"有意味"的审美感受，从而达到情感的交流。若从内容上看，《永远的蝴蝶》是一个简单的瞬间的事件，一场车祸使处在幸福之中的恋人天上人间永远相离。但在时间的变形、意识流手法的运用、意象的设置及语言的表达中，却让我们在不到700字的描绘中体味到了无尽的生命滋味。生命的脆弱、美好的易逝、对永恒的追求以及永恒之中所存在的悖论，都是形式所体现出来的意味。

各种艺术形式都具有相对独立的审美价值。文学作品的形式美，在诗歌当中表现得最为突出，如它的节奏感、韵律美、诗行排列美等。"轻轻的我走了/正如我轻轻的来/我轻轻的招手/作别西天的云彩""撑着油纸伞，独自/彷徨在悠长，悠长/又寂寥的雨巷，我希望逢着/一个丁香一样地/结着愁怨的姑娘"，朗读中我们便能够明显地感觉到那种音乐的美感。小说、戏剧文学及散文也有形式美学的问题，如在结构安排上讲究对比、完整，风格上讲究多样、统一、变化等。总之，在文学的传达中，除了应坚持更完美地表现艺术内容的宗旨之外，还应重视对形式美学的追求。

第三节　创作个性与文学风格

一、创作个性的形成与发展

创作个性是作家在文学实践中养成并表现在他的作品中的性格特征。它是作家的世界观、艺术观、审美趣味、艺术才能及气质禀赋等因素综合而形成的一种习惯性行为方式的表现，它制约和影响着文学风格的形成和显示。作家创作个性的形成与发展同先天性因素有关，也受后天教育和环境的影响。

（一）气质对文学创作的影响

从心理学上说，气质是一个人在他的心理活动和外部活动中表现出来的某些关于强度、灵活性、稳定性和敏捷性等方面的心理特征的综合。从表现形态上看，它更清楚地表现在情绪和情感的发生速度、向外表现的强度及动作的速度和稳定性方面。不同的气质往往在文学风格中有所表现。曹丕认为"文以气为主"，有什么样的气质就有什么样的文学风格，不能强制和机械模仿。刘勰在《文心雕龙·体性》中论证了创作个性对作品风格的影响："夫情动而言形，理发而文见；盖沿隐以至显，因内而符外者也。然才有庸俊，气有刚柔，学有浅深，习有雅郑；并情性所铄，陶染所凝，是以笔区云谲，文苑波诡者矣。故辞理庸俊，莫能翻其才；风趣刚柔，宁或改其气；事义浅深，未闻乖其学；体式雅郑，鲜有反其习；各师成心，其异如面。"刘勰的分析与现代文艺心理学不谋而合。心理学家将人的气质分为四种类型：多血质，其特点为热忱、活泼、好动、敏捷、兴趣广泛、情感丰富外倾，但不强烈并易于变化；黏液质，特点是沉静稳重、迟缓寡言、能忍耐、情感几乎不外露，注意力稳定但难以转移；胆汁质，精力旺盛，动作敏捷、冲动、性急，情绪强烈而迅速；抑郁质，孤僻、落寞、行动迟缓，情绪体验不活跃但深刻有力、持久，情感内向，善于观察细微事物。这样的划分并不完善，但给了文艺心理学家启发，为他们研究作家的创作心理提供了新的角度。如研究者在诗人气质和诗歌艺术特色的对应关系方面作了分析，认为气质对诗歌创作风格的影响主要表现在以下几个方面：

第一，在题材的选择上，多血质的诗人注意力易于转移，黏液质的诗人注意力易于集中。因此，前者表现出对多方面题材或更广阔生活领域的兴趣，后者则对某种题材、某一生活领域执著专注。

第二，在情感的抒发上，胆汁质的诗人由于性情急躁，甚至有狂暴情绪喷发的倾向，因而比黏液质和抑郁质的诗人更易于抒发强烈感情以及直抒胸臆的特点。

第三，在观察体验上，抑郁质的诗人显然又比多血质和胆汁质的诗人仔细和深刻。

第四，在意象摄取上，多血质和胆汁质诗人由于活泼敏捷，情感强烈，所以他们笔下的意象更富于变幻，具有多重色调。

第五，在语言运用上，黏液质和抑郁质的诗人更注重推敲和锤炼。

第六，在艺术形式的追求上，多血质和胆汁质的诗人比黏液质和抑郁质的诗人更富于灵活性和变化等。

当然，正像现实生活中多数人是几种气质类型的混合体一样，作家、诗人也不是单纯气质类型的。李白的诗题材多样，情感强烈，意象富于变化，形式不拘一格，显然属于多血质加胆汁质的气质类型；杜甫"为人性僻耽佳句，语不惊人死不休"的创作态度，以及由此而形成的深厚凝重、沉郁顿挫的艺术风格，与他黏液质加抑郁质的气质有关。

（二）影响作家创作个性的因素还有创作才能

作家的观察力、感受力、想象力都会对意象塑造和作品的整体构思产生直接的作用。敏锐的观察力能使人发现生活中为人所忽视的东西，深刻的感受力能使人跳出日常生活姿态，更贴切地审视内在精神世界，丰富的想象力是文学创作的必备条件。作家谋篇布局、遣词造句、塑造形象的习惯，形成了作品不同的艺术风格。另外，世界观、艺术观也通过影响和改变直接的审美意识，特别是审美理想而影响创作个性。审美理想是在创作实践中形成的对某种理想的创作境界的向往和追求，如果他把这种审美理想贯穿于创作过程的始终，就形成了独特的创作个性。比如，契诃夫的作品中既无天使式的完人，又无彻头彻尾的恶人，却挤满了不好不坏、亦好亦坏的"中间人物"，他的作品往往将温和的讽刺与淡淡的哀愁结合在一起。这与契诃夫在现实生活中的态度有关。他不是一个彻底的革命民主主义战士，他有民主主义思想，却无推翻沙皇专制的激烈壮怀，他受不了分量太重的字眼，回避戏剧性的事变，对人们的逆境和精神弱点宽厚容忍。正是因为这态度，他的作品更关注"中间人物"，从中寄托自身的同情、哀愁及其对现实的批判。郭沫若在"五四"运动期间写下的《女神》，格调昂扬、激烈，想象大胆丰富，洋溢着浪漫主义的激情，这是与他推倒旧文化，建立新世界，追求个性自由的现实关怀一致的。

作家创作风格的形成与发展，虽与作家的先天的气质禀赋有关，但更受到后天的教育和环境的影响。鲁迅生活在20世纪初的文化转型时期，童年经过了严格的中国传统私塾教育，青年时代进新式学堂，后又游学日本，受到西方文化的熏陶，这些都是形成鲁迅文学创作个性的因素。虽然鲁迅坚决反对年轻人读中国古书，但不能否认，鲁迅对中国传统文化的深刻了解也来自这些古书，正是在了解的基础上，他对传统文化的批判才会如此犀利，毫不留情。而传统文化在鲁迅及他的同时代人身上也打上了深深的烙印，所以鲁迅的批判常常伴随着自省和反思，传统文化是他批判的对象，但另一方面，传统文化也融入他的血液中，这种"抉心自食"的痛苦在他的创作个性中有鲜明的表现。西学背景也同样影响了鲁迅创作个性的形成；它不仅为作家提供了审视中国传统文化的新视角，也提供了批判的武器。鲁迅说过，他之所以作起小说来，大抵依仗医学知识和百余篇外国小说。

这是谦逊的说法，可以看出：阅读、学习在鲁迅艺术活动和审美趣味养成中的作用。

（三）社会生活环境是创作个性形成和发展的动力之一

作家生活时代的政治、经济、哲学、文化，既影响其世界观和人生态度，也会影响他的文化心理和情感意趣。总的说来，在作家创作个性中，可以寻见时代的潮流和当时文化的总体趋向，当然，这种影响是复杂的，有时是潜在的。因此就能够理解为什么每当社会发生动荡，作家和他的时代一起经历了生活的浮沉以后，创作个性就会有一些变化?这是因为旧的意识形态受到冲击，思想就有可能获得解放，生活和心灵的新天地就有可能被发现。第一次世界大战以后产生了海明威那样因战争而感到幻灭的"迷惘的一代"；"十月革命"后产生了法捷耶夫、肖洛霍夫、奥斯特洛夫斯基、马雅可夫斯基；20世纪30年代资本主义世界总危机使聂鲁达、洛尔伽的创作进入了新高潮。我国的"五四"运动造就了一代文学大师；唐代诗歌兴盛的原因固然很多，但其中很重要的一条是初唐时期的知识分子突然感到灿烂的希望和安史之乱以后的失望。社会大变动不但给作家提供了丰富的、与以前不同的生活，而且使作家的思想和感情发生了动荡。甚至有些作家要在生活和思想发生大的变化后才能写出好作品来，这三方面是变化带来的震动开启了作家的灵慧之门，另一方面思想变化使作家对过去的生活产生了新的认识，那些平常的生活变得像李后主所说的"别是一番滋味在心头"了。

因此，完全可以这样说，创作个性孕育于主体的先天气质禀赋之中，但它的形成与发展则离不开时代，时代是培植创作个性的气候和土壤。

二、文学风格

（一）风格的含义

关于文学风格历来有不同的理解。一种人认为，风格是作家以自己独特的审美理想、审美趣味所选择的语体。有人认为语体是用以体现文学体裁并与特定的体裁相匹配的文学语言格调。如诗歌的语体明显不同于小说，这是因为诗歌语体要求有较强的音乐性和抒情功能，小说则要求贴近生活的叙事语体，而戏剧又要求适宜舞台表演的夸张的对话体；散文的叙事与小说和诗歌不同，它采用亲切自由的语体。而这里所说的语体不是着眼于体裁的，它是作家自由创造出来的语言格调，比如鲁迅的沉郁深刻，郭沫若的奔放热烈，周作人的冲淡平和，茅盾的明快细腻，赵树理的幽默风趣……这个说法把语体格调和文学风格等同起来，把风格仅仅看作是一种语言现象，而忽略了风格更为丰富的内涵。法国19世纪文艺理论家丹纳就持这样的观点。他认为一部小说包含三种元素，第一是性格鲜明的人物，第二是人物的遭遇和故事，第三便是风格。他理解的风格是从作品的语言中来的："一部书不过是一连串的句子，或者是作者说的，或者是作者叫他的人物说的；我们的眼睛和耳朵所能捕捉的只限于，这些句子，凡属心领神会，在字里行间所能感受的更多的东西，也要靠这些句子作媒介。所以风格是第三个极为主要的元素。"为什么会产生这样的误解呢?因为语言是文学的第一要素，它往往比题材等更能显示作家的个性，更能体现风格的特征。这个说法看到了语言与风格的关系，但以此来为风格定义，显然是不全面的。

另一种观点是"风格即人"。这是法国文学家布封提出的，这个说法传入中国后，产生了很大的影响。它与中国传统文论中的"言为心声""文如其人"非常接近。西汉扬雄在《法言·问神》中这样说："言，心声也。书，心画也。声画形，君子小人见矣。"意思是言为心声，书为心画，从中可以看出人格的高低。钱钟书对此作了进一步分析，认为不能一味以文观人，因为"所言之物，可以饰伪:巨奸为忧国语，热中人作冰雪文，是也。其言之格调，则往往流露本相;猖急人之作风，不能尽变为澄澹，豪迈人之笔性，不能尽变为谨严。文如其人，在此不在彼也。"因此，文如其人的"文"，不是"所言之物"，而是指作品中的格调。格调是作者本相的流露，从中可以领略到他的创作个性。"风格即人"重视风格生成的内在因素，但把风格与人格等同，忽略了风格与社会生活之间的联系，也是不妥的。

一切文学作品的诞生，都是创作主体与表现对象相互作用的结果，是主体与对象相结合的产物。并不是每一个作家、每一部作品都有自己的风格，但风格应该是文学创作追求的目标。歌德把艺术家的创作分为三种:单纯的模仿、作风和风格。单纯的模仿是对对象绝对客观的描写，没有任何个人的因素在其中。歌德认为这是作家的基本功，也可以达到很高的真实与水平，但还是低层次的。所谓作风，就是作家按照自己对对象的理解来描写对象，而不满足于对它的一丝不苟的模仿，这时作家创造了自己的"语言"，写出了自己所理解的样子，歌德认为这是创作的第二个境界——作风。再往前发展就到了最高境界，那就是风格:"通过对自然的模仿，通过竭力赋予它以共同语言，通过对于对象的正确而深入的研究，艺术终于达到了一个目的地，在这里，它以一种与日俱增的精密性领会了事物的性质及其存在方式;最后，它以对于依次呈现的形象的一览无遗的观察，就能够把各种具有不同特点的形体结合起来加以融会贯通地模仿。于是，这样一来，就产生了风格，这是艺术所能企及的最高境界，艺术可以向人类最崇高的努力相抗衡的境界。"在这里，歌德对风格的界定有三个要点，第一，风格是文学艺术最高的境界。第二，风格是建立在作家对对象的本质和存在方式的深刻领悟基础上的。第三，这种对本质的领悟是在事物形象中得到的，因而风格也应该在艺术形象中。歌德的话对我们理解风格有很大的启发。

综上所述，对风格可以作这样的定义:风格是作家创造出来的富有个性特征或独创性的美的形态，它存在于内容和形式所构成的艺术整体中。也就是说，风格是作品中实实在在的东西，是作品的存在形式。尽管我们可以从题材、语言、情感等不同的角度来解说风格，但风格是比作品单独的形式或内容都高的存在形态，是在作品整体存在中显现出来的。对作品风格的研究，反映了人们对文学作品的认识达到了更高的水平，这种研究更接近艺术的本质。对一个作家来说，形成自己的风格是艺术走向成熟的标志，也是他自觉的追求。作家的风格创造对文学史来说是一笔财富。风格一旦被创造出来，就成为文学史中的传统力量，一方面为后人提供了精神食粮，另一方面它还影响了后代的作家和读者。

（二）风格的特征

风格从外部存在状态看，有以下几个特征：

1. 独创性

风格的特征及其成熟的首要标志是他的独创性，每一种成熟的文学风格都有与众不同的特殊矛盾和特殊本质。事物内部的诸多质态中，有一种主要的质对事物起着规定性作用，使此事物与他事物区别开来。风格的独创性，从根本上说，就是由风格内部占主导地位的质所决定的。风格首先意味着那些仅仅属于作家自己的东西，是他在气质、才能、修养、阅历、思想、情趣等个体精神方面的差异而造成的创作倾向和个性特征，从而在整个形象系统的构成中，展现出不同的格调。古今中外的优秀作家，都有着自己独树一帜的文学风格。左拉对法国小说家的不同风格有准确的把握，他认为圣西门是一个沾着自己的血液和胆汁来写作的作家，句子都是生命的跳跃，墨水已被热情灼干，整个作品犹如广阔的江河，挟带着残渣和奇美，浩浩荡荡，蔚为壮观。司汤达的文句冷峻而简短，心理分析是他所长，相反，要在他的作品中寻找妍丽的词句是不可能的。他的风格犹如一片表面冻结内部沸腾的大湖，他以一种严格的真实照见岸边的一切事物。成熟作家的风格会成为一种标志，其作品会同其他人区别开来。宋代诗人赵明诚的五十首《醉花阴》同李清照的一首"薄雾浓云愁永昼"混在一起，被朋友一眼就看出了它们的不同，成为一则文坛佳话。在现代文学史上，鲁迅、郭沫若、老舍、朱自清、巴金，每一位杰出的作家都有与众不同的独特风格。风格的独创性，关键在"创"字。任何作家都需要学习前人的经验，有一个模仿的阶段在所难免，但要形成风格则必须独创。齐白石说："学我者生，似我者死"，就是这个道理。

2. 稳定性

一位作家及其作品的风格应当丰富多样，但如果缺乏连续性和一贯性，就会失去他的独特个性，流于纷乱琐碎，这是艺术不成熟的表现。文学风格是作家成熟的标志，它一旦形成后，只要形成这种风格的根本性条件没有大的转变，风格往往表现出相对的稳定性。鲁迅在白色恐怖中，为躲避敌人的检查，频繁地更换笔名，但明眼人还是能从"鲁迅风格"的特征上辨认出他的作品。鲁迅在写给黎烈文的一封信中说："原想嬉皮笑脸，而仍剑拔弩张，倘不洗心，殊难革面"，慨叹"换一笔名，图掩人目，恐亦无补。"由此可见，风格的相对稳定性是不以作家自己的意志为转移的。丹纳说："人人知道一个艺术家的许多不同的作品都是亲属，好像一父所生的几个女儿，彼此有显著的相像之处。你们也知道每个艺术家都有他的风格，见之于他所有的作品。"风格的相似与统一，正是风格稳定性的体现，因为这些作品来源于同一个创作个性。一个作家没有相对稳定的风格，是艺术上不成熟的表现，有了稳定的风格，还要有勇气冲破旧的格调，更新自己的风格。与创新性相比，稳定性总是相对的，创新性才是绝对的。一个伟大的作家，应当有用多种风格描绘生活的本领，如布封所说："一个大作家绝不能只有一颗印章。"

3. 多样性

由于风格的独创性，必然会形成风格的多样性。风格是作家创作个性的反映，各种独特的风格汇成了总体的丰富。广阔的社会生活，对象的不同品格，读者的不同需要，也对文学风格的多样性提出要求。正如马克思在批判普鲁士专制政府对文风的粗暴干涉时指出的："你们赞美大自然悦人心目的千变万化和无穷无尽的丰富宝藏，你们并不要求玫瑰和紫罗兰散发出同样的芳香，但你们为什么却要求世界上最丰富的东西——精神只能有一种存在形式呢？"人类丰富多彩的物质生活和内心世界，与文学风格的多样性有着内在的统一，使风格的多样性成为不可忽视的艺术规律；另外，一个优秀的作家，要想广泛而深刻地反映现实生活，表达不同的思想和情绪，不能不具有多种本领和几副笔墨。不同作家具有不同的风格是有目共睹的，同一个作家创作出不同风格的作品也是文学史上屡见不鲜的现象。雨果曾经历了由古典主义向浪漫主义的转变，莫泊桑从自然主义转向现实主义，普希金的《茨冈》是浪漫主义的风格，而《叶甫盖尼·奥涅金》却为心理现实主义的风格，马雅可夫斯基早年是未来主义的追随者，后来成为革命现实主义的信徒……但是，尽管一个作家的风格有多样性，却是矛盾的统一体，仍有他主导的格调。

（三）风格的区分

风格是文学艺术作品的高级形态，不同的作家有不同的艺术风格，因此，对风格的形态进行分类就很有必要。风格的形态，是作家创作个性表现在作品中的客观存在形式，是从作品的有机整体中呈现的总体审美效应。对风格形态的分类，中西文论的区别比较明显。西方文论注重用抽象的概念对不同种类的风格的本质进行概括。中国传统文论则注重对风格的特性作形象的描绘，注意风格之间细微的差别。以唐代司空图的《二十四诗品》为例。《二十四诗品》是对唐以前诗歌创作实践和风格理论的一次总结，风格被分为二十四种之多：雄浑、冲淡、纤秾、沉着、高古、典雅、洗练、劲健、绮丽、自然、含蓄、豪放、精神、缜密、疏野、清奇、委曲、实境、悲慨、形容、超诣、飘逸、旷达、流动。而对这些风格形态的描述都是这样的："素处以默，妙机其微，饮之太和，独鹤与飞。犹之惠风，冉冉在衣，阅音修篁，美曰载归。遇之匪深，即之愈稀，脱有形似，握手已违。"（冲淡）在形象化的展示中让读者去领会某一种风格的特质。

文学风格越来越丰富，对风格的区分也有所发展，新的美学范畴不断引入，对风格作"一网打尽"式的整理是困难的。这里只能列举一二，以期窥斑见豹。

1. 刚健与柔婉

宋人俞文豹在《吹剑录》中记载了一则掌故：东坡在玉堂，有幕士善讴。因问："我词比柳词何如？"对曰："柳郎中词，只好十七八女孩，执红牙拍板，唱'杨柳岸晓风残月'；学士词，须关西大汉，执铁板，唱'大江东去'。公为之绝倒。"这则掌故风趣地概括了东坡词和柳永词的不同风格，一刚健，一柔婉。

刚健意为刚强、雄伟。风格刚健的作品，气势豪迈壮阔，感情奔放热烈，笔力劲健，境界雄浑。《二十四诗品》中的雄浑、劲健、豪放都属于这一类。这种风格，洋溢着一股英雄豪气，给人以亢奋、激越、昂扬的艺术感染力。那些精神崇高、胸襟博大的作家，往往在作品中呈现出这种风格，如曹操的《观沧海》，李白的《将进酒》，苏轼的《念奴娇·赤壁怀古》，毛泽东的《沁园春·雪》。柔婉的作品，内在和美，外表秀丽，表情曲折委婉，给人闲静和谐的感受。《二十四诗品》中的纤秾、清奇、委曲多属于这种风格。它一般没有激烈的冲突、刚猛的气势，而是柔情似水，细腻婉转，余韵悠长，极尽曲折低回之意。在审美效果上，往往令人愉悦依恋，感叹不已。柔婉风格的诗人最擅长表现离愁别恨，不论是李后主的"问君能有几多愁，恰似一江春水向东流"，李清照的"寻寻觅觅，凄凄惨惨戚戚"，秦观的"可堪孤馆闭春寒，杜鹃声里斜阳暮"等，都堪称千古绝唱。

刚健与柔婉，各有特点，无高下之分，优劣之别，要看艺术成就如何。海明威的《老人与海》，境象宏阔，意蕴深厚，是一部刚健之作。施笃姆的《茵梦湖》，情思缠绵，如梦如幻，柔婉曲折。它们都是有很高艺术价值的佳作。

当然，同一类作品，也能具有刚健与柔婉的风格，如姚鼐《海愚诗钞序》说，北方经典虽尚刚健，亦间有刚柔分矣，"其得于阳与刚之美者，则其文如霆，如电，如长风之出谷，如崇山峻崖，如决大川，如奔骐骥；其光也，如杲日，如火，如金镠铁；其于人也，如凭高视远，如君而朝万众，如鼓万勇士而战之。其得于阴与柔之美者，则其文如升初日，如清风，如云，如霞，如烟，如幽林曲涧，如沦，如漾，如珠玉之辉，如鸿鹄之鸣而入廖阔；其于人也，谬乎其如叹，邈乎其如有思，暖乎其如喜，愀乎其如悲。"

而黑格尔则概云东方诗为缠绵阴柔之美，其《美学》云，"在这些民族特性，时代观感和世界观之中又有某一些比另一些更适宜于诗。例如东方的意识方式比起西方的（希腊的是例外）就较适宜于诗。东方未经分裂的，固定的，统一的，有实体性的东西总是起着主导作用。这样一种观照方式本来就是最真纯的，尽管他还不具有理想的自由。"

2. 素朴与华丽

素朴的风格是指质朴、自然、单纯、冲淡。席勒在《论素朴的诗与感伤的诗》中说，素朴的作品"追求单纯的自然和感觉"，艺术家"用来处理题材的那种冷冰冰的真实简直近乎无情……他自己就是他的作品，他的作品就是他自己。"司空图对素朴等风格的界定也是围绕"述本色之相""达本性之情"展开的，李白主张诗歌要"清水出芙蓉，天然去雕饰"，也可以看作是对素朴风格的推崇。因此，素朴要求真实，顺乎自然，顺乎本性，不矫饰，不做作，以天然本色取胜。素朴也要求单纯。事物的表象是芜杂的，本质常常被遮蔽，而素朴者就是在对现象进行提炼后达到的纯洁、质朴的美。单纯不是单调、单一；它是另一种丰富，那是蕴涵在单纯中的丰富，所谓"淡极始知花更艳"，讲的就是这个道理。素朴的第三层含义是冲淡，它是一种宁静祥和、高雅悠远的韵味。陶渊明的田园诗就是这种风格的代表：结庐在人境，而无车马喧。问君何能尔?心远地自偏。采菊东篱下，悠然见南山。山气日夕佳，飞鸟相与还。此中有真意，欲辨已忘言。(《饮酒·之五》)诗中意境超凡脱俗，纯真平和。

华丽，在中国古典文论中又称"绚丽""绮丽""秾丽"，是一种与素朴对举的风格。它表现为飞彩流金、富丽堂皇。我国传统艺术中的青铜器、楚辞汉赋、六朝骈文、敦煌彩绘都是这种风格。文学作品的华丽风格，是与作品所描绘的内容和作者抒发感情的性质密切相关的。文采的富丽出于生活的丰富和感情的充沛。屈原的《离骚》，司马相如的大赋，李白的诗歌，汪洋恣肆，极力铺陈，实为生活所需，情感所至。这种风格因为运用了夸张和修饰，使艺术效果更具感染力。在文学作品中，华丽的风格也要有适当的"度"，如果"过度"，就成了浮华、绮靡。华丽不仅要求文辞显耀，而且要文质相称。内容空虚而一味堆砌辞藻，就是华而不实，徒有其表。

素朴和华丽是两种不同形式的风格，但中国人一般偏爱素朴之美，甚至会把素朴看成是最高的美，《庄子·天道》称："朴素而天下莫能与之争美"，对后世产生了很大的影响。我们在推崇素朴的同时，不应该贬低华丽，作为文学风格，它们有着同等重要的地位。

3. 崇高与荒诞

崇高在西方传统美学中有着重要的地位。在古典主义美学中，崇高是美的最高形式，一切艺术都以表现崇高为旨归。在心理学层面上，崇高是在自身安全的前提下，对高山大漠、瀑布江海、天空荒原的恐惧，从而感到人的渺小，但人并不因此而沉沦，而是积聚精神力量，超越凡庸，情感由惊讶、恐惧变为崇敬。所以，崇高不仅是一种情感上的飞跃，而且也是人的生命力的迸发，是向人格境界、生命意义的高峰的升华。古往今来的伟大作家，总是以展示人类、精神品德的美、人格修养的美来体现对真理、正义、人性至善的追求，去表现顽强斗争，敢于牺牲的精神，描绘一个个"大写的人"。莎士比亚的《哈姆雷特》，雨果的《九三年》，托尔斯泰的《战争与和平》等，都是这种文学风格的典范。

荒诞，又称怪诞或诡奇。荒诞的文学风格古已有之，但并未得到重视，直到19世纪以来，特别是20世纪现代主义兴起，它成为现代主义的主要风格之一，引起了新的关注。在现代主义作家那里，荒诞从形式上看表现为不合比例的变形，将不同性质的事物粘合在一起，对事物某方面特点的夸大等，其内在情感却是对现实的失望和痛苦的思考。如卡夫卡的《变形记》就是一个范例。推销员格里高利在一天早晨醒来，发现自己成了一只丑陋的甲虫，他随即遭到了全家人的厌恶，家人把他关在房间里，唯恐他不合时宜的出现让他们丢脸。变成了甲虫的格里高利却有着人的思维和情感，他还希望能够为家人挣钱，让他们过理想的生活。《变形记》的内容是荒诞的，人怎么会突然变成甲虫呢?但作品的思考是严肃的：现代社会中，人与人的沟通是不可能的，即使亲情也已被"异化"了。荒诞作为一种美学风格，标志着人类审美习惯的转变。

风格是多种多样的，风格由于相互影响而呈复杂形态，风格形态的内涵还会在文学实践中进一步发展，因此，以上对风格的描述是局部的、静态的，对风格的研究还有待于进一步深入。

第四节　创作共性与文学类型

我们以上所讲的风格，侧重从创作个体的角度，讲的是个人风格。但如果将风格放在更广阔的视野里去考察，主体的创作个性会因为外在的原因而产生某种一致性，形成了创作共性。这些外在的原因包括：第一，时间。一代有一代之文学，这是风格的历时性，但风格往往有共时性，如建安七子，初唐四杰。第二，空间。自然环境影响了人类的物质生活方式，也影响了精神生活方式，文学创作中表现为风格的地域性。第三，民族。世界上不同的民族创造了不同的文化，不同民族的文学艺术在风格上也有明显的差别，这就成了文学创作中的民族风格。创作共性导致了文学思潮、文学流派等以某种风格为标志的"集合体"的出现。

一、文学思潮

在特定历史时期，一定社会思潮的影响下形成的具有某种共同思想倾向、艺术追求和广泛社会影响的文学潮流，叫文学思潮。文学思潮的形成和发展有多方面原因。首先，文学思潮往往是社会变革的产物。社会基本矛盾的剧烈冲突，政治斗争的需要，生活方式的演变，无不影响着人们的精神生活。文学是社会存在的反映，社会的变革必然引起文学的呼应。所以，历史上发生巨大变革的时代，也可能是文学思潮最为活跃的时代。以中国现代文学为例，从晚清开始，中国封建制度的危机越来越严重，矛盾冲突在社会文化、社会制度等各个层面展开，"五四"新文化运动期间，从文学作品的形式到内容，变革、创造成为主流。在这样一个思想解放的时代，文学思潮也迅猛发展，不断更新。其次，哲学思想的影响。一个时代的哲学思想是这个时代的灵魂，一定的文学思潮总是建立在一定的哲学思想的基础上的。起着支配作用的哲学思想，是这个时代文学思潮的先导，为某种文学思潮的发生和发展开辟道路。西方近代文学思潮，都与当时的哲学思潮有密切的关系。恩格斯说过，欧洲16世纪的文艺复兴运动是"人类从来没有经历过的最伟大的、进步的变革，是一个需要巨人而且产生了巨人——在思维能力、热情和性格方面，在多才多艺和学识渊博方面的巨人的时代。"从此以后，欧洲人面前展开了一个新的世界。文艺复兴的哲学基础是以人性论和人道主义为核心的人文主义，它把人性放在了比神更高的位置上，来反对封建制度和宗教神学对人的压迫。人文主义作家在文学领域向封建王权和教会发起冲击。在文艺复兴的发源地意大利，薄伽丘的《十日谈》揭露了教会的虚伪、愚蠢，对他们的政治地位提出质疑；在西班牙，小说家塞万提斯的《堂·吉诃德》无情地嘲弄了骑士制度的荒诞、可笑。在英国，伟大的莎士比亚以一系列不朽的剧作赞美人，赞美人的理性。这一时期，文学巨人辈出，显示了人文主义对文学思潮的巨大推动力。一、二次世界大战后，整个西方陷入了精神危机，支撑精神大厦的人文主义和理性受到了怀疑，人到底是什么?人的存在有何意义?对这些问题的思考产生了"存在主义"等哲学思想，与这种哲学思想相呼应，文学中也形成了一股强劲的现代主义潮流，虽然现代主义内部流派众多，更替频仍，但在表现人与外部世界的紧张、人生的荒诞等方面是较为一致的。再次，审美风尚的影响。一个时代的审美风尚和审美需求是文学思潮的巨大推动力。文学作品作为艺术美的体现，和审美公众发生密切的联系。只有当文学作品所蕴涵的审美信息被审美公众接受，它才能真正实现其审美功能。所以，某种文学思潮形成，很大程度上取决于社会审美公众的实际需要和社会审美心理。最后，文学自身运动的结果。文学越是发展，便越走向自觉，文学思潮是文学走向自觉的一个重要标志，是文学自身运动的必然结果。比如中国的新诗运动，既受19世纪末、20世纪初社会变革的影响，又体现了诗歌自身发展的规律。

文学思潮的特点是流变性，与个人风格的变化相比，文学思潮的流变是在更广阔的历史背景下更大规模地展开的。在现代文学发展史上，文学思潮是最积极、最活跃的因素，处于不停顿的变化之中。一些文学思潮像潮汐一样，汹涌而来，高潮过后，又为新的思潮替代。文学思潮的互相消长，不断更替，从中可以看到文学发展的轨迹。

二、文学流派

文学流派是在特定的历史条件下，一些文学思想和创作倾向相近的作家，以某种共通的美学理想和创作风格为纽带，自觉或不自觉地走向联合，或者形成二个有组织的文学集团，并且在文学史上产生较大的影响的联合体。文学流派的重要标志是作家之间相似或共通的创作风格。宋代诗人杨万里在《江西宗派诗序》中说："江西宗派诗者，诗江西也，人非皆江西也。人非皆江西，而诗曰江西者何?系之也。系之者何?以味不以形也。"这里维系江西诗派的"味"，即江西诗派诸家诗某种共通的美学趣味和创作风格。

在文学史上，流派的形成有两种情况。一是自觉形成的。在一定的历史时期，作家之间有明确的相同的艺术风格和追求，他们可以通过结成一定的艺术团体组织，通过群体的力量，向社会推行某种艺术风格，其结果是强化了某种风格在社会中的影响。如20世纪前半叶出现的"创造社"、"文学研究会"等，他们都有明确的文学纲领和文学主张，有共同的创作倾向。另一种是不自觉的、松散的集合体。一些作家因为文学风格相近而被视为一个流派，其实他们并无明确的文学纲领和文学主张。有些作家因为表现出地域的共同性，或者倾向的一致性而成为流派，但他们的文学风格往往各不相同。如"京派""海派"之称，就是以这些作家生活的地域而得名，并不是自觉意义上的文学流派。文学史上重要的文学流派，除了拥有风格近似的作家群外，一般还有一二个开一代风气的文学大家，作为这个流派的"风格领袖"，他们的艺术成就是这个流派的旗帜，他们的艺术追求和创作道路具有示范性，在联合体中具有号召力和凝聚力，在读者中有崇高的声誉，他们对流派的形成和发展有不可替代的作用。

流派是文学发展到一定阶段，为适应政治、经济的需要，受一定的思想潮流影响而出现的。文学流派的繁荣是文学繁荣的一个重要标志。在文学越来越多元化的今天，文学流派的多样化是势在必然的。但是，流派的风格不能替代个人的风格，因为归根结底，流派风格是通过个人风格体现的，更何况有些作家不属于任何流派，但不妨碍他成为独树一帜的文学大家。

三、文学类型

由于文学创造的主客体关系和作品对现实的反映方式的相似而在作品外在形态上呈现出共同性，形成了文学类型。一般把文学作品分为现实型、理想型和象征型三种类型。三种文学类型的形成，是人类文学创作活动的历史产物。从我国文学来看，《诗经》《楚辞》《庄子》分别体现了显示型、理想型、象征型文学的基本倾向。《诗经》的写实精神和现实因素在《史记》、杜甫的诗作、白居易的诗作、明清小说当中得到了发扬光大，成为文学史上颇引人注目的一种类型；而李白诗作纵横于仙境之中的狂放奇幻，《西游记》《聊斋志异》《牡丹亭》等超越现实的奇思幻想，则继承了《楚辞》的浪漫精神。再看象征型文学。《庄子》寓言与神话，以幻想形象暗示难以捉摸的人生哲理、哲学精神，带有突出的象征意味。自庄子之后，体现禅趣的山水诗作，通过水光山色、阴晴变幻写出自然、人生意境，追求"韵外之致""味外之旨"，暗示着耐人寻味的哲理禅意。王维、李贺、李商隐的诗都具有明显的象征性。

西方古代文学最早的体裁是古希腊神话、史诗和戏剧。在文学初步发展的阶段，现实、理想与象征的因素往往是结合在一起的。神话主要是幻想的产物，但当时人们就是这样认识世界的。荷马史诗在神话传说的基础上把人神化，又使神具有人的性格，表现了人们借助想象征服自然、支配自然的愿望和要求，既有浓厚的理想精神，又生动、真实地反映了"荷马时代"的社会现实（希腊与特洛伊战争是女神们的争吵引起的，而战争场景的描绘又是极为现实的）。古希腊悲剧家埃斯库罗斯和喜剧家阿里斯托芬的戏剧，从农村酒神祭礼和民间滑稽戏基础上发展而来，具有强烈的现实性，同时又大量采用神话题材，使作品具有虚幻色彩。这个时期的文学同时也带有一定的象征色彩。古希腊悲剧家索福克勒斯的《俄狄浦斯王》中人物悲剧的死亡，既是宿命的，也有深刻的象征意义。在中世纪文学中，宗教文学、英雄史诗、骑士传奇等也都具有象征型和理想型文学的基本特征。而到了文艺复兴和古典主义时期，三种类型的因素仍然不同程度地交织在一起。莎士比亚作品中的仙灵、女巫与现实生活的统一，拉伯雷作品中的夸张与对旧势力的暴露，古典主义文学中现代观念与古代神话题材的结合，都表明了古代西方文学类型最初发展阶段的特点。随着文学的发展，三种不同的文学类型的特点也越来越清晰。

（一）象征型文学

象征型文学是一种侧重以暗示的方式寄寓审美意蕴的文学形态。它的基本特征是：

1. 写作目的是暗示一种哲理或观念

所谓暗示，指在词语中寄寓某种超出本义的内涵。现实型与理想型文学的意义就在其形象自身，而象征型文学突出文学形象意义的超越性。那些个别的意象背后都隐藏着更深远的意味让人们去发现。在象征型的文学作品中，其文学形象已超越了形象自身，《等待戈多》中等待与被等待者都是象征形象，表现的是世界大战后失去了信仰的人们对理想的盼望和理想的渺茫。象征型作品的寓意是通过暗示方法实现的。暗示不同于现实型的再现和理想型的表现。再现与表现突出直接性。前者通过对生活现象的直接描绘反映现实，后者以直抒胸臆的方式表现情感态度，并且着重表现自我虚无缥缈的梦幻和神秘莫测的内心世界。在象征型作品中，文学创作不能满足于再现客观现实，而应当侧重表现变幻莫测的心灵世界。现实是虚妄的、不可知的，只有主观世界是真实的，现实世界只不过是主观世界的客观对应物。这里的主观世界并不是通常所理解的人的意识活动，而是理性无法把握的神幻莫测的"彼岸"世界，而文学就应该表现彼岸世界的真实。既然这种真实不能为理性所把握，因此，象征主义作家认为，只有凭一种非理性的内心体验，即直觉，才能认识真理，才能创造美。正如马拉美所说，幸福不在世上，只在梦中，只有梦幻才是"纯粹的美"，才是诗人要达到的最高境界。在诗歌创作中，象征主义诗人彻底摆脱纯客观的描绘，而力求捕捉个人一瞬间的感受和幻觉。如庞德的《地铁车站》"这些面庞从人丛中涌现/湿漉漉的黑树枝上花瓣朵朵"，写的就是诗人从阴暗的地铁车站忽然看到美丽的面孔时的特殊感觉。它表现了诗人的惊喜，也写出了美的易逝。

2. 朦胧性

象征型文学间接表现的暗示方式使它具有一定的朦胧性。朦胧，指词语含有多层不确定的意义。象征是抽象之物与具象之物之间的比较，其中的意义是纯粹暗示出来的。因此，象征主义的作品不可避免地具有某种内在的朦胧性。象征型文学的暗示不能用单一的确定意义去概括，因为它具有超出个别现象的更宽泛的意义。象征型文学为读者留下了无穷的想象的空间，要求读者去积极思考、探寻丰富的"言外之意""象外之意"。鲁迅的《秋夜》是一篇象征意味很浓的散文，这篇象征型的散文藏着许多深意。那眨着冷眼、洒下严霜的天空、粉饰黑夜的月亮，那梦见春的到来的小粉红花，相信春天定会到来的瘦诗人，追求光明的小青虫，构成了一个象征体系，负载了深邃的寓意和丰富的情感。但细究起来，似乎多数意象又无法指实，意义是不确定的。

（二）理想型文学

理想型文学是一种侧重以直接抒情的方式表现主观理想的文学形态。它的基本特征是：

1. 表现性

现实型文学立足于现实，突出再现性，理想型文学则超越现实，突出表现性，具有明显的理想主义色彩。理想型文学重在表现理想，指把内在主观世界状况（如情感、想象、理想、幻想）直接表达出来。显然，在理想型文学中，主观理想具有高于一切的地位。现实型文学反映人类社会实际存在的现实生活，理想型文学则艺术地创造理想的世界，表达作家超越现实的主观愿望。陶渊明的《桃花源记》创造了一个"不知有汉，无论魏晋"、自耕自食、人人平等的理想乐土，《西游记》中表现的自由遨游于天地之间，在磨砺中终成正果的愿望都富有极为强烈的理想主义精神。同时，理想型文学也重在表现情感。理想型文学的主观理想精神，在文学反映方面体现为对现实矛盾的情感评价的侧重。理想型文学与注重客观再现的现实型文学不同，它极大地突出了文学的抒情表现功能，它的情感态度常常是以直抒胸臆的方式表达出来的，而不像现实型文学那样不动声色地将情感隐藏在事物的描绘之中。雨果的《巴黎圣母院》中对艾斯米拉达、卡西莫多、富娄洛神父的情感态度是极为明显的，作者就是用自身的情感评价引导读者对人物的评价，因此是非分明。

2. 虚幻性

现实型文学以写实的方法达到对客观事物的真实描写，理想型文学则充分运用夸张、变形、虚构的方法，不求生活的真实，而遵循情感的逻辑，以形象的夸张与变形来凸现情感的真实。理想型文学并非完全不从现实生活中汲取素材，但这种素材一经作家的处理，便具有了夸张、变形的色彩。如《聊斋志异》中那些亦真亦幻的故事，是鬼的世界还是人的世界?鬼有着人的七情六欲，鬼比人更有情有义，作者在现实世界之外另设一虚幻的世界，作为现实的对照物，表达他对现实的批判态度。

现实型文学取材于现实生活，描写的多是现实中存在的平凡的普通的人与事，而理想型文学以想象和幻想表现作家的理想，塑造的多是作家理想中的英雄。由作家超越现实的主观理想所决定，现实中的人物很难符合他们的要求。于是，神话、传说、历史故事、民间传奇等便成了理想型文学创作的重要素材。由于现实中难以提供其所需要的理想的表现对象，理想型文学便大胆地发挥想象、幻想的能力，虚构出现实中不存在的形象，既不受生活真实的约束，也不为时间、空间所限制，只要能充分表现主观理想，符合情感的要求，任何奇幻的事物都可以创造。李白的《梦游天姥吟留别》在想象中为我们创造了一个宁静辽远、金碧辉煌、和谐温暖的世界："青冥浩荡不见底，日月照耀金银台。霓为衣兮风为马，云之君兮纷纷而来下。虎鼓瑟兮鸾回车，仙之人兮列如麻。"想象中的世界与现实的图景形成了对照，所以自然地引出了他的"安能摧眉折腰事权贵，使我不得开心颜"的感情抒发。

（三）现实型文学

现实型文学是一种侧重以写实的方式再现客观现实的文学形态。它的基本特征是：

1. 客观性

指对外在客观现实状况作具体刻画或模拟。它要求文学立足于客观现实，面对现实，正视现实，并忠实于现实生活，而不是绕开现实，躲避现实。现实型文学作品中的人物形象，不是超时空的、理想化的，而是存在于特定时代社会的具体环境之中的。现实型文学在再现现实时严格遵循客观规律，反对主观随意性。在人物塑造方面，力求揭示人物性格形成的客观原因。其人物性格具有非常具体、确定的社会内容。社会环境对人物性格的发展起着极大的制约作用，成为人物行动的重要依据。高晓声的《陈奂生上城》中，主人公的一切行动都与整个的社会环境及文化心理有着极为密切的联系，所以这个人物能够引起我们很多的思考。现实型文学作为一种文学反映形态，同样包含着对现实生活的情感评价内容，但作家不直接出面在作品中表露自己的主观倾向。这一点与理想型文学直抒胸臆式的表现方式是不同的。现实型文学的主观情感态度融会在客观再现中，渗透在情节、场面、人物的描绘刻画之中。我们仍以《陈奂生上城》为例，作家尽管把人物写得活灵活现，但作家的情感态度却是隐蔽的，他是赞赏还是否定都没有直接说出，因而会给我们留下很多回味。在现实型的文学作品中突出的是活生生的客观现实，作家把自己感受过的现实生活再现在作品中，呈现给读者，让读者亲自去体验，而不是把自己的感受、态度直接告诉读者。

2. 细节的逼真

现实型文学立足于客观现实，再现现实矛盾和本质规律，在艺术表现手段上的基本特点便是逼真性。逼真，即对生活的描写酷似生活本身，是指以写实的方法，按生活中各种事物的本来面目进行精细逼真的描绘。客观事物感性状貌和细节的真实，是它的特色。现实型文学对事物感性状貌、细节的具体刻画，逼真地再现出特定历史时代的生活环境，给读者以身临其境之感受，大大地增强了作品的真实性。由于重视生活画面的逼真再现，所以现实型文学以描写见长。描写中尽量达到酷似对象，不夸张不变形。理想型文学中的变形的、奇幻的形象，在现实型文学中一般是不存在的。可以说在写实作品中，一般不允许完全脱离现实根据的虚构。另外，逼真还要求作家从社会生活中汲取创作材料，表现作者真切的现实感受。现实型文学从现实生活实际出发，描写生活里本来就有的事物，表达对现实世界的感受。巴尔扎克在小说中对环境的描写几乎可以乱真，每一个细节都力求像真的一样。曹雪芹对人物外貌的描写也是不厌其烦，毫发毕现。这是因为现实型文学是严格按照生活本来的样子描写生活的，细节的逼真是它存在的前提条件。

以上文学的分类，是粗略的，不能作绝对化理解。而且无论哪一种分类法，都有大量难以归类的中间物，这三种分类方法也不例外。如果在作品中有多种表现方式，那么，它的类型性质就要从主导方面、从整体着眼来划分了。

第五节　通俗文学

一、文学的"雅"与"俗"

"俗文学"是在我国"五四"新文化运动后出现的名词。对文学进行雅、俗之分，并不意味着对俗文学的重视，恰恰相反，我们的文学研究几乎都是以雅文学为对象的，俗文学一直是被文学史忽略的文学"弱势群体"。俗文学研究作为一门学科能够在20世纪初建立，与敦煌石窟中古代文物的发现有关。清末在敦煌石窟发现了大量唐代通俗小说、诗歌、说唱文学、俗曲、杂文等，把中国俗文学的历史从元明清上溯到了唐末五代。学者罗振玉、王国维向国人介绍海外的敦煌学并对唐人的通俗文学作品大加推崇。1929年，郑振铎在《小说月报》第20卷第三期发表《敦煌俗文学》一文，把敦煌所藏各种通俗文学作品统称为"俗文学"，这是第一次出现"俗文学"这个术语。1938年，郑振铎出版《中国俗文学史》，对中国俗文学进行梳理并为之写史，标志着俗文学作为一门学科的正式诞生。俗文学研究的发展与中国知识分子的启蒙理想也有一定的关系。19世纪末20世纪初，知识分子到民间去开启民智，提高国民素质，从根本上改变中国社会面貌，已成为共识。"五四"新文化运动为俗文学研究注入了新的血液，使俗文学成为富有朝气和活力的学科。1922年，北京大学歌谣研究会创办了《歌谣周刊》，以后不断有俗文学和民间文学爱好者与学者致力于俗文学的搜集、整理和研究，使俗文学的研究蔚为大观。

郑振铎在《中国俗文学史》中给"俗文学"的定义是："'俗文学'就是通俗的文学，就是民间的文学，也就是大众的文学。换一句话，所谓俗文学就是不登大雅之堂，不为文人学士所重视，而流行于民间，成为大众所嗜好，所喜悦的东西。"后来人们对俗文学的定义大体与之相同，基本划定在"通俗的""大众的"、有的还加上"白话的"这些范围里。在中国文学史上；"俗"是与"雅"相对的概念。我国的文学向来有雅俗之分，正统的文艺观褒雅贬俗，认为雅正而俗邪。《论语·阳货》就说郑声淫，"恶郑声之乱雅乐也"。汉代扬雄论乐继续发挥这个观点：

"中正则雅，多哇则郑。""郑声"是流行于郑国的音乐，已失传不可考，只能从保留在《诗经·国风》中里的郑风中推想它当初的面目，它们多是古代的情歌，可算是俗文学。孔子及后代的儒者对俗文学大都抱有贵族式的偏见，这是由他们的文学观决定的，"文以载道"的思想决定了他们对以娱乐、情趣见长的俗文学的排斥。因此，古代文学的雅俗往往以作者所属阶层来划分，典雅文学掌握在士大夫手中，通俗文学流行于庶民大众之间。正统的文学史对通俗文体持歧视态度。《四库全书》不录《西厢记》《还魂记》等曲本，也不设小说一门。词最早是民间俚曲，诗人将它称为"诗馀"，以示"出生"卑下。小说是"街谈巷议""道听途说"，多是些荒诞不经之事，故"君子弗为也"。《红楼梦》里说书的女先生在贾府只好击鼓助兴，贵族公子小姐看《西厢记》是不被允许的⋯⋯

但是，雅文学与俗文学之间并不是截然对立的，它们有着内在的联系。在文学史上，雅、俗的融合、转化带来了文学的发展。一些士大夫文人早已认识到雅文学与俗文学的密切关系，注意从俗文学中汲取营养，甚至专门采集民歌、民间故歌、野史传说等，经过加工、润饰使其登上大雅之堂。历史上享有盛名的大文学家如白居易、关汉卿、李贽、袁宏道、冯梦龙、金圣叹、李渔、李开先等都充分肯定俗文学，身体力行进行俗文学创作，以提高俗文学的品位。近代黄遵宪、梁启超、王国维以及"五四"白话文运动的先驱者们也极力推崇中国文学史上俗文学的地位，并把它看作中国新文学的源头，认为它们是中国"正统文学之母"。从中可以看出俗文学是一个相对的概念，它与雅文学之间存在着对立统一的辩证关系，两者并无严格的界限。一方面，雅文学不断从俗文学中汲取营养，另一方面，俗文学在其发展过程中，不少已取代了雅文学的地位，或"升格"为雅文学。历史的发展改变了它们的分野，如《诗经》中的"国风"本是民歌，经过孔子整理，到汉代被儒家奉为经典并加以解释之后，就变雅了。南朝民歌产生于长江中下游的市井之间，本是俗而又俗的文学，却引起梁陈宫廷文人的兴趣，从一个方面促进了梁陈宫体诗的产生。词在唐代本是民间通俗的曲子词，在发展过程中逐渐变得雅了起来。宋元时期当戏曲在市井的勾栏瓦舍中演唱时，本是适应市民口味的俗文学。后来的文人接过这种通俗的文学形式加以提高，遂有了《牡丹亭》《长生殿》《桃花扇》这类精致高雅的作品。这种转化的根本原因在于俗文学中蕴涵了丰富多彩、原原本本的深层民族文化。它语言通僻，表现大众的思想感情和审美趣味，形式具有民族风格，接受面广，具有极强的生命力。

但是，俗文学不同于通俗文学。俗文学的范围相当广泛，它不仅仅包括歌谣、神话、史诗、故事等，还涉及其他通俗艺术样式中的文学部分，如说唱艺术和戏曲艺术中的唱词。通俗文学是指按俗文学样式创作的，内容浅显易懂并具有大众审美趣味的文学作品。它既包括雅文学中通俗的自由体诗、新体小说、影视剧、散文、纪实文学等，也包括俗文学中的歌谣、话本、戏曲、说唱文学等。近现代俗文学主要在通俗小说特别是武侠小说和世情小说领域有较大的发展，这些由雅、俗文学融合而成的通俗文学形态成为中国文学中重要表现形式。对通俗文学可以作这样的表述：通俗文学是在城市工商经济发展的基础上滋生、繁荣的，在形式、内容上继承俗文学传统，符合民族欣赏习惯并被广大读者接受的文学作品。

二、通俗文学的类型特征

通俗文学的类型特征是与通俗文学的定义相关的。通俗文学所包含的艺术样式众多，需要对它们从内容、形式所表现出来的整体性质进行考察和概括。

（一）通俗性

通俗文学要被最广大的读者接受，必须考虑接受者的文化程度。因此，通俗文学的内容和形式是浅近易懂的。它不追求形式的独立意义，而是把形式看作为内容服务的手段。在语言上，它们采用社会的活语言，即使在文言文占统治地位的时代，通俗文学的语言也尽量贴近生活，贴近读者。在结构上，传统通俗文学作品中的悬念、巧合等技巧成为固定的模式而被不同时代的作者反复使用。在取材上，通俗文学对百姓情感和市井生活极为关注，从《三言》《二拍》到近代的"鸳鸯蝴蝶派"小说，再到流行于荧屏的"都市生活居广，这个传统一直没有中断。通俗性还反映在作品主要表现民众的思想感情、理想愿望。通俗文学中有歌颂男女爱情的，有歌颂英雄的，也有发泄不满表现斗争精神的。这些作品表现了大众的所思所想、所爱所恨、希望和追求，符合人民群众的思想心理和审美趣味。通俗性还表现在拥有众多的作者、读者和视听者。通俗文学作品既有群众集体创作的，如民间歌谣、神话、史诗、传说，也有艺人创作的话本和戏文，还有文人、作家创作的文学作品。它有口头流传的，有书面流传的，有供表演的，有供阅读的，有娱人的，有自娱的。接受者遍及社会各阶层和不同文化群体，雅俗共赏，覆盖面广。

（二）娱乐性

严格说来，娱乐是所有艺术的潜在功能，有人认为艺术起源于游戏，从一个侧面肯定了文学的娱乐功能。但在雅文学中这一功能一直受压抑，被排斥。中国古代诗歌分为风雅颂，最早是因为，用途不同，颂用于宗庙祭祀，雅主要用于朝会，风主要用于燕飨，春秋以降，这种严格的规范被打破，以娱乐为目的的新兴城市艺术不断出现，通俗文学规模日益扩大，这种文学失去了雅文学的庄严肃穆，以鼓动人的感性、满足人的官能为主要特征。在现代社会，作为大众休闲消遣的通俗文学更是花样翻新，以小说为例，艳情小说、侦探小说、武侠小说、惊险小说，彼消此长，更迭不休。对于通俗文学的娱乐性，英国文论家科林伍德认为，娱乐对人的情感有一种释放作用，它把人的感情分为负荷阶段和释放阶段，人的感情一旦兴奋就必须释放。人在娱乐艺术中所产生的情感就在娱乐艺术所产生的虚拟情境中获得释放，因此，"娱乐是以不干预实际生活的方式释放情感的一种方法"。比如，恐怖小说的出现，是因为人有一种体验恐怖的强烈需要；侦探小说是满足崇尚力量的需要、解决疑难时理智兴奋的需要和对冒险的需要。日本有些文学理论家对通俗文学的理解也非常明确，把它看作是以娱乐为目的的小说类。但在我国由于长期以来对文学功能理解的单一，文学被当作"经国之大业，不朽之盛事"，以"载道""育志"为指归，导致了以娱乐为特色的通俗文学的边缘化。新文学运动提倡文学的平民化、大众化，但文学的娱乐功能依然得不到肯定。正确理解通俗文学就必须正确理解文学的娱乐性，如果说雅文学是借助语言的深层意义来强化它的教育功能、认识功能，那么，通俗文学则是凭借它的传奇性、趣味性和世俗性来强化其娱乐功能的。今天我们把文学作为一种娱乐活动不算大逆不道，事实上，除了特殊需要外，把阅读欣赏文学作品看作工作之余的消遣的人不在少数。对于现代社会生活而言，娱乐和消遣已成为需要，正像人的物质需要在不断被开掘一样，人的娱乐和消遣也可以向有利于人的自身完善的方向培养，关键是作者是否能为读者提供与人的精神发展方向相符的作品，这才是通俗文学创作中值得深思的问题。

（三）教育性

通俗文学的教育性和通俗文学的娱乐性并不矛盾，可以说是"寓教于乐"原则的体现。由于形式内容浅显易懂，接受者众多，通俗文学渗透到社会生活的各个方面，成为民间文化传播的主要载体。在学校教育不发达的中国古代，通俗文学的教育作用更是显著。据历史资料记载，三国的故事早在《三国演义》成书前就广为流传。《东坡志林》中有关于儿童听说书的描写："涂巷中小儿薄劣，其家所厌苦，辄与钱令聚坐听说古话，至说三国事，闻刘玄德败，颦蹙有出涕者，闻曹操败即喜唱快。"明代刘元卿《贤奕编》卷二记有群众听杨家将故事的情景："沈屯子偕友人入市，听打谈者说杨文广围困柳州城中，内乏粮饷，外阻援兵，蹙然踊叹不已。"通过这些通俗文学作品，忠孝节义的观念就这样深入人心，民众的历史观、道德感也常常据此建立起来。在通俗文学的耳濡目染中，文化的教化和传承得以完成。

值得注意的是，通俗文学的文化内涵与主流意识形态并不完全一致，它们有重合的部分，也有不能兼容的部分。当它与主流意识形态对立时，通俗文学往往被"封杀"，《金瓶梅》等作品屡屡遭受这样的命运。这从反面证明了通俗文学教育作用之大，它已经让主流意识形态不敢轻视。通俗文学的民间立场使它的教育是朝向民间文化的而不是"庙堂"文化的。在话本小说中，这种教育动机更加明显，且不说说话人直接议论中的说教意味，就是故事内容也围绕着民间道德的基本要义展开的。《金玉奴棒打薄情郎》谴责了忘恩负义的丑恶灵魂，《沈小霞相会出师表》描写了惊心动魄的忠奸斗争，《杜十娘怒沉百宝箱》歌颂了宁折不弯的气节……这里的忠奸对立、善恶报应、见利忘义、福祸轮回等，都是民间最常见的道德评判模式。通俗文学教育的内容也会随着时代的发展，既有传承，又有变化。《水浒传》大力宣传"四海之内皆兄弟也"，即是以"义"的名义，赋予了这些绿林好汉杀人越货、鲁莽粗豪的性格与行为特殊的合法性，因为他们是讲义气的，所以他们杀人就有了理由，成了英雄之举。普通人从这里找到了对抗以贪官污吏为代表的强权、暴政的力量。同样，以"侠"为旗帜的武侠小说也是利用这种民间的道德心理，使侠客的违法行为变得合理合法。但在金庸的武侠小说中，时常看到"侠义"与"人性"的矛盾，他笔下的侠客会对"杀人"这一行为产生反思，即便"杀人"的目的是崇高的。金庸小说中的现代人文主义思想，表明了他的武侠小说是有别于传统的"新武侠"，从中可以看到武侠小说发展的轨迹。

（四）商业性

通俗文学的发展与都市的发展是同步的，文学之所以"通"，必须有渠道。都市聚居的人群，由城市生产方式造成的市民阶层娱乐的需要和娱乐场所的出现等，都是孕育通俗文学的温床。在现代社会，通俗文学的商业性更为突出。其实，文学艺术与经济利益之间的关系是一个由来已久的话题。自从有了脑力劳动和体力劳动的分工，就产生了文学艺术与经济利益的关联，因为从事文学艺术创作的人也需要生活保障，因此为了利益去创作的情况是必然的。到了资本主义时期，文学与利益之间的关系又有了新的发展，文学成了商品，进入市场流通领域，成为资本获利的手段。那么，作家的写作到底是为艺术还是为利益?这就成了纯文学作家与通俗文学作家的分水岭。以我国新文学史上的两大文学流派"文学研究会"和"鸳鸯蝴蝶派"为例，"文学研究会"在自己的宣言中称："我们相信文学是一种工作，而且又是与人生很切要的一种工作;治文学的人也当以这事为他终身的事业，正同劳农一样。"他们是文学领域的志愿者，不会把文学作为谋生的手段，而是作为崇高的事业看待，因此，他们能为这事业而献身。"鸳鸯蝴蝶派"中多通俗作家，对他们来说，文学创作是一种职业而非事业，文学商品化天经地义，这丝毫不会亵渎文学。张恨水有"流自己的汗，吃自己的饭"的格言，周瘦鹃称自己是"文字劳工"，按作品质量论价，凭发行量抽版税吃饭。从口头文学的说话人的"职业化"，到通俗小说家的职业化是一脉相承的。因为通俗文学作家更看重文学的商业性，他必须考虑作品的销路，读者的兴趣就成了他追求的方向，他会迎合甚至有意培植读者的某些趣味，这有时也会给社会带来负面影响。

现代社会的大众传媒对通俗文学的发展起了很大的推动作用。报刊杂志曾是通俗文学的园地，培养了大批通俗文学作家，滋养了大量通俗文学作品，它们中也有传世之作。影视和网络的出现，为通俗文学打开了更广阔的市场。大众传媒使通俗文学传播的速度空前提高，接受者更多，但另一方面，通俗文学的商业性倾向进一步加剧，它导致了通俗文学中艺术精神的沦丧，这是应该引起警惕的。

三、通俗文学的审美特征

通俗文学与纯文学相比，在艺术上有它自身的优势。如果说纯文学注重艺术上的探索性、先锋性，重视创作主体的自我表现，希望创造永恒的文学价值;通俗文学则追求贴近更多读者的阅读视野，满足集体心理在情绪感官上的自娱、自赏和自我宣泄，崇尚人性的基本欲求，它的价值更需要依赖流通来实现。通俗文学在长期的创作过程中，叙事技巧、抒情方式、结构模式等方面形成了自己的美学风格。研究通俗文学的审美特征，能够更准确地把握通俗文学的艺术价值。通俗文学的审美特征表现在以下几个方面：

（一）面化的叙事

平面，即无深度，指作品审美意义深度的消失。通俗文学不提供蕴涵在文本深层的意义。这一点显示了它与纯文学的深刻差异。纯文学是有深度的，它致力于通过有形的、表层的、可感的表象去展现无形的、深层的、难以真切把握的本质；而通俗文学与此相反，它排斥对隐含意义的表现，不去寻找隐藏在语言背后的深层意义，即不考虑其象征寓意等，只提供与读者阅读经验相一致的东西，而不负责深层意义的传达。这样的叙事方式使作者保持与读者相同的视角，他们都津津乐道于社会众生相中的新异事物。在描写这些事物时，作者并不想挖掘它的深意，而满足于在不偏不倚的细致描摹中享受乐趣，并试图营造一种真实感。因为通俗文学的作者深知，越是真实才越能打动读者。在说书艺术中还保留着这种对细节的无节制的运用和平面化的展示。即使在金庸的武侠小说中，对所涉及的历史背景也作力求真实的描写，或者借用历史上的真实事件和真实人物来增强它的"可信度"。这种平面化的叙事还表现为意蕴的单、被称为"经典"纯文学作品的意蕴能够呈现多个层面，且整体意蕴丰富多元，给读者的再创造提供足够的想象空间。而通俗：文学的意蕴指向则单纯明确，是非、忠奸、善恶，一目了然。以至于人物造型也多平面化、类型化，《三国演义》中的刘备、关羽、张飞、诸葛亮分别成为"仁""义""勇""智"的化身，就是一例。

（二）强烈的情感

通俗文学以情感见长，因为它最早来自民间，任性而发，率性而作，所以情感充沛，生气盎然。后世的通俗文学作者继承了这一特点，也是直抒胸臆，以情动人，与典雅文学含蓄蕴藉的情感表达方式不同。王国维在《宋元戏曲考》中对此有过分析：元曲之作者"非有藏之名山，传之其人之意"，不怕被视为"拙劣"，不怕被骂为"卑鄙"，"彼但写其胸中之感想，与时代之情状，而真挚之理，与俊杰之气，时流露于其间"。不惟抒情作品如此，叙事作品也是以情为由，以情为美。如说唱艺术和戏曲艺术中，往往缘事生情，又因情设事、依情取事，表现手法上因情设景、寓情于景、情景交融，使叙事与抒情互为表里。所谓"没情不是书"、"唱动人心方为妙，不动人心枉搭功"的艺谚，正说明了情感因素在通俗文学中的重要性。在我国通俗文学的发展历史上，"情"字往往是与主流意识形态发生冲突的直接原因，因为"情"中蕴涵着对个人欲望的肯定，对个人的尊重，个性的张扬，对中国传统的群体文化来说是"异端"，但它符合社会成员的集体心理需求，受到了读者的欢迎。情感的形态是多种多样的，但通俗文学尤以描写儿女之情见长。从《诗经》中的爱情诗，乐府民歌中的情歌，到明清世情小说及近现代的言情小说，都是以儿女之情为描写对象的。近现代的通俗小说中，言情的特点越发明显，除言情小说外，武侠小说、公案小说等，也不乏言情的成分。当然，如果情感表现过于直露也会影响作品的艺术效果。

（三）传奇的结构模式

传奇是我国民族叙事艺术的特征，这是中华民族对传奇事件、传奇人物的偏爱使然，是民族心理特征在文学创作中的反映。中国通俗文学的传奇传统起源于古代神话传说，传奇作品则成熟于唐代，"传奇者流，源盖出于志怪，然施云藻绘，扩其波澜，故所成就乃特异，其间虽抑或托讽以纾牢愁，谈祸福以寓惩劝，而大归则究在文采与意想，与昔之传鬼神明因果而外无他意者，甚异其趣。"后代的"烟粉、灵怪、公案、朴刀、杆棒、神仙、妖术"小说更是"无奇不传，无传不奇"。传奇，无论在中国还是西方都是注重情节的。在中国通俗文学中，"故事"与"情节"往往是可以划等号的。通俗文学作品中一系列为表现人物性格和展示主题服务的有因果联系的生活事件，由于它循环发展，环环相扣，成为有吸引力的情节，故又称"故事情节"。的确，因果关系是传奇中构成情节的必不可少的因素。中国的传奇小说可以说是"因果链"基础上的理想化的艺术建构，因果相承使情节发展呈现某种必然性，组成一个开端、发展、高潮、结局的整体。但是，传奇情节的因果关系不是依据生活常态的逻辑而展开的，而是借助偶然性因素，追求意料之外、情理之中的艺术效果。如《水浒传》第36回写宋江浔阳江遇险，金圣叹批道："此篇节节生奇，层层追险。节节生奇，奇不尽必不止；层层追险，险不绝必追。""节节生奇，层层追险"的写法使故事情节起伏跌宕、触目惊心，而达到"不险则不快，险极则快极也"的阅读效果。传奇的结构模式，使读者获得精神上的愉悦和享受。

当然，传奇并不是离奇古怪、荒诞不经，而是要以真实性为基础，通俗文学的传奇色彩主要表现在故事情节的发展要符合生活逻辑，人物的行为要有性格的依据，作品中所写的人和事要真实可信，它的情节既奇又真，奇中有真，这样的传奇才会有生命力。

通俗文学的审美特征是多方面、多层次的，以上的概括还很不全面，它独特的艺术表现手法和艺术魅力有待于进一步挖掘。

【知识盘点】 创作主体与客体 文学构思 灵感 文学传达 创作主体与客体 文学构思 灵感 文学传达 刚健与柔婉 素朴与华丽 崇高与荒诞 创作共性 文学流派 刚健与柔婉 素朴与华丽 崇高与荒诞 创作共性 文学流派

【随堂练习】

1.何为创作主体、创作客体？创作主体是否可能超越个体的立场？

2.如何看待灵感在文学创作中的作用？

3.什么是作家的创作个性？距离说明创作个性与作家风格之间的关系。

4.谈谈影视、网络对通俗文学的影响。

第七章　文学作品中的艺术形象

【章前导读】　当我们阅读文学作品的时候，是什么让我们喜悦、感动、震撼、惊愕呢?是李白《静夜思》中的皓皓明月，是朱自清笔下父亲的背影，是巴金《家》中鸣凤投湖前哀怨的眼神，是老舍《茶馆》中王掌柜、常四爷、秦二爷三位老人为自己送葬那如雪片纷纷落下的纸钱，是《大宅门》最后一集白景琦怀抱三老太爷的尸身，在众人的簇拥下走向日军的壮烈场面。任何作品都是由内容与形式的诸多要素构成的，但那是作品的内部构造，不是读者直接感受的对象。读者直接感受的是完整的艺术形象，文学文本和非文学文本的根本区别就在于有无艺术形象。

任何文学作品都是靠鲜明、生动的艺术形象吸引读者、感动读者的;而不同的文学作品其艺术形象的艺术感染力又是不相同的。在文学理论中，人们通常将文学作品中的艺术形象分为一般的艺术形象和高级的艺术形象两类。同时，又将叙事性文学作品与抒情性文学作品的高级艺术形象划分为典型和意境。

本章将从一般与高级、典型与意境两个角度对文学作品中的艺术形象进行分析，揭示文学的审美特征，并把握塑造成功艺术形象的规律。

第一节　文学形象

一、文学形象的含义

我们需要先了解什么是文学形象，在不同的释意背景下，文学形象的含义也不尽相同。已有的解释可以归纳如下:

1979年出版的《辞海·文学分册》认为，文学形象是文学艺术区别于科学的一种反映现实的特殊手段。即根据现实生活各种现象加以艺术概括所创造出来的具有一定思想内容和艺术感染力的具体生动的图画。

刘叔成的《文艺学概论》认为，艺术形象是文学艺术反映社会生活的特殊形式，是作家、艺术家审美认识的结果，是他们根据实际生活中的体验、认识创造出来的具体、可感而又带有强烈感情色彩和具有审美价值的情境。

童庆炳先生的《文学概论》认为，艺术形象是在艺术作品中出现的能够诉诸人的感觉和感情，使人想起人和人的生活的感性形式。

1990年出版的《辞海》认为，文学形象是把握现实和表现作家、艺术家主体思想感情的一种美学手段，是根据现实生活各种现象加以艺术概括创造出来的负载着一定思想感情内容，因而富有艺术感染力的具体生动的图画。

赵炎秋、毛国宣的《文学理论教程》认为，艺术形象是一个较为宽泛的概念，凡是在艺术中出现的、饱含着艺术情感的感性形式都可以称为艺术形象。

刘甫田、徐景熙的《文学概论》认为，艺术形象是作家、艺术家的一种创造。是指构成作品的具体生动可感的，体现作家、艺术家审美情感的综合的社会人生图画或情景。在文学理论中也称文学形象，或简称形象。

从以上对文学形象含义的不同解释中，我们发现，它们之间主要存在着以下几点分歧：

第一，文学形象是图画、情景还是感性形式，即怎样理解"具体、生动、可感"；

第二，文学形象是认识的结果还是审美的手段，即如何看待文学的本质特征；

第三，文学形象是"体现"、"负载"还是"使人想起"，即文学形象的审美功能及其实现机制。

所以，要想正确理解和把握文学形象的含义，关键在于认识到文学形象并不限于视觉感受，而是诉诸全部感官和心灵的。

综上所述，文学形象是指作家通过语言所唤起的饱含作家审美体验，同时又能激起读者相同或类似审美体验的感性形式。

二、文学形象的特点

（一）文学形象的生成是主观性与客观性的统一

文学形象是作家基于现实的审美主体创造的产物，因此，它是主观性与客观性的统一。

文学形象取材于现实生活，这是文学形象客观性的基本含义。同时文学形象一经产生，作为作家创造的"第二自然"，也具有客观性，这是文学形象客观性的重要含义。

文学形象的审美价值尽管与它所展示的生活内容的丰富程度有关，但关键还是取决于融会于文学形象中的作家的审美感情和审美评价，这是构成文学形象的主观因素，也是理解文学形象其他特点的基础。

（二）文学形象的内涵是具体性与概括性的统一

文学形象（尤其是人物形象）都是社会人生的生动写照，都是具有独特个性的生命个体，因而都是具体可感的；越是成功的文学形象，其形象的鲜明性、独特性就越强；这种具体性不只体现为形象的外在特征，更体现为内在的品性，在这两方面，文学形象都应该是独特的、不可重复的。

同时，文学形象又要以少总多、小中见大，能够使人从个别、具体的文学形象中领悟出人生的某些深刻意味、生活的某些本质方面或历史的某些悠远内涵，这就是文学形象的概括性。

20世纪80年代后期崛起于文坛的新写实小说作家塑造的许多人物形象都鲜明地体现出了这一点，无论是印家厚（池莉《冷也好、热也好、活着就好》），还是八哥（方方《风景》），他们既是琐碎、卑微甚至残酷的世俗生活的"代言人"，又是一个个跳动在社会底层的血肉灵魂，有着迥异的性格与命运。

（三）文学形象的功能是再现性与表现性的统一

文学形象的生成是主观性与客观性的统一，这就决定了文学形象既有表现性的功能，又有再现性的功能。文学形象再现的是渗透了作家审美体验与主观评价的社会生活，而作家来自现实生活的感受、体验与评价又总是通过特定的文学形象表现出来。比如高尔基笔下那位著名的母亲形象，既是对当时正逐步觉醒的工人阶级的斗争现实的生动再现，也表现出高尔基本人在积极投身革命洪流之后对政治斗争与生活的思索。所以，文学形象是再现性与表现性的统一。

（四）文学形象的属性是内容与形式的统一

文学形象既不是文学的内容要素，也不是文学的形式要素，它是文学内容的全部要素与文学形式的全部要素有机统一的结果。以鲁迅所塑造的阿Q形象为例，阿Q已不单纯属于《阿Q正传》所表达的内容范畴，也不只是这篇小说的形式要素，而是二者融合而成的一个不可分割的形象整体。

所以说，文学形象既是文学作品的核心部分，也是文学审美价值的基本负载物。

三、文学形象在作品意义生成系统中的地位和作用

文学作品的意义生成系统主要包含语言、形象和审美意蕴三个层面。对马致远的《天净沙·秋思》这首小令的赏析，可以帮助我们更好地理解文学形象在作品意义生成系统这三个层面中所占据的位置和发挥的作用：

枯藤老树昏鸦，小桥流水人家，古道西风瘦马，夕阳西下，断肠人在天涯。

去国怀乡、归程渺茫的游子之情被寥寥28个字点染而出，正是在这"断肠人"的形象中，我们才得以寄予无尽的人世沉浮、铅华洗尽之感。

由此看来，作为作品艺术表现的中心环节，塑造文学形象对文学作品的意义生成有着至关重要的作用。失去文学形象的塑造，再状物极妙、再精雕细刻的语言也很难直接传达出作家的审美体验和内在情感，文学作品的意义也就无法充分而恰当地为读者所领会，自然也就不能带给读者强烈的共鸣和持久的感染。文学作品的目的不在于让读者知道什么，而在于让读者感到什么。文学作品的审美意

蕴绝不是抽象的观念存在，而是由具体可感、生动逼真的文学形象来承载的，是由作家调动情感储备、运用语言机制、经由文学形象这一中介传达给读者的。

总而言之，文学形象是文学语言催生的产物，也是作家通过作品传达的审美意蕴的载体，在整个作品意义生成系统中处于核心地位。

四、文学形象的类别

按照文学作品的叙事性特点与抒情性特点的不同，文学形象主要分为两大类：

（一）叙事类文学作品的文学形象

叙事类文学作品的文学形象包括人物形象和环境形象两部分，环境形象又包括社会环境和自然环境两部分，而社会环境的核心是人物关系。例如《红楼梦》是通过对大观园中错综复杂的人际关系的描写来展开人物间的各种矛盾与冲突的；而海明威的《老人与海》则运用大海这种特殊的自然环境来衬托人物坚忍不拔、顽强奋斗的性格品质。

叙事类文学作品的核心艺术形象是人物，其高级形态是典型形象。

（二）抒情类文学作品的文学形象

抒情类文学作品的文学形象包括物境、情境和意境三个层次。物境蕴涵情境，情境表现意境，它们均统一在文学形象的整体之中。

例如杜甫的《登岳阳楼》："昔闻洞庭水，今上岳阳楼。吴楚东南坼，乾坤日月浮。亲朋无一字，老病有孤舟。戎马关山北，凭轩涕泗流。"在这首诗中，物境、情境和意境乃是相互渗透、彼此包含的，共同衬托出独上高楼、百感交集的晚年杜甫形象。

抒情类文学作品的核心艺术形象是情境，其高级形态是意境。

第二节　典型形象与典型化

一、典型理论的提出与发展

塑造高级的而非一般的文学形象是作家创作所追求的理想，因此在了解文学形象的一般规律和文学形象的两种类别的基础之上，我们将分别对叙事性文学作品和抒情性文学作品的文学形象进行更为具体和深入的分析与探讨。作为叙事性文学作品的文学形象高级形态的规律探索，典型理论的提出与发展经历了漫长的历史过程，从古希腊时期的萌芽，到古罗马时期至17世纪的初步论述，经过文艺复兴时期至18世纪的发展，19世纪的成熟与完善，直到恩格斯对典型所作的经典阐述，由此构成了西方典型理论的大致脉络。

（一）古希腊时期：柏拉图的"理想性"和亚里士多德的"普遍性"

典型（type）源于希腊文"tupos"，原意是"模子"。

柏拉图在《理想国》中提出："假如画家画了一幅美得绝无仅有的人像的典型，每一笔都画得完好无比，可是他不能证明世界上确有这样的人，你以为这位画家的价值就减低了吗?"这里着重强调的是典型的理想性和现实性之间的关系。

亚里士多德说，写诗"比写历史更富于哲学意味，更受到严肃的对待，因为诗所描述的事带有普遍性，历史则叙述个别的事"。这种对共性与个性、普遍性与特殊性关系的论述基本奠定了典型理论的基础，但并未对典型做更深入的论述。

（二）古罗马时期至17世纪：贺拉斯《诗艺》与布瓦洛的类型说

古罗马诗人和文论家贺拉斯在其《诗艺》中重点论及了文学创作的"合适"原则，以人物性格作例证时强调了两种"合适"性格：一种是定型的（与古希腊传统一致），一种是类型的（与人物的年龄、身份一致）。

而生活在17世纪法国路易十四时代的布瓦洛则提出了一整套古典主义理论。由于当时的极权君主制度与贺拉斯时代的古罗马奥古斯都的政权相仿，法国宫廷贵族生活也与罗马贵族生活相仿，以布瓦洛为代表的古典主义便将贺拉斯的观点进一步理论化，突出强调典型人物性格的共性因素，此外还特别强调严格遵循戏剧的"三一律"原则（时间同一、地点同一、情节同一）。

（三）文艺复兴时期至18世纪：莎士比亚、狄德罗的个性说

人文主义思潮在当时欧洲的主导地位成为个性化典型理论出现的背景。以莎士比亚为代表的作家和以狄德罗为代表的理论家着重发展了亚里士多德的个性化典型方面的论述，系统表达了各自对典型及其塑造的观点。

莎士比亚的戏剧创作着重凸现人物鲜明独特的个性；狄德罗从莎士比亚的创作实践出发，明确反对用"定型"的模式去表现人物，他说："在戏剧里，人们要求一切性格始终如一。这是一个错误，只是被剧本的短促过程掩盖了罢了：因为在生活中，人们离开原有的性格的场合是多么多啊!"强调从生活的丰富性和生活中人物性格的变化性的角度出发创造典型。

（四）19世纪：康德、黑格尔、别林斯基的"统一"说

以康德、黑格尔和别林斯基为代表的美学家和文艺理论家在已有的基础上提出了共性与个性的统一。

康德提出"显现出特征的活的整体"的典型命题，认为典型形象的特殊性与完整性是统一的。

黑格尔认为，成功的人物形象应该"每个人都是一个整体，本身就是一个世界，每个人都是一个完满的有生气的人，而不是某种孤立的性格特征的寓言式的抽象品。"康德与黑格尔都强调典型形象是个性化的活生生的生命个体。

别林斯基指出："在一位有真正才能的人写来，每一个人物都是典型，每一个典型对于读者都是熟悉的陌生人。"这成为典型形象的基本内涵。

（五）恩格斯提出"典型环境中的典型人物"

在别林斯基的"熟悉的陌生人"理论基础之上，恩格斯在致英国女作家哈克奈斯的一封信中提出：据我看来，现实主义的意思是，除细节的真实外，还要真实地再现典型环境中的典型人物。——这就从本质上发展了欧洲的典型理论，使它与表现时代特征和显示历史发展方向相联系，使典型人物获得了更广阔、更丰富的社会历史内涵。

在我国，虽然历史上没有系统、全面的典型理论，但从很早就已有对相关问题的阐述。例如《周易·系辞》："其称名也小，其取类也大。"鲜明地指出了文学形象所具有的广泛涵盖性；又如刘勰《文心雕龙·物色》："以少总多，情貌无遗。"进一步提出了典型塑造的基本要求，即做到具体化、个性化；而金代金圣叹在《＜水浒传＞序三》一文中明确指出："《水浒》所叙，叙一百八人，人有其性情，人有其气质，人有其形状，人有其声口。"并且在《读第五才子书法》中赞赏道："任凭提起一个，都似旧时熟识。"特别突出地强调了《水浒传》的一个重要的成功经验就在于人物形象的个性化塑造。

到清代末期，王国维开始将西方典型理论介绍到中国，并在文学评论中尝试应用；"五四"后典型理论得到进一步传播；新中国成立后，典型理论研究逐步深入，先后出现过"阶级典型说"、"共性与个性统一说"、"共名说"、"个性说"、"现象本质说"、"特殊一中介说"等。

二、典型的含义与特征

文学典型是指叙事性文学作品中成功的人物形象，它根源于作家独特的审美发现，传达了作家独特的审美体验，具有鲜明独特的性格特征和较为深广的社会历史内涵。文学典型有很强的艺术感染力和很高的审美价值，它是叙事性文学作品成功的重要标志。文学典型也称为典型、典型形象、典型人物或典型性格。

与一般的文学形象相比，文学典型的主要特征如下：

（一）文学典型鲜明独特的性格本身具有深广的社会历史内涵

文学典型应该是作家对生活的独特的审美发现，这是文学典型鲜明独特的性格与深广的社会历史内涵的共同根源。以路遥《人生》中的高加林为例，作品正是通过这一改革开放之初的农村青年形象在既向往城市文明又无法完全摆脱农村文化传统的矛盾境遇之中对自身人生位置的彷徨、困惑与选择，表现出当时由传统走向现代的中国社会的剧烈变革。

（二）文学典型的刻画中完整地表现出其独特性格的丰富性

文学典型的性格刻画应展现出人物内心世界的丰富性，这种丰富性既表现为多面性，又表现为变化性；文学典型的性格刻画应在展示人物内心世界的多面性与变化性的同时显示出人物性格的完整统一性。例如文艺复兴时期西班牙作家塞万提斯所塑造的堂吉诃德。堂吉诃德作为没落的骑士形象在荒诞离奇的幻想与坎坷多难的经历中表现出了执著追求、不畏强暴、不恤献身的精神境界与疯癫、夸张、滑稽的思想行为的矛盾统一，人物性格不是单面的，而是立体的、丰富的、复杂的。

（三）文学典型因其艺术的独创性与深刻性、完整性与丰富性的统一而具有持久的艺术魅力

人的审美精神需求是全方位的：独特之美令人惊喜，深刻之美令人震撼，完整之美令人陶醉，丰富之美令人充实。但更重要的是，当读者面对集诸美于一身的文学典型时，更会为这文学典型所体现出来的人的发现与创造、体验与超越的巨大主体力量所震慑，所折服，并由审美精神需求全方位的满足而产生强烈的审美愉悦。

三、典型环境与典型人物

环境指的是环绕人物，形成其性格，促使其行动的一切外部条件的总和，它有着宏观与微观之分。宏观环境是指与个人处于间接交往中的环境因素的总和，包括社会制度、意识形态、自然条件以及大型社会团体及其行为规范等。微观环境是指与个人处于直接交往中的环境因素的总和，包括文化、风俗、语言、角色规范以及小团体及其行为规范等。以《红楼梦》为例，宏观环境是日益腐朽没落、社会矛盾激化的封建社会，而微观环境则是以荣宁两府为中心、莺歌燕舞却又冲突不断的大观园。宏观环境是连通典型人物的性格、行为与一定历史时期社会的必然发展趋势和社会文化背景的桥梁；微观环境是宏观环境影响加诸典型人物的折射镜与过滤器，是典型人物的性格、行为所以产生的直接原因，是典型人物的性格、行为真实性的土壤。

所谓典型环境，指环绕典型人物的，形成其性格，促使其行动的，同时能够充分而深刻地体现一定历史时期的必然发展趋势和社会文化背景的特定的具体生活环境。典型环境是典型人物性格形成与发展的时代背景和现实舞台，典型人物性格只有在典型环境中才能得到充分展示。典型环境的描写必须注意宏观环境与微观环境的有机结合，才能为典型人物提供广阔的时代背景与坚实的生活基础。《红楼梦》中必须把对大观园这一具体生活环境与当时封建社会后期整个时代状况紧密联系起来，才能凸现出宝、黛、钗之间的爱情与婚姻悲剧和贾、史、王、薛四大家族兴衰的真正实质，也才能更好地把握贾宝玉作为封建贵族家庭的叛逆者和时代变迁的新生儿的典型形象。

由此我们可以得出这样的结论：典型环境与典型人物是相互依存、不可分割的；典型人物借助典型环境获得其存在的真实依据，得到性格展现的舞台和发展的动力；而典型环境则借助典型人物的活动使自身的典型意义与内涵得以充分释放与实现。

典型环境与典型人物是互为前提的：离开环境，人物就成了不可理解的怪物；离开了人物，环境也就失去了自身存在的意义。

典型环境与典型人物又是相互转化的：任何人物对其他人物都是构成环境的一部分。

典型环境与典型人物还是相互推动、互为因果的：人物因为环境的烘托更加显出其典型性，而环境又是因为人物的存在与活动才得以将自身的意义内涵传达给读者。

四、文学典型的创造

文学典型作为文学形象的高级形态，具有自身的创造规律、原则与方法。文学典型的创造过程就是文学形象典型化的过程，文学典型正是在典型化的过程中创造出来的。典型化是指锤炼文学形象，强化其典型性，从而创造文学典型的方法和过程。

（一）典型化包含着个性化与概括化两方面的要求

个性化就是把人物在"一定社会关系的总和"中形成的"唯他独有"的精神特点、行为特征更加鲜明地凸现出来，从而创造出具有丰富个性特征的人物形象；而概括化则要求作家开掘个别生活现象中蕴涵的社会人生意味，使典型人物的鲜明个性能够显示出厚重深广的社会历史内涵。典型化的原则乃是个性化与概括化同步进行，是"以少总多、小中见大"的。例如《水浒传》中的一百单八将形象，既是个性殊异的，又是当时"官逼民反"的社会历史现实的反映。

（二）典型化是以角色体验作为自身的创作心理机制的

角色体验的关键是"设身处地"的心理"位移"。例如鲁迅所塑造的阿Q这一形象，我们对其精神胜利法的典型性格特征的感受和理解乃是鲁迅自身对当时辛亥革命失败的深切体验，可以说阿Q早已不仅是阿Q这一人物形象本身，更倾注和渗透着鲁迅本人对国民性的设身处地、痛定思痛的反省。

实现人物形象的典型化有许多方法和途径。鲁迅在谈到自己塑造人物形象的方法时说："所写的事迹，大抵有一点见过或听到过的缘由，但决不全用这事实，只是采取一端，加以改造，或生发开去，到足以几乎完全发表我的意思为止。人物的模特也一样，没有专用过一人，往往嘴在浙江，脸在北京，衣服在山西，是一个拼凑起来的角色。"这里明确指出了典型化的两种重要方法和途径："杂取种种人"的集中合成法与"采取一端，生发开去"的原型加工法。鲁迅的阿Q形象实际上就是当时普遍存在的国民劣根性的集中反映，而巴金在《家》中塑造觉新这一形象和老舍塑造祥子形象的方法则是后一种。无论是哪种典型化方法，都必须以作家对生活独特而深刻的审美体验为前提，否则就不可能塑造出深刻动人的艺术典型。

第三节　意境及其创造

一、意境理论的提出与发展

意境是中国文学理论与美学理论的重要范畴之一，也是探讨和认识抒情性文学作品的形象规律的重要环节。在中国文学理论史上，意境概念的提出及其理论形成经历了萌芽、发展到成熟的过程。

（一）先秦至两汉：意境理论的萌芽期

相传成书于先秦的《周易·系辞》中说："子曰：书不尽言，言不尽意。然则圣人之意，其不可见乎?子曰：圣人立象以尽意。"这提出了一个十分重要的问题：文学作为一门语言的艺术究竟能否通过形象的塑造达到表现人们所思、所想、所感的目的?文学语言（言）、思维（意）以及形象（象）三者之间的关系到底如何呢?这也成为后世人们对意境的阐述的基础和起点。

后来，《庄子·外物篇》云："言者所以在意，得意而忘言。"即"言"的目的在于"得意"，但"言"本身并非"意"，也无法尽意，它只是表达人们思想情感的象征性符号，是暗示人们去领会"意"的工具和手段而已，认为"得意忘言"才是正确处理"言、意、象"三者关系的方法。

在《毛诗序》这部汉代儒家文艺思想的经典著作中，将文艺创作归结为人内心情感向外流露的过程，心有所感、情为之动，自然发言为诗、唱和成歌。此时，人们已经提出并理解了"言、意、象"三者之间复杂的相互联系；并且在指出诗歌抒情言志基本功能的同时，揭示了这一功能与"赋比兴"这三种艺术表现手法的内在联系。这些论述都预示着意境理论正在萌生。

（二）魏晋至唐代：意境理论的发展期

这一时期是意境理论全面深化与发展的重要时期。

出现了中国古代最重要，也是最宏大的一部文学理论著作——《文心雕龙》。在《神思》篇中，作者刘勰写道："神用象通，情变所孕；物以貌求，心以理应。"提出"神与物游"的美学观点，即"神思"（创作主体的艺术思维活动）与"物象"（作为创作客体的具体事物对象之间）的融合与统一。

此后，钟嵘在其《诗品序》中提出了"滋味"说，指出："五言居文词之要，是众作之有滋味者也；故云会于流俗，岂不以指事造形，穷情写物，最为详切者耶!"并主张诗歌创作应该"赋比兴"手法"酌而用之"，"使味之者无极，闻之者动心，是诗之至也"。钟嵘可以说是中国古代文学批评中最早明确提出以"滋味"论诗的诗歌评论家，他把"滋味"作为衡量作品好坏的重要尺度，在言形之外开拓出"滋味"这一中国古代文论中的基本审美范畴，从而将诗歌美学评价的重心从创作转移到对诗歌美学意味和艺术思维特征的欣赏上来。

托名为唐代王昌龄的《诗格》正式将意境作为文学理论的范畴加以应用："诗有三境，一曰物境……二曰情境……三曰意境。"后来晚唐诗人兼文学理论批评家司空图在前人基础之上进一步提出了"韵外之致"、"味外之旨"、"象外之象，景外之景"、"不着一字，尽得风流"的观点，认为文学作品真正醇美之处并不在于运用生动的语言描写具体的景象，而在于通过这些具体景象所构成的、存在于这些具体景象之外并且可以让读者用自己的想象去加以补充、丰富的艺术意境，揭示出诗歌意境含蓄空灵、超逸洒脱的美学特征。这样，伴随着诗歌创作与批评的发展，意境理论的整体框架得以基本奠定。

（三）宋代至清代：意境理论的成熟期

宋代以后，意境理论经过长期的发展逐步走向成熟和完善，这不仅表现在意境理论本身日益深入和丰富，更表现在对意境的研究出现了"全面开花"的局面，极大地促进了意境理论的发展。

宋代诗人梅尧臣主张诗歌创作应该"状难写之景，如在目前；含不尽之意，见于言外"。此外他还强调只有"形意两相足"才能"巧夺造化深"，体现出意境的无穷之妙。这种将作者与读者统一于意境之中的观点乃是对唐代意境理论的更为深入的阐述。

严羽的《沧浪诗话》作为中国古代最重要的一部诗话著作，对意境理论的发展也起着承上启下的作用，它以禅喻诗，提出"兴趣"说、"妙悟"说、"别材别趣"说；提倡"不涉理路，不落言筌"；推崇"盛唐诗人惟在兴趣，羚羊挂角，无迹可求。故其妙处透彻玲珑，不可凑泊，如空中之音，相中之色，水中之月，镜中之象，言有尽而意无穷"。强调诗歌既不能脱离语言文字和具体物象，但又不能拘泥于此，而必须以形象创造为中心，以抒发情感为目的，以语言为表达手段，只有这样，诗歌才能具有精彩绝伦而又浑然天成、含蓄深远而又韵味无穷的意境。

明代谢榛《四溟诗话》："作诗本乎情景，孤不自成，两不相背。""景乃诗之媒，情乃诗之胚：合而为诗。以数言而统万形，元气浑成，其浩无涯矣。""情融乎内而深且长，景耀乎外而远且大。""景多则堆垛，情多则暗弱：大家无此失矣。"这些论述都深入分析了情与景之间的相互关系，情以景为媒介，景以情为目的。

清王夫之《姜斋诗话》："情景虽有在心在物之分，而情生景，景生情，哀乐之触，荣悴之迎，互藏之宅。""情景名为二，而实不可离。神于诗者，妙合无垠。巧者则有情中景，景中情。""不能作景语，又何能作情语邪？"则鲜明地指出真正诗歌中的上乘之作必定是有情有景、情景交融、浑然一体、不分彼此的。

清末王国维《人间词话》："有有我之境，有无我之境。""有我之境，以我观物，故物皆著我之色彩。无我之境，以物观物，故不知何者为我，何者为物。""无我之境，人惟于静中得之。有我之境，于由动之静时得之。故一优美，一宏壮也。""昔人论诗词，有景语、情语之别。不知一切景语，皆情语也。"这就把意境理论进一步加以整理，将情中有景、景中有情上升到"无物无我"之境，可谓中国传统意境理论的神来之笔。

二、意境的含义与特征

作为我国古代文学理论批评和美学思想的珍贵遗产，意境理论源远流长、博大精深。简而言之，意境指的是抒情性文学作品中情景交融、虚实相生、和谐广阔的艺术空间，是蕴涵着作家丰富情思和深广人生意味而能诱发令人回味无穷的审美体验的艺术境界。它主要具有情景交融、境生象外和韵味无穷三个美学特征，我们以南唐后主李煜著名的《虞美人》为例来进行具体分析：

春花秋月何时了，往事知多少?小楼昨夜又东风，故国不堪回首月明中。

雕栏玉砌应犹在，只是朱颜改。问君能有几多愁，恰似一江春水向东流。

（一）情景交融

意境的构成是审美主客体的契合统一，与文学典型不同的是，在意境中，主客体统一的载体不是性格，而是情境。情境是在作家审美情感的主导下，情理形神多层次交融的统一体。在《虞美人》这首词里，当已沦为阶下之囚的作者身处小楼、凭栏远望的时候，春花秋月也好、红粉朱颜也罢，都被作者的故园之思、丧国之痛完全改变，而人生的离乱悲苦之情又将年年花开、岁岁月圆、玉砌的雕栏和东流的春水染上了一层浓浓的沧桑意味。情与景已是水乳交融，互相推助成为不可分割的整体。

（二）境生象外

情景交融的事物形象并不是意境创设的目的，作家（诗人）的目的是借助这融合情感的物象系列，构成物象与物象之间多重复合联系所生成的一种意味深远的场景、氛围、情调、韵味，是物境与情境相互作用产生了新质的一种艺术空间。这是一种依靠审美知觉将物象统合为意象—情境—意境的审美空间。《虞美人》中，"春花秋月"，"故国"、"小楼"，"雕栏"、"朱颜"和"东风"、"春水"构成了一组组彼此连接、回环叠加的物象，把作者对人世无常的慨叹淋漓尽致地烘托出来。

（三）韵味无穷

文学意境，从审美心理效应上说，应是能激发人们驰骋想象，超越具体的物象乃至意象、情境，飞升到奇幻美妙的艺术审美空间，体味领悟言外之意、弦外之音、味外之旨、韵外之致的艺术境界。《虞美人》中的李煜在清冷的月光照耀之下倚栏远望，回首韶华，纵是年年花开、岁岁月圆也掩不住物是人非、亡国败家的伤痛，"何时了"、"知多少"、"应犹在"、"几多愁"包含着作者无尽无休的怅恨之情，由此读者可以超越作者为我们所营造的意境，在更高的层次上体味到变数无常、人生如梦之感。所以说意境就如同一扇大门，引导人们从现实的物象或意象出发，又超越特定的物象或意象，在更高的审美层次上感悟人本身，从而对人生的终极意义和生命本体价值做出思考。

三、意境的分类与创造

对意境的分类既可以从创作主体的情感介入方式的角度，也可以从接受主体的审美情感体验的角度进行区分。就前者而言，分为有我之境和无我之境；就后者而言，则有"滋味"与"诗品"之说。

（一）有我之境与无我之境

这是清末王国维在其《人间词话》中就创作主体情感与意境形成的关系所提出的一对重要概念，并以欧阳修《蝶恋花》的词句与元好问《颖亭留别》的诗句为例做出了简要阐释。

欧阳修的"泪眼问花花不语，乱红飞过秋千去"为我们描绘出一位情意深沉的女子伤春的情景，透过泪水模糊的双眼问春花，春花却默默无语，只有被狂风吹落的片片红花，漫天飞过秋千而去。

这情中有景、景中有情的意境便是有我之境，是诗人的身影显现在意境中，诗人的审美情感投射在景物之上而呈现出来的意境，是"以我观物，故物皆著我之色彩"（王国维语），而且有我之境多采用拟人的手法，使景物人格化、情绪化。

有"金元诗冠"之称的元好问的"寒波澹澹起，白鸟悠悠下"则用近乎白描的手法让宁和微澜的水波、轻跃活泼的鸟儿构成了一幅平淡无奇却又充满诗情画意的自然图景，这就是王国维的"无我之境"，即诗人隐遁于情境之外，借景写情、情寓景中，不露声色，不着痕迹，含蓄而隐曲地传情达意，是"以物观物，故不知何者为我，何者为物"（王国维语）。

当然，无我之境并非真的"无我"，只不过情与景更加自然和谐，主客体之间似在不经意间不期而遇，妙合无垠，了无痕迹，使诗境愈加自然天成。"无我"实为"忘我"。

（二）钟嵘的"滋味说"与司空图的"二十四品"

钟嵘认为只有"使味之者无极，闻之者动心"的作品才是"诗之至也"。最好的诗必然是"滋味"浓厚、深远之作。

后来晚唐诗评家司空图继承了钟嵘的"滋味"说以及以人品论诗的旨趣，以"味外之旨"、"韵外之致"为追求，从接受主体的审美情感体验的角度，将诗歌的艺术意境区分为二十四品：雄浑、冲淡、纤秾、沉着、高古、典雅、洗练、劲健、绮丽、自然、含蓄、豪放、精神、缜密、疏野、清奇、委曲、实境、悲慨、形容、超诣、飘逸、旷达、流动。总的来看，这二十四品从不同侧面丰富和充实着司空图含蓄不尽、意在言外的诗歌美学主张。

由此我们也可以看出，作为重要的文学范畴，意境无论对创作还是对欣赏都有着极其重要的意义，创造意境也成为抒情性文学作品创作的核心任务，意境创造的主要方法与途径用一句话来说就是虚实相生、化情为景。

　　清代文艺理论家刘熙载在其《艺概》一书中说道："山之精神写不出，以烟霞写之；春之精神写不出，以草树写之。故诗无气象，则精神亦无所寓矣。"这短短几句话可谓道出了意境创造的真谛：以实写虚，寄情于景。而李白《送孟浩然之广陵》中的后两句"孤帆远影碧空尽，惟见长江天际流"和《西厢记》崔莺莺"长亭送别"的起首句"碧云天、黄花地、西风紧、北雁南飞，晓来谁染霜林醉，总是离人泪"，一是通过帆之"孤"、影之"远"以及漫流天际的长江水来烘托出诗人依依不舍的离别之情；二是用萧瑟凄清的景物与环境反衬出女主人公悲凉和愁苦的心境，它们都堪称"以实写虚，寄情于景"的典范。

　　总而言之，情为虚，景为实；景为实，境为虚。实便于观照，虚有所体味。所以在意境的创造过程中既要以实写虚，化虚为实，又不可过实，全无兴寄，亦不可过虚，难以领会。而要给读者预留想象的空间，让读者调动和运用自身的审美经验去感受和体味。

　　【知识盘点】　文学形象　熟悉的陌生人　文学典型　环境　典型环境　宏观环境　微观环境　典型化　意境　有我之境　无我之境思考题

　　【随堂练习】

　　1.作为审美创造产物的文学形象具有哪些特点？

　　2.试论典型环境与典型人物的相互关系。

　　3.什么是典型化？应该如何理解文学典型的创造方法和过程？

　　4.什么是意境？意境的基本特征是什么？

　　5.试比较意境分类中的"有我之境"和"无我之境"。

　　6.试举例说明虚实相生、化情为景是意境创造的主要手法与途径。

第八章　文学的体裁

【章前导读】　文学体裁又称文学样式，是文学文本由于塑造形象的不同方式，语言运用及结构形式等方面的差异而形成的具体表现形态，是以语言为媒介的审美载体。

一方面，文学体裁是在文学的历史发展中逐渐形成、不断丰富的；另一方面，文学体裁的丰富与发展反过来又满足了人们文学欣赏的多样性需求。

文学作品的外在形态历来多种多样，划分方式也难归一，本章从文学体裁的宏观含义去把握文学的外在形态分类，采用体裁分类的五分法，即按照诗歌、散文、小说、戏剧和影视文学来区分文学体裁，探讨文学作品构成的宏观规律，阐述不同体裁的文学作品在艺术形象的塑造、作品结构的安排、文学语言的运用乃至篇幅格式容量等方面的不同特点和规律。

第一节　文学体裁的划分

文学体裁是在人类的文学活动实践中形成并逐步完善的。中国古代文论关于文学体裁的自觉探讨，大约始于魏晋南北朝时期，西方文论中与体裁相近的 Style 一词就出现更晚。但无论中外，把文学体裁作为一门独立学科来研究，都是 20 世纪的事情。

由于中西文学发展的实际状况不同，理论家对文学文本进行体裁划分时依据的标准不一，因此文学体裁的划分呈现出多样性与相对性的特点。

一、文学体裁划分的多样性

在文学体裁的发展历史上，比较有影响的划分方法有二分法、三分法、四分法和五分法。

二分法是我国古代传统的分类法。它主要依据文学作品的语言是否合韵而将其分为"韵文"与"散文"两大类。刘勰在《文心雕龙·总术》中称有韵者为"文"，无韵者为"笔"。这种方法在古代相当流行，从五四新文学运动以来，逐渐被学界冷落，今天已不大采用。

三分法是西方古老而又流行的一种文学体裁分类法。它主要依据文学作品描述对象与塑造形象的方式不同，把它们分为叙事类、抒情类和戏剧类三种。一般认为，三分法最初由亚里士多德提出，对后世影响较大。"五四"前后传人中国。

四分法是我国"五四"以来流行的一种文学体裁划分方法。它依据文学作品塑造形象的方式、语言运用及结构体制等方面的不同，把它们划分为诗歌、小说、散文和戏剧文学四大体裁类型。随着社会的发展和文学的演进，新的文学样式不断产生，出现了一些四分法难以包容的新体裁，于是人们又在上述四大体裁类型之外，列出了以影视文学代表的边缘文学体裁，这就是"五分法"。

其实，这些不同的分类方法都是一定历史条件下的产物，既有各自所长，亦有各自所短，我们不可简单地做出优劣分别。但是，五分法更符合文学发展的实际状况，本书采用五分法对文学作品体裁进行分类讲述。

二、文学体裁划分的相对性

文学体裁划分的相对性有两层含义：其一，无论哪一种分类方法，它划分出的各类文学作品之间并非泾渭分明地各自独立着，而是交融互渗，你中有我，我中有你。其二，社会在发展，文学也在发展，新的文学体裁也会在不断演进的过程中推陈出新，因此文学体裁的划分不可能凝固不变。

理解文学体裁划分的相对性，有利于我们在把握每一文学体裁的质的规定性时，不把其绝对化，看到不同体裁间的共同性，从而看到它的历史变化。

第二节 诗歌

诗歌是人类文学活动中出现最早的文学样式，而且最初并不具有独立的形态，是诗、乐、舞三位一体的。尽管在漫长的历史发展中，诗体格式不断演变，但诗的本性未改，它始终以自己特有的审美追求和表达方式独立于文坛。可以说，诗歌是一种感情强烈、想象丰富、结构跳跃、语言富有节奏和韵律、高度凝练地反映社会生活的文学体裁。

一、诗歌的基本特征

（一）感情强烈，想象丰富

任何文学作品都蕴涵着情感因素，但诗歌与小说、散文和戏剧文学等相比，其情感的表达显得更突出、更强烈。这既是诗的根源，也是诗的内涵。《诗大序》言："诗者，志之所之也，在心为志，发言为诗。情动于中而形于言，言之不足，故嗟叹之；嗟叹之不足，故永歌之。"这是对《尚书·尧典》中"诗言志"的明确阐释。"诗言志"这一"中国论诗的开山之纲领"（朱自清语），被历代诗人和诗论家所认同。白居易这样理解诗:"诗者,根情、苗言、华声、实意。"郭沫若则干脆说:"诗的本职专在抒情。"外国的诗人也有同样的认识。华兹华斯提出:"诗是强烈感情的自然流露。"高尔基认为:"真正的诗永远是心灵的诗,永远是心灵的歌。"完全可以说,没有情感就没有诗人,也就没有诗。

然而,情感又是不具形的,诗歌要以具体生动的艺术形象来抒发情感,就必须借助于想象。因此,蕴涵强烈情感的诗歌又必然富于丰富的想象。艾青曾把想象看做诗人最重要的才能。柯勒律治认为,诗歌创作就是"通过想象力变更事物的色彩而赋予事物新奇的力量。"

正由于诗歌重情感和想象,因此反映社会生活时就不能作细节的描写和充分的叙述,而把丰富的生活内容经情感的浓缩和想象的处理,借凝练的语言高度集中地反映出来。比如,台湾当代著名诗人余光中的《乡愁》,借丰富的想象抒发了浓郁而沉重的乡愁,包含了人生经历丰富的生活内容,可全诗仅80来字。

（二）结构富于跳跃性

诗歌情感的强烈、想象的丰富,决定它不可能依据事物发展的先后顺序和时空转换的客观动态来结构作品,只能遵循情感、想象的逻辑,打破时空的限制,把人物、事件、意象、图景作主观动态的组合。因此,诗歌的结构就具有跳跃性特征。比如,唐代诗人张若虚"孤篇横绝"的《春江花月夜》,开篇以写景始,"春江潮水连海平,海上明月共潮生……"继而发出人生短暂的慨叹,"人生代代无穷已,江月年年望相似……"进而想到美好月景下的无数思归游子的痛苦,"今夜谁家扁舟子,何处相思明月楼……"终而在更广阔的空间展开想象,以抒情自慰:"斜月沉沉藏海雾,碣石潇湘无限路。不知乘月几人归,落月摇情满江树。"全诗以月为线索,以情为中心,把想象的跳跃、视野的跳跃、时空的跳跃融入心理空间的跳跃之中,构画出一种恬静悠远的优美意境,充分体现了诗歌的结构特征。

（三）语言的音乐性

在各种文学体裁中,诗歌特别注重语言的音乐性。这也是诗歌生来的天性。诗歌语言的音乐性是其节奏、韵律和声调的综合体现,这样读起来朗朗上口,听起来悦耳动听,给人以回味悠长的美感。可以说,音乐性既是诗歌外在形式的要求,也是内在情感表达的需要。

朱光潜谈到诗歌的语言特点时说:"在叙述语中事尽于词,理尽于意;在惊叹语中语言是情感的缩写字,情溢于词,所以读者可由声音想到弦外之响。换句话说,事理可以专从文字的意义上领会,情趣必从文字的声音上体验。诗的情趣是缠绵不尽,往而复返的,诗的音律也是如此。"并以《诗经·采薇》中的"昔我往矣,杨柳依依。今我来思,雨雪霏霏"四句为例,说将之译成现代散文,就是"以前我走的时候,杨柳还正在春风中摇曳;现在我回来,天已经在下大雪了",诗的原意虽在,但诗的情致已没了踪影,"义存而情不存,就因为译文没有保留住原文的音节。"

二、诗歌的分类

按照不同的划分原则和标准，可以把诗歌分出多种不同的类型。

依据诗歌描述内容及表达方式的侧重不同，诗可以分为叙事诗、抒情诗和象征诗。叙事诗借助于故事情节的描述和人物形象的塑造来抒发情感，抒情诗则借助于景物描写和意象创造来抒发情感，象征诗则侧重以象征、暗示的方式来寄寓诗人的人生感悟及哲理意蕴。

依据诗歌语言的音韵格律和结构特点，诗又可以分为格律诗、自由诗和散文诗。格律诗是一种字句整齐、对仗工整、用韵严谨的诗体，其主要形式有律诗及其变体绝句，还有词、曲等。自由诗是相对于格律诗而言的，它没有固定格式，字数、行数、句式、用韵都比较自由灵活。它主要指"五四"以来打破格律诗的镣铐后用白话写成的诗。散文诗也是一种变体，是诗的内涵与散文的语言形式相结合的产物。

第三节　散文

散文是我国又一古老的文学样式。但是，古代多是将它与"韵文"相区别而讲的，不是我们今天所说的散文。因此，朱自清在新文学运动中专门撰文区别了"散文"的多种含义，特别析出了"与诗、小说、戏剧并举"的"或称白话散文，或称抒情文，或称小品文"的散文。这样的散文具有与诗歌、小说等其他常见文学体裁不同的独立品格。它是一种选材范围广泛、注重抒写真实感受、结构自由、篇幅简短、手法多样、语言精炼的文学体裁。

一、散文的基本特征

（一）选材范围广泛，抒写真实感受

应该说，任何文学作品的创作都具有广泛的选材范围，但与散文相比总多少有所限制。没有一定矛盾冲突的事件难入剧作家笔端，没有情节性的题材也不为小说家所取。散文的选材无所不包，天文地理、风土人情、思古访旧、感时述怀，尽收散文家的笔底。正像现代作家周立波所说，散文选材"真正广泛到极点，举凡国际国内的大事，社会家庭的细故，掀天之浪，一物之微，自己的一段经历、一丝感触、一撮悲欢、一星冥想，往日的惶悚，今朝的欢快，都可以移于纸上，贡献读者。"

其实，散文选材的广泛性，又是与它抒写作家真实感受的美学追求密切相关的。一般说来，散文总是写真实的人、事、物和真实的感受，而少有小说的虚构、诗歌的夸张、戏剧的渲染。著名散文家吴伯箫说："说真话，叙事实，写实物、实

情，这仿佛是散文的传统。"刘锡庆则称散文"是写作主体的情感史、心灵史，是作者生命的律动和心灵的裸现，是作家灵魂的栖息地和精神寄居家园。"想一想我国文学史上那些散文佳作，如诸葛亮的《出师表》，柳宗元的《捕蛇者说》，范仲淹的《岳阳楼记》，归有光的《项脊轩记》，方志敏的《可爱的中国》，魏巍的《谁是最可爱的人》，哪一篇不是抒写自己的真情实感？

（二）结构自由，篇幅简短

散文的结构没有严格的限制和固定的模式，完全依据作者表情达意的需要去谋篇布局。可以由一件小事生发开去，驰骋想象，控纵自如；放得开、收得拢；又可以结构严密，井然有序，张弛相间，首尾照应。然而，散文自由灵活的结构都是为强化作品的主题服务的，是一种形"散"而神聚的结构。因而，散文的篇幅一般都比较简短，少则百来个字、几百个字，长则也不过是几千字。

（三）手法多样，语言精练

散文的表现手法自由多样，作家尽可以从自己的创作实际出发，调动多种表现手段来表达自己的真实感受。既可以采用诗歌创作的比兴、拟人与象征、写意，又可以像小说那样写人叙事、绘景状物、议论抒情，还可以像戏剧文学那样写人物的对话，也可以借用影视文学的蒙太奇技巧来对比、烘托。

散文的语言也独具特色。抒写真实感受的要求，篇幅短小的限制，多样表现手法的运用，使得散文作品的语言显示出自然而凝练的特点。

二、散文的分类

散文的分类方法也是多样的。最常见的是按照作品的描述内容及表现方式的不同，将其分为叙事散文、抒情散文和议论散文三大类。

叙事散文借写人叙事抒发作者的真实感受，表达自己的思想情感。其主要的作品样式有报告文学、人物传记、回忆录、游记等。抒情散文大多借状物绘景抒发作者的内心情感。其常见的作品样式有小品文和一部分随感、杂谈。议论散文主要以议论、说明的方式阐释事理，传达作者的感受和思想。最常见的作品样式是杂文、随笔等。

第四节　小说

小说的出现晚于诗歌、散文。一般认为，小说萌芽于古代神话，历经演变发展，成了当今文坛影响较大的文学体裁样式。"小说"一词在中国最早出现于《庄子·外物》："饰小说以干县令，其于大达亦远矣。"后来，《汉书·艺文志》又称："小说家者流，盖出于稗官，街谈巷语、道听途说者之所造也。"这些见解尽管与今天的"小说"内涵有一定距离，但已经注意到小说不同于诗歌和散文的特点：故事性与虚构性。以今天的眼光看，小说是一种以人物形象刻画为中心，注重故事情节的叙述和具体环境展现的文学样式。

一、小说的基本特征

传统文学理论教材中，小说的基本特征几乎都讲了这样三点：多方面地刻画人物形象，完整复杂的故事情节叙述，具体充分的环境描写，并把人物、情节和环境称为小说的三要素。这是对小说最基本特征的概括，符合小说的实际，我们不再阐述。这里只想结合小说的发展状况，在此基础上论述以下两点：

（一）情节虚构的合理性

小说一诞生，就显示出自己特有的虚构性特点，无论最初的神话传说，还是最早对小说的理论认识，都突出地显示了这一点。然而，读者明知小说展示的是一个虚幻的世界，可是为什么那样如痴如醉地被吸引呢?原因就在于这种虚构的合理性。英国小说家福斯特在《小说面面观》中，关于"国王死了，不久王后也死了"与"国王死了，不久王后因伤心也死了"的比较，可以说是对情节虚构合理性之"理"的一种阐述：遵循逻辑之理。而欧洲著名小说家米兰·昆德拉对小说的理解，则进一步深刻地揭示了小说情节虚构之理"就是去发现唯有小说才能发现的东西"，这就是人的"具体存在"，亦即人的"生命世界"。他认为，小说不研究现实这种既成事实，而是研究一种尚未实现既而即将实现的可能性。换句话说，小说情节虚构的合理，不在于是否符合现实的既定事实，而在于是否对于个人命运具有决定意义。

其实，回想一下我们读过的小说，那些优秀的作品，其情节的构成何不是与人物命运息息相关的呢?而有的作品一味追求故事的离奇，忘记了与人物命运的关系，尽管可以轰动一时，但不能在文学史上久传。

（二）文体运作的自由灵活

在所有文学体裁中，数小说的文体运作方式最为自由灵活。它既可以用诗的文体来写"诗体小说"，用散文的文体作"散文体小说"，用戏剧文学的文体写"戏剧式小说"，又可以在小说中直接插入诗歌、散文、日记等多种样式的作品，甚至写成"日记体""书信体""辞典式"的小说。同时，小说叙述视点的多样变化，也是直接影响其文体运作呈现自由灵活的重要原因。若从文体学的角度来审视文学体裁，大概没有哪一种体裁的文学作品能够像小说这样自由灵活地进行文体创造。因而，韦勒克、沃伦认为，小说作为一种独立的文学体裁趋于成熟之后，"作品中还仍然存在着诸如书信、日记、游记（或'假想旅行记'）、回忆录、17世纪式的'人物描写'、小品文以及舞台喜剧、史诗和传奇等'简单类型'的痕迹。"

二、小说的分类

小说分类的标准也有多种，分类结果也复杂多样。最流行的分类方法是根据作品容量的大小、篇幅的长短及结构上的特点，将其划分为长篇小说、中篇小说、短篇小说和微型小说。一般说来，小说的容量是由人物多少、故事情节的复杂情况、环境展示的广阔与否来确定的；篇幅长短以字数为参照，结构则以情节线索的安排为依据。区别这四种小说类型时，我们应以容量为主，辅以篇幅和结构特点而作出综合判断，且不可机械呆板地以字数多少来确定。

第五节　戏剧文学

戏剧文学是戏剧艺术的重要因素之一。它主要是供演员在戏剧舞台上表演而存在的，而不像诗歌、散文和小说那样，只是供读者的阅读接受而存在。因此，戏剧文学的创作就必须考虑舞台表演的时空限制，适应戏剧艺术舞台性、直观性及综合性的要求。这就决定戏剧文学具有区别于其他文学体裁的独特属性。而我们在把握戏剧文学的特殊性时，也必须从这些制约因素的影响出发。

一、戏剧文学的基本特征

我国的戏剧文学是在诗歌、散文、小说都发展到相当成熟阶段后才诞生的，同时也是适应接受大众对原来以打斗歌舞为表现手段的戏剧艺术的欣赏期待的提高而出现的。因此，它既吸纳了诗歌、散文和小说等文学体裁的基本表现技巧，又突出了适宜于戏剧表演的艺术要求，从而形成自身的特殊性。

（一）分场分幕，高度集中地反映生活

戏剧表演要受到时间与空间的限制，戏剧文学的创作就不能像其他文学作品（尤其是小说）那样自由地进行时空转换，它必须高度集中地浓缩生活，使作品内容能够在有限的演出时间和舞台空间中展现出来。为此它只能减少人物活动的场所，缩短人物活动的时间，加快矛盾冲突的进程，力争在有限的篇幅、较少的场景和较短的时间内反映尽可能丰富的社会生活内容。而分场分幕的结构方式，正好适应了戏剧文学高度集中地反映生活的需要，这种特殊的艺术结构制约着作家必须把不同时间、不同场景里发生的事集中在同一时间和场景。这是戏剧文学的一大鲜明特色。

早在古希腊时期，亚里士多德在《诗学》中就强调戏剧文学要注意"动作和情节的整一"。16世纪意大利的卡斯特尔维屈罗对《诗学》作了翻译和诠释，进一步发挥了亚氏的观点，提出戏剧中情节、地点和时间须保持各自的整一性。17世纪法国古典主义戏剧理论则明确提出了"三一律"的原则。这些都是为了强调戏剧文学必须高度集中地反映生活。但是古典主义者把"三一律"绝对化，奉为戏剧创作的圭臬，走到了极端，这种态度是不可取的。

其实，我们随意举出一部戏剧文学作品，都可以看到这一鲜明特征。曹禺的《雷雨》把前后三十年的事集中在二十来个小时、两个场景里展现出来；郭沫若的

《屈原》则把主人公三十多年的悲剧历史浓缩在一天里。

（二）戏剧文学语言具有特殊的重要性

戏剧文学语言由舞台提示和人物语言——台词两部分构成。但前者主要是为舞台演出所作的说明，靠舞台设计、演员表演体现出来，而不直接传达给观众，观众观看过程中所获得的语言信息只剩下了台词。因此，和其他文学体裁（特别是小说）相比，戏剧文学中的台词就成为刻画人物性格、展示剧情进程、揭示作品主题、表达作家情感倾向的基本载体，从而显示出自身的特殊重要性。正是基于此，高尔基才特别强调："剧本（悲剧和喜剧）是最难运用的一种形式，其所以难，是因为剧本要求每个剧中人物用自己的语言和行动来表现自己的特征，而不用作者提示。"

台词在戏剧文学中的特殊地位和作用，决定了戏剧文学对人物语言的特殊要求：即个性化、动作性和富有潜台词。个性化的人物语言，不仅是显示人物的年龄、性别、职业、地位、教养和情趣特征的语言，而且是。人物在特定的情境，在与其他人物的相互关系中必然发乎心、吐乎口的语言。正如李渔在《闲情偶记》中所要求的："说一人，肖一人，勿使雷同，弗使浮泛。"这样，才可能让观众听其言，知其人，见出人物的性格特点。人物语言的动作性，就是要求人物台词必须体现一定的思想意向和行动目的，不仅能够与人物必然的动作相适应，而且又能揭示人物复杂的心理活动，引起行动上的强烈反响。其实，戏剧文学中人物语言的个性化和行动性总是相统一的，因为这些特点都根于人物的性格。黑格尔曾经指出："能把个人的性格、思想和目的最清楚地表现出来的是动作，人的最深刻方面只有通过动作才见诸现实，而动作，由于起源于心灵，也只有在心灵性的表现即语言中才获得最大限度的清晰和明确。"

戏剧文学语言要富有潜台词，就是要求人物台词明朗动听，便于演员"上口"，易于观众"入耳"的同时，又要力避直白、单调、了无余味，从而做到含蓄、深邃，给观众留下回味的余地，并为剧情的发展作好铺垫或埋下伏笔。戏剧文学语言的以上特点是相互联系的一个整体，我们可以从莎士比亚、易卜生、曹禺、老舍等著名剧作家的作品中体味到，感受到。

（三）戏剧冲突是戏剧文学的生命线

所谓戏剧冲突，是指人物行为动机之间的尖锐矛盾纠葛、意志对抗或人物性格的内在矛盾。与一般的叙事性文学作品相比，戏剧文学创作更需要把人物与人物、人物与自我之间的矛盾冲突集中化、尖锐化。黑格尔说："因为冲突一般都需要解决，作为两对立面斗争的结果，所以充满冲突的情境特别适宜于用做剧艺的对象，剧艺本是可以把美的最完满最深刻的发展表现出来的。"甚至还有戏剧家讲，没有冲突便没有戏剧。只要我们读一读莎士比亚的《哈姆雷特》或曹禺的《雷雨》，就能够更深刻地体会到戏剧冲突之于戏剧文学的重要性，即使荒诞派戏剧的代表作——贝克特的《等待戈多》，也依然充满着人物内心难以调和、消解的矛盾与困惑。

戏剧冲突之所以在戏剧文学中这样重要，关键仍在于戏剧演出的时空限制。戏剧文学要适应舞台演出的需要，既能在有限的时空中表现丰富的生活内容、刻画丰满的人物性格，又能紧紧吸引观众的注意，具有强烈的艺术感染力和震撼作用，就不能像小说那样从容舒缓地展开情节，而必须集中强化矛盾冲突，加快剧情的进展，力避拖沓、松散和"冷场"。

当然，以上讲述的戏剧文学的基本特征，主要是就传统戏剧创作而言的，而西方现代主义戏剧，特别是荒诞派戏剧，由于象征、变形、淡化情节等艺术手法的运用，显示出明显的反传统倾向。因此，我们在把握这类戏剧文学作品的基本特征时，一定要作具体分析，不可机械地死搬硬套。

二、戏剧文学的分类

按照不同的分类标准，可以把戏剧文学分成多种类型。比如，按其容量的大小，可以分为多幕剧、独幕剧；按其表现形式的不同，可以分为话剧、歌剧、歌舞剧和地方戏曲；按其题材的时代差异，又可分为历史剧、现代剧。但最流行、最有价值的分类方法，则是按戏剧冲突的性质不同，将其分为悲剧、喜剧和正剧。

悲剧一般展示比较严肃的、具有深刻社会意义的戏剧冲突，而且常常以正义力量在邪恶势力面前的暂时失败而告终。悲剧中的主人公一般是值得肯定、赞扬、学习和同情的正面人物，甚或是伟大的英雄人物，他们往往为自己献身的某种正义的事业而遭受磨难、不屈不挠，甚至献出生命。悲剧给观众带来的是深沉的悲壮感、激越感，给人以强大的鼓舞力量。恩格斯曾把悲剧的性质概括为"历史的必然要求和这种要求的实际上不可能实现之间的悲剧性冲突。"鲁迅以最简练的语言称："悲剧是将人生有价值的东西毁灭给人看。"这都是对悲剧特征的高度概括，我们可以结合《被缚的普罗米修斯》《罗密欧与朱丽叶》《雷雨》等典范剧作加深理解。

喜剧与悲剧相反。它一般用讽刺、嘲笑的手法展示生活中邪恶、落后势力不识时务而必然失败的结局。其主人公多是被人们否定或者具有性格缺陷的人物，习惯称之为丑角。喜剧的艺术效果，突出地表现为"笑"，它能够带给观众一种轻松、幽默或滑稽感。鲁迅称"喜剧将那无价值的撕破给人看"，概括了喜剧的基本特征。像影响较大的世界喜剧名作《伪君子》《温莎的风流娘儿们》《钦差大臣》和《救风尘》《望江亭》，都鲜明地体现出这些特征。当然，以上都是就传统喜剧而言的，现代喜剧中有的恰恰描写生活中的美好事物，塑造值得人们赞扬、肯定的人物，而借助夸张、误会、巧合等艺术手法和人物机智幽默的语言给观众带来笑声。这样的喜剧，一般称之为轻喜剧或抒情喜剧。如《李双双》《锦上添花》等。

正剧是近代戏剧的重要形式之一，它是传统悲剧和喜剧因素的有机融合的结果，所以又称"悲喜剧"。正剧既可以描写严肃重大的社会生活事件，也可以写日常生活；主人公既可以是英雄人物，也可以是平凡的人，因此给读者和观众的感染作用也是多方面的。正剧理论形成较晚，一般认为，最早对介乎悲剧和喜剧之间的第三种戏剧作出理论概括的是18世纪法国的狄德罗，他把这第三种戏剧称为"严肃喜剧"。稍后的博马舍又接过这一理论，并称之为"严肃戏剧"。

第六节　影视文学

在传统文学体裁诗歌、小说、散文和戏剧文学之外，还有许多边缘文学体裁，比如，影视文学、小品剧本、说唱文学等。它们既有和传统四大体裁密切联系的一面，又有自身的独特之处。这里仅就其中影响较大的影视文学作一介绍。

影视文学是适应电影艺术和电视艺术迅猛发展的需要而产生的，今天，成为这两大综合艺术不可缺少的文学基础。电影于1895年诞生于法国，至今也只有100多年的历史；电视于1936年诞生于英国，作为一门艺术的历史更短。然而，影视艺术特有的传播方式却具有极大的优越性，已经成为最普及、最大众化的艺术门类。而专门为影视艺术提供文学基础的影视文学的创作，也就因受影视艺术制约而呈现出独有的特征。

一、影视文学的特征

（一）鲜明的视觉性

影视艺术是通过映现在银屏上连续不断的活动画面来塑造艺术形象的，它直接诉诸观众的眼睛，是主要供观众看的"视觉艺术"。尽管也有语言和音乐诉诸观众的听觉，但这些只是辅助手段。因此，影视文学借助语言所塑造的艺术形象就必须能够转化为具体可视的银屏形象，以便于导演、演员及其他影视制作人对剧本艺术形象的把握和处理。正如前苏联著名电影艺术家普多夫金所言："编剧必须常记住这一事实，即他们所写的每一句话将来都要以某种视觉的、造型的形式出现在银幕上。因此，他们所写的字句并不重要，重要的是他们的这些描写必须能在外形上表现出来，成为造型的形象。"如何能够达到这一要求，使影视文学具有视觉性呢？

首先，避免对人物事件的概括叙述。概括叙述是小说常用的表现手法，但在影视文学里就无法搬上银（屏）幕，不能提供视觉形象。比如，张贤亮在小说《灵与肉》中，写到文革初期造反派要揪斗许灵均时，是善良的放牧员机智地保护了他，但用的是概括叙述语言。当李准改编成电影剧本《牧马人》时，则把小说中的概括叙述变为"许灵均的小土屋""董宽老汉家里""分场办公室里""马圈里"等多个场景中人物的具体活动过程。

其次，人物对话力求凝练，要善于通过人物丰富、鲜明的动作描写来刻画人物性格，揭示内心世界，推动情节进展，深化作品主题。小说《灵与肉》写到许景由和儿子许灵均三十多年后相见时的感受，主要是通过父子的对话完成的。而电影剧本却突出了人物的行动：

> 许景由对灵均说："灵均，你走两步给我看看。"
>
> 灵均不解地走了两步。
>
> 许景由感叹地抚摸着他的肩膀，又使劲地握着他的手："要是在街上，
>
> 我可是认不出你了！"……忽然又把许灵均抱住，重声喊着："儿子！儿子！……"

（二）蒙太奇的结构方式

蒙太奇原是法语中 m。ntage 的音译，本意为建筑学上的"组合""装配"，后被引入电影艺术中，成为它特有的结构手法，意谓影片镜头的剪辑与组合。早期电影并没有自觉的蒙太奇结构追求，蒙太奇理论成熟于20世纪30年代的苏联。当时的普多夫金、爱森斯坦、库里肖夫等电影艺术家，都在电影创作中尝试通过镜头、场面的组合，产生连贯、呼应、悬念、对比、暗示、联想等艺术效果，表达单个镜头所没有或不够鲜明的情绪或观念。比如，普多夫金曾把一个无表情的女演员的面部特写，分别与一盘汤、一具女尸和一个玩玩具的小女孩三个镜头组合起来，结果观众可以从这个演员的脸上看到了沉思、悲伤和愉悦微笑的三种不同表情。后来，电视艺术也采用了这种艺术手法。所以，我们可以这样概括：蒙太奇是影视艺术特有的结构手法，用它来处理镜头的连接和段落的转换，构成一部结构严谨、情节生动、节奏鲜明，并能充分表达意蕴，具有强烈艺术感染力的片子。

蒙太奇的结构方法是多种多样的，如对比式、交叉式、平行式、叫板式、物件式、对话式、联想式、象征式等。影视艺术家尽可以根据题材处理和艺术表达的需要自由选择。

影视艺术结构手法的特殊要求，制约着影视文学创作也必须遵循蒙太奇的结构规律。否则，影视剧本就难以适用于导演、演员及制片人的艺术创作。因此，常见的影视文学的结构样式多是分节并标出序号，甚至标明每节的场景，如《牧马人》共分88节，每一节一个场景，作者都清楚地标示出来了；也有的只分节而不标序号，或分节标序号但不标明场景；还有的分章、分节。尽管样式多样，但都有一个共同点：每个场景都分开写了，节与节之间，场景与场景之间，就是靠着蒙太奇手法有机地联系一起来，从而成为一个艺术整体。

当然，由于电影艺术与电视艺术传播媒介和接受方式的差别，肯定造成电影文学剧本与电视文学剧本各自的特殊性，比如题材的选择与处理、篇幅的长短、情节的安排，两者均有不同的要求。但剧本创作追求视觉效果和采用蒙太奇结构手法，则是它们共同的基本特征。

二、影视文学的分类

　　影视文学的分类，理论界目前尚无通行的观点，有待深入研究。有人着眼于剧本的艺术特性，把影视文学分为三大类：艺术类、移借类和半艺术类。艺术类是指以审美追求为主要价值的狭义影视剧本，其文学性强；移借类是指那些借助于影视手段进行传播的以真人真事为基础而创作的影视剧本，其新闻宣传性强；半艺术类是指那些艺术纪录片、科教片脚本以及某些电视专栏节目。这种分类法，是就广义的影视片脚本而言的。如果就狭义的影视文学而言，电影文学可分为故事片剧本、传记片剧本和美术片剧本；电视文学分为单本剧剧本、连续剧剧本和系列剧剧本。

　　【知识盘点】　文学体裁　二分法　三分法　四分法　五分法　诗歌　散文　小说　戏剧　文学　"三一律"　影视文学　蒙太奇

　　【随堂练习】

　　1.诗歌有哪些艺术特征？

　　2.散文有哪些艺术特征？

　　3.小说有哪些艺术特征？

　　4.戏剧文学有哪些艺术特征？

　　5.影视文学有哪些艺术特征？

第九章 文学的传播

【章前导读】　在文学活动系统中，文学传播是必不可少的重要一环，它是一种重要的文学现象，体现着重要的文学规律。长期以来轻视甚至忽略文学传播及其研究的现象必须改变。

重视文学传播研究的主要原因在于文学作为一种社会活动有其内过程和外过程。文学的创作与欣赏属于各自相对独立的内过程，前者是作家文学活动的内过程，后者则是读者文学活动的内过程，它们共同组成了一个有机互动的整体，而要把它们连接起来，构成一个完整的社会活动，就必须有外过程的参与，就必须通过文学传播才能实现。

本章将通过分析文学传播的机制与功能，逐一剖析几种主要的文学传播方式，并了解文学传播的一般规律，这对完整地掌握文学活动的全过程，对未来从事文学编辑、出版和管理工作都具有十分重要的意义。

第一节 文学传播的机制与功能

一、文学传播的含义

（一）从文学活动的全过程来看

文学是一个完整的社会实践活动，包括作家、读者、批评者和研究者等不同主体，因此文学传播就成为借助一定的社会渠道，连通作家与读者的中介环节，例如民间歌手在街头的演唱、文学沙龙中的新作朗诵。

（二）从文学生产与消费过程的角度来看

我们知道，文学活动具有物质生产和精神生产的双重属性，那么出于连通文学生产者和消费者的机制、手段和渠道的需要，文学传播又是文学产品物质形态的生产流通过程，即文学出版物的出版与发行。

（三）从文学作品作为人类文化信息的历史存续来看

文学作为人类极其宝贵的精神财富和历史遗产，是世代相传的；同时，不同国家和不同民族之间的交流在很大程度上是通过文学交流来实现的。就此而言，文学传播同时兼指文学作品时间上的传承和空间上的扩散，其中包括文学作品的注释和翻译，校勘和索引等重要环节。例如我国古代对"四书五经"的注释。

综上所述，文学传播是指文学作品创作完成后借助一定的载体，运用一定的技术手段，通过一定的社会渠道扩散与存续，以达到扩大影响、实现阅读的目的。与一般传播不同，文学传播虽然在表现形式上是一种由传播者与传播媒介两种根本要素组成的传播活动，是一个把文学作品从作者手中传递到读者眼前的简单过程，但是在本质上却有两层互相联系的含义：一层是指文学内部的传播，即文学作品主要作为一种具有审美价值的创造物在这一过程中的文学形象建构、物化的物质手段、作品的存在等；另一层是指文学外部的传播，即文学作品主要作为一种具有意识形态价值的特殊的精神生产产品、一种具有劳动价值的特殊商品在这一过程中的出版、发行、销售等活动以及渗透到这些活动中并影响它们的经济、政治等各种因素。

二、文学的传播载体、传播方式与传播渠道

文学传播的规律要求我们必须确定文学传播的研究对象，文学传播的研究对象指的是文学传播的要素。一般来讲，文学传播的要素包括文学传播的物质形态、技术手段和机构制度三个方面。我们可以从文学的传播载体、文学的传播方式以及文学的传播渠道来具体分析和理解。

（一）文学的传播载体

文学的传播载体是指文学作品得以记载和传播的物质外壳，它是文学作品的外在形式，既规定了作家的书写（记录）方式与读者的阅读方式，同时还影响到文学作品的传播方式与传播渠道。

文学的传播载体经历了漫长的发展演变过程，主要包括口语、简牍、绢帛、纸张、电子模拟和电子数字。

（二）文学的传播方式

文学的传播方式是指文学传播的技术手段，它取决于传播载体，又与传播渠道有关，同时还会影响到传播范围与传播效率。以口语时代的文学传播活动为例，口语这一物质载体决定了语音（人声）的传播方式，因此原始文学的传播大多体现为口耳相传的语音传播。

文学的传播方式主要包括语音传播、书写传播、印刷传播和网络传播。

（三）文学的传播渠道

文学的传播渠道是指文学传播的机构和体制，它与传播管理相关，以保证文

学传播的顺利进行和文学传播效果的实现，同时还会影响到文学的接受心理。

文学的传播渠道主要包括人际关系传播、商业发行传播和大众媒体传播。

三、文学传播的职能

完整意义上的文学活动其实包含着文学创作、文学传播与文学接受三个环节。只有具备了载体、方式和渠道要素之后，文学传播的职能才能开始发挥作用。简而言之，文学传播的职能大致包括发表、流通和检选三个方面。

（一）文学传播的发表职能

文学传播的发表职能有其产生和发展的过程。

最初文学作品的创作与发表职能是一体的，均由作者一人承担，因为那时的创作大都是即兴的、随口而出的，同时又是集体的、众人应和的、乐在其中的。

随着社会的发展，文学的内容日渐丰富，形式日渐讲究，文学创作逐渐从其他社会意识形态中独立出来，文学的审美价值功能愈加得到重视。于是开始有了专门的艺人（例如说书人）朗诵收集来的（也可能有他们自己创作的）史诗、故事、传说、诗歌，从而使创作与发表的职能逐渐分离，作家与作品也开始出现分离趋向。

笔墨出现之后，文学作品的书写记录又使原来合而为一的发表与欣赏逐渐分离；而造纸术、印刷术的产生及其在文化领域的普及应用，令文学作品的发表更加专业化、职业化。

（二）文学传播的流通职能

社会分工的发展催生出了职业的文学家，文学作品创作与发表的专业化和职业化，实现了它的产业化；文学不仅具有精神生产的属性，而且开始具有物质性商品的属性。从此，文学传播不仅担负文学作品内在载体（即语言信息流）的发表职能，而且开始担负文学作品外在载体（如书籍等印刷出版物、光盘等电子出版物）的物流派放的商品流通职能。

（三）文学传播的检选职能

文学作为社会意识形态，其社会影响力是不容忽视的。深知"水可载舟，亦可覆舟"道理的社会统治阶级自然会从维护和实现其阶级利益的角度出发，利用手中的权力，建立一定的检选体制，实施对文学、文化乃至社会整体的控制。在文学传播领域内对流通渠道进行控制，要比对文学活动的内过程（即文学创作和文学欣赏）进行控制更容易实现。

四、文学传播的作用

我们知道，文学是人类社会的特殊创造活动，人类文化的传承与积淀在很大程度上都是依靠文学传播来体现的，文学传播作为人类传播的重要组成部分，对整个文学活动的影响是十分巨大的，其作用主要表现在以下四个方面。

（一）实现文学活动从个人行为向社会行为的转换

文学活动是社会性的，但在文学传播实施前，严格意义上的文学活动基本上局限于作家的个人行为范围之内。只有随着作家创作活动的结束，作品进入传播过程以后，文学活动才突破了作家个人行为的范围而进入社会交往的领域，由此文学活动也才实现了从个人行为向社会行为的转换，完成了文学活动从内过程向外过程的过渡。

这一转换和过渡具有十分重要的意义，它是文学活动产生社会影响、实现社会价值的前提，也是使文学成为名副其实的社会现象，获得完全社会意义的不可缺少的一步。

（二）实现文学活动从生产活动向消费活动的转换

文学既是人类的审美创造活动，也是人类重要的精神生产活动，因此它必然具有人类生产活动的一般属性，即必须进入消费过程才能完成其价值的转换与实现。文学产品作为一种特殊的产品，包含着两个层次的价值转换和实现，而这一过程必须通过文学传播来实现。一方面文学作品必须经过发表，到达读者手中，被阅读和欣赏，其精神价值与社会功能才能实现；另一方面文学作品作为物质性产品又必须进入流通领域，发生购买行为，其产品价值和经济效益方可兑现。

因此，文学传播无疑是文学活动从生产活动向消费活动转换的不可或缺的重要一环。

（三）社会管理机制的介入

文学活动一旦变为一种社会行为，就会产生或强或弱，或隐或显，或直接或间接，或积极或消极的社会影响，这使得政府的统治与管理职能显得尤为必要。作为统治者的政府在文化管理的过程中，一定会力图按照本阶级的意识形态，利用权力对文学实行检选职能对文学的社会作用施加影响。而作为管理者的政府对文学的社会管理一般是在文学传播的过程中实现的。

（四）导致传播媒介与传播对象以及创作主体与接受主体之间的互动

传播媒介（文学传播的物质载体）与传播对象（文学作品的语言信息流）的相互作用共同构成了文学传播，而在具体的文学传播过程中，它们二者的相互作用与结合方式是不同的，而且也促进了传播媒介与传播对象各自的发展。比如在口语传播阶段，在以自然人声为载体的前提下，传播内容和传播媒介是紧密结合的；到了书写阶段，传播媒介需要一定的附加物，如纸张笔墨等；而到了印刷传播阶段，附加物则要求得更多，如排版、印刷和装订等。

与此同时，借助文学传播，文学创作主体与接受主体之间的互动也得以实现。关于这一点请参见文学欣赏章节的相关论述。

第二节　文学的口头传播

一、文学口头传播方式的产生与发展

　　文学的口头传播，是指以口头语言为主的口耳传播方式。它始于原始社会口语的产生，当语言代替动作成为人们日常交流的工具时，文学的口头传播方式随之产生。文学的口头传播方式主要经历了两个阶段，同时也促成了它的两种主要形态的产生：一是不经过书写记录的单纯的口头传播，二是经过书写记录的附加的口头传播。

　　在原始社会，文学实际上是人类先民内心情感的直接宣泄，因此脱口而出，口头发表是必然的；而且原始文学是唱和的结果，也就是"集体创作"，它是即兴的，当然也就是口头的。这种单纯的口头传播方式主要是为了唱给或讲给自己听的，因此不需要经过书写记录。在这种情形之下，文学创作、文学传播和文学接受与欣赏基本上是在同一时间、同一空间进行的，传播者往往就是作者本人，传播范围也在口耳之间。

　　随着社会的进步和文学的发展，文学功能日渐丰富，除了宣泄情感以外，教育后代和传承文化愈加受到氏族部落首领和长者们的重视，并主要以神话、史诗、传说为"传讲"教材；后来氏族部落中那些能说会道、善于表演的人逐步崭露头角，开始专门担负起"说讲"的角色，职业"说书人"由此而生，"话本"这种书写记录的形式也出现了。此时，文学传播者与作者不但发生了分离，而且同一部作品可由不同的人传播，文学创作开始与文学传播和文学接受保持一段距离，传播范围也就相应地扩大了。

　　在书写记录出现之后的漫长历史进程中，口头传播并未消亡，其主要原因大致有两点：第一是过去多数人不识字，文化教育水平与今天不可同日而语，而书写工具过于昂贵使口头传播在很长时间里都是一种非常重要的传播方式；第二是文学口头传播具有天然的多媒综合特性，现场性与表演性合一，图、文、声、像并茂。所以，时至今日，文学的口头传播方式仍然为很多老百姓所喜闻乐见。

二、文学口头传播方式的机制与特点

　　作为最早出现的文学传播方式，文学的口头传播也是最贴近人本身的，由于社会生产力的低下和物质财富的匮乏，利用人体本身的发声功能传递信息显得准确而方便。所以文学口头传播方式的机制就是以自然人声为传播载体，以现场的口耳相传为传播方式，以集体唱和或集会演唱为传播渠道的。

　　这也就决定了文学口头传播方式现场性、表演性、仪式性和感染性的特点。

　　以口语为主的文学传播方式凭借的是自然人声的口耳相传，所以多半是近距离、面对面的，言说者和听众之间往往能够达成一种现场感极强的交流，而且这种传播方式也必须依赖这样的现场性才能很好地得以实现。

在文学的口头传播方式下,"说书人"扮演着创作者和传播者的双重角色,在传递信息的同时也在加工信息,所以除了依靠声音之外,常常需要像演员一样,充分调动自身的面部表情、身体姿态以及其他一切可以利于模仿和描述传播对象和内容的因素和手段,以达到传情达意的目的,表演性的特点自然凸显出来。

我们知道,原始文学不仅起源于原始人的生产劳动过程,而且与其崇拜祖先、膜拜神灵的活动密不可分,在这种具有浓厚的宗教和祭祀色彩的集体活动中,口头传播方式获得了很大的表现空间,有着鲜明而强烈的仪式性,这也赋予了口头传播方式的凝聚力和震撼人心的独特感染力。

三、文学口头传播方式的影响与作用

文学的口头传播方式(尤其是不经过书写记录的单纯的口头传播)对文学创作、接受与欣赏都产生了巨大的影响与作用:

第一,口头传播方式的机制与特点促使文学作品大多是直抒胸臆、脱口而出的即兴之作,内容往往单纯、率真、朴素、自然。例如《诗经·郑风·子衿》:"青青子衿,悠悠我心。纵我不往,子宁不嗣?青青子佩,悠悠我思。纵我不往,子宁不来?挑兮达兮,在城阙兮。一日不见,如三月兮!"寥寥数句就把一个女子在城楼上等待心上人时那渴望而又焦灼的心情生动直接地刻画出来。

第二,自然语音瞬间即逝,作品载体不定型,"说书人"(以及其他非职业的传诵者)可以任意发挥、改编,传播的内容具有明显的"传承—变异性",这是民间文学、口头文学的基本特征之一,具体表现为一个作品往往存在多种版本。例如"牛郎织女"的故事不仅流传于中国民间,像韩国等东亚其他国家也有类似的美丽传说,只是内容细节有很大不同。

第三,自然语音的瞬间即逝,对口语信息的保存和积累只能依赖信息接受者即时的理解力和记忆力,听众对信息获取也呈现出瞬间性的特点,这使这一时期的文学作品除口语诗歌外,基本是以神话、传说、史诗为主,它们共同的特点是:故事形象生动、结构简单,事件与人物描写都是粗线条的,重要的内容和关键人物的特点总是不断重复,篇幅通常也较为短小,便于记忆和讲述,有助于人们理解和接受。例如古希腊的《荷马史诗》就是源于流传希腊民间口头创作的短歌,后由盲诗人荷马加工整理而成,诸如阿喀琉斯、俄底修斯这样的英雄人物及有关的神话故事与传说均体现出上述特点;又如我国三大史诗之一的藏族史诗《格萨尔王传》,尽管整体规模宏大(120余部,100余万行,是世界上最长的史诗),但从作品本身角度而言,无论是结构、故事情节还是人物塑造,都可以看出口头传播方式对文学的巨大影响。

第三节　文学的书写传播

一、文学书写传播方式的产生与发展

文字的出现是人类传播发展史上的一个重要里程碑，它使文学书写传播方式的产生成为可能。

文学的书写传播方式有两种类型：一种是用文字记录传播中的文学作品，即先传播，再书写，例如我国古代的乐府诗歌，汉代的乐府作为统治者直辖的音乐机关，一个重要的工作便是采集业已流传的民间诗歌，以便于统治者从那些"感于哀乐、缘事而发"的歌谣中"观民俗、知薄厚"。另一种是用文字记录创作中的文学作品，即先书写，再传播。我们今天大多数的作家创作都属于这一类型，文学书写传播方式主要指的也就是这一类型。

文学书写传播方式的形成与发展受到了多方面因素的影响，归纳起来主要有以下几点。

（一）书写工具的易用性

即书写工具对人们来说是否容易掌握和使用。在古代，书写工具与我们现在的书写工具差异巨大，从最早的龟甲、竹简、丝帛到后来的纸张，书写工具不断趋于轻便和易学易用，书写难度的降低大大促进了书写传播的发展。

（二）书写工具的普及性

这不仅指书写工具的应用和普及，也指人们对书写工具费用的可承受力的问题。书写工具在其发展之初是十分昂贵的，超出了人们日常生活的消费能力。试想，在人们穿衣尚且停留在麻质阶段之时，以用细丝织成的绢帛为书写工具显然会制约书写传播的普及。

（三）文字的简易性

文字的发展历程是一个由简到繁，又由繁到简的运动变化过程，从最初以简单的符号记录为主的结绳记事到书画同源、结构复杂的象形文字，后来又由于文字普及的需要，文字结构开始朝简化的方向发展。从先秦的大篆、秦朝的小篆，到汉代的隶书，而后到唐代的楷书，直到今天我们普遍采用的简体字，文学的书写传播方式不断得以革新与进步。

（四）文化教育的普及程度

文化教育的普及经历了一个漫长的发展过程，在很大程度上也左右着文学书写传播方式的发展。

（五）文学作品的文字量

书写工具是否简单易用、文化教育的普及程度，反过来又大大影响着文学作品的文字量。

二、文学书写传播方式的机制与特点

我们知道，文学书写传播方式的产生是以文字的出现为前提的。如果说，语言的产生使人的思想感情得以抒发传达，那么文字的产生则使抒发传达出来的思想感情便于积累汇聚和传播交流，而不再局限于口耳相授。因此，文字的产生对文学的书写传播方式机制的形成具有极其巨大的文化意义。

文学书写传播方式的机制就体现在它使文学的造型手段第一次从单纯听觉的变为综合视听的；文学的意义信息从流动的、瞬时的语言接受变为固定的、可重复的视觉读取，以帮助人们强化印象和加深理解。

与文学的口头传播方式相比，文学的书写传播方式具有以下基本特点：

一是载体的物质性。相对于声音而言，文字载体的物质性更强。

二是信息的稳定性。信息载体的物质化使文学的意义信息更趋稳定，便于作者的修改与读者的保存。

三是创造者、创造物、传播者、接受者的相互独立。与口头传播方式相比，书写传播过程中的信息创造者、被创造出来的信息以及信息的传播者和接受者都从紧密结合、不分彼此的状态向日趋分离和各自独立的方向演化。

四是信息载体的单一性。与口头传播方式所具有的现场性、表演性等特点不同，文字书写传播方式并不是图、文、声、像并茂，而是单一地运用文字符号，其他形象性因素主要是依靠读者自身的想象获得的，并非文字本身所给予的。

三、文学书写传播方式的影响与作用

文学的书写传播方式不仅极大地拓展了文学活动的范围和空间，更对文学的内容与形式造成了直接而明显的影响。

一方面，作品有了固定的可视性载体，便于作家在创作过程中反复推敲，精雕细琢，使作品结构富于变化，情节愈加丰富曲折，人物刻画日益深入细致，心理描写更加准确细腻，这些都推动了文学创作的发展与成熟；而从阅读的方面来讲，读者也可以反复吟咏、品味，深度参与"二度创作"，获得更为丰富和深刻的审美感受，从而更加充分地释放出作品的审美价值含量。

另一方面，书写工具使用的技巧性、价格的昂贵以及教育的普及程度等，又极大地限制了人们参与文学创作与享用文学作品的范围，促使书面文学走向贵族化、精英化，这在书写传播方式形成之初占据着主导地位，而当时广大劳动人民主要还停留在创作和欣赏口头文学的阶段。

此外，书写传播方式还使文学从"唱"与"演"的直接形象感受中彻底分离出来，传播方式的单一性促使文学逐渐开始确立其作为"想象性艺术"的美学特征，从而与其他艺术独特而鲜明地区别开来。

第四节　文学的印刷传播

一、文学印刷传播方式的产生与发展

文学印刷传播方式的出现是以印刷术的发明与应用为契机的，并成为此后人类主要的传播方式，至今仍然有着重要的影响。

文学的印刷传播方式的发展，按照制版方式的不同，可以分为雕刻制版印刷（亦称雕版印刷）、活字制版印刷和电子制版印刷三个阶段。

雕刻制版印刷在我国是从公元前已有的印章捺印和公元5世纪出现的碑刻拓印发展而来的，到唐朝已经应用得十分普遍。

活字印刷是由我国宋朝的毕昇首创的，是我国古代四大发明之一，它经历了泥活字、木活字、金属活字几个发展阶段。伴随着机器工业的发展，制版效率、印刷速度和质量都得到了不断的提高。今天的印刷工艺十分多样，如印刷方式有凹版、凸版和平版等，印刷材料有油印、水印、胶印等。

电子制版印刷是随着现代电子技术，特别是计算机技术的发展与普及而产生的。这一时期，由于排版的数字化处理、激光扫描、整页拼版和图文混排等技术的应用，编辑、出版、印刷更加密切配合，而印刷制版与远程数字传输技术的结合，较好地实现了异地同步的印刷与发行，这些都大大推动了印刷传播的发展。

二、文学印刷传播方式的机制与特点

文学印刷传播方式的机制就是用制版印刷的手段达到批量复制的目的。

如果说书写传播方式所追求的是"留得久"，那么，印刷传播方式所追求的则是"传得广"。而且也只有"留得久"，才能"传得广"，因为孤本或者说小批量的印刷品是很容易亡佚的。这也是今天许多古代十分珍贵的文献典籍散失殆尽、无处可寻的重要原因之一。

制约批量复制的因素主要是制版与印刷、装订的速度与效率，因此，制版技术与印刷、装订的机械化程度就成为印刷传播方式发展的关键。

与文学的书写传播方式相比，文学的印刷传播方式在许多方面都体现出明显的不同，有着自身的特点：

第一，简单复制性。与文字书写的手抄复制相比，印刷传播的复制更为简易、方便和高效。

第二，批量性。由于印刷传播方式的复制简易性使大批量产出成为可能。

第三，商品性。由于简易的复制性和庞大的批量性，商品性日益凸显，单位造价的降低和利润空间的形成使文学印刷传播本身成为有利可图的产业，文学作品的产品价值二重性得以实现。

第四，产业性。文学印刷传播方式在商品利润率的带动下促进了整个印刷产业的兴起和发展。

三、文学印刷传播方式的影响与作用

文学印刷传播方式所特有的批量复制的机制和随之而来的一系列特点对文学的创作与欣赏都产生了重要影响。

首先，高效率和大批量所带来的低价位不仅使商人有利可图，也有利于书面文学接近平民，令其逐渐认同平民的审美趣味；同时，与书写传播方式的鼓励短篇幅相反，印刷传播方式本能地鼓励长篇幅。篇幅短小的诗歌总要结集刊行就是一例；又如中国小说与戏剧在宋元时期开始成熟，于明清之际由剧场艺术发展为案头文学并蔚为大观，这除了市民阶层生活和趣味的影响之外，文学印刷传播方式对市民潜在的消费需求的迎合与满足也是不可忽视的重要原因。

其次，大量的印刷与发行带来了或大或小的经济利益，凸显并强化了文学作品价值的二重性。文学出版物所具有的商品属性，一方面，导致作品的出版发行产业化；另一方面，作家有了稿费收入，从需要政府或赞助人资助的"专业"作家，变成了以稿费为生的"职业"作家，成为自由职业者。

最后，印刷传播方式的商业化又派生出了文学传播的多种传播渠道，如图书租赁（19世纪英国的图书租赁体制曾大大降低了长篇小说的消费起点）、报刊连载（19世纪英国著名作家狄更斯的作品风行一时和我国当代武侠小说泰斗金庸先生的成名皆得益于此）以及各类公立图书馆低廉甚至是免费的借阅。在这种多样化的文学传播渠道的推动下，文学的创作与欣赏从此进入了一个全新的阶段。

第五节　文学的网络传播

一、网络文学出现的历史必然性

文学的网络传播方式的出现与网络文学的兴起是一体化的，研究网络文学出现的历史必然性是理解和把握文学网络传播方式出现的一把钥匙。这种必然性主要来自以下四个方面。

（一）人类信息多媒融合的历史必然性

网络传播的出现是以多媒体计算机和互联网技术为基础的，"信息"具有主观与客观的二重性。一方面，信息描述的客观世界本来就是"多媒"的，是图、文、声、像的综合，是平面与立体、静态与动态的统一；另一方面，接受信息的主体的感觉器官也是"多媒"的，主体在历史文化中已经生成了整合外部信息的心理结构——媒体蒙太奇，在艺术欣赏过程中这常常表现为通感思维的利用。例如对杜甫的著名诗句"两个黄鹂鸣翠柳，一行白鹭上青天"的鉴赏往往与人自身对色

彩、声音、动作的心理感知的整合分不开。

人类信息的多媒融合，不但是技术发展的必然趋势，更是人类审美意识与人性自身完善的必然要求。从人类的原始文学活动（特别是诗乐舞合一的说唱文学）中，我们也能深深地体会到"越是多媒的就越是自然的"的道理。

（二）文学传播数字网络化的历史必然性

在文学传播从口头传播、书写传播到印刷传播的发展过程中，真正的文学诞生了，然而这是以牺牲绝大多数人的参与权（主要是发表传播权）为代价的。此后，文学传播一直努力为绝大多数人恢复这一权利，印刷传播一方面以其巨大的发行量在这条权利"回归之路"上向前迈进了一大步，但印刷传播时代出版发行体制的树状结构只能有限度地（主要是作品的享用权）恢复这一权利，另一方面却更严格地将绝大多数人拒绝于发表园地之外。随着网络传播时代的到来，这一努力目标终于得以实现。对文学的网络传播来说，数字化是手段，网络化才是目的；网络的网状结构又使网络上的每一个结点（即终端计算机）获得了平等地位，它既是信息的接受者，又是信息的发送者，这就为每一位坐在终端计算机前的人同时享有作品的享用权和作品的发表权提供了硬件平台。

所以，文学传播数字网络化是文学人性化的发展趋势，也是文学历史发展的必然性要求。

（三）多媒体数字文学的经济学分析

仅从经济学的角度来考虑，文学的网络化传播是十分有意义的：文学资源的共享，丈量印刷设备和纸张的节省，运输仓储、出版发行及销售费用的降低等诸多方面都体现出其不可忽视的经济效益。

（四）高技术与高情感——当代文艺发展的大趋势

现代高科技创造了让人们高度参与文学活动全过程的机会，而高度参与恰恰是当代文艺发展的大趋势。从风靡全世界的卡拉OK带给人们的自我实现感和当代行为艺术对人们现场参与感的极大满足，我们都可以得出这样的结论：审美的高峰体验正是来自于审美创造的直接参与。

二、文学网络传播方式的机制与特点

文学网络传播方式的机制指网络化的大众传媒机制。如同影视文学必然受到影视传媒特点的影响一样，网络文学作为网络数字化媒体的伴生物，也必然会被打上这一特殊媒介形式的烙印。文学网络传播方式的主要特点表现在以下几个方面。

（一）科学模拟

科学模拟是指通过建立数学模型、物理模型和计算机模型实现对对象的存在状态的动态模拟和对外部信息的智能反馈。

它本身似乎和文学的网络传播方式没有什么直接关系，但它却是一切网络传播方式的基础，也是其他网络传播方式特征的前提。

（二）多媒融合

多媒融合是指利用多媒体计算机技术，将图、文、声、像等媒体要素有机结合起来，以达到更加生动逼真地呈现事物形貌特征的目的的表现手法。

多媒融合是网络文学的突出特点，如果运用得当可以大大增强网络文学作品的表现力。

（三）远程传播

远程传播是指利用计算机网络技术在互联网上实现文学作品的跨区域瞬时传播。

远程传播是文学网络传播的主要优势之一，能够提高文学作品的传播速度，扩大传播范围。

（四）实时交互

实时交互有两层含义：一是指借助事先编辑的计算机程序，进行本站或异地的人机对话（类似于计算机游戏或网络游戏）；二是指利用计算机网络技术，在互联网上实现单媒的（文字或语音）或多媒的（如可视电话）人际对话。

实时交互是文学网络传播的主要优势之一，能够极大地提高文学创作与阅读欣赏的参与性和互动性。从技术的角度来讲，作家可以开放其写作过程，读者可以随时了解作家的写作及修改过程，随时发表评论，替作者出主意；在作者授权的条件下，读者甚至可以改写、续写作者的作品；作家可以随时了解有多少人已经读过和正在读自己的作品，读者的反应如何等重要信息。这样的情景在一定程度上与原始人共同创造史诗与传说的活动有许多相似之处。

三、网络铺设"大众化"之路：从代表大众到大众参与

文学网络传播方式的网络化大众传媒机制带来的直接后果就是普通人参与文学活动的机会空前增多；它的间接后果之一就是我们呼唤了多年的文学大众化，有可能凭借互联网实现。

（一）创作自由的机制与参与的可能

"大众化"的努力与追求经历了从"写大众"到"大众写"，从代表大众到大众参与的发展过程，完成这一转变的基本条件就是计算机网络这一大众传播新媒体的出现。

但机制只提供可能性，创作自由的机制与实际参与的现实之间是存在距离的；需要每一个人发掘自身的资质，努力去拉近乃至消除这一距离。

（二）发表自由的机制与作者的自律

作家莫言在《作家畅谈网络文学》中说："所谓网上文学跟网下的文学其实也没有什么根本的区别。如果硬要找出一些区别，那就是：网上的文学比网下的文学更加随意、更加大胆，换言之，就是更加可以胡说八道。"话说得虽然有些绝对，但问题是存在的。目前的网络文学正处于蓬勃发展之中，发展势头虽喜人，但芜杂随意、良莠不齐等情况也令人堪忧。

因此，无论从历史还是从现实的角度，自由与自律从来都是对等的，网络文学要发展就必须学会在自律中获得自由。

（三）出版自由的机制与行业管理的必要

自由与自律是对等的，自律与他律也应是并重的。有关网络伦理的话题已经讨论多时，而网络法规也在不断的完善之中，因此加强网络管理势在必行。

有效避免一管就死、一放就乱的恶性循环问题，关键在于：发表自由机制的保持与必要的行业管理的加强，而这既需要理论的深入研究，也需要对文学的网络传播本质与特征有理性的认识。毕竟，自由之剑是需要理性之手去秉持的。

【知识盘点】　文学传播　文学的传播载体　文学的传播方式　文学的传播渠道　文学的口头传播方式　文学的书写传播方式　文学的印刷传播方式　科学模拟　多媒融合　远程传播　实时交互

【随堂练习】

1. 试论文学传播的结构与功能。

2. 为什么要重视文学传播的研究？

3. 文学的书写传播方式有哪些重要的影响与作用？

4. 文学的印刷传播方式有哪些重要的影响与作用？

5. 文学网络传播方式的机制与特点是什么？

第十章　文学接受

【章前导读】　"文学接受"一词是随着20世纪六七十年代德国"接受美学"的兴起而广泛流传的。文学接受被认为是涵盖了传统意义上的文学欣赏，而又比欣赏更为丰富、复杂的一种积极能动的阅读和再创造活动，它以文学文本为对象，以读者为主体，在审美经验基础上对文学作品的深层意蕴、价值、属性或信息进行主动选择、占有与扬弃。"接受"包容了欣赏，欣赏不能包容接受。因为"接受可以指明更广大的研究范围，也就是说，它可以指明这些作品和它们的环境、氛围、作者、读者、评论者、出版者及其周围情况的种种关系。因此，文学'接受'的研究指向了文学的社会学和文学的心理学的范畴"。

学习本章内容，要从以下几点入手：理解文学接受的含义，并掌握文学接受的意义；掌握认识主体、审美主体、阐释主体三者的功能、作用与意义；深入了解文学接受的过程。

第一节　文学接受的意义

文学接受理论尽管在体系上正在不断完善，然而它的出现无疑是文学活动与文学理论上的一次革命，意义是巨大的。

在哲学意义上，文学接受论以"实践本体论"为哲学基点、出发点，首次强调了读者参与文学活动实践的地位、作用、意义。马克思深刻地指出："一个存在物如果在自身之外没有对象，就不是对象性的存在物"，"非对象性的存在物，是一种非现实的，非感性的，只是在思想上的即只是虚构出来的存在物。"可见，失去读者参与的作品，只是"非对象性的存在物"，失去了文学活动中的任何意义。拉丁文的"接受"（Keceptio）不仅含有接纳、收受之意，而且还表示主动、占有的行动，"文学接受"不仅意味着读者主体精神的解放，还高扬了读者主体活动创造性的旗帜，体现了人的本质力量显现的确证。

在文学阅读活动意义上，文学接受论使传统的单边阅读欣赏、单边创作活动二者有机融合起来，提出了作家"第一主体"、读者"第二主体"概念，在两大主体的双向交流活动中，突破了传统的"作家中心论""赏玩心理说"，在更大范围内，更高层面上，通过"接受"，使静态的作品空间存在变为动态的时间存在，使读者由被动的阅读、接纳变为主动参与占有、创造，在读者主体手上最终完成作品价值的实现。

在文学理论建构创新意义上，文学接受论突破了传统的"鉴赏论"范畴，它包容了"鉴赏"这种审美化的活动，更广泛地指向一切作品的审美与非审美的一切方面；既有愉悦状态下的审美"赏玩"心理，也有诸多隐态下的接受反应行为（包含准审美与非审美对象）。换言之，它更重视对接受主体与对象之间整体性把握及复杂关系的探索。这样，促进了文艺理论研究领域的扩大、对象的丰富，实践的创新。

从作家"第一主体"与读者"第二主体"的关系来看，文学接受论首先阐述了"两大主体"的互动关系与共同实现文学作品价值的新视角。

一、文学接受与文学创作的互动关系

一般地看，文学接受论打破了传统意义上的文学活动以作者创作活动为主的局限；而更深层的意义在于它还彻底颠覆了传统意义上的对创作与作品文本的理解，即创作不再是孤立的单向过程，作品也不再是完全独立、客观的对象。作者在创作中离不开特定的"接受"因素制约，作品则是一个多层面未完成的图式结构。创作与作品都离不开读者接受的参与，才能最终共同完成文学活动，是一个"作者（作品）接受者"双向交流、互相影响、制约的动态过程，而作品生命则存在于一代一代接受者的接受长链中。它们的互动关系有以下表现：

首先，"第一主体"在文学创作的主要阶段（环节），都离不开"第二主体"接受因素的影响制约。

（一）创作取材、选材阶段

作者在特定的创作动机指引下取材、选材，不是自己的任意率性行为，更非空穴来风。特定的动机，固然是作者主观灵感所产生，但从深层次看，产生这样而非那样的主观动机，却是深藏在作者心中的"拟想读者"在干预，在牵引；在潜在地指导、规范作者的创作思想。作者总是会考虑特定读者群的接受需要而决定相关材料取舍的，巴金的作品之所以在20世纪三四十年代中国青年读者中获得强烈共鸣，一个重要原因是他处处考虑青年读者，把心交给作品接受对象："我是把自己的情感放在书上，跟书中的人一同受苦，一同受考验，一块儿奋斗。"赵树理则明确表态："至于故事结构，我也是尽量照顾群众的习惯。"可见，创作的第一步就有接受的介入。

（二）创作构思阶段

作者构思的基本内容，举凡叙事作品的情节安排，形象设计，表现角度选择；抒情作品情景关系，意象、意境、塑造；乃至抒情节奏、音韵、辞藻选择，都离不开作者心中"隐含读者"因素的制约影响。如读者爱好、情趣会影响作者构思的基本体裁结构、情节安排，前引赵树理表态还有："群众爱听故事，咱就增强故事性；爱听连贯的，咱就不要因为讲求剪裁而常把故事割断了。"中国作品与西方作品的诸多创作风格特点不同，究其实是中西文学接受者的阅读心理、审美习惯不同，如中国读者喜欢"故事"，悲剧多是平凡人物，最后讲究"大团圆"，而西方读者喜欢英雄"悲剧"，壮烈悲剧结局。可以说中西作者在构思当中，就已经潜在地和不同文化背景下的"隐含读者"对话，把他们视为沟通、倾诉对象，作为劝喻、理解对象。这样，创作中就已有接受因素，并直接影响中西作品的不同风格、不同内容特色。

（三）创作"物化"阶段

作者把构思中酝酿成熟的作品内容转换为文学符号，即把"胸中之竹"化为"手中之竹"出创作成果的时候，同样存在着文学接受的影响，主要表现在"物化中"与"物化后"两个基本环节。

首先是动笔书写"形之于手"的"物化中"环节，作者不仅一直在与潜在接受者精神对话，而一且深入地看，作者自己就是其作品的"第一读者"，即他一边写一边在接受，更重要的是，他这个"第一读者"不是一般意义上的个体，而是代表一个读者接受群体，代表（或模拟）他们的观念、情趣、习惯、爱好，然后实现作家与读者两大主体的精神对话。

其次是"物化后"即作品创作结束环节，此时更是现实读者接受正式全面启动、介入之时，他们积极主动地参与文本重建，包括意义建构与解构、文本正读或误读。总之，他们成为创作文本价值的最终实现者，也是文学创作的"第二主体"。

从文学接受角度看，文学接受的基本环节始终不能脱离文学创作的作品基础和引导。

第一，从接受的发生环节看，接受的前提基础是作品文本，创作的内容直接诱发接受的产生。作品是接受的客观依据。梁启超说："我本蔼然而和也，乃读林冲雪天三限，武松飞云一厄，何以忽然发指？我本愉而乐也，乃读晴雯出大观园，黛玉死潇湘馆，何以忽然泪流？"这里描绘的接受发生情感波澜，均由创作的形象对读者接受的诱导激发生成。

第二，从接受的发展环节看，读者的接受是个动态发展的过程，这个过程的规范制约，总不能离开创作作品的范围，无论是艺术形象的欣赏判断、艺术意境的玩味推敲，还是语词技巧、表现手法。都会给文学接受者以具体的接受规范，而且对接受的艺术形象往往是定性的最终制约，如欣赏接受的是《小二黑结婚》，小二黑、小芹的形象绝不能演变为别的形象。

第三，从接受的高潮"共鸣"环节看，"共鸣"基础在于接受者同作品之间的思想情感的交融、汇合、共振。一般地说，没有作品就没有共鸣基础，接受就成了无源之水，无本之木。深入地看，共鸣实质上是创作主体与读者主体在思想情感层面上的交流、沟通、共振，是作品实现自身价值的重要途径。林黛玉听《牡丹亭》唱词，心痛神痴，与杜丽娘艺术形象的巨大魅力分不开；而后人读红楼，为林黛玉洒泪悲怀，还是红楼文本内容的巨大魅力。

总之，创作与接受，是整个文学活动作为一个整体的两个紧密联系的阶段，也是并列的"两大主体"。创作影响接受，规范接受；而接受反过来也影响创作，制约创作，更重要的是成为推动创作的内在动力之一。正如马克思指出的"艺术对象创作出懂得艺术和能够欣赏美的大众——任何其他产品也都是这样。因此，生产不仅为主体生产对象，而且也为对象生产主体"。作为接受主体，当然地受到作品"对象"的美学熏陶，使艺术修养不断提高，因而形成一定的接受水平，这是任何一个作家都不敢回避、轻视的。作家只能会更投入十倍百倍精力去创造艺术精品，去满足接受群体的精神需求，从而促使整个文学活动的良性互动，共同发展。

综上所述，文学接受与文学创作，是相互联系、相互包含、互为条件、共同发展的互动式关系。从突破传统观点的创新意义上看，更多地要关注文学接受对文学创作的推动、影响作用，即作者创作要适应接受的规律，要适应特定接受对象的要求，更要适应欣赏接受水平提高了的读者群体的要求。这三个适应，突出地强调了文学接受在整个文学活动中的巨大作用与意义。

二、"二度创作"下的文学实现

"二度创作"是相对于作者"一度创作"而言，也称"再创造"。从文学接受的终极意义上看，任何文学作品的价值只能实现于读者在阅读接受中的"二度创作"之中，正如产品价值体现在消费者之，中一样。这里有两层意义：其一，未进入接受审美视野的作品，严格说是一种"潜文本"，它的社会意义、审美价值都是可能意义上的，只有经过接受者审美、准审美以及非审美等多种方式接受、理解、容纳、占有并进行各具特色的"二度创作"后，作品文本才变成"现实文本"，作品也才能确证自身的存在。马克思深刻地论及"产品在消费中才得到最后完成。一条铁路，如果没有通车，不被磨损，不被消费，它只是可能性的铁路，不是现实的铁路"，"产品不同于单纯的自然对象，它在消费中才证实自己是产品，才成为产品"。其二，文学作品的价值并不完全等同于物质消费，它是精神性的而非纯消耗性的物质，唯其如此，接受者对作品文本的接受非但没有对作品构成什么损耗，反而在精神性的接受过程中，焕发出具有巨大活力的"二度创作"（再创造），为作品不断添加新的艺术生命力，从而与作者一起共同完成作品。正如尧斯强调的那样："一部文学作品，并不是一个自身独立，向每一时代的每一读者均提供同样观点的客体。它不是一尊纪念碑，形而上学地展示其超越时代的本质。它更多地像一部管弦乐谱，在其演奏中不断获得读者新的反响，使文本从词的物质形态中解放出来，成为一种当代的存在。"

（一）"二度创作"的学理依据

"二度创作"无疑源于"一度创作"，它既是对"一度创作"的阐释、理解、接受，更是在"一度创作"基础上的填补、修改、创造。那么"一度创作"的作品是怎样给"二度创作"留下"未定点""艺术空白"而形成"召唤结构"的呢？

1. 作品思想内容具有多义性与多层次性

作品是一定时代社会生活的反映，它的生活容量、社会意义本身是丰富多样的；作品又是作者主体"观念"、主体思想倾向的载体，它蕴涵着作者的思想情感、心态意向、态度评价，它的审美价值倾向具有主体意识的丰富多样性。这两种丰富多样的内容，其多义性与多层次性，在主观、客观两个方面都会给读者的接受提供丰富多样的可能性，再加上不同的时代、社会、环境、心理、文化诸因素的变化，往往使作品本身及作者主体动机、意图在这种变化中折射出差别极大的表现，更加使"二度创作"有了接受选择的丰富自由度和广阔空间，文学接受史上有原本相对寂寞的作品走红火暴的，也有相反的。如清一代王船山著作尤其是诗文作品，一直湮没不彰，到了近代，由于各种社会的、文化的\时代心理的因素，船山遗书大行于天下。而一些在特定时代、特定区域畅销的作品，经不起历史的时代发展的汰选，在读者接受中渐渐受冷遇，终至"泯然众人矣"。如20世纪80年代的琼瑶言情作品，以"还珠格格"系列为例，一部轰动，第二部则勉为其难，第三部更让人缺乏接受的兴趣了。

2. 在作品的形象塑造上，更是接受者易于找到"未定点""艺术空白"的地方

如果说作品文本呈现一种开放性结构，那么，艺术形象更是充满了审美张力，向接受欣赏者自由开放的审美客体，它随时召唤读者能参与进来，以自己独具特色的二度创作去填补"空白"，"充实"未定点。无论是叙事形象还是抒情形象，都具有"形象的不确定性"。其一，文学是语言艺术，本身就有形象间接性特点，它不是直观的，而是依靠读者在领会语言意义的基础上，从自己的生活经验、审美经验出发，通过想象在大脑中形成的"假定性形象"；其二，作品中的形象不可能也不应该被详尽无缺地塑造出来，优秀的艺术形象正如齐白石论画那样："不似为期世，太似为媚俗，妙在似与不似之间"。形象总是"不似之似""不完整的完整"。即使是以描绘细致的叙事小说而言，它刻画的人物也只能突出重点，绘其神韵。林黛玉"闲静时如娇花照水，行动处似弱柳扶风"的形象，有多少"空白"处可以想象？贾宝玉"鬓若刀裁，眉如墨画，面如桃瓣，目若秋波"的形象，有多少"来定点"在呼唤读者进行"二度创作"？

3. 在作品图景描绘上也存在接受者进行"二度创作"的诸多"不定点""空白"

作者一枝笔要描绘各式各样的图景，只能一步一步地展现，只能一个角度、一条线索地刻画，要变换角度、剪接线索，总是要"花开两朵，各表一枝"的，于是这些情节线索之间、图景与图景之间，自然要依靠读者在阅读中以想象去填补空白，去使它们充实、确定、具体化。如当作者采用平行叙述手法，介绍"同一时间内"几处不同地点发生的事件、人物时，陆游《关山月》诗说"遗民忍死望恢复，几处今宵垂泪痕!""几处"提供了接受者丰富想象的广阔空间：在沦陷的北方中原大地，或是山川，或是平原，或是城镇，或是乡村，多少遗民期盼河山恢复!《水浒传》"智取生辰纲"一节中，明暗两条线索交汇，明线写杨志等人，自可接受明朗，暗线写吴用等人用计的具体画面，只能靠读者展开想象进行"二度创作"了。

（二）二度创作的具体实现

在作者"一度创作"的文本范围内，接受欣赏者在与作品的审美沟通交流中，受到作品诱发，投入自己的人生经验、审美经验，调动各种审美心理因素，对作品的思想内容、形象、隐含寓意等进行"二度创作"（再创作），从而使作品价值与自身创造价值融合，在"一度创作"与"二度创作"的交汇意义上，最终实现作品文本价值。

1. 对作品思想内容的理解、衍生、拓展、丰富

这是"二度创作"中最重要的环节。由于作品思想内容的多义性、多层次性，更由于接受主体各自的主观条件如文化修养、生活经验、审美情趣、欣赏习惯等不同，一方面，接受主体会根据自己愿望和社会需要，对同一作品思想内容作出不同的理解；另一方面，作品思想内容的多义性多层次性会切合特定时代社会需要的不同层面，去触发不同接受主体的不同审美敏感区、兴奋点，从而使作品的思想意义得到不同角度的开掘、探索。接受者们会各取所需，对其中的某种因素，加以突出强调，如此往往会衍生新的意义、价值，尽管时有孔见之叽，偏见之虞，但对于文本的"原意义"来说，它的种种"衍生义"无疑都是对"一度创作"的拓展丰富。文学接受史上，越是伟大的作品，这一类的"衍生义"越多，拓展越深刻丰富。《红楼梦》在不同的欣赏接受主体面前，它的思想内容表现得复杂多义："单是命意，就因读者的眼光而有种种：经学家看《易》，道学家看见淫，才子看见缠绵，革命家看见排满，流言家看见宫闱秘事……"而所谓"金学"的倡导者们，在对金庸武侠小说思想内容的接受中，有"成人童话世界"说，有"佛道哲理"说，有"侠者之风"说，有"悲剧意蕴"说，凡此种种对作品内容的衍生义，尽管在一定程度上带有实用主义意图，也都有一定的片面性，但都从各自不同的角度深化、丰富了作品的"原意义"，文学接受史上的"形象大于思想"著名现象，即是由于这种"衍生义"大大丰富甚至超越了"原意义"。曹禺《雷雨》

较深刻地揭露旧家庭旧社会的罪恶。却不能科学地来分析这一悲剧的社会根源，作者自己说过："说实在话，那时候我对阶级呀，半殖民地的社会性质呀，这样一些要领并不很清楚。"在许多文学接受者的阅读观赏中、品评分析中，《雷雨》主题内涵不断得到丰富，由原来作者要发泄"被抑压的愤懑"，批判"中国的家庭和社会"这个较朴素层面，跃升或复原、丰富到"社会"、"人生"意义，"让人感到腐朽的恶势力必然将死去而且非被埋葬不可"的重大意义层面。还有论者从"五四"以来人道主义、个性解放思想宏观视野，从妇女在旧社会的悲剧命运探索角度，从揭露浓厚封建性色彩的资产阶级家庭悲剧、半殖民地半封建社会悲剧等方面去衍生、拓展，极大地丰富了《雷雨》的思想内涵。

2. 对作品形象的复现、补充、改造、扩大

在接受主体的"二度创作"中，最富审美价值的恐怕是对作品形象的接受环节了。首先，读者根据作品提供的语言艺术形象画面，大致地"复现"特定的形象。在这一点上，"形象是确定的"，即形象的主要特点、作者表达的情感倾向是确定的，它大致规范了接受的范围和方向。所谓"一千个读者就有一千个哈姆莱特"绝不会是"一千个麦克白"，"一千个读者就有一千个王熙凤"绝不会是"一千个林黛玉"。其次，"形象又是不确定的"，由于接受主体的主观条件不同、社会历史时代不同，甚至民族文化心理、审美趣味不同等，会导致不同的读者接受欣赏同一形象时，"二度创作"出来的审美意象不同。鲁迅曾分析过，作者把自己心目中的人物模样传给读者，要让读者心目中也形成这人物的模样。"但读者所推见的人物，却并不一定和作者所设想的相同，巴尔扎克的小胡须的清瘦老人，到了高尔基的头脑里，也许变成了粗蛮壮大的络腮胡子"。又说："譬如我们看《红楼梦》，从文字上推见了林黛玉这一个人……恐怕会想到剪头发，穿印度绸衫，清瘦、寂寞的摩登女郎；或者别的什么模样，我不能断定。但试去和三四十年前出版的《红楼梦图咏》之类里面的画像比一比罢，一定是截然两样的，那上面所画的，是那时的读者心目中的林黛玉"。鲁迅这里举的两个例子，前者显然是指高尔基在接受巴尔扎克笔下的法兰西小老头，会根据自己俄罗斯民族的高大老头形象来改造；后者指出古代仕女林黛玉模样在中国20世纪30年代城市读者头脑中会以自己熟悉的"摩登女郎"为模式而改造。最后，这种主观能动的改造会大大丰富对特定形象内涵的体认，大大扩充该形象的思想意义。如阅读杜牧的《江南春》：

千里莺啼绿映红，水村山郭酒旗风。

南朝四百八十寺，多少楼台烟雨中。读者头脑中会复现这样一幅辽阔秀美的江南春色图景。但在沉吟潜咏的接受中，会不由自主地根据自己的文化素养、生活阅历、个性爱好、审美情趣等进一步产生各具特色的联想。江南读者会引出故乡之思，北方人会倾慕这样的"烟雨楼台"，慷慨者会痛恨南朝的统治者祸国殃民，蕴藉者会流连忘返于鸟语红翠、酒旗飘香之中……显然，读者心中的诗意形象，既来自于杜牧，又超出了杜牧。这样的扩大、改造，最具有深沉丰厚审美意义的，当推形象接受中的"转义"和"共名"。所谓"转义"，是指某个形象，在

广泛而丰富的"二度创作"中，其原有内涵被极大地提升与丰富，由于概括之深广，上升到了一种具有普遍意义的哲理高度，使形象超越了原作者赋予的特定涵义而获得更深广的意蕴，最终成为一种生活中的"共名"，即一种人们普遍认可的"代名词"。最典型的莫过于阿Q形象的"转义"和"共名"现象。鲁迅原意是"揭露国民劣根性"，"达到疗救目的"。"精神胜利法"也的确在揭露批判半殖民地半封建社会的病态、病根上起到了振聋发聩的巨大作用，但是在文学接受中，"阿Q"逐渐"走向世界"，不唯中国有，外国也有；不惟过去有，今天仍然有。阿Q的"精神胜利法"作为一种以主观唯心主义为特征的思想，在整个世界范围内，对整个人类都具有普遍性意义，"阿Q"已是"人类劣根性"的象征。也许是鲁迅始料未及，然而却是所有名著中的著名形象都具备的文化品格与美学价值所在。

3. 对作品，隐含意义的寻求、发掘、索解、阐释

这是"二度创作"中最富于挑战性的环节，是读者在更高层次去寻求、发掘作品中隐藏的底蕴和深意，对作品留下的"空白""未定点"，对作品中的"隐喻""象征"等不确定意义进行深入探索。大略有两类现象：

其一，是对作品的"言外之意""象外之旨"进行理解、联想、想象。如杜甫诗《江南逢李龟年》：

岐王宅里寻常见，崔九堂前几度闻。

正是江南好风景，落花时节又逢君。单从字面上看，这首诗只是写了作者与李龟年久别重逢一事，而联系诗人写作时代背景，了解到这是安史之乱后的流亡"天涯沦落人"的重逢，此时听音乐家李龟年的曲子，真正是不堪回首，相逢唏嘘!这种读解接受虽较一般化，但已有接受主体对"空白点"的"填补""阐释"了。这种活动，是在理解的基础上进行联想想象的结果。

其二，是对某些题旨复杂、表达含蓄的作品进行各具特色的阐释、探索。

最著名的是对李商隐"无题"诗系列的探索，"诗家总爱西昆好，只恨无人作郑笺"，著名的《锦瑟》头两句即引起千年聚讼："锦瑟无端五十弦，一弦一柱思华年"。有"悼亡"说，有"身世悲叹"说，有"咏瑟"说，还有"咏物言志"说。光是"锦瑟"一词，又有"贵人爱姬"之名解，"令狐楚家之青衣"之名解，以"瑟喻断弦"即悼亡之意解等。两句诗的含义至今仍然以"悼亡"和"身世说"两种流行：一谓"锦瑟"原本是二十五弦，现"无端"五十弦，即寓"断弦"亡妻之义，五十弦、五十柱合为"百数"，寓当年海誓山盟百年和好之约，反衬今日'之痛。一谓"五十弦"联想自己年将半百，故追溯生平"华年"……

在这种多样化的阐释、寻求、探索之中，"二度创作"往往会超出作者原意，就会发现许多作者没有意识到的新的意蕴。如对鲁迅小说《伤逝》的读解，即有著名的"兄弟失和"意蕴被发掘出来。这是鲁迅写的唯一一篇爱情小说，借以说明妇女解放必须以经济社会的解放为基础。周作人却认为这是"假借了男女的死亡事哀悼兄弟恩情的断绝"。他在《知堂回忆录》中说，"我这样说，或者世人都要以我为妄吧，但是我有我的感觉，深信是不大会错的"。这样的读解接受，无疑

是从"二度创作"的角度，丰富了人们对鲁迅作品隐含意义或"潜文本"的理解。

第二节　文学接受的主体

"接受"这个术语具有"矢量方向"的涵义，标示一种影响力的传播方向。一般情况下的"矢量方向"是"输出者→信息→接受者"，而接受理论认为接受的矢量有可能逆转为"接受者→信息→输出者"。因此，正确的图式是：输出者←→信息←→接受者。这样，文学接受就是创造而不是复归，作品文本也不是一个固定不变的静态系统，而是以读者接受为动力的动态系统，在作者—文本—读者三极之间构成了、以理解为核心的平等的、互动的对话过程，作者与读者两大主体相互尊重，相互敞开，相互交融，文本的意义的发现、生成、阐释、就出现在这样一个双向的主体与主体的对话交融过程之中，达到一种"视界融合"。前民主德国的接受美学家瑙曼对接受主体与作品客体的辩证关系有一段准确的阐述："读者作为主体占有了作品并按照自己的需要改造了它，通过作品蕴涵的潜能使这种潜能为自身服务，通过实现作品的可能性扩大了自身的可能性。但是，作品在被接受，被改造的同时，也在占有并改造接受者……阅读是使这两种对立的规定性统一起来的过程。"在这个过程中，作品有多层多义性，接受主体也有多种精神需求，不同的需求促使他去偏重于接受注重作品的不同属性。因此，有必要对在这一过程中对接受主体多样的身份、功能、作用、意义深入分析。

一、认识主体

文学作品作为特定社会生活的反映，为接受者提供了认识社会、认识生活的属性，在这个认识属性制约下，文学接受主体首先是认识主体，在具体的文学接受过程中，对特定的认识对象，认识方式、形式，以及认识的作用，文学接受主体充分发挥了自主性与能动性。

首先，在认识对象上。作品文本提供的不是纯自然的山川树木等，而是丰富复杂的社会生活、人际关系以及富蕴人生哲理的生活意义与社会规律。作品中的自然环境只是人物生活的环境或是某种人文精神象征——借景抒情之景。文学作品中不存在抽象的自然之景，或者说，自然景物不是文学接受的对象。

其次，在认识的方式上。文学接受的认识方式不是抽象刻板或精确教条的。它是一种生动形象的领悟、启迪，是对艺术画面形象的整体性把握。换言之，它不追求认识的精确，而更向往某种生动的"模糊"；不追求认识的深刻明了，而更企望一种含混蕴藉的灵性感情。文学接受的认识方式依随文学文本的虚拟、象征、隐喻、夸张等方式而呈现丰富复杂、情感洋溢的方式特点，亦即形象化认识方式。

最后，在认识的作用上。文学接受更注重思想与思想的碰撞、形象与形象的交融、心灵与心灵的对话、情感与情感的共鸣。具体表现为：

第一，在接受中，认识人类社会某个阶段的生活特点，在文本提供的鲜活生动画面中体验它的生活习俗、生活场景、生活细节等。在杜甫的《石壕吏》中，看到"老翁逾墙走"的凄惘，"老妇出门看"的镇定；又了解唐代民间口语俗词"看"的历史文化密码："客来须看，贼来须打"，"看"乃是"看顾、照看、招待"之义，而不能望文生义地理解为"老妇出门看风，掩护老翁逃亡"之类。

第二，在接受中，认识人类社会生活某个时代的人物性格特点，以形象的体验、典型的感悟领略许多性格迥异又个性鲜明突出的人物，在心灵的层面、心理的脉搏感应上结交天下英雄，冷观天下小人，怜惜天下美眷，仰慕天下智者。从而观古往今来豪杰兴衰，看南来北往人物炎凉。以他人杯酒，浇自己胸中块垒。以他人悲欢离合，鉴自己人生航道。

第三，在接受中，认识人类社会生活的发展趋势，了解社会生活的普遍规律，把握人生哲理，洞察人生未来，如对"天下大势，分久必合"的理解，源于接受者读"三国"替古人担忧的思想；"愿天下有情人终成眷属"的祝福祈愿，来于接受者神交"西厢"，梦游"太虚幻境"的心灵共鸣。

总之，文本的认识属性决定了接受主体作为认识主体的重要功能。求知型阅读心理，是接受主体的重要内在动力之一。"生有涯，而知无涯"，作品帮助读者在认知意义上了解过去，认识现在，又预见未来。在社会实践指导意义上满足了读者对"我是谁""我从哪里来""我到哪里去"等人生终极命题的探索求知需求，而这种满足又不是抽象说教的，而是"寓教于乐"，充满审美愉悦感的。

二、审美主体

上述"形象化认识"命题已包含文学作品的审美属性，与其他社会意识形态反映生活不同，文学反映、表现生活，是一种饱含浓郁情感色彩，充盈生动形象画面的美的反映、表现。接受者在美的画面中神游，在美的意境中畅想，"像喜亦喜，像忧亦忧"，在被"动之以情"的阅读接受过程中，接受者情感被升华，心理受陶冶，作为一个审美主体，能动地投入了审美接受、创造的阶段。

审美主体在审美经验（也称"前理解"）基础上，对审美接受过程的能动主体作用可分为三个层次：

（一）第一层次

最基本的层次，是美的愉悦、享受。接受者在文本作品面前有"前理解"的审美经验，包括接受主体通过语言、经验、动机、意向、情趣、直觉等意识和前意识活动所获取的各种知识结构、人生体验、世界观、领悟力、评判力、鉴赏力等。当读者拥有了这种审美经验基础，他在接受文本中就可以通过感知的理解和欣赏的判断获得美感愉悦时，在作者创造的艺术享受中获得自己的享受，从而陶冶心灵，摆脱世俗束缚、烦恼，求得内心平衡自由。特定结构的审美经验，是审美主体自主性的重要基础，因为"对于非音乐的耳朵，再美的音乐也毫无意义"，而构成"前理解"审美经验基础构建要素则是，"丰富的生活阅历""较高的艺术修养"与"审美能力集合体"，包括"审美感知力""审美领悟力""审美想象力""审美判断力"等。不同的接受审美主体在这个层次有不同的美感感受。前人有云："少年读书；如隙中窥月；中年读书，如庭中望月；老年读书，如台上玩月。皆以阅历之深浅为所得之深浅乎。"

（二）第二层次

是接受审美主体在艺术接受中获得心灵解脱、得到自我证实的。这一层次有两个特点。

其一，审美主体在美的接受欣赏中把作品阅读看成是日常生活的一种补偿。在这个艺术世界中，他们可以纵情想象，释放被压抑的情感愿望；在这个虚拟空间里，可以打破世俗常规约束，重新找回塑造的主体人格与和谐本性。

其二，审美主体更能在接受中高扬个性自由旗帜，自由介入文本中的事件、场景、人物，独立自主地充分表达自己的爱憎判断、喜怒好恶倾向、情感、意志等。不必如在现实中那样顾忌疑虑、畏首畏尾，从而充分享受审美接受中的主体自由愉悦美感。一个可能在生活中平庸的读者，在文本世界中，可以是统领指挥大军赤壁鏖战的英雄，充分享受火攻曹军、追杀奸雄的审美自由境界；一个可能是深闺独守的怨女，可以在"牡丹亭"满园春色中畅游，大胆自由地诅咒斥责专制家长；日常生活中的谦谦君子，可以在"花果山"上"猴子称大王"威风一番；平时叱咤风云的豪杰，也未必不在"红楼"大观园中心猿意马一回……诸多不同的审美主体，在审美接受中，有诸多不同的"自我证实"方式与途径，但在实现主体的能动自主创造性方面是共同的。

（三）第三层次

是审美主体接受的最高层次，指在审美接受中，审美主体会"更新对外部现实和自身内部现实的感知和认识的方式，获得看待事物的新方式和经验"。在这种改变了的新方式、经验基础上，审美主体会能动地转变知觉、情感、判断、行为方式，扩大自己的视野，从传统习惯、世俗偏见中解放出来，最终实现审美主体与文本作者精神上的对话、认同。这种精神效应，相应表现为审美主体运用自己的生活经验审美经验进行联想、反思而形成的审美认同。一般认为有五种审美认同类型：

1."联想型认同"

是接受主体在宗教信仰强制力量下，以联想方式实现。审美主体对文本中的主人公有类似"神"的恐惧、神秘感。这类审美主体基本上是文本的从属者，基本上缺乏自主能动性。

2."崇敬型认同"

审美主体会对文本主人公崇高道德、超人业绩、能力表示崇敬、钦佩，以他们为典范模仿学习，或觉得高不可攀，仅作为"超人"

来欣赏。这样的审美主体已具有一定的主体能动品格，接受阅读的效果是积极正面的。

3. "同情型认同"

审美主体与文本主人公是平等交流地位。同是日常生活中的普通人，双方可以全面比较（在身世、处境、遭遇、命运诸方面），为之而感动，报之以同情、怜悯，并在双方心灵交流中升华到情感、道义高度。审美主体完全是主动积极的，是最易于产生强烈审美效应的类型。

4. "净化型认同"

审美主体在阅读接受中获得悲剧性震撼或喜剧性欢悦，在剧烈深刻的情感冲突中得到心灵陶冶。或是一般情感激动，或是理性反思，审美主体在道德判断自由中，心灵得到升华，灵魂得到净化。在这里主体作用是自主能动的，审美效果是最有价值最深刻的。

5. "讽刺型认同"

审美主体完全是自由能动地对"比我们坏"的人进行嘲笑、讥讽、批判、否定，从而反思自身，警醒自己，进一步达到对社会消极面的深刻怀疑，大胆批判。审美效果强烈，但一般不如"净化型认同"深刻。

总之，审美主体在阅读接受中的审美认同是文本接受的最高层次、最后阶段，也是审美阅读的总体效应。不同的审美认同源于不同的审美主体，而主要则取决于文本作品审美品位的高低。审美价值品位高的文本，可以优化审美主体的认同方式、内涵；反之，也会钝化读者的审美感受力。某些粗制滥造的作品，程式化加庸俗搞笑，内容贫乏、品位低下但不乏某种"艺术感染力"（如情节的悬念，世俗的搬弄口舌风波等），会使一些读者、观众沉溺其中，养成审美心理惰性化、世俗化、粗劣化倾向。如某些长篇言情"肥皂剧"对于电视观众的毒害，他们每晚都"欲罢不能，欲看不忍"。关上电视机，脑子一片茫然。但次日又想"看个究竟"……这些现象都将导致审美主体能动性消解或滑落。

三、阐释主体

这是与认识主体、审美主体鼎足而三的一个重要主体侧面。文学接受主体在实践意义上认识生活，实现认识价值；在审美上再创造生活美，实现审美价值；而在文化意义上接受并阐释作品，则是实现文化价值。因为文学文本是人类创造的文化形态中文化信息最密集、文化内涵最丰沃的文化产品。因而文本的文化价值可以包容认识与审美价值。文学接受主体中的阐释主体身份，面对的是文本中采用"认识""审美"概念难以包容的其他文化属性。文本的深入考察将带给读者一个巨大的文化空间，在这个包含社会学、历史学、民俗学、大众文化等多元化文化因素的空间里，读者作为文化价值阐释主体的功能愈来愈被人关注。从一般意义上看，作品的文化价值阐释指向对象可分为：表层价值—民俗学阐释，中层价值—社会学、历史学阐释，较深层价值—宗教阐释，最深层价值—哲学阐释四个层面。

（一）民俗学阐释：主体的切入与激活

作为文本内容主体的生活事象，使接受阐释主体首先大量遇到的是那些丰富多彩、生动鲜明的生活习俗——民风民俗内容，举凡岁时节令、婚丧喜庆、信仰禁忌、游艺歌谣、乡里民规、生产、生活等。它们既是文本文化意义最生动最形象的因素，也是阐释主体进行文化价值的激活点。一般的阐释重点集中在民俗心理、民俗语言、民俗行为三个方面。

民俗心理的阐释，这是传统文化心理的生动载体。它是以信仰为核心，包括各种禁忌在内的反映在心理上的习俗，更多地表现为心理活动和信念上的传承。在文学作品中，尤其是阅读古典文学作品，接受主体会遇到不少的民俗心理为主构成的文化心理现象。如大量关于相信灵魂、幽冥、鬼祟，因而派生出阴司、鬼判、阎王等心理。遂有《西游记》中孙悟空大闹地藏王府，《聊斋志异》中席方平宁死不屈抗讼阎王殿，而《三国演义》中诸葛亮祈禳作法借东风，《封神榜》中众神大斗法的精彩情节。古人有种种禁忌避讳，不了解避讳如"圣讳""父讳"等文化心理，接受中的误读就会产生，而不能阐释相关民众心理，上述精彩内容会顿然失色。

再看民俗文化行为的阐释，中国古代对天神崇拜，是一种超自然崇拜。它不是直接崇拜某个自然神，而是透过自然现象与人类活动，把它加以想象，概括为一种神，即一个具有超自然威力的权威人格神。后来演变为玉皇大帝\王母娘娘。神的家族、谱系构成神的世界。不明乎此，《西游记》的天宫诸神就难求甚解，"七仙女下凡"的来历就含糊其辞。再如岁时节令的民俗行为，丧葬婚庆中的诸般仪式，是我们阅读《红楼梦》时必不可少的阐释对象。"宁国府除夕祭宗祠，荣国府元宵开夜宴"一回，叙有"只见贾府人分昭穆排班立定……"一段文字，这里的"昭穆"即远古祖宗崇拜，家族宗庙祭祀民俗行为的规定，即始祖下一代为昭，居左；昭辈下一代为穆，居右。如此类推，明长幼，定亲疏。

至于民俗语言更是文学文本的语言艺术基础，甚至是许多文学体裁的来源，包括原始神话、传说故事、史诗歌谣、谚语谜语、说唱戏剧等。不涉及口诀、咒语、行话、游戏语。语言的民俗与各种传承的民俗观念、活动仪式相结合，构成文学作品中大奇特的欣赏对象。屈原《离骚》中开头自叙出生年月日说"摄提贞于孟陬兮，惟庚寅吾以降"，此处就有三个民俗文化事象典故："摄提"，寅年；"陬"，正月；"庚寅"，寅日。《诗经·氓》中有"尔卜尔筮，体无咎言"，亦是卜卦民俗语言。至于大量的生动形象的民歌，更是接受者们喜闻乐见的阐释对象，如湖南道县民歌："月亮出来亮堂堂，芹菜韭菜种两行。郎吃芹菜勤思妹，妹吃韭菜久想郎"，谐语双关，余韵无穷。

（二）社会学、历史学阐释：主体的借鉴与满足

作品中社会历史的文化内容，呈现在接受阐释主体面前，主要是社会文化心理特征与历史时代文化特征。通过主体能动的阐释、判断，实现文化价值的承续、取舍、转换。同时在观古知今，以古鉴今读解中获得主体心理上的一定满足，产生特殊的历史——现实审美愉悦。

社会心理作为人们情感、趣味、心态、爱好、习惯等，普遍流行于社会风尚中，即时尚风气。它在文学作品中主要表现为对文学风格的影响，对文本内容形式的影响。

1. 阐释一定的作品风格，离不开特定的社会风尚

刘勰论及建安文学风格时说："良由世积乱离，风衰俗怨，故志深而笔长，梗概而多气也。"鲁迅也说："因当天下大乱之际，亲戚朋友死于乱者特多，于是为文就不免带着悲凉、激昂和'慷慨'了。"20世纪西方现代派文学兴起，也正是在一次大战后，西方社会心理流行"非理性主义"，一是"上帝死了"的虚无观念，一是"他人是地狱"的极端绝望观念。于是产生现代派文学的荒谬、非理性内容，"意识流"叙事风格，更演化出"黑色幽默""荒诞戏剧"等作品风格，在它的晦涩、复杂、多义中，隐含着丰富的社会学文化内涵，其中尤以社会文化心理内涵为文本风格形成的客观基础。普列汉诺夫指出："对于社会心理若没有精细的研究与了解，思想体系的历史唯物主义解释根本就不可能……因此，社会心理学异常重要。甚至在法律和政治制度的历史中都必须估计到它，而在文学、艺术、哲学等科学的历史中，如果没有它，就一步也动不得。"

2. 阐释特定的作品内容形式演变，离不开特定社会审美趣味、欣赏习惯

"五四"以来的现代文学在20世纪40年代中后期发生民族化、群众化内容与形式的重大变化，固然有政治强大的影响作用，有先进理论的指导作用，但深入地看，与大量进步作家身处解放区读者群、身处解放区特定的社会审美趣味、身处大众化欣赏习惯中紧密相关。从赵树理《小二黑结婚》到孙犁《荷花淀》，再到丁玲《太阳照在桑干河上》、周立波《暴风骤雨》。作品中的内容源自新天地新生活新社会，形式更贴近广大工农兵群众一这个特定历史时代中的文学接受主体。他们代表的社会文化、审美趣味、欣赏习惯显然有深刻的中国民间文艺影响特征，要全面正确阐释这批作品。只能从特定时代、社会文化心理特征出发。

3. 阐释作品历史文化内涵，离不开"历史一现实"话语系统的符码掌握

作为文化阐释中最大众化的部分，是文学作品中的历史文化内涵。"鉴古知今"，"古为今用"，我国读者对历史文学作品的喜爱、推重，从《左传》《史记》到21世纪初电视台热播的《康熙王朝》，长盛不衰。值得注意的是在历史文学作品的接受阐释活动中，一直是使用"历史一现实"话语系统，即：以史为鉴一鉴古知今一虚幻替身一虚拟满足。可以说，缺乏现实动机的历史文化阐释是不存在的。而现实动机的话语符码有两类：一是"借鉴教训类"，即以古人兴衰作为今天

行事的明鉴或指南；二是"虚拟满足类"，即在阅读接受中虚拟想象自己或贵为天子、王侯，或出将入相，治国安民。最不济的也会"替古人担忧"。这两类符码的共同特征是阐释主体对历史作品的高度热情投入，心理极大满足。而武装他们的是这套"历史—现实"话语系统。这是传统读解到现代接受主体都运用的历史文化阐释工具。

（三）宗教阐释：主体的思考与顿悟

作品文化价值中较深层的部分，是宗教价值。从人类掌握世界的本原方式来看，宗教与文学是十分接近的方式。二者都是以形象方式反映世界，都注重情感的抒发，以及形象思维运用。再从文学史发展的文体、内容题材、主题意旨的来源和演变看，宗教的流传，既促进了文学新体裁文本的创立，如唐代"变文"体；又拓展了作品文本内容的来源。如基督教《圣经》，就是西方文学题材重要来源。而集中体现宗教文化价值，呈现在读者阐释主体面前的任务主要是下列几点。

1. 作品文本主题思想中的宗教观念阐释

《红楼梦》给予读者印象最深的宗教谕旨，一是"梦幻"观，二是"色空"观。前者是道教，后者属于佛教。曹雪芹开宗明义，"作者自云：因曾历过一番梦幻之后，故将真事隐去，而借'通灵'之说，撰此《石头记》一书也。""梦幻"观核心是认为世界本虚幻不可依恃。这个道理，一般读者尚可接受。而"色空观"在普通读者中若非正确阐释为"物质现象"（色）与"虚幻"（空）的关系，那么对"色即是空，空即是色"之类的偈语遑论读解，就连面对那首警世主题歌《好了歌》所唱"好便是了，了便是好。若不了，便不好，若要好，须是了"也会闹糊涂。

2. 作品文本创作思维中的宗教"禅悟""顿悟"方式阐释

宗教思维，历来强调"直觉"，"顿悟"说与"悟"在象外的概念，给中国古代文学尤其是诗歌创作以极其深刻影响。宋代严羽在《沧浪诗话》中总结前代创作经验，提出"大抵禅道惟在妙悟，诗道亦在妙悟"。他以禅喻诗，强调直觉对创作的重要性，直接为"意在言外"、"象外之象"、"味外之旨"的诗歌创作规律，开掘探索提供了思维武器，是一种非逻辑的直觉式心灵感应。禅宗以直觉观照、沉思默想为特征的参禅方式，以活参、顿悟为特征的领悟方式，突出了表现与自悟，使许多古代作者逐渐形成了在直觉观照中沉思冥想为特征的创作构思，以自我感受为主追溯领悟艺术哲理与情感的欣赏方式，再加上自然、简练含蓄的表现手法，形成了"三合一"的艺术思维习惯。司空图的"不着一字，尽得风流"，苏轼说"言有尽而意无穷者，天下之至言也"，均属此类阐释对象特征。

3. 作品文本表现手法中的禅宗特色式的凝练、含蓄、象征阐释

以"诗中有画，画中有诗"著称于世的王维，在其诗歌创作中，有不少禅宗思维带来的创作特色。首先是一种追求自我精神解脱为核心的适意人生哲学与自然淡泊、清净高雅的生活情趣，他在《山居秋暝》中吟道："空山新雨后，天气晚

来秋。明月松间照，清泉石上流。"这是明显具有空灵恬淡情感亦即"禅气"特色的幽静玄雅的景物画面；而"随意春芳歇，王孙自可留"，更是流露出追求一种脱离人间烟火气的空寂清幽无人之境的人生理想。在这种审美情趣的指导下，不少文学作品中大量运用了含蓄、象征手法。还是王维的《汉江临泛》："江流天地外，山色有无中"，短短十字，写尽了江汉一带长江的辽阔，山峦的隐现，高度凝练概括。再看他的《鹿柴》："空山不见人，但闻人语响，返影入深林，复照青苔上。"这是典型的禅宗式的静默观照，有朦胧含蓄，有淡泊自然，更有清幽、闲逸、静穆旷达人生哲学的象征寓意。而王维——深受禅宗思维方式影响的文人诗，文人画鼻祖，标志着中国士大夫艺术思维变化转折的新阶段，代表了唐宋以来诗画风格及表现方式的发展方向。

（四）哲学阐释：主体的入世与出世

哲学价值的阐释，是文学作品文化价值中最深刻也最重要的阐释。由于世界观上的类似，哲学价值往往同宗教价值交织在一起。中国古代作者的人生哲学是一个互补结构，即"人世"兼济天下，同"出世"独善其身的有机统一。前者是儒家世俗哲学观念，后者是道家生命哲学观念，《红楼梦》中通过贾探春大观园改革对儒家人世、推行"外王—事功—经世致用"一派哲学思想表示肯定；而浓墨重彩的刻画赞美贾宝玉反传统，彻底否定读书、科举、做官的人生哲学，又是对儒家"内圣—立德—修齐治平"人生哲学的大胆批判。在阐释《红楼梦》的文化价值时，还要注意作品中的佛道人生哲学内蕴即一僧一道对人物命运指点迷津的描写上，蕴涵着"出世"的深刻思想，即由宗教僧侣对红尘迷者"点化""悟道"，飘然而去，彻底否定了人生迷误，颠覆了对人生"富贵场"与"温柔乡"的追求。其中，对由功名、金钱组成的"富贵场"进行抨击："世人都晓神仙好，唯有功名忘不了!古今将相在何方，荒原一堆草没了。世人都晓神仙好，只有金银忘不了!终朝只恨聚：无多，及到多时眼闭了。"又对由娇妻、儿孙构成的"温柔乡"，同样猛烈抨击批判："君生日日说恩情，君死又随人去了"，"痴心父母古来多，孝顺儿孙谁见了?"在《西游记》《水浒传》《三国演义》等作品的文化价值。阐释中，同样存在"人世"与"出世''的互补结构类型。孙悟空降妖除魔是"人世"，而时遭讥谗，返回花果山退隐是"出世"；梁山好汉替天行道是"人世"，而武松心灰意冷遁入空门又是出世……

四、接受主体的身份整合

综合前述三种主体身份，可以说，认识主体是侧重于理智型的发现者身份，审美主体是侧重于情感型的体验者身份，阐释主体是侧重于读解型的评价者身份。区分这三种身份，只是便于理论分析、系统阐述的需要。在具体的文学接受实践过程中，三种身份绝对不是截然分开、互不关联的。恰恰相反，它们是内在的有机统一，是整合于一体的。

（一）接受主体身份整合的学理依据

文学接受主体三种身份整合，即认识者、审美者、阐释者统一于具体的接受者身上，是由于作品客体三种基本属性，即认识属性、审美属性、文化属性统一决定的。它决定了文学接受的整体性，也决定了接受者三种基本身份的整合。在具体的作品中，三种基本属性也不是简单地机械相加，而是以某一种属性为主，有机结合其他属性，给接受者以整体影响。不可能存在仅仅是以某个孤立的属性来影响接受者的现象。从文学作品具体分析来看，这种统一从来就不是简单、机械的，而是一个功能复合、汇融的系统结构。

1. "认识复合型"：以认识属性为主，结合其他属性的系统

这一类往往以长篇叙事作品为主。由于叙事的丰厚生活内容。向接受者提供了形象鲜明意义深刻的认识对象，同时在生活材料基础上开掘了丰富浓郁的文化内涵，这样，使它的认识属性更深刻，认识视野更开拓。而独具审美价值的形象典型又使其审美属性强化突出。长篇《红楼梦》《三国演义》等作品，读者总是首先从丰富的内容出发，接受它们丰富生动的情节内容，而后，蕴藏在生活内容中的文化内涵潜移默化地影响读者，最终一切归结包融到审美属性。读者欣赏刘备"三顾茅庐"，是首先被情节曲折吸引，认识到相关的生活画面形象，对东汉末年社会生活的一个侧面即隐士们生活有直观认识，并产生理性思考的。而后才逐渐感受到蕴涵其中的深刻文化内涵，如从诸葛亮与刘备君臣相得的描写体悟到中国传统文化"明君贤相"理想。而这些都统一在审美画面之中，给人以审美享受、愉悦，实现了三种属性的有机结合。

2. "审美复合型"：以审美属性为主，结合其他属性的系统

这一类以咏物抒情小诗、抒情小品散文为主。由于文本自身特点，大多突出审美属性，认识属性与文化属性相对较淡薄。因为这一类作品集中地吟咏性情，刻画山水景物，内容上以情感为主体，以山水景物为载体，审美画面、形象描绘与审美情趣的抒发，构成文本主体。如戴望舒《雨巷》"撑着油纸伞，独自/彷徨在悠长、悠长又寂寥的雨巷，我希望逢着/一个丁香一样的/结着愁怨的姑娘……"诗中营造了一种凄迷幽婉的意境，一种飘忽不定的愁闷心绪，而要寻索其文化属性却是淡薄的，就是认识属性也只是给我们提供了"一个失意的小资产阶级知识分子对现实不满的苦闷心情"。更多的观照，还是审美观照，是审美属性为主导、为载体而统属其他属性的系统。

3. "文化复合型"：以文化属性为主，结合其他属性的系统

狭义地看，这一类作品主要集中在社会纪实性文学、民俗小说游记、文化散文等体裁上。广义地看，由于文化属性具有深厚广泛特征，其他大量的文学文本都蕴涵着不同程度的文化属性。这里仅从狭义初步阐述，可以分为"社会文化"类与"民俗文化"类两种。前者以深刻揭示当代社会各方面的社会心理、社会行为、社会文化传统变迁为主要内容；后者以介绍、弘扬民族历史文化的载体民俗、

风气为主，揭示民族文化心理，勾画民族文化性格，在民族文化渊源上"寻根"。如20世纪80年代兴起的"寻根文学"，在报告文学作品中，可以看到当代社会文化属性为主的内容；在寻根文化作品中，则让人寻觅到历史文化的内涵。当然，审美画面依然是生动形象的，但在三者统一中，更突出了历史文化的丰厚凝重内涵。

上述三种"复合型"，虽各有侧重，实质上还是三种基本属性不同程度的统一，从来就没有单一的一个属性孤立地存在，独自对接受者发生作用的。正如真善美永远统一一样，作品的认识属性因为与文化属性结合而更深厚、深刻，反之则苍白浅俗；与审美属性结合而更生动、形象，反之则枯燥乏味。作品的文化属性因为与认识属性结合而更富哲理化，反之则是表层阐释；与审美属性结合而获得形象方式，反之则是案头说教。作品的审美属性因为与认识属性结合而不致流于形式；与文化属性结合而不致苍白贫血。

（二）接受主体身份整合的表现类型

由前述作品的三种"复合型"而制约影响了接受主体的三种身份整合方式、类型。

1. "认识主导型"整合身份

以认识者身份为主，整合审美者、阐释者身份。在文学接受的过程中，以"认识"为先导、主导，兼及阐释，汇融审美。其特征是：接受的目的是"认知"，接受的方式是"审美"，接受的背景是"文化"。这一类读者又称"求知型"读者，他们阅读的目的在于效仿、学习，以"得益"为满足。他们对文化的阐释是为求知服务的，对审美的欣赏也是为了更好地求知，在形象中求知，效果更佳。大量的叙事长篇作品、哲理作品，是这种身份读者接受、占有的对象。读《诗经》，"多识鸟兽草木"之名；读《史记》，了解历史风云、社会规律；读《三国演义》，学习权谋机智；读《红楼梦》，了解封建社会百科全书等。

2. "审美主导型"整合身份

以审美者身份为主，整合认识者、阐释者身份，在文学接受过程中，以"审美"为主，兼及认识，汇融文化。其特征是：接受的目的是"审美"，方式是娱乐、消遣，在"背景"中吸纳文化内涵，了解认识生活。这类身份又称"娱情型"读者，他们阅读目的是求"尽兴、尽趣、尽情、尽美"，在审美情趣追求、审美愉悦满足中，潜移默化地获得理性认知、文化熏陶。吟咏性情，寄寓山水风物的抒情性文本作品是他们阅读对象主体。余光中诗歌《乡愁》中的"邮票""船票"等审美意象，使人忘情投入；"一丘坟墓"面前，"我在外头""母亲在里头"的抒写催人泪下；直到"乡愁是一湾浅浅的海峡""我在这头""大陆在那头"的名句，引发读者的绵绵思乡爱国之情，对"祖国统一"的理性认知；海峡两岸的文化血缘，汇融于这样强烈的审美情感、鲜明画面之中。

3. "阐释主导型"整合身份

以文化阐释者身份为主,整合认识者、审美者身份,在文学接受过程中,以"文化阐释接受"为主,兼及认识,融入审美。其特征是:接受的目的是"文化",接受方式是审美,在文化价值的阐释理解中获得"求知"满足,又称为"鉴赏批评"型读者。阅读目的是满足文化需求,丰富精神世界、评判文本的深层涵义。以"尽兴、尽功"为满足。既有"情兴"的追求,又有"事功"的需要。大量的文化型文本作品是他们的读解对象。长篇叙事作品中也蕴涵丰富文化内涵。被称为文学上的"清明上河图"的《水浒传》,塑造了一百零八条好汉,分成"三十六天罡"与"七十二地煞",而"三十六""七十二"源于我国民俗中传统吉祥数字,即古代"五行"思想。《孔子家语·五帝篇》云:"天有五行,水火金木土,分时化育,以成万物。""一岁三百六十日,五行各主七十二日也。"这样,两个数字的神秘色彩,使梁山好汉的事业有了相当的合理性、正义性,是上天放下一百零八位天将,替天行道。这样的文化阐释满足了读者的求知需求,又丰富了形象的审美色彩。

文学接受主体身份的整合是与文学接受对象的整体性相对应的,无论以哪一种身份为主整合,读者在阅读过程中,都不是绝对单一的身份,"纯审美"的读者与"纯认识""纯阐释"的读者都是不存在的,在接受过程中,"一人而三任焉",即一个接受主体同时具有三重身份的整合,同时是文学作品的认识者、阐释者与审美者。

第三节 文学接受过程

文学接受有广、狭二义。广义的文学接受包括阅读、鉴赏、批评全过程。狭义的文学接受只相当于对文本的阅读、鉴赏这个过程,包括"发生""发展""高潮"三大阶段。

一、文学接受的发生

从总体上说,文学接受发生于读者对文本的阅读。但这种发生的基础或前提则源于读者接受前的心理准备、期待视野与阅读经验;它的动力是特定接受动机;它的展开则离不开特定接受心境心态影响,尤其是审美直觉在接受发生中的重大作用。

(一)文学接受前的心理准备

实际上这是文学接受的目的设立。直接为"期待视野"的既定心理图式即阅读经验期待视野打下基础。这种心理准备具体呈现为十种表现形态:"消遣休闲型"心理;"情节吸引型"心理;"性格认同型"心理;"释惑宣泄型"心理;"好奇争议型"心理;"慕名原著型"心理;"舆论左右型"心理;"媒介工具型"心理；"鉴赏审美型"心理；"批评型"心理。十种心理准备，除了"媒介工具型"心理是特殊的假借文艺工具作朋友相会或恋人相聚目的之外，其余都可以说是接受过程中的预期评价接受，是一种接受前的心理准备，直接对接受过程中的评价、接受程度作出回答。十种心理准备，往往体现在文学阅读中的"三大期待"中。

（二）文学接受的基础：期待视野

种种复杂的阅读心理，集中到文学接受活动中，体现为三个层面的期待心理，构成特定的"期待视野"。即一种在文学阅读之先及阅读过程中，接受文体基于自己的审美理想、阅读经验、接受动机在心理上形成了关于即将阅读作品的"既成图式"。三个层面是：

1."文体期待"

指读者对作品的某种文体类型、形式特征而引发的期待心理倾向，即希望在某种文体中获得这种文体本身具有的艺术魅力、韵味。如面对叙事长篇作品，读者会期待情节的精彩、形象的丰满；面对抒情短篇，自然会期待意境的完美，韵律节奏的动听。

2."形象期待"

指读者期待着能从文本中读到自己心仪已久的偶像，少男寻找"穿水晶鞋的灰姑娘"，少女则寻找"白马王子"式的英雄形象。一般人则寻找"知音同调"、崇拜学习的榜样等。

3."意蕴期待"

指读者对文本中的深层意蕴包括人生哲理、情感态度等，期待作品能够出现切合自己审美情趣，表达自己的审美理想的意旨、倾向，从而满足自己的接受动机。

（三）文学接受的起步：直觉与动机

无论心理准备、期待视野怎样复杂多样，文学接受发生的第一步就是"直觉"，它是文学接受这个精神性活动初始的第一感觉、第一想法、第一体验。美国符号美学家苏珊·朗格解释"直觉"时指出："（艺术）形式中的'表现性'、'意味'通常是靠艺术直觉来把握的……对于艺术意味的知觉或者我们通常所说的欣赏，事实上就是这样一种升华了的直觉。"分析"直觉"这个文学接受的第一步离不开接受产生时的感受、体验、想象等心理活动概念。首先，"直觉"方法就是接受者对作品中的直接体验；其次，"直觉"的激发依然是接受主体的视觉、听觉审美效果；再次，"直觉"构成因素是一种情感的活动，是接受欣赏中的情感感受与体验。

更深入地看，"直觉"在同一部作品的欣赏接受中，每个人的状态是不同的，有的迅速产生直觉，有的迟迟没有直觉，或最终没有直觉。这与接受者本人素质和接受的动机有深刻内在联系。

从接受者的素质来看，文学语言艺术是高层次精神文化产品，文学审美是高层次艺术美欣赏性质。接受者要具备三类素质：一是文化素养基础素质。鲁迅说："读者也应该有相当的程度。首先是识字，其次是有普通的大体的知识，而思想和情感，也须达到相当的水平线。否则，和文艺即不能发生关系。"所以，首先是语言文字素质，要求理解能通过语言塑造的形象，在脑海中重塑艺术形象。二是艺术修养、审美能力的素质。马克思说："如果你想得到艺术的享受，你本身就必须是一个有艺术修养的人"；"对于不辨音律的耳朵说来，最美的音乐，也毫无意义，音乐对它说来不是对象，因为我的对象只能是我的本质力量之一的确证。"三是接受主体自身的人生经验、个人阅历积累的程度。黑格尔说过："同样一句格言，在完全理解它的青年人口中，总没有在阅历很深的成年人的精神中那样的作用和范围，要在这种成年人的阅历中，那句格言里所包含的内容的全部力量才会表达出来。"我国明朝诗人陈继儒也说过："少年莫漫轻吟味，五十方能读杜诗。"意为杜甫诗"沉郁顿挫"，深沉忧思内涵对于缺乏相当人生阅历的读者是难以体验的。

从接受者的动机来看，也会对文学接受的发生产生深刻复杂的影响与制约。动机有侧重，审美直觉的发生及其程度均有不同，一般从静态分类，大致有五种：

第一种，审美动机，即娱情悦性动机。读者通过文学接受获得心理愉悦、心灵休息与慰藉，从而在艺术世界中畅游、调节、超越。在人格上求得丰富、升华；在精神上求得净化、崇高。显然，这种动机是文学接受中最基本最常见的。一般在对艺术性较高的作品欣赏接受时，易于产生强烈的直觉体验。

第二种，求知动机。读者通过作品接受，企图了解更广阔、更丰富的社会生活，掌握历史、社会的发展趋势、规律，学习更多更广的知识，从而"直观自身"。产生审美联'想与愉悦。不同的读者有不同的求知动机侧重。面对同一部经典作品如《红楼梦》，普通读者看"形象""画面"，职业学者看与自己专业相关的知识，如在涉及"园林建筑""文物典章""风俗人情"乃至"烹调文化"层面，均有不同的"直觉"敏感发生点。

第三种，受教动机，这是来自接受主体内在精神需求的动机。人们力求在作品中获取人生哲理的启迪、精神鼓舞力量、道德升华的学习榜样。青少年在成长过程中，这一类动机尤其普遍、强烈。经典作品《钢铁是怎样炼成的》，从20世纪五六十年代直到21世纪初，一直备受青年读者、观众喜爱，几代青年读者的审美直觉，历几十年风雨而未消减，与受教动机不无联系。

第四种，批评动机。这是一种专业化的文学接受动机，发生在专业的文学批评家、文学研究者及文学教育工作者身上。他们除了与普通读者一样获得审美享受之外，还更专注'于作品的深层意蕴、艺术风格、创作规律、意义作用等分析，目的是对作品进行全面科学分析、评价。他们的审美直觉，比一般人更敏锐、更易发生。

第五种，借鉴动机。主要发生在作家与初学写作者身上，他们是一批特殊的读者，接受动机是为了学习、借鉴他人的写作技巧、艺术手法、创作风格等，以求提高自己的创作水平。因而他们审美直觉的发生有两个特点：一是严格的挑选。与自己借鉴内容无关的，哪怕是优秀作品，也会弃之不顾（或暂时搁置）；二是崇拜式阅读。与自己借鉴内容有关的，会反复阅读乃至成诵，接受的直觉不但易于发生且持续多发。

在以上三个层面的期待视野与五种接受动机的冲突与交汇、碰撞与融合中，文学接受的期待视野与直觉起步呈现出丰富的差异性，但由于社会心理的趋同作用，使差异中又有统一性。于是有了个人期待视野与集体期待视野。前者是个人阅读行为，后者是特定时期内社会共同的期待视野，且大多来自于文学理论批评家的理论引导作用。

二、文学接受的发展

文学接受的发展是指读者在接受作品的第一步"直觉"发生以后的具体阅读阶段。从作品文本来看，是由作者创造的"第一文本"向读者再创造的"第二文本"转化的阶段。从读者来看，是由"隐含读者"向"现实读者"转化并最终实现文学接受的阶段。在这个阶段，接受主体的全部创造力被激活，他在作家提供的"第一文本"基础上，再度体验作品情感，再度塑造作品形象，从而把整个文本中提供的审美信息再创造出来。因而是一种审美再创造的性质。

（一）再创造的心理机制要素

接受者在接受过程中产生审美直觉，仅仅是接受的开始。真正的接受动力应该是读者在直觉之后产生的诸种心理因素及其构成的接受心理机制。它们被作品激活，使读者充满活力投入再创造，并具体发挥着文学接受的途径、方法等作用。归纳起来有：

1. 联想与想象

奥地利心理学家马赫认为：联想的心理特征在于"两种突然同时迸发的意识内容A和B中，一种内容在出现时，也唤起另一种内容。"亚里士多德在《记忆论》中提出了后世所说的"联想三大定律"——相似律、对比律、接近律："我们就在我们的思想内从一个呈现于我们的对象或者其他某种不论是相似于、对比于，也还是接近于我们所寻求的那一对象的东西出发，力求获得这一领先的印象。"读者在接受作品文本时，或从主题、人物、细节，或从一句话、一句台词、一道风景，由此及彼，想到另外的某事、某景、某人、某个道理等。这种艺术联想方式，实际上构成了接受的主要途径、方法之一。此时，意味着接受者思维已直接进入意识，所产生的兴奋、激动、忧郁、萦怀等情感要比直觉中的情感更稳定、更丰富、更强烈。形成了审美联想——类似联想为主的心理创造活动；它的活跃性、多样性使它往往超出了文本自身。凌空飞跃在作品提供的基础之上，为创造性更强的想象提供了心理基础。

想象区别于联想的最大特征在于它的创造性，它把片断的联想变为整体，部分的意识变得完满，是一种从联想飞跃向更大更新创造的心理活动。鲁道夫·阿恩海姆认为："艺术想象就是为一个旧的内容发现一种新的形式。除了用形式和内容这两个惯用的字眼去说明它之外，有人还把艺术想象定义为'从一个旧的主题发掘出新的概念的行为'。"无论是对内容，还是形式，艺术想象已经是一种读者对"第一文本"的重新加工、整理、创造的心理活动。一般认为，文学接受过程中的想象有三种形式：

第一，将有限的文字转化为丰富的视听形象，即读者头脑中想象的形象。无想象则无形象，想象力贫乏则无好形象。想象力直接制约读者的接受与再创造。

第二，在全部接受某一文本之后，以想象力对其作总的评价。并很自然地将这部作品与同一作家的其他作品，与其他作家同类作品进行比较。在艺术想象力的驱使下，对其主题、艺术形象、艺术手法技巧、艺术效果全面评价。

第三，在阅读中把文本作品与现实比较，在艺术想象中或鉴古知今或去旧存新。总之是从旧内容中开掘新主题，从"历时态"作品寻找"共时态"现实需要的新东西。

2. 意象与意会

意象是接受过程中由"第一文本"提供的形象出发，在读者头脑中创造的意识化的新形象。它的形象不像作家笔下那样具体、清晰。它的最大特征是"意识化"。即主观意识中一种隐约、飘忽的形象。但在接受阅读过程中，大量产生的意象还是"视觉化"的，而且意象不但是艺术想象的先导，而且也是想象的载体，由想象把它逐步明朗化、具体化，最终成为再创造形象。

意会，近似于古人阅读理论中的"领悟"，在接受发展中，大量的文本信息涌入大脑，大量的艺术想象活跃于心灵，特别是大量的情感活动在碰撞、冲突、交汇、融合，又循环往复、上升凝聚，出现一种与原作若即若离又若隐若现的"悟性"，出现一种"只可意会，难以言传"的状态，这些都是正常的。从审美意义上看，它是一种较深层次审美愉悦的来源。一是它的朦胧、含混状态诱导读者深入探索有创造的吸引力与美感；二是它本身那种似解非解状态就蕴涵一种难以名状的快感、美感。如白居易《花非花》："花非花，雾非雾，夜半来，天明去，来如春梦几多时?去似朝云无觅处。"全诗用的都是修辞性语言，首句就让人捉摸不定，是花又非花，雾里更迷离；二句说的是踪迹不定，仿佛如梦；三句则说"来如春梦"，又不是梦；四句以朝霞喻示这是一种美好的事物，却又没有确证。这样，读者在接受中，所感受的美好事物、人物、景物都会不尽相同，文本意义扑朔迷离，只可意会，难以言说。

（二）再创造的文本特征诱发因素

上述再创造的心理机制，是从接受者主体而言。从接受的客体而言，在文学接受的发展过程中，有哪些文本特征最能激起读者的创造欲望与创造能力呢?一般认为以下几种文本的特征可以促进、诱发读者再创造活动。

1. 叙事性作品中的悬念因素

小说、戏剧等以叙述情节、塑造形象为主，如能设计、安排几个富有吸引力的悬念，既可以紧紧抓住读者，又能激发读者的创造欲望，即自觉不自觉地对可能出现的情节发展进行猜测、揣摩，对某个人物形象的命运、性格走向进行预测、估计，使文学接受者情不自禁地投入了文本再创造中。

2. 抒情性作品中的含蓄因素

诗歌、散文等以创造艺术意境为主的作品，往往以"象外之象""言外之旨"的塑造，即艺术画面形象的朦胧美、含蓄美为特征。这样，接受者往往一下子难以把握、捉摸，会一遍又一遍地细读、吟味，对作品的再创造随之而激活。应该说，悬念、含蓄都是文本中的"空白"，它们与文本中其他因素如描述性语言的不确定性、层次结构上虚拟的意向性倾向、观念主题形而上的意蕴内涵，一起构成文本"召唤结构"，召唤、激活了读者的接受与再创造。

3. 作品与自我的类比因素

这是一种对读者创造力直接的强烈的诱发因素。主要是作品中的形象成为读者心目中的偶像榜样，从而激发起内心强烈的模仿、学习热情，在作品的人物关系、情节安排、环境设置等方面能动地阅读"还原"，能动地想象创造，甚至以身投入，在阅读中"观照自身"，在想象创造中复活人物言行、遭遇、命运，提炼作品主题、社会意义、人生哲理，达到再创造最活跃最深刻的程度。

（三）再创造的典型状态

在前述再创造主体的心理机制与再创造对象即文本客体的诱发因素共同作用下，接受者在文学接受发展过程中的再创造主要有以下几种典型形态：

1. 填空与异变——再创造的常态

在文本"召唤结构"召唤之下，文学接受发展过程中，最常见的读者再创造现象是能动地"填补"文本"空白"与"不确定点"，而在"填空"过程中，最常发生的是"接受异变"现象。"填空"与"异变"往往同构共生，形成创造力被激活的生动、丰富表现。

从"填空"而论，主要是"形象填空"与"语言填空"，还有"悬念填空""情节填空"与"意旨填空"等。主要是由于文学文本的具体形体、色彩、线条，必须经过读者的理解、想象、体验才能基本"还原"形象画面。但又由于文学语言自身的模糊性、跳跃性，造成数量极多的"空白"，使"填空"时发生诸多意义。如苏轼《题西林壁》："横看成岭侧成峰，远近高低各不同。不识庐山真面目，只缘身在此山中"至少有四重读解意义。一是字面意义，描绘庐山绚丽多彩、风姿各异；二是寓言意义（象征意义），表示要正确认识事物就要保持一定距离，否则当局者迷，旁观者清；在伦理道德意义上，则指出待人处世行为准则，不要偏执于一端；还有一种宗教神秘意义，暗指执滞、偏枯者难悟佛门之道，难超脱尘世。

从"异变"而论，读者阅读产生的"第二文本"，即各人头脑中的形象、画面、主题、情感等，充满了个人的再创造，是千差万别的。

首先是作品形象的异变。每一个读者在头脑中"还原"特定文本专业的形象时，或多或少地把人生体验中的熟悉人物、事物附着到原作的形象上，形成对原作形象的情感加工、再现。"一千个读者就有一千个哈姆雷特"，即此之谓。

其次是情感异变。原作是"第一文本"，作者倾注的情感是不变的，而到了读者心目中，却会引起不同程度、不同性质的情感体验活动。一种类型是不同性格读者对同一作品产生不同体验，如外向开朗型与内倾保守型情感的读者对《西游记》美猴王描写的体验绝不会一样，前者会手舞足蹈，后者会静静观赏。另一种类型是同一读者面对同一作品，在不同时空条件下，情感体验不同。一个人的少年、青年、中年、老年阶段对《红楼梦》的读解会有不同体验，少年对大观园的热闹娱乐感兴趣，青年对宝黛爱情悲剧有同情，中年更多地关注其中社会百态，老年则会对贾史王薛四大家族兴衰炎凉发生感慨。

最后是观念异变，又叫主题意蕴"异变"。作者赋予作品的思想内涵是特定的，而在读者再创造中往往产生不同的理解，如辛弃疾《青玉案·元夕》中描写的"众里寻他千百度，蓦然回首，那人却在灯火阑珊处"。原意是写元宵夜，追寻美人即象征理想追求的意旨，后人往往却产生："踏破铁鞋无觅处，得来全不费工夫"之类联想。清代王国维更将它作为"古今之成大事业大学问者"必经三种境界之一。

2. 误读与遇挫——再创造的异数

文学接受发展过程中的"误读"现象无疑是读者再创造现象中最富魅力的异常表现。由于读者受自身认知结构和所处时空的限制，由于读者自身的"前理解"与作品价值、意蕴存在相悖，于是产生种种"误读"。从其产生看有两种原因，一是文化误差产生的不自觉误读。即由于不同文化背景的异族、异国读者，由于社会、历史、地域差异，以及思维模式、理解方式、价值观念不同，出现不同的"文化型误读"。如西方青年读者对《小二黑结婚》中的三仙姑这个否定形象"已经四十五岁，却偏爱当个老来俏，小鞋上仍要绣花，裤腿上仍要镶边"的描写，就大不以为然，认为这是很正常的，"老来俏"无可非议，从而认定她是个"自由主义者"理想人物。虽然出乎我们意料，但从现代进步的文化视角来看，又有一定道理。另一种是由于视界差异形成的自觉误读。即从读者自己的"前理解"出发，按现实视界来认识文本，"以他人之酒杯，浇自己胸中块垒。"这是一种有意的"古为今用型"误读。如鲁迅从背面读《通鉴》，1918年8月20日写给许寿裳的信说："偶阅通鉴，乃悟中国人尚是食人民族。"于是作《狂人日记》这篇中国现代文学史上第一篇反封建礼教的白话小说。这是一种典型的"创造性误读"。

当然，"误读"也有"反误"的偏差，表现为随心所欲，胡乱猜想，穿凿附会，以及非艺术歪曲等。如《诗经·关雎》是首爱情诗，经学家却读为对"后妃之德"的赞美。唐人韦应物在《滁州西涧》诗中描绘自然美景："独怜幽草涧边生，上有黄鹂深树鸣"。元代人赵章泉却歪曲为"君子在下小人在上之象"，纯系穿凿。杜甫诗《古柏行》描绘诸葛亮庙里古柏树"霜皮溜雨四十围，黛色参天二千尺"，本来是文学艺术中常见夸张修辞手法，宋代科学家沈括却在《梦溪笔谈》里从非艺术视角歪曲攻击：四十围是径七尺，高二千尺"无乃太细长乎?"要避免这些阅读错觉，保持"误读"合理性，使之真正成为一种"创造性的背离"，必须透彻理解文本，善于变换视角，实现对文本原作超越，达到"合理误读"即创造性理解。

再看"阅读遇挫"现象。这是一种读者的期待视野在接受过程中，与文本之间出现的逆向受挫。即读者在接受过程中，遇到的人物性格变化、情节发展趋势、主题表现等出乎自己意料，于是原有的"期待指向"受阻，产生暂时不适。但却更诱使读者克服这种心理，奋力将期待指向进行到底，进入一个真正超越自己原有期待视野的新奇艺术空间，实现"山重水复疑无路，柳暗花明又一村"的接受创造审美愉悦，获得精神活动中的欣悦与满足。当我们初次阅读西方作品，尤其是现代派文学作品时，往往产生这种遇挫而创造力更旺盛的现象，对"意识流""荒诞派""黑色幽默"等，都离不开这种特殊的阅读创造行为。

三、文学接受的高潮

文学活动的最终实现，体现于文学接受，而接受质量的高低与否，则在于在接受中是否出现高潮。在文学接受的高潮阶段，读者与作者或作品中人物之间，会产生思想情感的共鸣；获得情感的升华、净化；领悟到人生哲理；最后，这种由共鸣、净化和领悟构成的审美心理体验还可以在阅读活动结束后，萦绕脑海，延留心灵，使人长久回味。

（一）共鸣

这是文学接受进入高潮的标志。一般认为"共鸣"有两种含义，其一是指在阅读接受中，读者被作品中的思想情感、理想愿望及人物的命运遭遇所打动，形成了一种心灵共振，情感激动状态。其二是指不同的读者（不同阶层、时代、社会、民族），在阅读同一作品时产生的大致相同、相近的情感交流、震撼状态。两种含义共同之处都是指读者与作品在思想情感上的交流、沟通、和谐、共振。

1. 共鸣的特征

首先，在本质上，共鸣是内在情感和思想性的，而非外在艺术形式的吸引。

艺术感染力可能是共鸣产生的一个基础条件，绝非本质决定性条件。艺术美可以引起读者的喜爱，但读者全身心地投入?并引起情感上震动，只能是读者与作品二者在情感、趣味、理想高度的共振、心灵的沟通所致。读者的"期待视野"充分实现，作家作品寻觅的"知音"终于出现。二者沟通、融会且在心灵层面熊熊燃烧，达到审美情感的高峰。

其次，在心理体验上，共鸣常常表现为艺术迷醉。

如马斯洛所言："人们在高峰体验的状态下，都有一种非常独特的在时间、空间上定向能力的丧失。确切地说，在这种时候，这个人在主观上是在（现实）时间和空间之外的。诗人和艺术家在创作的狂热时候，变得忘却了周围的事物和时间的流逝。"孔子闻《韶》乐，三月不知肉味，可见迷醉状态之持续。清代陈其元《庸闲斋笔记》记一女子读红楼痴迷，在父母烧书时呼号："奈何烧煞我宝玉！"一命归阴，可见迷醉之强烈。当然，在一般情况下，文学接受者的共鸣，还是一种迷醉于超越现实的审美境界。

最后，在审美主客体关系上，共鸣是"物我两忘""主客浑一"的。

在审美高峰情感体验中，读者让心灵在艺术审美世界中遨游。主体已是自由自在，了无牵挂。情到极致，读者有"三忘"：广忘功利，二忘现实，三忘自我。让心灵在精神天空放飞，让人性在精神家园舒展，获取最大的审美享受。著名诗人闻一多曾自我标榜："读汉书饮白酒方为真名士。"当他以"汉书"下酒，大呼"快哉"，为胸中块垒"浮一大白"时，已是"物我两忘"。

2. 共鸣的主客观条件

产生共鸣的主客观条件分为"作品文本因素"与"主体因素"两大方面。

从作品文本看，必须具有深刻丰富的思想性、生动感人的画面、典型性程度很高的形象。由此产生强烈的艺术感染力，是共鸣产生的客观基础。从主体因素看则较为复杂，总的来说，读者的期待视野中必须含有与作品相同或相似的思想见解或情感体验，才能形成二者之间的情感沟通、共振。具体而言，大致又可分为三个方面：

第一，主客体观念相通。即读者观念尤其是特定期待视野中的思想观念与作者、作品表达的思想观念相通、一致。文学接受史上举凡富于人民性的作品，富于爱国主义精神的作品，其思想观念往往能穿透历史时空，在今天仍然能引起读者的共鸣。杜甫的"朱门酒肉臭，路有冻死骨"，李白的"长风破浪会有时，直挂云帆济沧海"，一直在历代读者心中激起同样愤恨豪门，追求人生理想的共鸣。

第二，主客体情感相似。共鸣又称"情感共鸣"，可见，这一条件极其重要。当读者的情感经验与作品流露的情感大致相似、相同之时，无疑是共鸣最易产生也最强烈之时，"座中泣下谁最多，江州司马青衫湿"是强烈的情感震撼表现；"问君能有几多愁，恰似一江春水向东流"更是超越历史时空，穿透不同文化背景，在"人生不如意事常八九"的生活中，撼动许多读者心灵，拨奏出强烈共鸣。

第三，主客体处境类同。这是从客观方面，即读者身处的特定历史环境、生活处境与作品反映、刻画的历史、生活状况类同、相似，二者之间也会引发强烈共鸣。其实质在于类似的处境产生类似愿望、类似要求、类似情感；属于一种特殊的情感共鸣表现。历史上的宋末、明末产生了不少的悲壮戏剧、诗歌、小说作品。岳飞词、文天祥诗及其他作品在现代抗日战争时期，尤其在上海"孤岛文学"中，反响巨大，共鸣强烈，属此类表现的典型。

（二）净化

这是文学接受进入高潮的又一重要标志，是"共鸣"的进一步发展深化。主要表现为读者的情感在共鸣中得以调节和慰藉，有所排遣、有所纠正、有所升华的情感状态。实现的是一种情感净化和人格升华，或称一种审美自我教育效果。其性质不同于"领悟"的哲理性而是纯情感性的。

首先是情感净化效果。中国古代"诗教"的经典《诗大序》云："故正得失，动天地，感鬼神，莫近于诗。先王以是经夫妇，成孝敬，厚人伦，美教化。"亚里士多德在《政治学》中指出："某些人特别容易受某种情绪的影响，他们也可以在不同程度上受到音乐的激动，受到净化：，因而心里感到一种轻松舒畅的快感。"因此，具有净化作用的歌曲可以产生一种无害的快感。前者把净化效果提到"动天地，感鬼神"的程度；后者从审美心理效果上分析净化心理机制。其共同特征就是在阅读中，可以超越现实、宣泄情感、松弛神经、慰藉心灵。

其次是人格升华效果。这是"净化"中一种更高层次的效果。即在一般的情感净化，维系心理平衡之上，由于某种情感力量的深度震撼，得以宣泄某种畸态情绪，矫正某种不良心态、乃至扭曲的人格，达到人格升华，进入高尚境界。白居易在《读张籍古乐府诗》中以一系列对象来说明升华人格的效果："读君《学仙》诗，可讽放佚君；读君《董公》诗，可诲贪暴臣；读君《商女诗》，可感悍妇仁；读君《勤务》诗，可劝薄妇淳。"这里提到的"讽""诲""感""劝"都是升华人格力量的一种方式。当然，没有共鸣的情感震撼基础，净化、升华都将是无源之水，无本之木。读一首诗就能感化恶人，恐怕是痴人说梦。但在文学接受高潮中，在共鸣的特定情感氛围下，净化心灵，促使人格升华则是审美教育的一种特殊功能表现。

（三）领悟

许多读者往往在达到"情感净化"层次时共鸣即已终止，要想达到"领悟"这个文学接受高潮中的最高层次，有待于读者在人格境界主动升华后，更主动地，思索、追问作品深层意蕴，达到读者生命智慧的大飞跃，实现体悟人生哲理，洞悉自然奥秘，掌握事物规律的最高、最深的目的。领悟的哲理性与情感性即"情理统一"，其特征是极其鲜明的。

1. 以情动人，以理喻人的结合

"领悟"离。不开情感基础。情感发生共鸣、沟通、交流后，便要进一步体味情中之理，具体途径是"以情寓理，以理导情"。杜甫诗《登高》中的"万里悲秋常作客，百年多病独登台"一联，宋人罗大经在《鹤林玉露》中称"十四字之间含有八意：万里，地之远也；秋，时之惨也；作客，羁旅也；常作客，久旅也；百年，暮齿也；多病，衰疾也；台，高迥处也；独登台，无亲朋也。"体味其中"八意"，靠的就是"以情寓理"，离家万里之远，羁旅无涯，暮年衰疾，独自登台，是"状难写之景如在眼前"，而发人生艰难之情理也寓含其中，足堪反复吟咏领悟。

2. 诗情哲理，浑然一体的状态

领悟之所以是文学接受活动的最高境界，本质上在于它是包含诗情而又深蕴哲理的阅读接受。一方面能够深刻理解作品内涵，另一方面更能激发引起读者积极的人生追求、崇高的人生向往。而这一切都建立在对人生哲理的深刻领悟，对客观规律的透彻了解之上。还是杜甫的《登高》诗："无边落木萧萧下，不尽长江滚滚来"一联，可谓是领悟接受的精品、极品。有风扫落叶的宏大气势，引出悲壮肃杀之意，又有波涛滚滚，后浪推前浪之壮观气象，更引出对自然规律、人世更替的深沉思索，深刻理解。诗情哲理结合得浑然无涯，已达化境。

（四）延留

所谓延留，是指文学接受结束之后，其高峰体验的心理延续与留存状态。具体是指由上述共鸣、净化、领悟构成的审美心理体验，以高潮形式留在读者，心灵深处的记忆、印象，小则"余音绕梁，三日不绝""三月不知肉味"，大则刻骨铭心，也许终生难忘。对于作家来说，这种"延留"还会影响到他的创作中去，使其创作内容、创作风格、创作手法技巧都有这类的痕迹、影响。鲁迅承认他的《药》的结尾有"安特莱也夫式的阴冷"，郭沫若承认他的《女神》有惠特曼的影响，即典型例子。而对于一般读者而言，特定作品阅读接受高潮的延留，对读者的精神气质、审美情趣乃至人格规范、人生理想发生潜移默化的深远影响，古人云"腹有诗书气自华"，即是明证。抗战时期，大批进步青年冲破重重封锁、束缚，奔赴革命圣地延安，其简单行李中不乏鲁迅的《呐喊》、高尔基《母亲》一类文学名著，显然，这时的"延留"现象已化为进步青年征途上的动力源泉了。由此可见，延留已是文学作品产生直接社会效应的重要方式。延留时间长短及其正负面效果，应当是我们判定一部作品价值高低与否的重要尺度之一。

如上所言，共鸣、延留并非绝对都是积极意义上的，也有褊狭执拗的共鸣，如18世纪西方的"维特热"以及出现的"自杀风"；有消极不健康情调的共鸣，如某些格调低下作品的流行。这样的共鸣及其延留，是文学接受者应高度警惕并予以明辨的。这说明，文学接受活动应主动自觉接，受文学批评的指导，只有在健康开展文学批评的条件下，文学接受活动才会获得积极的意义和健康的发展。

【知识盘点】 文学接受 第一主体 第二主体 物化 "二度创作" 认识主体 审美主体 阐释主体 "发生""发展""高潮""文体期待""形象期待" "意蕴期待" 直觉与动机 意象与意会 共鸣 净化 领悟 延留

【随堂练习】

1. 文学接受的意义是什么？

2. 审美主体对审美接受过程的能动主体作用分为哪三个层次？

3. 接受主体身份整合的学理依据是什么？

4. 文学接受过程中的想象有哪几种形式？

5. 如何理解"共鸣"的含义？

第十一章　文学欣赏

【章前导读】　文学欣赏是一种审美活动，其基本心理特点就是审美主客体间的双向沟通。这种双向沟通不仅要求作品（审美客体）具有关的属性，而且要求欣赏者具备欣赏这种美的审美意识。而美并非客体自身固有的自然属性，而是人赋予客体的，以客体自然属性为载体的价值属性。客体的内容与形式要完美地构成一种"有意味的形式"，这种"有意味的形式"还必须符合欣赏主体的审美意识（审美理想、审美情趣、审美能力）。"会己则嗟讽，异我则沮弃"（刘勰《文心雕龙》），人们对作品迎拒，无论是情绪反应，还是理性判断，都有很强的主观色彩，都要受固有价值观（主要是审美意识）的左右。只有当寄寓作家审美情感体验的艺术形象与欣赏者的审美意识较大程度地相互契合，审美过程才能顺利完成，欣赏者才能被作品感动，作品才能被欣赏者所接纳。所以一部作品成功乃至成为不朽名著，引起广泛社会轰动的原因，既不能仅到作品中去寻找，也不能仅到欣赏者中去寻找，而要到作品与欣赏者的关系中去寻找，要到作品与欣赏者的沟通条件中去寻找。

文学欣赏与文学创作一样，都是主客体相互契合的审美活动。欣赏者主体条件各不相同，文学欣赏中会呈现出各种复杂现象。深入剖析这些现象，从中发现文学欣赏中的差异性与一致性，理解"共鸣"、"读者群"等重要现象，对我们充分认识审美接受主体在文学欣赏中的地位、作用及文学价值实现的客观规律，都具有十分重要的意义。

第一节　文学欣赏的性质与意义

一、文学欣赏的性质

（一）文学欣赏与接受美学

文学欣赏是人们在阅读文学作品过程中所产生的一种审美的认识活动。人们在阅读文学作品时，被作品的艺术形象所吸引，对形象进行感受、想象、体验和品味，从而获得审美享受，这就是文学欣赏。

文学欣赏是整个文学实践活动的一个重要环节，因而对于文学欣赏的理论探讨构成了文学理论的一个重要组成部分。我国古代有些文学家已开始就文学欣赏问题进行理论思考，提出了一些精辟的见解。例如，刘勰《文心雕龙·知音》篇，就是一篇欣赏论。文中提出的"缀文者情动而辞发，观文者披文以入情"，便涉及文学创作和文学欣赏的对应关系，所谓"缀文者"是指作家，"观文者"是指读者。文学创作和文学欣赏是密切相关的，而其具体活动程序则正好相反，前者是"情动而辞发"，后者则是"披文以入情"，两者的中介因素便是文学作品。德国19世纪作家赫贝尔也说过："不论是谁，当他把一件艺术作品完全受用时，他所经过的进程和艺术家创作作品时所经过的进程相同——只不过受用者将创造者的次序倒转且增加他的速度而已。"这同刘勰的见解是很接近的。

20世纪60年代西方兴起的接受美学对于艺术欣赏问题提出了一些新的美学见解，其理论成果值得予以重视。

接受美学的理论基础是新的阐释学。新阐释学的奠基者波兰哲学家罗曼·英伽顿认为，文学作品的文本只能提供一个多层次的未定点，只有在读者一面阅读一面将它具体化时，作品的意义才逐渐地表现出来。换言之，读者并不是被动地接受作品文本的信息，而是不断地参与信息的产生过程。新阐释学后来在德国发展成接受美学，其代表人物是姚斯和伊瑟尔。1967年姚斯发表《文学史作为向文学理论的挑战》这篇接受美学的理论宣言，接受美学便作为独立的学派崛起。他的《走向接受美学》《恢复愉悦》等均是接受美学的重要著作。另一接受美学理论家伊瑟尔的主要著作是《本文的召唤结构》和《阅读活动》。

接受美学高度重视读者的阅读过程，认为整个文学活动作为一个大过程应包括两个小过程，即从作者到作品的过程和从作品到读者的过程，也就是作品的创造过程和作品的接受过程。这个完整的文学过程称之为"动力过程"。在这个过程中，作者赋予作品发挥某种功能的潜力，而读者则实现这种功能。任何功能都不能由作品自身实现，而必须由读者在接受过程中实现。文学文本不等于文学作品。任何文学文本都不是一个独立、自为的存在，仅仅是一个未完成的、本身并不能产生独立意义的开放的图式结构；它的意义的实现，它之变为文学作品，只能靠读者的阅读将其具体化，即靠读者以期待视野、流动观点，以感觉和知觉经验多层面地将它蕴涵着的空白处填充起来，使它的未定性得以确定；没有读者的阅读具体化，文学文本只是潜在的文学作品，真正的文学作品是未定性的文学文本与读者阅读的具体化交互作用的结果。例如一部小说，在未经读者阅读之前，只不过是一叠印着铅字、经过装帧的纸张，如同一部电影在向观众放映之前，只不过是一堆正片胶卷一样。只有当作品为读者所阅读和理解时，才能获得艺术生命。接受美学认为，一部作品的生命力，没有读者的参与，是不可想象的。一部文学作品不仅是为读者创作的，而且也需要读者，有了读者才能使自己成为一部真正的作品。接受美学认为，读者在整个"动力过程"中，不是被动的反映环节，而是主动的力量，具有推动文学创作过程的功能。读者的阅读是一个充分的、广阔而自由的阐释和再创造的过程。每个人都以自己特有的方式，按照自己的生活经历的特殊性、艺术修养、艺术趣味、个人气质、倾向和兴趣、教养和理想，来感受、体验、解释和理解一部作品。每个人的"艺术感"不同，对文学的要求和对待文学的态度也不同。对文学作品的实现来说，读者的接受过程比文本的产生更为重要。读者不仅是实现作品功能潜力的主体，而且也是推动新的文学创作的动力。因此，不能把文学过程简单地设想成作家为读者创作作品，作品对读者发生影响。尤为重要的是，在整个文学过程中，读者创造作家，影响作家的创作，是推动文学创作，促进文学发展的一个决定性因素。因此，在整个文学活动中，不是作家为主，而是读者为主。

尽管接受美学有不尽科学和失之偏颇之处，例如过分强调阅读活动的主动性和创作活动的被动性，过分抬高读者在整个文学活动中的地位而过分贬抑作家的地位。然而总体而言，对于我们充分重视文学欣赏在全部文学实践中的地位和作用，深入认识文学欣赏的性质、特点和规律，是颇有启迪的。它的不少见解富有创造性，值得我们认真研究和借鉴。

（二）文学欣赏是一种审美活动

文学欣赏本质上是一种审美活动，具有审美意识的一般特征。但文学欣赏又具有不同于一般审美活动的特点，这是由于欣赏的对象不同。一般的审美活动是对现实美（包括自然美和社会美）的观照，而文学欣赏则是以文学作品所提供的艺术美作为审美的对象。艺术美是现实美的更集中、更概括、更典型、更理想的反映，它来源于现实美，却高于现实美。在某种意义上说，艺术美是自然美和社会美、内容美和形式美的高度和谐的统一。因而对艺术美的欣赏便远远高于对现实美的审美。审美意识是感知、情感、想象、理解综合的整体心理结构，这些审美心理因素在任何一种审美活动中都是不可缺少的。但自然美偏重于感性、形式，相应地对自然的审美偏于情感和想象；社会美偏重于理性、内容，相应地对社会的审美偏于感知、理解和思索。艺术则把自然美的感性、形式和社会美的理性、内容高度融合起来，因而在文学欣赏中，感知、情感、想象、理解诸种心理因素便在更高更深的层次上和谐自由地统一起来。

文学欣赏既然以文学作品作为特定的审美对象，因而文学作品的审美特点便从根本上决定了文学欣赏的特点。文学作品以其具体生动的形象和热烈深沉的感情对读者产生强大的感染力，使读者不知不觉地沉浸于作品所描写的生活情境之中，甚至可以达到形神、交会、物我两忘的境地。文学欣赏都是在读者乐意接受的情况下进行的，人们欣赏文学作品出于自觉自愿，不能人为强迫，这同人们出于某种明确的目的，在理智的支配下，刻苦攻读科学理论读物，是很不相同的。鲁迅在谈到观众看戏时说过："看客的取舍，是没法强制的，他若不要看，连拖也无益。"艺术欣赏如此，文学欣赏同样如此。缺乏审美特点和艺术魅力的作品不可能引起人们积极的欣赏活动。

文学欣赏同阅读科学理论著作时的认识活动具有不同的性质和特点。人们在阅读理论著作时，主要是运用抽象思维，从理智上去把握阅读对象所阐发的科学原理，在这个过程中，读者的理解力和思考力起着主要的作用。而在文学欣赏过程中，读者是运用形象思维，自始至终处于活跃的状态，读者审美的感受力和想象力起着突出的作用，并且伴随着丰富热烈的情感体验。我国古代许多有关诗歌鉴赏的经验之谈就涉及到文学欣赏的性质问题。例如，魏庆之《诗人玉屑》卷十三载："晦庵（朱熹）论读诗看诗之法""全在讽诵之功"，"诗须是沉潜讽诵，玩味义理，咀嚼滋味，方有所益"。刘开《读诗说》云："读诗之法奈何？曰：从容讽诵以习其辞，优游浸润以绎其旨，涵泳默会以得其归，往复低徊以尽其致……是乃所为善读诗也。"所谓"沉潜讽诵"、"咀嚼滋味"、"优游浸润"、"涵泳默会"等，均是指文学欣赏中的形象思维这一审美性质的特点。

二、文学欣赏的意义

（一）通过欣赏发挥文学作用

我们已经知道，文学具有审美教育作用。然而，这种社会作用的发挥，有赖于通过广大读者的文学欣赏活动。如果作品没有经过读者的欣赏，它的社会功能还是潜在的，还没有产生实际的效果。只有通过文学欣赏，才能使文学的审美教育作用由潜在变为现实。可以说，文学欣赏是作品与读者、作家与群众、文学与现实之间相互联系的纽带，是文学反作用于现实的必不可少的中间环节。

文学欣赏是有广泛的群众性的。凡是有一定阅读能力的人们，不分男女老少，差不多总要读一点文学作品。即使不识字的人，通过听广播、看电视等各种途径，也经常接触文学作品，实际上也参加了文学欣赏活动。诚如别林斯基所说："文学不能够没有公众而存在，正犹如公众不能够没有文学而存在。"

文学作品总是通过人们心甘情愿的欣赏活动产生多方面的社会影响。这种影响是潜移默化的，又是不可抗拒的；是无形的，又是异常深刻的。著名的共产主义活动家季米特洛夫，当他刚参加革命不久，读了车尔尼雪夫斯基的长篇小说《怎么办》，精神上受到巨大的影响，他说："毫无疑义，青年时代这个良好的影响帮助我成长为一个无产阶级革命者。"建国初期，我国广大青年阅读了奥斯特洛夫斯基的长篇小说《钢铁是怎样炼成的》，深受书中主人公保尔柯察金的影响，激发出巨大的革命热忱。可见文学欣赏具有不可忽视的社会意义。

由于通过文学欣赏发挥文学的社会作用，因此历史上各个阶级均很重视文学欣赏。在封建社会中，封建统治阶级一方面提倡阅读宣扬"三纲五常"这一类的作品，另一方面则禁止人们阅读具有反封建的民主精神的作品，《西厢记》《牡丹亭》《水浒传》《红楼梦》等曾被列为禁书。解放前，国民党反动政府查禁鲁迅、郭沫若、茅盾等革命作家的作品，同时大肆推销反动的、淫秽的作品。可见，各个阶级都不是把文学欣赏作为单纯的消遣，而是把它作为教育的手段。

无产阶级革命导师十分重视文学欣赏。马克思很喜欢阅读优秀的文学作品，并且还要求和指导自己的女儿阅读文学名著。列宁提出："不能容许放映反革命的和不道德的影片。"同时又强调"必须把所有过去的革命文学推进到群众中间去，不管是我们的和欧洲的"。今天，我们要建设高度的社会主义精神文明，就必须提倡有益的丰富多彩的文学欣赏活动。

（二）文学欣赏对文学创作的影响

文学作品的社会作用既然必须通过群众的文学欣赏才能实现，那么，作家在创作时就不能不考虑群众的欣赏问题；作家创作作品总是供群众欣赏的，否则他的创作就无目的可言。文学创作和文学欣赏的这种相互联系、相互制约的关系是客观存在的。马克思曾经把文学创作和文学欣赏的关系比作生产和消费的关系。他说："艺术对象创造出懂得艺术和能够欣赏美的大众。——任何其他产品都是这样。因此，生产不仅为主体生产对象，而且也为对象生产主体。"一方面，文学创作是为了满足群众的欣赏需求，培养和提高了群众的欣赏能力；另一方面，群众的欣赏要求、欣赏习惯、审美情趣等，又给作家的创作以积极的影响。例如，法国19世纪长篇小说曾特别发达，其原因之一就是由于当时一些妇女特别喜读长篇小说。近几年来，我国短篇小说和微型小说的繁荣，也与广大读者的需要和爱好有关。这些都表明艺术消费对艺术生产具有不容忽视的刺激和推动作用。鲁迅在谈到如何发展木刻时就强调过这一点："首先是在引起一般读书界的注意，看重，于是得到鉴赏，采用，就是将那条路开拓起来，路开拓了，那活动力也就增大；如果一下子即将它拉到地底下去，只有几个人来称赞阅看，这实在是自杀政策。"

正因为文学欣赏和文学创作有如此密切的关系，所以优秀的作家总是十分重视群众的欣赏要求和审美情趣，力求使自己的作品能受到群众的赏识和欢迎。我国文学史上就流传着大诗人白居易请老妪解诗的传说，《冷斋夜话》记载："白乐天每作诗，问曰：'解否？'妪曰：'解'。则录之。不解，则易之。"现代著名作家赵树理十分重视倾听读者的呼声，了解读者对自己作品的反映，努力使自己的作品能为广大群众尤其是农民群众所喜闻乐见，因而使他的作品如《小二黑结婚》等深受群众的欢迎。作家关心读者的欣赏要求，是文学创作中一个规律性的现象，也是文学创作取得成功的一个重要条件。

作家在创作过程中，对于群众的欣赏要求和艺术情趣应当加以科学的分析，采取正确的态度。一方面，作家应当充分尊重广大群众正当的欣赏要求和习惯，以自己的创造性劳动去满足群众多方面的精神需要。别林斯基说过："对于文学来说，公众是最高的审判，最高的法庭。"任何作品，如果不能为广大群众所接受和欢迎，那就不可能产生积极的社会影响，它的生命力必然是短暂的、微弱的，那种无视广大群众的实际欣赏能力和合理审美要求的创作倾向，显然是错误的，对艺术的繁荣是不利的。有人鼓吹：越是群众看不懂的作品，就越高雅。这是荒谬的。鲁迅说得好："文艺本不应该并非只有少数的优秀者才能鉴赏，而是只有少数的先天的低能者所不能鉴赏的东西。倘若说，作品愈高，知音愈少。那么，推论起来，谁也不懂的东西，就是世界上的绝作了。"托尔斯泰也说过："艺术不可能只因为它很优美才不能为广大群众所理解……艺术之所以不为广大群众所理解，只是因为这种艺术很坏，或者甚至根本不是艺术。"另一方面，作家也不能片面地迎合和迁就群众中少数人不健康的欣赏要求和审美情趣，以至把文学作品混同于普通的商品，单纯地追求经济效益，而不顾及作品的社会效果。鲁迅就曾对片面地"迎合大众，媚悦大众"的创作倾向提出过批评，指出："迎合和媚悦，是不会于大众有益的。"对于少数人不健康的欣赏要求和审美情趣，作家有责任通过自己创作的精美作品加以积极的诱导。

第二节　文学欣赏的特点与规律

一、文学欣赏的再创造和再评价

（一）欣赏的再创造

文学欣赏对于欣赏对象不是被动消极地接受，而是进行能动的再创造。欣赏者面对着欣赏对象，调动自己的生活经验和感情记忆，按照自己的审美习惯和愿望，通过联想和想象，给作品的形象以补充，使艺术形象更臻丰满，并且使它们活起来。没有欣赏者能动的再创造，艺术形象的许多特性就显示不出来，作家寄寓于形象中的思想感情，作品所蕴涵的思想意义，就不可能被认识和把握。《红楼梦》第四十八回写香菱学诗，香菱同黛玉谈对王维一首诗的体会，说："'渡头余落日，墟里上孤烟'，这'余'合'上'字，难为他怎么想出来!我们那年上京来，那日下晚便挽住船，岸上又没有人，只有几棵树，远远的几家人作晚饭。那样烟竟是青碧连云。谁知我昨儿晚上看了这两句话，倒象我又到了那个地方去了。"在这里，就包含着欣赏者香菱对王维诗句的艺术形象的再创造。对于艺术形象的再创造，不仅需要有丰富的生活经验，而且需要活跃的创造性想象。别林斯基谈到阅读《哈姆雷特》时，说哈姆雷特的"整个看得见的个性"必须由欣赏者自己规定，"必须不依赖莎士比亚，根据你的主观性去想象他"，"你到处感觉到他的存在，但却看不到他本人；你读到他的语言，但却听不见他的声音，你得用自己的幻想去补足这个缺点，这幻想虽然完全依存于作者，但同时也是不受他拘束的。"王朝闻也说："欣赏活动，作为一种受教育的方式或过程，应该说不是简单地接受作品的内容，对于欣赏者自己来说，当他受形象所感动的同时，要给形象作无形的'补充'以至'改造'。"在这方面，接受美学学者托多洛夫说得对："阅读不仅是一种展现作品的活动，而且也是一种补充过程。"

文学欣赏既然是一种能动的再创造的过程，因此，欣赏者的主观条件对于欣赏的再创造具有很大的关系。首先，文学欣赏中的再创造要受到欣赏者生活经验的影响。欣赏者生活经验不同，阅历深浅相异，对作品的感受、体验和理解便不同。鲁迅说过："文学虽然有普遍性，但因阅读者的体验不同而有变化，读者倘没有类似的体验，它也就失去了体验。譬如我们看《红楼梦》，从文学上推见了林黛玉这一个人，但须排除了梅博士的'黛玉葬花'照相的先入之见，另外想一个，那么，恐怕会想到剪头发、穿印度绸衫、清瘦、寂寞的摩登女郎；或者别的什么模样，我不能断定。但试去和三四十年前出版的《红楼梦图咏》之类里面的画象比一比罢，一定是截然两样的。那上面所画的，是那时的读者心目中的林黛玉。"欣赏者如果没有相应的生活经验，会给文学欣赏带来局限。反之，欣赏者生活经验越丰富，就越能发挥主观能动性，对作品的艺术形象进行创造性的补充和发挥。其次，欣赏者的思想观点和心理状态，对文学欣赏的再创造也有重大影响。欣赏者的思想观点如果与作品格格不入，他对作品就不可能产生深切的感受和体验，更谈不上对作品进行再创造。如果欣赏者的思想观点同作品相一致，就能引起强烈的共鸣，充分调动主观能动性，甚至浮想联翩，万象具呈。欣赏者心境愉悦时，即使阅读悲剧性作品，也可能给作品抹上一层明快的色彩。而欣赏者心境恶劣时，即使阅读喜剧性作品，也难以引起愉悦之情。杜甫诗曰："感时花溅泪，恨别鸟惊心。"这种情形不仅在文学创作中存在，在文学欣赏中也同样存在。再次，欣赏者的艺术修养和审美能力，对文学欣赏的再创造也有重大影响。由于欣赏者的艺术修养和审美能力的差异，他们所再创造的形象的丰富或贫乏是大不相同的。

（二）欣赏的再评价

在文学欣赏中，欣赏者不仅对欣赏的作品加以再创造，而且还加以再评价。艺术形象蕴涵着作家对描写的生活现象的态度和评价，但这种态度和评价不是以直接的议论形式表现出来，而是有机地浸透于艺术形象之中。因此，在欣赏过程中，欣赏者需要通过自己的体验重新进行一番认识和批评，这就是再评价。作家的主观评价是结合他自己的思想感情对客观生活的评价，而欣赏者的再评价则是结合欣赏者的思想感情对作家所反映的生活加以重新认识的结果。对艺术形象来说，欣赏者的再评价是直接的，但对作品所反映的生活来说，却是间接的。如同再创造一样，再评价的结果，决不会是作家评价的简单重复。欣赏者的再评价可能与作家的评价基本一致，也可能与作家的评价大相径庭。例如，《水浒传》中的潘金莲形象，通过一系列艺术描写，我们不难断定作者是将她视为十恶不赦的"淫妇"，予以无情的鞭挞。然而，在今天的许多读者看来，潘金莲固然有丑恶、凶残的一面，但是她的人生际遇毕竟是悲剧性的，有值得寄予同情的另一面。在文学欣赏中，由于欣赏者主观条件的差异，各人对同一部作品所作的评价不可能是雷同的。鲁迅在谈到人们对《红楼梦》的评价时说过：同是一部《红楼梦》，"单是命意，就因读者的眼光而有种种：经学家看见《易》，道学家看见淫，才子看见缠绵，革命家看见排满，流言家看见宫闱秘事。"这种仁者见仁，智者见智的现象，在文学欣赏中是普遍存在的。在文学创作中，往往有这种情形：作家描写了某些生活现象，但他并未认识到其本质意义。思想水平较高的欣赏者就可能发现艺术形象所隐藏的客观意义，甚至纠正作家对他所描写的生活现象所作的错误判断。文学的审美教育作用不仅表现在欣赏过程中被作家的思想感情所感染而获得熏陶和教益，而且也在于欣赏者在接受过程中能动地思索作品的意义，以自己所发现的作品的客观意义来丰富和深化自己的思想认识。

（三）欣赏的再创造和再评价不可分割

在文学欣赏中，再创造和再评价是感受和理解艺术形象过程中两个互相联系的不同方面，两者在欣赏活动中互相作用，不可分割。欣赏者依靠他自己对形象的感知以至体验、想象在自己的头脑中构成一定表象的过程，也就是他逐步深入思索形象的意义的过程。在再创造和再评价相统一的基础上，欣赏者才能够与作者的思想和艺术形象发生共鸣，从而有效地完成艺术的教育作用。

文学欣赏中的再创造和再评价表明文学欣赏具有主观能动性。但是这种主观能动性是以欣赏对象所提供的艺术形象为客观基础的，决不是主观随意性。文学作品的艺术形象作为艺术创造的精神产品，一经形成，便具有客观性和确定性，是不容任意变更的。欣赏者只能在客观的欣赏对象的基础上发挥主观能动性，而决不能脱离欣赏对象随心所欲地加以改造、重铸，以至弄得面目全非。鲁迅说过："读者所推见的人物，却并不一定和作者所设想的相同，巴尔扎克的小胡须的清瘦老人，到了高尔基的书里，也许变了粗蛮壮大的络腮胡子，不过那性格，言动，一定有些类似，大致不差。……要不然，文学这东西便没有普遍性了。"在欣赏活动中，再创造和再评价都要受到作品艺术形象的制约，这是被动中的主动，制约中的能动。欣赏者再创造的形象应当与作家创造的形象保持大体的一致，欣赏者的再评价与作家的评价在性质上也不应当是背向的。总之，无论是再创造，还是再评价，都是主观性与客观性相统一的。

二、文学欣赏的差异性和共同性

文学欣赏具有广泛的群众性，但它总是通过个体的活动来实现的。在文学欣赏中，个体差异表现得极为明显，这也是一般审美活动的一个基本特点。审美感受离不开主观的感性的愉快，各人都有理由保持自己的爱好和趣味，审美趣味的差异性是普遍存在的一个社会现象。由于每个人的社会地位、生活经历、文化素养、性格气质以及职业、年龄、心境等互不相同，形成了各自不同的个性，就使审美趣味存在着明显的个体差异性。人们对文学作品的欣赏要求是千差万别的，有的喜爱壮美，有的追求柔美；有的陶醉于华丽之美，有的倾心于朴素之美；有的以奔放为美，有的以奇巧为美。我国民族传统艺术中的"错彩镂金"之美与"出水芙蓉"之美，两者各拥有众多的欣赏者。正如刘勰所说："慷慨者逆声而击节，酝籍者见密而高蹈，浮慧者观绮而跃心，爱奇者闻诡而惊听。会己则嗟讽，异我则沮弃。"文学欣赏中的个性差异表现于各个方面，涉及不同的题材、体裁、风格、流派等。同是小说，有的爱长篇，有的嗜短章；有的喜读情节离奇的惊险故事，有的欣赏朴实无华的生活速写。同是戏剧，有的喜爱惊心动魄的悲剧，有的喜爱妙趣横生的喜剧。对于具有不同风格的作家，也各有所爱。例如，王安石喜欢杜甫，而不大喜欢李白；欧阳修则欣赏李白，而不大欣赏杜甫。甚至对同一篇作品，不同的欣赏者也各取其所爱。例如，对南唐李璟的《浣溪沙》，王安石特别赞赏"细雨梦回鸡塞远，小楼吹彻玉笙寒"两句，认为是江南最好的词；王国维则不以为然，他特别欣赏"菡萏香销翠叶残，西风愁起绿波间"，称这两句词"大有众芳芜秽，美人迟暮之感"。此类例子不胜枚举。

文学欣赏的个体差异不仅表现在个人爱好和趣味的差异上，而且还表现在各人总是以自己独特的方式去感受对象，各人在方向选择、敏感程度、注意程度、侧重点等方面均不尽相同，从而使他们在形象的体验、想象和对作品内容的领悟、理解也有所不同。西方人所谓"有一千个读者，就有一千个哈姆雷特"，就是指这种现象。

文学欣赏中的个性差异，也就是"偏爱"，是十分普遍的现象。凡是正当的"偏爱"，是无可非议的，不必强求一致，也无法强行统一。这种审美个性的差异，正是"世界上最丰富的东西——精神"（五）的折光。只要不"嗜痂成癖"或"嫉美如仇"，虽有所偏却不以偏强人，仍不失为一种正常的欣赏态度。在文学欣赏中，偏爱应该允许，只有偏见才必须反对。

文学欣赏的个性差异，反映了人们艺术需要的丰富多样性。它不但有助于欣赏趣味的互相交流，有助于审美鉴赏力的比较与提高，而且也是推动不同题材、体裁、风格、流派的文学作品百花齐放的一个积极因素。在文学史上，我们可以看到许多优秀作家，总是能够充分考虑到人们欣赏要求的多样性，以自己的创作去满足人们丰富多样的审美要求。有些杰出的作家甚至能以几副笔墨写出绚烂多彩的作品，吸引了爱好各异的众多的人们。王安石赞誉杜甫诗"悲欢穷泰，发敛抑扬，疾徐纵横，无施不可"，"有平淡简易者，有绚丽精确者，有严重威武若三军之帅者，有奋迅驰骤若豪驾之马者，有洼泊闲静若山谷隐士者，有风流酝蕴若贵介公子者。"这便是一个突出的例子。

审美趣味是社会历史发展的产物。每一时代特定的物质生活条件以及政治、哲学、道德、宗教等观念，乃至不同民族传统的文化心理等，均会给审美趣味以这样那样的影响，使个体的审美趣味在不同程度上打上时代、民族和阶级的烙印。因而，审美趣味的个体差异性必然反映出时代、民族和阶级的差异性。千差万别的审美趣味，既体现了个体的个性特征，又在一定程度上体现出时代的、民族的、阶级的特征。例如，我们当代广大读者，尽管欣赏爱好各不相同，但是，对于健康、进步的文学作品总是普遍喜爱的；反之，对于颓废的、腐朽的文学作品会予以普遍的抵制。

在文学欣赏中，不同个人、不同时代、不同民族、不同阶级有着不同的审美趣味，对同一作品有着不同的审美感受和审美评价。但另一方面，不同个人、不同时代、不同民族、不同阶级，又有相同或相近的审美趣味，对同一作品往往有着相同或相近审美感受和审美评价。可见，文学欣赏既具有差异性，又具有共同性。西方资产阶级美学家所谓"趣味无争辩"的说法，片面强调艺术爱好的个性差异，而抹杀其客观标准，显然是错误的。事实上，审美趣味的共同性，大量存在于日常生活之中。以自然美来说，鲜艳的花朵，秀丽的山水，灿烂的朝霞，皎洁的明月，是人们所共同欣赏的。以社会美来说，对祖国的热爱，对真理的追求；坚贞的爱情，深挚的友谊是人们所共同赞美的。在文学欣赏中，人们对于艺术美的欣赏同样具有共同性。屈原的《离骚》、司马迁的《史记》、王实甫的《西厢记》、曹雪芹的《红楼梦》等文质兼美的名篇佳作，为历代人们所普遍喜爱。我们充分肯定文学欣赏的差异性，但绝不能由此否定文学欣赏的共同性。

第三节　文学欣赏能力的培养

一、文学欣赏能力的标志

　　文学欣赏需要具备客观和主观两方面的条件。客观条件，便是文学作品，文学欣赏以文学作品为对象，没有文学作品，自然不可能引起文学欣赏。但是，仅有客观条件，而无必要的主观条件，仍无法引起文学欣赏。作品之所以能够被欣赏，是由于欣赏者具备了相应的主观条件的缘故。文学欣赏活动是作品作用于欣赏者的思想感情的过程，同时也是拥有一定审美能力的欣赏者对于作品进行感受和理解的过程。具有一定审美价值的文学作品要求欣赏者具有与之相适应的审美能力。马克思指出："从主体方面来看，只有音乐才能激起人的音乐感，对于不辨音律的耳朵来说，最美的音乐也毫无意义，音乐对它说来不是对象，因为我的对象只能是我的本质力量之一的确证，从而，它只能像我的本质力量作为一种主体能力而自为地存在那样对我存在着，因为对我说来任何一个对象的意义（它只是对那个与它相适应的感觉说来才有意义）都以我的感觉所能感知的程度为限。"鲁迅认为，欣赏文艺，"读者也应有相当的程度，首先是识字，其次是有普通大体的知识，而思想和情感，也应达到相当的水平线"。郭沫若谈到文艺欣赏时，十分重视读者的"感受性"和"教养程度"，他结合个人的亲身体验说："感受性的定量属于个人，在一定限量内，个人所能发展的可能性，依教养的程度而丰啬。同是一部《离骚》，在童稚时我们不曾感到什么，然到目前我们能称道屈原是我国文学史上第一个有天才的作者。"茅盾认为读者应具有"能够看出作品好不好，好在哪里坏在哪里"的"欣赏力"。可见，欣赏者的一定的欣赏能力是文学欣赏活动的必备条件之一。在文学欣赏中往往有这么一种情况，对于同一部文学作品，有的理解得正确，有的却作了错误的理解；有的领悟深刻，有的则很肤浅。究其原因，就在于欣赏能力的差异。欣赏能力越强，欣赏活动就越充分，越深刻，越能收到效果。反之，欣赏能力不高，欣赏活动就难以取得圆满的效果。

（一）敏锐的感受力

文学欣赏活动总是从欣赏者对于作品艺术形象的感受开始的，感受力在文学欣赏过程中起着十分重要的作用。人们初读文学作品，是以感受的直接性和灵敏性为特点的。高度的欣赏能力首先表现为敏锐的感受力。作家的创作是从个别的、具体的事物出发，通过虚构和集中，创造成典型的形象，将生动鲜明的现实画面转化为文字描绘。感受文学作品的读者仿佛进行相反的工作，把文字描绘转化为鲜明生动的现实形象和现实画面。高尔基谈到："当我在巴尔扎克的长篇小说《驴皮记》里，读到描写银行家举行盛宴和二十来个人同时讲话因而造成一片喧声的篇章时，我简直惊愕万分，各种不同的声音我仿佛现在还听见。然而主要之点在于，我不仅听见，而且也看见谁在怎样讲话，看见这些人的眼睛、微笑和姿势，虽然巴尔扎克并没有描写这位银行家的客人们的脸孔和体态。"在阅读文学作品时，能以亢奋的心理状态，心往神驰于作品所创造的艺术境界，敏捷地把语言形象转化为视觉形象和听觉形象，如见其人，如闻其声，仿佛作品中的整个生活场景就呈现在眼前，连各个细部都历历在目，这正是敏锐的感受力的表现。高尔基在谈到列夫·托尔斯泰作品的人物塑造时说："……刻画的形象巧妙到这样的程度，你会感觉到他的主人公的肉体的存在；他仿佛站在你的面前，你想用手指去触摸他。"这固然是对托尔斯泰的卓越的艺术造诣的赞语，但同时也反映了高尔基的高度的审美能力，在他的艺术感受中，语言形象甚至可以转化为触觉形象（当然这种触觉形象并非真正的实体）。相反，在缺乏感受力的读者面前，即使是最出色的艺术描绘，也会黯然失色的。

（二）丰富的想象力

黑格尔说过："真正的创作就是艺术想象的活动。"文学创作需要想象，文学欣赏也需要想象。这是在对形象的敏锐感受后所产生的艺术想象。离开一定的想象，不仅谈不上文学欣赏中的再创造，而且连形象的感受也会受到限制。因为文学作为语言艺术，它的形象具有间接性，不同于造型艺术和表演艺术，可以直接诉之于人们的感觉器官。只有凭借想象，才能具体地感受到。在文学欣赏中，想象与感受是互相依赖的。对形象有较深的感受，才有自由的想象；有自由的想象，才能对形象有较深的感受。

想象是一种创造性的心理活动。人在反映客观事物时，不仅感知当时直接作用于主体的事物，而且还能在头脑中创造出新的形象，即没有直接感知过的事物的形象。这种特殊的心理活动，称为想象。按照想象内容的独立性、新颖性和创造性的不同，想象可分为再造性想象和创造性想象两类。再造性想象是主体在经验记忆的基础上，在头脑中再现出客观事物的表象。创造性想象则不只是再现现成事物，而且能创造出新的形象，包括文学欣赏在内的一切审美活动，总需要有所发现，有所增添，才能产生新鲜的愉快的感受，所以它经常总是既熟悉又不熟悉的。这就是再造性想象和创造性想象的结合与统一。

在文学欣赏中，丰富的想象力表现为在对象中有所发现和有所补充，想象出没有直接出现于形象的生活，同时感到再创造的喜悦。巴尔扎克在小说《幻灭》中指出："真正懂诗的人会把作者诗句中只透露一星半点的东西拿到自己心中去发展。"果戈理在欣赏普希金的诗之后写道："他这个短诗集给人呈现了一系列最眩人眼目的图画。这里是一个明朗的世界，在这个世界里，自然是被生动地表现了出来，好像是一条银色的河流，在这急流里鲜明地闪过了灿烂夺目的肩膀，雪白的玉手，被乌黑的鬈发像黑夜一样笼罩着的石膏似的颈项，一丛透明的葡萄，或者是为了醒目而栽植的桃金娘和一片树荫……"这便是丰富的想象力的表现。

（三）准确的判断力

审美意识是在知觉和快感的反映形式下，对事物的社会本质的直接把握，而不是生理感官对对象的简单反应。文学欣赏作为一种审美的认识活动，不能停留于对作品的具体的感性的反应，而需要深入地把握作品的内在的意蕴，从审美的角度作出理性的判断。

准确的判断力是高度的欣赏能力的一个重要标志。例如，对于笛福的《鲁滨逊漂流记》，资产阶级文化史家以为，那"仅仅是对极度文明的反动和想回到被误解了的自然中去"；马克思则指出："这是错觉，只是美学上大大小小的鲁滨逊漂流记的错觉。"马克思、恩格斯把鲁滨逊看作是资产阶级上升时期的"一个真正的资产者。"这就揭示了《鲁滨逊漂流记》的真正的思想意义和社会意义，发现了以往文化史家在这部作品中从来不曾发现过的东西。对于高尔基的《母亲》，普列汉诺夫多有指责，列宁则热情赞扬，说这是"一本非常及时的书。"这些例子都说明在文学欣赏中判断力的准确和谬误是大相径庭的。马克思、恩格斯、列宁对于这些作品所作的准确判断表现了他们高度的审美智慧和深邃的美学眼光。

二、培养文学欣赏能力的途径

一个人的欣赏能力虽然同先天素质不无关系，但主要是后天的社会实践形成的。为了卓有成效地进行文学欣赏，欣赏者应当努力培养和提高自身的欣赏能力。欣赏能力的提高有赖于日积月累的持久努力，非一朝一夕所能奏功。其途径是多方面的，现就主要的几方面分述如下：

（一）树立正确的审美观点

文学欣赏不能离开一定的审美观点的指导。只有在正确的审美观点的指导下，欣赏活动才能沿着正确的方向进行，取得具有积极意义的成效。错误的审美观点，庸俗的艺术情趣，会导致美丑不分，以丑为美，使欣赏活动走上歧路。因此，树立正确的审美观点是提高审美能力的一个必要的前提。正确的审美观点的树立，有赖于学习马克思主义及其美学理论，加强思想修养，不断提高精神境界，抵制各种错误的审美观点和庸俗的审美情趣的侵蚀。

（二）坚持不断的欣赏实践

欣赏能力是在反复不断的欣赏实践中锻炼和培养起来的。刘勰说的"凡操千曲而后晓声，观千剑而后识器"，是至理名言。如果一个人能娴熟地、弹上一千个曲子，对音乐就比较能判断它的优劣；如果能有观察上千把宝剑的经验，他就能鉴别武器的好坏。同样，一个人如果长期坚持不懈地广泛阅读文学作品，他对作品的鉴别和欣赏能力便会不断地培养起来。

什么样的艺术品，在一定程度上造就什么样的艺术鉴赏力。只有精美的作品，才能培养起高度的鉴赏力，爱克曼在《歌德谈话录》中记载了一段歌德教诲他看画的名言："他（指歌德）在每一类画中只指给我看完美的代表作，使我认识到作者的意图和优点，学会按照最好的思想去想，引起最好的情感。他说：'这样才能培养出我们所说的鉴赏力。鉴赏力不是靠观赏中等作品而是要靠观赏最好的作品才能培育成的。所以我只让你看最好的作品，等你在最好的作品中打下牢固的基础，你就有了用以衡量其他作品的标准，估计不至于过高，而是恰如其分。'"这是精深之见。19世纪法国古典主义画家安格尔也说过类似的话："每个人的判断力无论如何薄弱，他们对于艺术的理解和对美的事物的感觉始终有必要反复地同荷马进行交流，因为他所取得的最纯洁的乐趣要归功于荷马。"这段话的意思也是强调欣赏艺术巨匠的名作对于培养和提高欣赏能力的重要作用，也就是我国古人所提倡的"取法乎上"的意思。为什么培养文学欣赏能力，要靠观赏最好的作品呢？因为，这些名家之作总是内容与形式的完美结合，思想与技巧的高度统一，集中体现了艺术的审美特性，具有典范的意义，它远远地超出于水平线之上，成为鉴别其他作品的准绳。经常阅读这样的作品，能够透彻理解艺术的内在规律，鉴赏的目光就会逐渐犀利起来。当然，这么说，并非主张阅读面越窄越好。在重点选读精美的作品的同时，适当阅读一些第二流第三流的作品，加以比较品评，对于欣赏能力的提高也是有所裨益的。

（三）积累丰富的生活经验

任何文学作品都是一定的客观生活的形象反映。欣赏者实际上是面对着作家艺术地改造过的现实生活。因此，欣赏者如果没有一定的生活经验，便无从进入欣赏过程，对作品便无法产生真切的体验和理解。今天的青年对反映当代生活的作品比较容易理解，容易产生浓厚的兴趣，而对反映旧时代生活的作品，如《红楼梦》《儒林外史》等作品就比较隔膜，他们甚至对贾宝玉和林黛玉表白爱情的方式感到不可思议，这些都同生活经验直接有关。清代张潮谈到他的读书体会："少年读书，如隙中窥月；中年读书，如庭中望月；老年读书，如台中玩月。皆以阅历之深浅为所得之深浅耳。"黑格尔也有类似的说法："同样一句格言，在完全正确理解它的青年人中，总没有在阅世很深的成年人的精神中那样的作用和范围，要在这种成年人的阅历中，那句格言里所包含的内容的全部力量才会表达出来。"，一个人阅历愈深，对文艺的感受才愈丰富和深刻。那种历练世事、深谙人生的艺术力作，要真正读懂它，非有丰富的阅历不可。明代陈继儒说："少年莫漫轻吟味，五十方能读杜诗。"并非无稽之谈。可见，培养高度的欣赏能力，需要同创作一样，积极地投身于社会实践，开拓生活的领域。一个脱离生活孤陋寡闻的人，不可能成为高明的艺术鉴赏家。

（四）掌握科学的文学理论

在文学欣赏活动中，欣赏的文学作品是具体的，感性形态的，它首先作为感知的对象呈现在我们面前。如果没有关于文学的一般原理的知识，我们的感知往往是表面的，理解也是肤浅的。毛泽东说过："我们的实践证明：感觉到了的东西，我们不能立刻理解它，只有理解了的东西才更深刻地感觉它。"欣赏者如果不懂得文学理论，不了解文学作品的内在规律，他的欣赏能力就不可避免地带有盲目性和自发性。只有掌握科学的文学理论，才能使欣赏能力提到应有的高度。那种把培养欣赏能力和学习文学理论对立起来的观点，是没有根据的。

【知识盘点】 文学欣赏 接受美学 欣赏的再创造 欣赏的再评价 差异性 共同性 审美趣味 感受力 想象力 判断力

【随堂练习】

1. 为什么说文学欣赏是一种审美的认识活动？

2. 文学欣赏有何重要意义？

3. 怎样理解文学欣赏的再创造和再评价？

4. 如何正确认识文学欣赏的差异性和共同性？

5. 如何正确解释文学欣赏中的共鸣现象？引起共鸣有哪些主要的因素？

6. 哪些是文学欣赏能力的基本标志？怎样提高文学欣赏能力？

第十二章　文学批评

【章前导读】　刚刚涉足文坛的陀思妥耶夫斯基写出了他的第一部小说《穷人》，便立刻得到了别林斯基的肯定："请珍惜您的这份天赋吧!只要始终不渝地忠实于真理，您就会成为一个伟大的作家!"备受鼓舞的陀思妥耶夫斯基以后陆续写出了《白夜》《被侮辱与被损害的》《死屋手记》《罪与罚》《白痴》《恶魔》《卡拉马卓夫兄弟》等享誉世界的小说。陀思妥耶夫斯基在晚年回忆当初的情景时，不禁动情地说："这是我一生中最重要的时刻，此刻发生了决定着我终生命运的大转变，一种崭新的东西已经开始出现，这种东西即使在我当时最狂热的幻想中也未曾料到。"这说明：作家的才能未必能发现作家的才能；发现作家的才能需要另一种才能，那就是批评家的才能。别林斯基就是具备这种卓越才能的伟大批评家。

　　简单说来，基于文学欣赏的评价分析活动属于文学批评。它与文学欣赏既有密切联系，又有自己独有的特性与功能，无论是对文学创作，还是对文学欣赏，文学批评都有重要的影响和作用。当然，文学批评的对象决不仅限于文学作品，应该说，一切文学现象都可以成为文学批评的对象。从这个意义上说，文学批评是具有广泛社会影响的文学活动，它的作用有时甚至会超出文学领域。因此，文学批评本身也是一种重要的文学现象。

　　认识文学批评的性质、任务和方法是正确地开展文学批评的必要条件，也是文学理论研究的重要组成部分。本章将从分析批评活动的特殊属性与职能入手，帮助学生初步了解文学批评的一般规律。

第一节　文学批评的性质

　　文学批评既是文学活动过程中产生的一种文学现象，又是文学活动的一个有机组成部分。从作为一种文学活动的组成部分来看，它属于接受范畴，主要是以文学作品为对象的理性评价活动；从作为一种文学现象来讲，它又超越了接受范畴，它对一切文学活动和文学现象甚至包括自身在内都要加以分析和评价。因此，文学批评是对以文学作品为中心兼及一切文学活动和文学现象的理性分析、评价和判断。

在对文学批评定义的表述中，实际上包含了一系列的两极对立，如理论与实践、科学性与文学性、主观批评与客观批评、政治批评和学术批评等。其实每一组两极对立都从一个侧面确立了批评所在的位置和疆界，共同界定了文学批评的性质。

一、文学批评是文学理论和文学实践的中介

文学批评不同于文学理论，也不同于文学实践，而是处于理论与实践的某个中间位置上，起着沟通和连接理论与实践的中介作用。这种中介沟通作用分别体现于批评与实践、批评与理论的关系中。前一种关系体现为批评本身是文学整体活动中的一个内部调节机制，它通过评价作家创作的成败得失，帮助和指导作家总结创作经验，提高创作水平；通过向读者传递评价信息；提供分析标准，影响读者的意识、趣味、观点及接受活动；通过批评家对社会现象的态度，影响读者对现实生活的态度，帮助读者认识社会现实，把握社会发展规律。后一种关系体现为：一方面文学批评以文学理论为评判依据和论证基础；另一方面，文学批评以其与文学实践的密切关系向文学理论提供大量的经验性材料，推动文学理论的发展。

二、文学批评是文学性和科学性的统一

韦勒克在介绍赫尔德的批评观时说："赫尔德认为，批评主要是一个达到移情、同化和产生某种直觉的非理性的东西的过程。"赫尔德首创的感受批评说，第一次明确地把批评的基点建立在个人感受上。与此相反，普希金则认为："批评是揭示文学艺术作品的美和缺点的科学。"比较赫尔德和普希金的批评观，前者强调个人感受，后者强调"科学"。实际上，两者各自认识和坚持了文学批评根本性质的一个方面，文学批评是文学性和科学性的统一。

文学批评的科学性首先表现为文学批评思维方式的理性化和表述的明晰性，从文学作品及文学现象的感受中搜寻和揭示文学现象的普遍规律和真理，并用明确、坦率的符合批评家理性思维的方式表述出来。其次表现为对方法论的重视，就文学批评的发展历史看，特别是进入20世纪以来，对方法论的探索热情与依靠比重明显增加，产生了如精神分析批评、原型批评、结构主义批评、现象学批评等各种形态和流派，这种状况显示了文学批评寻求秩序和建立系统的一种愿望，使批评变得更加科学化。再次表现为文学批评有自己的概念范畴，文学批评所进行的判断活动、批评模式的建构，以及批评手法的具体运用都是建立在文学批评的概念范畴之上。

文学批评的文学性首先表现为文学批评具有情感性和意向性，是情感与理智相结合的一种思维活动。其次表现为文学批评具有多样化的表达形式，对于同一部文学作品，由于批评角度、批评方法及侧重点的不同，可以有多种多样的表达

方式。同时，批评文本又是批评家的判断能力、分析综合能力、创造能力等心理能力的外在表现，批评家总希望借助一些独特的表达形式以显示自身的灵性与睿智，因此我们可以看到论说式、角色对话式、以诗论诗式、意象重建式、隐喻象征式等丰富多样的批评表达方式。

三、文学批评是主观性和客观性的统一

文学批评活动中主观性和客观性的问题，历来为批评家和文论家所重视，同时出于对批评内涵的各种理解，不同的批评家做出了各有侧重的强调，随着批评意识的觉醒，人们在文学批评的主观性与客观性问题上的对立也愈加明显。古典主义或现实主义的批评家，往往视批评为一种冷静、客观、公正的活动方式，他们一般认为，批评是一种排除个人偏见的活动，其任务是将批评对象本身具有的、能为所有或大多数读者所认识和理解的因素提取出来，通过理性化的批评语言，让它以一种客观的本来面目呈现在读者面前。然而，自赫尔德以来就有另外一种声音，他们把文学批评看作是建立在批评主体个人感受基础上的充满热情的主观活动，认为作为一种批评，假如缺少一种最基本的艺术的和创造的特征，与批评家的主观个性不相关涉，那它永远不过是一种肤浅和毫无意义的描述。这种声音在浪漫主义批评家和一些现代批评家那里激起了强烈的回响。

其实在实际批评中寻找纯客观或纯主观的行为绝非易事。在英国学者罗杰福勒编的《现代西方文学批评术语辞典》中有这样的论述："艺术中的客观性只能界定为对个人的反应采取不偏不倚、不离奇古怪的态度，并且努力把这些反应准确地反映出来。这样的反应就不仅仅是见解了，而是确凿的证据。客观性决不能意味着排除个人的反应。排除个人反应的批评就不成其为批评，因为个人反应在文学作品中举足轻重。同时，最倾向于根据自己的印象评价作品的批评家，如果要使他的印象成为有说服力的批评而不使人觉得他信口开河，那么，他必须指出，或至少含蓄地提到作品中可以看得出来的（因而是客观的）某些特征。"这段话说明，文学批评中的主观性与客观性不但不互相排斥，而且相得益彰，互相以对方为自己存在的依据和条件。对其中任何一方的片面强调实际上都是基于抽象的和想当然的假想。

当然，批评家的主观性和客观性的统一并不意味着主张在主观性和客观性之间搞静止的平均搭配。理论上的概括比实际的状况要简单得多，就历史上存在的各种类型的文学批评实践来看，不管批评主体是否自觉把握了主客观统一性关系，在面对批评对象时总是各有侧重，或者是像一些浪漫主义、象征主义批评家，更着重自我的印象与感受，倾向于主观性的判断与评价；或像新批评派、结构主义批评家，更着重对象的组织与秩序，倾向于客观性的分析与描述。

四、文学批评是政治性与学术性的统一

政治是人类经济关系的集中体现，作为整体的政治体系由政治设施、政治组

织、政治规范和政治意识形态构成。在上述层级关系中，文学批评的政治性显然体现在政治意识形态层次。作为文学批评主要对象的文学作品，不管诗歌、散文，还是小说、剧本，都是精神创造的产物，都是一种意识形态话语，这决定了文学批评必然要作为一种意识形态评价方式而对文学及社会生活特别是社会意识形态产生深刻的影响：文学作品中社会心态、世俗民情等大都以潜隐的方式存在，文学批评以其敏锐的洞察和直接的表述，将作品中的心态与民情昭示出来，必然会对文学本身以及社会的各个组成部分产生影响，促进文艺与社会关系的调节；通过文学批评的宣传作用，用一种让人乐于接受的方式传播某种社会理想和社会观念；文学批评以其特有的敏锐和灵活，总是积极地参与斗争，对正确的进步的文艺思想和文艺现象加以肯定和褒扬，对错误的以及落后的文艺思想和文艺现象进行否定和鞭挞，从而保证文艺事业朝着，健康的方向发展。

承认文学批评的政治性，并不等于把文学批评全然当作政治批评。当政治被看作是评判文艺作品的唯一权威或最高标准的时候，往往是政治对文艺的横加干涉。在这种情况下，学术性批评承担了对政治性批评所可能出现的偏差进行反驳的任务。

学术性批评表明了一种坚守学术传统、维护学术纯洁的批评态度。批评的学术性在于，它特别关注批评对象自身的具体性质、特点和规律，提倡一种具有专业特点逻辑性强，而思维缜密的话语表达方式，运用自身专业的要领和标准，对批评对象做出相对独立于政治论断的学术评价。学术性批评的全过程内含着知识的聚集、验证、扩展和更新，其成果代表着人类知识领域的演进和认识能力的提升。

但是学术性批评并不意味着把文学批评当成与现实政治完全无关的专业操练。吴炫曾说："在'何为政治'问题上，我以为可划分为政治权力和政治生活这两个范畴。一个人可回避政治权力，但无法回避政治生活。我们常说的'学术依附'与'学术独立'，如果是相对于'政治权力'而言，那是可以成立的。但中国学者常犯的错误，是将'政治权力'与'政治生活'等而论之。从而将学术对政治权力的挣脱，推论为不关心政治生活的所谓'学问'，并以为只有专心于'学问'才是学术之独立。"这段话说明，一个人从事学术批评也必须内涵某种无可逃避的政治意义。实际上，对学术性的倡导总是与对独立知识领域的捍卫相一致，与对自由发表思想和从事学术研究的信念相一致。当这种倡导成为抵抗政治干预和商业渗透的策略时，其意义无疑也已溢出了纯粹学术的范围。

第二节　文学批评的多样性态

作为文学批评对象的文学是由"世界""作者""文本""读者"四要素组成。批评对其中任何一个要素的特别关注与强调，都会形成某种文学批评。如强调文学与外部世界的联系，便形成道德批评、社会批评、西方马克思主义批评、女性主义批评和新历史主义批评；强调文学与作者个人的联系，即产生了心理批评、原型批评、新心理分析批评等；强调文学与读者的联系，则形成现象学批评、解释学批评、接受理论批评、读者反应批评等；而将批评的视角专注于文学文本，则又形成了俄国形式主义批评、英美新批评、结构主义批评、解构批评等各不相同的文学批评形态。而在这些文学批评形态中，有几种形态特别值得注意，这是因为它们不仅在当时产生了巨大影响，而且还深深影响了后世，甚至为马克思主义的批评提供了有益的借鉴。

一、社会历史批评

社会历史批评主要指向"世界"这个成分，即注重作品的社会历史背景，包括时代背景、政治与经济背景、文化背景等，旨在考察作品与上述背景之间的关系，进而解释作品的性质，判断作品的价值。

社会历史批评历史悠久，但比较自觉运用社会历史观点研究文学的，是18世纪的意大利学者维柯。维柯于1725年发表《新科学》，该著作将荷马史诗与诗人所处时代的社会状况联系起来，并作了细致的分析，开创了把文学作品与时代背景、作者生平结合起来研究和评价的批评方法。到19世纪，法国的丹纳将社会历史批评系统化，他在《英国文学史·序论》和《艺术哲学》中，表述了他的艺术观和批评观。其基本论点是：艺术是对现实世界的模仿；但艺术模仿的是事物的主要特征，亦即表现事物的本质；艺术作品产生的推动力是种族、环境与时代。"种族"指的是生理的和遗传的因素，"环境"指的是地理与气象，"时代"指的则是政治制度、风尚习俗、社会心理。丹纳受实证主义哲学影响，在考察艺术与社会历史的关系时，忽视了社会的经济基础对艺术的制约。

毋庸讳言，社会历史批评在实际操作和运行的过程中，出现了庸俗社会学的倾向。同时由于其重心在于文学—与社会的关系，往往容易忽视文学的特征，忽视对文学作品的美学分析。但是，社会历史批评的历史地位及其对文学批评的贡献是不容抹杀的。它的最大价值在于承认文学与社会生活的广泛联系，是揭示文学作品潜在的社会和思想含义的有效方法。社会历史批评因为具有了这样的理论和方法上的优势，它才能继续发挥着广泛的影响。当代西方马克思主义批评、女权主义批评、新历史主义批评，无不借鉴和吸收了社会历史批评的理论与方法。

二、心理批评

心理批评主要指向"作者"这个成分。作者是文学作品的生产者，他与文学作品的近乎天然的联系，使得作者的情感精神世界与作品的艺术世界之间的对应关系引来了大量的批评者的目光。在19世纪的浪漫主义批评家简单地把文学看作是作者情感的自然流露的观点已不再令人感兴趣时，运用现代心理学的成果对作家个人无意识、群体深层心理和集体无意识等进行分析，进而探求作家及作品的真实意图以获得其真实价值的心理批评不断地形成气候。

心理批评主要是指运用现代心理学的成果，来对作家的创作心理及作品人物心理进行分析，从而探求作品的真实意图以获得其真实价值。它不同于古代心理分析的地方，在于它立足于从对作品人物的心理分析中进而找出作者创作的心理机制、意识和无意识，再转而对作品为什么要用这样的形式技巧、语言符号作出解释。精神分析学、生物心理学、认知心理学、实验心理学、格式塔心理学等心理批评尽管有这样或那样的不同，但作为一种批评形态的心理批评，有许多重要方面是相似的，"它们都主张对真实内容进行分析。这种真实内容往往隐藏在本文的后面，因而心理学家并非只从表面上去看本文，而是要看透它。从心理学角度看，文学只是一组符号，如果阅读正确的话，它可以显示出第二组符号，而第二组符号可以依次展示出控制文学'制造'的心理活动。"当然，这些相似并不意味着各种不同的心理批评是一回事。如对于精神分析的批评来说，着重于从艺术作品的分析论证作家的潜意识、本能欲望如何成为创作的动机，并就文学的效果与特点所产生的影响作出心理学的解释。弗洛伊德的追随者、英国医生欧纳斯特·琼斯对《哈姆莱特》的解析，是动用这种批评方法的一个范例。格式塔心理学的批评则着重于艺术或文学作品的整体完形结构的评价，他们认为整体不等于部分的总和，整体是先于部分而决定各个部分的性质和意义的，这本身是一种心理现象。因而，批评作品也就必须从作品的整体完形结构中才能了解其真实的含义并通达艺术家的心灵。

心理批评与精神分析学之间的传承关系，导致他们将探究的目光专注于作家潜意识，并将其视为作家创作的根本原因就会成为不可避免的缺陷。

同时心理批评在作品审美价值判断上显得无能为力。但是如同精神分析学开辟了人类认识自身的新领域一样，心理批评对作家的创作心理、作品的象征层面、读者的欣赏心理等方面的研究成果，也值得借鉴。

三、本体批评

这种批评模式，朝向"作品"这个成分，注重于分析作品的文学性、艺术形式与艺术技巧，排除作品以外的其他成分，而专注于作品内部的因素及这些因素之间的关系。所以，这种批评模式，叫做"本体批评"或"本体阐释批评"。它包括俄国形式主义、新批评和结构主义批评等。

俄国形式主义批评20世纪初产生于俄国，这派批评家的目标是使某一作品变成文学作品的普遍特点。他们认为文学作品不是内容决定形式，而是形式限定内容。文学批评的任务不是回答作品说了些什么，而在于告诉人们它是怎样说的。"怎样说"乃是语言表述形式问题。他们认为文学语言是不同于日常语言的特殊语言，它使普通语言的规范系统变形，有意使普通语言扭曲、颠倒、浓缩，造成"疏远""陌生化"。

新批评于20世纪20年代发端于英国，30年代形成于美国，四五十年代在美国达到鼎盛期。新批评的一个基本观点是：文学作品是孤立于所有外在因素——世界、作家、读者——之外的一个自足实体，一个自我封闭的客观物。批评的任务是把诗歌当作诗歌，而不是别的东西来考察，强调"作品作为自为之物的自律性"。作品这个自足实体只可用它自己的语言来解释。作品的意义在于作品本身，与作者的意图无关，如果混淆二者的界限，就造成"意图的谬误"；作品的意义也与读者的感情反应无关，将这二者混淆，则造成"传情的谬误"。

结构主义批评追随在新批评之后，于20世纪60年代在法国形成高峰。它也主张切断文学作品的外部关系，批评只从具体作品出发，只对作品本身感兴趣。结构主义批评的代表人物罗兰·巴特，将结构主义语言学引进文学批评，借用结构主义语法分析来寻找文学作品的内在结构。他从语言的结构层次受到启发，把文学作品分为三个层次：功能层，行动层，叙述层。功能层是最小的叙述单位，也是作品中不可缺少的最小的语言单位：行动层指行动的人物层；叙述层是研究叙述符号体系。

上述三种批评虽然各有其特点，却表现出形式主义的共同倾向。就他们重视文学作品的本体研究而言，它们对"文学性"的探讨，对作品语言结构、叙事结构和艺术技巧的分析，有一定的借鉴意义。但是，它们把文本当作一个封闭的自足体，排除共同社会历史的联系，回避内容的分析，也就抽掉了文学的活生生的人文内涵；同时，它们往往混淆语言学与文学的界限，将文学批评变成了枯燥、烦琐、抽象的语法分析、结构分析和技巧分析。

四、接受批评

这种批评模式，朝向"读者"这个成分，注重考察读者在阅读文本时的参与作用。接受批评，20世纪60年代崛起于德国，其代表人物为尧斯、伊塞尔等。接受批评的理论观点概要地说是：

第一，文学研究的对象不是文本，而是文本的具体化。文本乃是艺术成品，尚未进入流通过程，尚未经过读者的阅读；当文本被读者阅读之时，就转化为作品，成为审美客体。作为审美客体的作品，是开放性的，提示性的，其中有许多空白、许多不确定性，需要由读者来充实、来具体化。

第二，既然文本的具体化是由读者来实现的，读者即接受者是接受批评的焦点。没有读者，作家创作的文本不可能被实现，它就只是一个自存之物。读者在将作品具体化的时候，调动了自己的潜在经验，运用自己的"期待视野"去积极地、主动地参与。所以，接受批评是把作家、作品与读者联系起来考察，而重点在读者，是名副其实的读者中心论的批评。

第三，文学史是一部文学接受的历史。任何一个审美客体，在历史演变过程中都会发生变易，促成其变易的原因，在于读者的参与。一部作品在发表时所得到的价值判断，和它以后在不同时期以及在当前所得到的价值判断会有很大的差异，哪怕是被誉为具有永恒价值的经典作品，其"永恒性"也是靠不住的。传统的文学史只是描述作家作品及其地位，接受的文学史则从读者的接受与参与过程来重构文学史。

接受批评把一向被忽视的"读者"推向前台，充分重视读者主动参与的作用，并从接受的过程来重构文学史，这些对于扩展文学批评的新视角，开创文学史研究新途径，都具有积极的意义。但是，它对构成读者接受活动的前提与基础的作品，却没有给予足够的注意，它把接受过程注入文学史也会难以提出具有坚实的客观基础的价值标准。由此，兴起于20世纪60年代的接受批评在70年代曾达到高潮，进入80年代中期以后，其巅峰期逐渐远去。

五、文化学批评

文化学批评是一种从文化的角度考察文学现象、综合研究文学的文化性质的批评方法。它是在文化人类学的启发和推动下建立和发展起来的。文化学批评不是把文学仅仅作为一定社会生活的反映或时代的产物，也不是将文学视为作家个人意识或无意识的产物，更不是把文学当作一个封闭的自足体，而是把文学当作人类经验的一部分，文化学批评关注的是文学的文化意义。与其他批评方法相比，文化学批评具有更为广阔的视野，在时间和空间上有着充分的自由。在文化学批评看来，文学是一个具有广泛复杂关系的文化载体，具有深厚的文化沉淀，与文化的其他载体有着千丝万缕的联系。考察文学时，不仅要全面考察文学与社会、文学与哲学、文学与宗教、文学与科技诸方面的关系，而且还要求对文学作历史的综合追溯。例如，文化学批评在分析文学作品时，不是孤立地考察作品本身，也不是仅仅寻找文学与社会的对应，而是全方位地考察包括文学作品中体现的崇拜观念、价值观念、群体性格、精神趣味等，以及文学作品中体现的其他文化符号，如原始仪式、地域风俗、自然意象乃至神话传说等。

文化学批评是一种新兴的、尚在建构之中的文学批评方法，它有着自身的优势和局限。文化学批评对文学现象的整体的比较的研究，开阔了人们的学术视野，拓宽了文学的研究领域，使人们能在人类文化纵横交错的参照系中把握文学现象丰富的文化内涵。但是它如果过多地强调文学作品的文化价值和文献意义，忽略或不够重视文学作品本身的审美追求，如同韦勒克所说："将文学与文明的历史混同，等于否定文学研究具有它特定的领域和特定的方法。"文学批评就很有可能丧失"文学"的意味。

在当今，文化学批评有着特殊的现实意义和发展前景，它不仅使我们能够在更为宏大的时空构架中重新审视和整合人类的文学经验，而且顺应了当代世界文化日益走向交流和汇通的大趋势，从文化的角度为中国文学与世界文学的沟通和理解提供了通道。

第三节 马克思主义文学批评及其标准

马克思主义文学批评，是在无产阶级登上历史舞台后，为谋求自身和全人类彻底解放的革命活动中兴起和形成的。它以辩证唯物主义和历史唯物主义的世界观和方法论为指导，通过对人类优秀的文学遗产和无产阶级自身文学实践以及其他文学现象的分析、研究和评价，更好地推动人类文学事业的历史进步和无产阶级文学事业的繁荣发展，同时也提出并形成了马克思主义批评的基本方法，成为我们制订马克思主义文学批评标准的依据，指导我们正确地去开展有益于文学事业发展的文学批评。

一、马克思主义文学批评的美学观点和历史观点

美学观点和历史观点曾被恩格斯称为文学批评的最高标准。1846年末到1847年初，恩格斯在《诗歌和散文中的德国社会主义》一文中，针对格律恩对歌德的歪曲进行了批判："我们绝不是从道德的和党派的观点来责备歌德，而是从美学和历史的观点来责备他。"在1859年5月18日致斐·拉萨尔的信中，恩格斯即把这种观点称为文学批评的最高标准："我是从美学的观点和历史的观点，以非常高的、即最高的标准来衡量您的作品的。"统观马克思恩格斯关于文学艺术的言论，以及他们对作家作品的评论，美学的观点和历史的观点是他们一贯坚持的文学批评的最高标准。为什么美学的观点和历史的观点是文学批评的最高标准?二者的内涵及其关系怎样?

美学观点要求把批评对象真正当作审美对象，运用马克思主义美学原理、观点来进行分析和评价。它以对批评对象的审美感受为起点，以批评对象的审美特征为中心，传达描述文学艺术作品的美和缺点，最终对批评对象的美学价值作出科学的判断。

马克思恩格斯的文艺批评实践表现出对"美的规律"的高度尊重。马克思和恩格斯认为，人的审美意识与审美活动的发生，人对"美的规律"的认识与掌握，是人的物质实践活动的结果。马克思把人的物质生产看作人的有意识的活动，这是因为人不受肉体需要的支配也进行生产（这说明人可以超越本能的驱使进行生产）；人在生产过程中以整个自然界为对象，生产就是通过实践改造对象世界；人还能按照任何一个对象的特性（"任何一个种的尺度"）进行生产，并且把自己的主观意愿、个性（"内在的尺度"）运用到对象上去，正是在这种有意识地改造对象世界的生产活动中，人认识和掌握了"美的规律"，能够"按照美的规律来构造"对象。人的生产活动的这些特征，表明人已经超越了自下而上所必需的纯物质的范围，向着精神领域延伸。这种延伸，使得人形成并发展着、丰富着五官对外界事物的感觉，产生了对于客观对象的特殊的精神感觉——审美的感觉。在经过一个历史发展过程之后，这一特殊的精神实践活动的演进，逐渐形成了其自身的"美的规律"。在马克思看来，"美的规律"像自然界规律和社会界规律一样，具有无可争辩的客观性，它不是人的主观任意性的产物，而是人在改造客观对象的实践活动中所发现的。马克思主义的创始人肯定了对"美的规律"的高度尊重。

历史的观点要求按照历史唯物主义的基本观点，对批评对象进行分析和评价，

它要求把文学现象放到由此产生的经济、政治和文化环境中加以考察，追源溯流，前后比较，给作家作品以一定的历史地位。马克思主义认为，文学艺术不是独立于整个社会结构之外的封闭的自足体，它的存在和发展离不开现实的历史和现实的生活过程；文学艺术在实质上是生活过程在意识形态上的反射和回声，是生活过程的必然升华物，对它必须从社会存在来给予最后的说明。

马克思和恩格斯的批评实践，处处闪耀着他们的历史观点的光芒。他们对莎士比亚、歌德、席勒、巴尔扎克以及拉萨尔、敏·考茨基和玛·哈克奈斯的评论，无不贯穿着强烈的历史感与现实感。恩格斯的《诗歌和散文中的德国社会主义》一文，提供了运用历史观点于文学批评的一个典范例证。在这篇评论中，恩格斯批驳了格律恩从费尔巴哈的抽象的"人的观点"出发，赞美歌德身上"人的内容"、歌德是"人的诗人"、歌德的诗篇是人类社会的理想的谬说。与此相反，恩格斯从现实的、活生生的人，即从在社会历史领域内进行活动的人出发，将歌德置于德国的现实历史和生活过程中加以考察，深刻地剖析了歌德的世界观和文学创作的两重性，说明了歌德身上的两重性恰好是当时德国市民阶级两重性的表现。马克思和恩格斯经常在自己的著作中援引歌德的作品。但是，他们并不掩饰歌德身上所表现出来的德国市民阶级的鄙俗气而唾弃歌德"一切伟大的和天才的东西"。所以，恩格斯在剖析了歌德的两重性之后，申述了他的文学批评的观点乃是美学的和历史的，而非道德的和党派的。

美学的观点与历史的观点关系如何？恩格斯似乎没有明确·说明，然而按照恩格斯《致斐·拉萨尔》及《诗歌和散文中的德国社会主义》中的表述，当是美学原则第一，历史原则第二，这一思想与别林斯基的观点是相通的。别林斯基在《关于批评的话》中这样说："确定作品的美学上的优劣程度，应该是批评家的第一步工作。当一部作品不值得美学分析的时候，也就不值得对它作历史的批评了"。他认为，"艺术首先必须是艺术，然后才能是一定时期的社会精神和倾向的表现。不管一首诗充满着怎样美好的思想，不管它是多么强烈地反映着当代问题，可是如果里面没有诗，那么，它也就不能表现美好的思想和任何问题。"他在《论俄国中篇小说和果戈理君的中篇小说》中也表示了同样的思想："批评家应该解决的首要问题是——这篇作品确是优美的吗？这个传教确是诗人吗？"别林斯基是主张美学分析第一，历史分析第二的。苏联马克思主义文学批评家卢那察尔斯基和别林斯基是一致的，为此，他还批评过普列汉诺夫提出的"历史批评"第一、"美学批评"第二的观点。卢那察尔斯基的思想或许更接近马克思主义经典作家的本义吧！

我们认为，美学的观点和历史的观点一旦付诸实践，首要的一点就是整体把握，这里就有一个如何正确认识和处理两者关系的问题。

首先，美学的观点和历史的观点是统一的。如果我们肯定人类的一切生产活动都是按照美的规律进行的，那么换一个角度也可以这么说：所谓历史，也就是人类按照美的规律进行能动创造的历史。宏观地看，美的规律本身就表现着历史的规律，而历史规律在特定意义上又可说是美的规律的不断实现。两者统一在社会发展的自然进程中。微观地看，美学的观点和历史的观点的统一，作为对文学艺术的一种规律性要求，恰恰是科学地反映了社会历史发展自身的规律。

其次，美学的观点和历史的观点又是有区别的。历史观点是通用于一切意识形式的普遍性观点，就是说意识形态的一切形式都必然以这样或那样的方式表现为历史发展的一般规律。对于文学艺术，这一规律便包含在美学观点中。如果说历史演进自身就是按照美的规律进行的，那么在意识形态的所有形式中，唯有文学艺术以集中展示这一点为其特征。文学艺术专事能动、集中、典型地反映社会生活的美，并借助美的反映表现出历史发展的一般规律或一般规律的某些方面。这就是恩格斯在历史观点之外特别提出美学观点的原因，显然较之一般的历史观点，美学观点还有其特殊性。这表明恩格斯多么重视对特殊矛盾进行特殊分析，这也是他将美学观点置于前、将历史置于后的原因。

因此，我们说美学的观点和历史的观点是互相融合的一个有机统一体。但是，在文学批评实践中，美学的观点和历史的观点的统一融合，又会呈现出或侧重美学分析或侧重历史分析的具体情况，这是文学批评的具体分析原则的体现，是完全正常和必要的，只要它们不是形式主义或庸俗的社会学批评，就不应当有所非议。马克思主义文学批评家的一些工作，鲜明地体现了美学和历史的融合统一。马克思对《巴黎的秘密》的评价，恩格斯对《城市姑娘》的评价，列宁对托尔斯泰的评价，瞿秋白对《鲁迅杂感选集》的评价，鲁迅的《魏晋风度及文章与药及酒之关系》，何其芳的《论＜红楼梦＞》等，都是美学原则和历史原则有机统一的典范。

怎样理解恩格斯将美学观点和历史观点称之为最高标准？

非艺术的批评无视美学观点，非理性的批评无视历史观点，理想的文艺批评只能是美学观点和历史观点的统一，经验表明，要做到这一点并不容易，"过犹不及"的事常常发生，我们想，这可能是恩格斯把它称之为非常高的、甚至是最高标准的一个原因。

同时，这也许是对审美标准本身逻辑层次的具体思考。所谓最高标准，往往带着某种抽象形态，如若付诸批评实践，还是应具备既体现最高标准精神的又可供操作的较为具体的标准。如关于真实性、典型性、倾向性、细节真实、典型等，就属于最高标准下的又一层次的标准。此外，对艺术的不同样式、不同题材，也还有一些相应的不同要求。如对诗歌、小说、戏剧的要求各不相同，对悲剧艺术和喜剧艺术的要求各不相同，对古代艺术、现代艺术和当代艺术的要求各不相同，凡此种种，也都属于这一层次的较为具体的批评标准。

二、马克思主义文学批评的思想标准和艺术标准

任何文学批评都是有标准的。所谓文学批评的标准，是一定时代、一定阶级的人们据以分析、评价和判断文学作品有无价值和价值大小的尺度或准绳。马克

思主义文学批评的标准，包括了思想标准和艺术标准。

马克思主义文学批评的思想标准，具有丰富的历史内容和现实内容，决不能把它搞成狭窄的绝对不变的小框框，其基本点大致包括以下三个方面：一是有较大的思想深度和意识到的历史内容。任何文学作品总是要通过一定的题材表达出一定的主题思想，并且还在一定程度上表达出一定的思想观点，如哲学观点、历史观点、政治观点、文化观点等。这些便构成了文学作品思想内容的主体，历来为批评家所重视。恩格斯就曾把"较大的思想深度和意识到的历史的内容"作为评价文学作品思想内容的一个标准。这一标准主要用来考察文学作品的题材和主题以及所表现出来的思想观点的深刻程度，看其选材是否严格、社会思想容量是否较大、审美价值是否较高，是否通过它表现出深刻的思想。二是进步的政治倾向，有利于人民的利益、意志和愿望。文学作品，特别是反映历史上和现实中重大阶级斗争和政治斗争的文学作品，都不可能不表现出一定的阶级倾向和政治倾向，不能不表现出一定的政治态度。考察作品的政治倾向，是看其对待政治斗争、阶级斗争和人民的基本态度和倾向，看其是否真实反映、拥护、歌颂人民的理想、意志和愿望，是否有利于广大人民的共同政治主张和最大多数人民的意志，从而确定文学作品的政治价值。三是满足人们的多方面的精神需要，产生积极的社会效益。作为精神产品的文学艺术作品，有一个社会效果或社会效益的问题，凡是为广大人民群众喜闻乐见，能够最大限度满足他们多方面、多层次、多样化的日益增长的精神需要，有益于提高他们的思想、文化、道德水平，鼓舞他们积极向上、奋发进取，对社会主义精神文明建设起积极有益而不是消极有害作用的，就是好的，或基本好的。相反，对用落后的腐朽的剥削阶级思想意识、道德观念、低级趣味腐蚀人们的灵魂，污染社会风气，败坏革命传统和优良风尚，制造迷信和愚昧落后，便是不好的，或是坏的。

马克思主义文学批评的艺术标准的基本内涵，主要包括以下三个方面：一是文学的真实性。文学艺术反映生活的真实程度，即通过艺术形象正确揭示或基本正确地揭示社会生活的本质规律，表现作家的真切感受和真挚的感情，合乎主体情感的发展逻辑。二是文学典型与意境。典型与意境是西方美学、文艺学与中国美学、文艺学关于文学艺术本质的两个中心概念。典型主要揭示了叙事性文学的本质规律，意境主要揭示了抒情性文学的本质规律；典型侧重于客观再现，意境侧重于主观表现；典型求真，意境求美；典型是寓共性于个性，寓必然于偶然，意境则虚实相生，以形求神。它们从两个不同侧面体现出西方和中国文艺理论的一个主要特色。三是艺术形式的完美性和独创性。文学作品的思想内容，总是由一定的形式表现出来的，形式完美、新颖与否，是十分重要的。就文学艺术而言，形式美既指构成艺术品的外在形式美，如声音美、色彩美、形体美、语言美等，也指内在形式美，如对称、比例、节奏、和谐、统一等。文学艺术的形式是否具有美的价值，这对作品的艺术性具有重要意义。然而对形式的完美性来说，这仅仅是第一层，最重要的是更深的层次，即各种艺术形式应当按照创作的较高的

"意旨"的要求，使各个部分的有机组合形成一个"通体完美的整体"。同时，马克思主义文学批评一贯反对艺术上的照搬模仿，提倡新鲜活泼，强调艺术的独创性。独创性标准要完全符合艺术的自由创造的本质规律。

第四节　文学批评家

文学批评家是在文学创造活动和文学接受活动中产生的。一般来说，在职业批评家出现以前，文学批评家还不具有文学活动中职业分工的意义，他们可能是普通老百姓，也可能是专家、学者、思想家或本身也是作家、翻译家。只是随着社会的发展，由于物质生产和精神生产分工日益精细化和专门化，在文学活动中才逐渐出现了专业的批评工作者，成为职业批评家。但即便如此，非职业批评仍是一支不可忽视的力量。从批评史来看，批评家曾充当为圣贤立言的角色，后来才为自己立身：立言。一个作家最严格的裁判有人说是作家自己，这种观点我们可以把它叫做作家中心论。其实，批评主体可以由作家自己充当，一般情况下，还是由作品以外的批评家充当。虽也有像歌德这样的作家把批评看作是对创作最有害的因素，但是更多的人认为批评家对创作有益。虽然历史上的批评也曾偏离正常的轨道，但反感并不能否定批评家的存在与功绩，批评家的研究是必要的。

一、批评家的职责

批评家的职责是由文学批评的性质决定的。文学批评是对文学作品的意识形态评价，通过这种评价，要有利于指导创作，引导接受特别是鉴赏性接受，推动一定性质的文学繁荣发展，从而影响一定的政治和经济。从总体上说，文学批评家的职责大致可以归纳为以下几个方面：

第一，对文学作品或其他文学现象作出意识形态评价，阐明一定的文学主张和观点，引导文学沿着一定的方向发展。进步的文学批评家的职责，就是要站在先进阶级的立场，站在时代思想的高度，通过意识形态的评价，动用批评话语的力量，使文学作品发挥有利于社会进步的效益，使文学创作符合历史前进的方向，对一切不利于社会进步和历史前进的文学作品或文学现象予以批评抨击。

第二，通过对文学作品精神的艺术分析和科学评价，发现和总结作家成功的艺术创作经验并上升为理论，以帮助作家提高创作水平，创作出质量更高的艺术作品来。为此，批评家必须直接面对作品，深入研究作品，对作品的艺术价值做出恰如其分的判断。如果批评家的这种分析是精彩的、科学的，那么，它常常会影响一种创作流派创作风格甚至创作思潮的形成，有利于文学创作总体水平的提高。

第三，通过对文学作品的意识形态评价和艺术分析，引导读者的接受和消费。从根本上说，批评家作为读者，批评作为一种接受方式，具有社会接受性质，体现和代表着一定社会接受主体对文学的接受心理、接受要求和接受水平。文学作品的文体构成、形象创作和意蕴内涵，一般的读者或不易把握，或把握不准甚至完全偏误，这就不能正确地或充分地发挥作品的社会的、艺术的种种功用。批评家的任务就是要以自己的接受去引导读者的接受，以自己的消费去带领读者的消费，帮助他们提高对作品的鉴别能力和欣赏水平，使之在艺术享受中得到健康的、积极的感情陶冶。从这个意义上说，批评家是沟通作家和读者的桥梁，具有将优秀产品推向读者大众的责任。

第四，通过批评来发展和完善自己的批评理论，扶持和增减自己的批评队伍，使批评自身发挥更好的效能。在批评的论争中，批评家从中辨真伪，明是非，从而发现什么样的批评理论应该坚持，什么样的批评理论应该修正。例如，在当代众多的批评理论中，对马克思主义的批评家来说，就应该按照马克思主义的批评原理及其科学的世界观和方法论去分析研究，吸收它们的合理成分，指出它们的非科学内容，"去伪存真"地充实和完善马克思主义的批评理论并用于批评实践。

二、批评家的修养

批评家需要什么方面的修养?我们认为，批评家应当具备由深厚的生活基础、坚实的文艺理论和广博的文化知识、过硬的艺术功力、高深的品行人格等几个方面融会贯通凝为一体的综合性修养。只有这样，才能卓有成效地提高文学批评能力，树立良好的学术形象，成为一个名副其实的优秀的文学批评家。

（一）生活积累

批评家也应当像作家那样，具备丰富深厚的生活经验。所谓批评家的生活经验是指批评家亲自从社会生活经历中直接获得的各种生活知识和体验，是批评家对社会生活的全面认识、把握、理解、思考、发现。这种对社会生活的认识和体验，是批评家进行文学批评的基础。文学批评的大量实践表明，缺乏人生体验和生活知识，是不可能对文学作品反映生活的深广度、真实度及认识价值、审美价值、思想价值作出准确的分析和科学的判断的。文学批评史上，欧阳修曾对张继的《枫桥夜泊》说："姑苏城外寒山寺，夜半钟声到客船"，"句则佳点，其如三更不是打钟时"，于是便作出"理有不通"的批评。这是因生活经验的缺乏而造成的错误指责。同时，批评家批评个性的形成，其生活道路也是一个重要的影响因素。恩格斯在论述文艺复兴时期产生的"巨人"的特征时说："他们的特征是他们几乎全都处在时代运动中，在实际斗争中生活着和活动着，站在这一方或那一方面进行斗争，有人用舌和笔，有人用剑，有些人则两者并用。因此就有了使他们成为全面的人的那种性格上的丰富和力量。书斋里的学者是例外：他们不是第二流或第三流的人物，就是唯恐烧着自己手指的小心翼翼的庸人。"这一论述对批评家来说，也完全适用。文学批评史上的大批评家鲁迅、瞿秋白、"别车杜"等，不都是在时代运动实际斗争生活中形成他们的批评风格并建树了他们的批评业绩吗?周作人的"美文批评"、法国大批评家圣·佩韦的"作家心灵评传"都与他们的生活道路密切相关。

（二）坚实的理论和广博的知识

从学识方面讲，批评家应当具备雄厚坚实的专业理论和全面多元的文化知识结构。

作家艺术家的艺术创作需要文艺理论的指导，批评家的批评实践更离不开文艺理论和批评理论的指导，这是由文学批评的科学性质决定的。别林斯基说："真正的批评需要思想"。大量的批评实践说明，理论对于批评家来说非常重要，它实际上决定着批评的发现、创造及理论深度。有的批评家在感受形象、描绘作品情节方面是令人赞叹的，理论思维却有欠缺，很难挖掘作品的深层意义。

同时，从皮亚杰认识论来看，知识是批评家进入作品的重要条件之一，从作品中能看到什么，与批评家的知识结构直接相关。批评家知识广博与否，是影响批评视野广狭和高低的重要因素，作为批评家修养的重要方面，必须引起高度重视。批评家应当用新的全面的多元知识武装头脑，把自己"学者化"，成为"百科全书派"式的人。

批评家要具备全面多元的知识结构，是由批评对象的性质所要求的。文艺是一个由众多因素和层次构成的包罗万象的复杂系统，文学批评要从中探究艺术奥秘，寻找艺术规律，就不能不具备各种相关的知识作基础。否则，面对丰富复杂的艺术现象，便会显得眼界狭小，茫然无措，根本不能作出任何有价值的阐释和判断。例如在中国古典小说中，琴棋书画、占卜星相、斗鸡走狗、投壶打马、饮食茶酒以及这样和那样的礼仪规矩等，不仅有历史、文化价值，而且在具体作品中有其特殊的艺术功能。如果对这样的知识一无所知，实在很难做出准确而恰当的批评。

（三）过硬的艺术功力

从艺术修养来讲，批评家应具备过硬的艺术功力。正如马克思所说："如果你想得到艺术的享受，你本身就必须是一个有艺术修养的人。"这种艺术的修养，最基本的就是敏锐的艺术感受力、审美判断力、较强的批评创造力等。

别林斯基说过："敏锐的诗意感觉，对美文学印象的强大感受力——这才应该是从事批评的首要条件，通过这些才能够一眼就分清虚假的灵感和真正的灵感，雕琢的堆砌和真实怀古的流露，墨守成规的形式之作和充满美学生命的结实之作，也只有在这样的条件下，强大的才智、渊博的学问、高度的教养才有意义和重要性。"这里说的就是批评家需要敏锐的艺术感受力。其实，艺术感受力也不是什么神秘的东西，它是在人们的"五官感觉"上发展起来的更高级的"审美感觉"，准确地说，艺术感受力是在审美过程中对审美对象的特征和意蕴的感知、想象、知解等多种感觉的综合而形成审美体验的特殊能力，它主要表现为对语言形式美、语言音乐美、语言情感美，以及通过作品的语言内涵，把语言符号转换或创造出新的形象体系及对创作心理过程推想的艺术想象力等。

　　审美判断力是指批评主体根据一定的审美理想和批评标准对批评对象的性质和价值的分析、评价能力，它是按照美的规律去评价作品的审美价值的能力。如果说艺术感受力主要是一种艺术直觉力，那么，审美判断力则主要是建立在基本感受力基础上的已经理性化、系统化的一种"知性"能力。文学批评从本质上讲是一种审美判断，审美判断力是进行批评实践的根本条件，没有它就不能称其为批评，就只能停留在阅读鉴赏阶段，根本不能成为批评家。

　　文学批评创造力是相对于作家艺术家的艺术创造力而言的。如果说艺术家的艺术创造力是意象创造力、形象创造力的话，批评家的批评创造力则是批评意境的创造力、艺术美和缺点的发现力、艺术观念和体系的建构力等。批评的最高目标是审美创造，没有创造的批评是平庸的。批评创造力一是指批评发现力。这是指批评家以自己的独特理解、体验，对作家没明确意识到的、读者尚未深入领会到的，隐藏在作品内部的意义的"破译"、诠释、阐发能力。如杜勃罗留波夫对奥斯特罗夫斯基的《大雷雨》的发现，茅盾从《百合花》发现茹志鹃，巴金从《雷雨》发现曹禺，都是这种发现力的极好证明。二是指概念范畴建构力。批评家要对丰富复杂的文学现象和内心世界感受或作清晰的描述、周密的解析，或用理论形态把艺术创造的信息传播开来，就得借助概念、范畴、理论框架。批评家这种理论创造力实际上是在艺术感受力和审美判断力基础上形成的特殊的抽象能力，即主要是把复杂的外在现象和深刻的内在感受，按照一定的理论体系进行强化、规范化、系统化的能力。

（四）高尚的品德人格

　　批评家的修养，除生活、学识、功力之外，还必须加强品德人格方面的修养。狄德罗曾经说过："真理和美德是艺术的两个朋友。你想当作家吗？你想当批评家吗？那就请首先做一个有德行的人。"所谓高尚的品德人格，对于批评家来说，一是要有责任意识。对读者极端负责，充当"优秀读者"，对一般读者不是一味迎合，而是引导，使读者的欣赏由低层次向高层次发展；平等、公正、严肃地对待作家作品，和作家互相平等、互相联系、互相尊重、互相促进、共同提高，并行发展，以独立的精神个性和艺术创造推动文学艺术的繁荣；批评家之间消除门户之见和文人相轻的恶习，加强沟通合作。二是对批评事业永远保持进取的韧性品格。批评家不只是欣赏作品，而是探求作品的底蕴；批评家不只是指出作品的"美和缺点"，更重要的是指出造成美和缺点的原因，最终揭示文学艺术的本质和规律。一般来说，批评家应当克服"随波逐流""名人崇拜""世俗习气"等消极心理，培养一种思索决断，韧性进取的品格。三是有勇于坚持真理修正错误的胆识。一个批评家既能以无畏的勇气坚持真理，自觉地消除一切偏见，也能毫无情面地修正错误，这两者是紧密地联系在一起的，是一个问题的两个侧面。缺少这方面的品德，也是很难成为一个优秀的批评家的。

　　【知识盘点】　文学批评　　"世界"　　"作者"　　"文本"　　"读者"　　马克思主义文学批评　　文学批评家职责　　文学批评家修养

【随堂练习】

1. 文学批评和文学欣赏有何联系和区别？文学批评肩负着哪些任务？

2. 为什么说文学批评标准具有时代性和阶级性？

3. 文学批评的真实性标准、思想性标准和艺术性标准应如何理解？三者的相互关系如何？

4. 我国古代有哪些主要的文学批评方法？对当前的文学批评有何借鉴价值？

5. 西方现代有哪些主要的文学批评流派？我们应如何正确对待？

6. 社会主义文学批评应遵循哪些基本原则？结合当前文学批评状况，谈谈你对这个问题的认识。

第十三章　文学起源与发展

【章前导读】　"王杨卢骆当时体，轻薄为文哂未休；尔曹身与名俱灭，不废江河万古流。"这是杜甫对早他百年的初唐四杰文学命运的感叹。此后，人们又用"李杜诗歌万口传，至今已觉不新鲜；江山代有才人出，各领风骚数百年"来感叹盛唐诗文的兴衰毁誉。如同人类其他事物一样，文学也是一种历史现象，有一个起源与发展的过程。对此，刘勰在《文心雕龙》中用"时有代序，体有沿革"加以概括。

本质和规律有一个建构过程，这个过程是与事物的发生与发展过程相一致的（在某种意义上说是同一的过程）。对文学起源与发展规律的研究，不仅能发现文学演进的必然趋势，以史为鉴，指导当前的文学实践，而且还能够从发生学的角度更深刻地揭示文学的本质特征。正因如此，文学的起源与发展研究一直是文学理论中一个重要的组成部分。

事物的发展变化，总有内外两方面的原因，研究文学的发展规律可以从社会条件和自身机制两个方面着眼。全面地看待文学的发展变化，是我们实事求是地分析当前文学现状的基础；全面地掌握文学发展的内外原因，是我们正确地解决当前文学实践提出的问题的理论前提。本章将通过对这两方面的分析，让学生了解文学发展的内外规律，从中进一步学习如何分析和预测文学发展的方向以及如何制定相应的政策以促进社会主义文学事业的繁荣发展。

第一节　文学的起源

一、文学起源的研究方法

研究方法的正确性能够保证研究结果的科学性。文学起源的研究方法依据它的特殊对象与目的主要有以下五种。

（一）文物考古发现

考古不但是人类学的重要的方法，而且是研究文学起源的重要方法。文学活动作为一种行为，具有瞬时性，但它会造成影响，留有遗迹，我们可以通过考古发现找到研究的资料。比如，1875年，一位工程师无意中发现了西班牙北部阿尔塔米拉洞穴中的史前壁画，此后在法国、北非、中国的内蒙和广西也都发现了大量史前人类的绘画、雕刻遗迹。

文物考古发现为原始艺术的起源研究提供了最为可靠的物证，考古发现因此也成为研究文学起源最重要和最可靠的方法。但它零散、随机的不完整性也是这种研究的最大局限。

（二）口头文学采风

现时流传于民间的口头文学一定程度地保留着原始文学的某些文化特征，通过采风可以直接掌握第一手资料，对研究文学起源的自发性、传承性具有重要意义。这主要表现在两个方面：一方面，通过直接采集第一手资料，不但可以分析文学作品本身，而且能了解文学作品的流传方式；另一方面，口头文学不仅具有自发性还有变异性，现在进行文学采风的外在条件与几千年前相比已经发生了很大变化，所以通过古今采风的相互比较，还可以了解文学起源时期的最初存在形态。

（三）历史文献研读

这包括早期的口头文学记录（如《诗经》和"乐府"民歌等）、早期"杂文学"文献和古代文学作品。中国早在周朝和两汉就设立了专门机构进行采风。从这些早期记载中，不仅能发现文学起源的遗迹，而且能窥见当时人们对文学的理解、认识和阐释。虽然当时的语言形态书写方式与今天相比有很大的不同，对我们理解早期文学会有一定的障碍，但它却相对真实地体现着当时的时代背景和文学环境。

（四）儿童心理研究

近代科学很早就发现了儿童心理与原始先民心理的相似性，因此个体成长发育与人类进化演变过程具有可比性。我们可以从幼儿早期心理研究来发现人类早期的发展特征，从儿童游戏活动里推测出人类早期文学创作的某些特征。在这个方面，从卢梭、斯宾塞到维柯和皮亚杰，都取得过重要的研究成果。

（五）理论综合分析

以上各种研究方法都有特殊的优势、价值和意义，但也都存在着不可避免的局限性。因此，我们对文学起源的研究单靠某一种方法是很难取得理想结果的，必须将各种方法灵活地综合运用，将通过各种方法取得的资料进行理论的综合分析，才有可能取得突破性的研究进展。

二、有关文学起源的几种主要学说

人类有记录的对文学起源的研究已经有两千多年的历史了，因而在文学理论史上留下了众多学说。在这些学说中，对文学起源与文学本质的研究总是联系在一起的。在历史中比较有影响的，大体有以下六种。

（一）神示说

柏拉图在《伊安》篇中说："磁石不仅能吸引铁环本身，而且把吸引力传给那些铁环，使它们也像磁石一样，能吸引其他铁环，有时你看到许多铁环相互吸引着，挂成一条长锁链，这些全是从一块磁石得到的悬在一起的力量。诗神就像这块磁石，她首先给人灵感，得到这灵感的人们又把它传递给旁人，让旁人接上它们，悬成一条锁链。凡是高明的诗人，无论在史诗或抒情诗方面，都不是凭技艺来做成他们优美的诗歌的，而是因为他们得到了灵感，有神力凭附着。

诗人并非借自己的力量在无知无觉中说出那些珍贵的词句，而是由神凭附着来向人说话。"

（二）模仿说

这是在西方文学理论史上影响最大的艺术起源说，其主要代表人物是古希腊的德谟克利特和亚里士多德。模仿说的基本观点是：模仿是人的本能之一；艺术起源于人们对自然和社会人生的模仿。

德谟克利特认为：在许多重要的事情上，我们是模仿禽兽，做禽兽的小学生的。从蜘蛛我们学会了织布和织补；从燕子学会了造房子；从天鹅和黄莺等歌唱的鸟儿学会了唱歌。

亚里士多德在《诗学·诗艺》中说："诗的起源仿佛有两种原因，都是出于人的天性。人从孩提的时候起就有模仿的本能（人和禽兽的分别之一，就在于人最善于模仿，他们最初的知识就是从模仿得来的），人对模仿的作品总是感到快感。经验证明了这样一点：事物本身看上去尽管引起痛感，但惟妙惟肖的图像看上去却能引起我们的快感，例如尸首或最可鄙的动物形象。"

模仿说突出地反映了人们早期对文学的看法，最可贵之处是它把文学与现实联系起来，把现实归结为文学起源的最重要原因。

（三）游戏说

游戏说18世纪由康德首先提出，后经席勒和斯宾塞阐发为系统理论。康德主张艺术应是自由的、愉快的、无直接功利目的的游戏活动。席勒认为，人源于其物质存在的情感冲动和源于精神存在的形式理性要求受自然欲求和理性的限制，处于不自由状态；而在"形式冲动和情感冲动之间有一个集合体，这就是游戏冲动"。"以假象为快乐的游戏冲动一发生，模仿的创作冲动就紧跟而来，这种冲动把假象当做某种独立自主的东西。"（亚里士多德《诗学·诗艺》）因而，人在游戏中能够摆脱现实世界中的种种束缚，获得真正的自由和审美的愉悦。

斯宾塞从生理学的角度解释了人们用以从事游戏活动的过剩精力的由来，即高等动物的营养比低等动物的营养丰富，所以人类在维持和延续生命之外，还有过剩精力。正是这种过剩精力的发泄导致游戏和艺术这类非功利生命活动的发生。

游戏说克服了模仿说所理解的人与现实之间的二重关系，建立起"现实—游戏—审美"的三重关系，从而把"游戏"视为现实通向艺术的"中间环节"，并在现实与审美的对立统一中，认识了艺术发生的复杂原因，说明了文学的某种超功利本质。但它却离开人的社会实践活动，片面地把审美的艺术与实用意识截然分开，使游戏完全超脱于一切功利目的之上，忽视了艺术起源的社会实践意义。

（四）巫术说

19世纪末，随着人类学的研究发展，人们注意到了原始人类的巫术活动与原始艺术之间的密切关系，并认为：最早的艺术是原始人巫术意识的产物，原始人的一切创作活动都是为了实现巫术，艺术正是原始巫术的直接表现。

巫术说的倡导者是英国著名人类学家爱德华，泰勒和弗雷泽。他们关于原始思维的研究，关于"相似律与模仿巫术"以及"接触律与交感巫术"的研究（相似律，就是认为相似事物有感应力，例如通过模仿现实事物可以促进下次狩猎活动等。交感律，是指原始人认为凡是被神触摸过的东西，都可通过再次触摸传到自己身上。互渗律，指的是人们认为能够凭借自己无数活动与神灵发生暗示作用)，成为许多学者进一步解释原始艺术起源的重要的理论基础。

巫术说的提出具有重要意义。文学发展之初本来就是跟巫术联系在一起的，原始文学很多内容与巫术活动有关。但它也有局限性，因为它离开早期人类的劳动实践这个第一动力，去论述艺术活动来源，把直接的动因混同于终极的根源。

（五）表现说

表现说以现代心理学研究为基础，分为情感表现说和本能表现说。

情感表现说的代表是诗人雪莱和作家列夫·托尔斯泰。雪莱在《为诗辩护》一文中说：一般说来，诗可以解作想象的表现，自有人类便有诗。人是一个工具，一连串外来和内在的印象掠过它，有如一阵阵不断变化的风，掠过埃奥利亚的竖琴，吹动琴弦，奏出不断变化的曲调。托尔斯泰在《论艺术》中也认为：艺术起源于一个人为了要把自己体验过的感情传达给别人，于是在自己的心里重新唤起这种感情，并用某种外在标志表达出来。

本能表现说的代表是柏格森和弗洛伊德。柏格森提出了"生命冲动"理论，认为生命冲动是人的一切创造的根源，艺术就是人的生命冲动的表现。而弗洛伊德则把艺术创作归结为被压抑的"潜意识"和"性本能"直接表现。他从病态心理现象的研究中发现：艺术是人类早年即童年时期欲望被压抑，在不自觉情况下被发现被表现出来的状况。弗洛伊德以此研究人类文学作品，解释《哈姆雷特》等经典名著。

这种叙述的积极意义是注意到了文艺创作与人的深层心理的联系。但是它把艺术起源仅仅归因为人类的精神是不科学的，精神是第二性的，文学起源总归是有其现实性原因的。

（六）劳动说

恩格斯关于"劳动创造了人本身"的论述和马克思关于"人的五官感觉是人类全部历史的产物"的论述，为艺术起源于劳动的理论奠定了基础。

普列汉诺夫在《没有地址的信》中研究了大量关于原始部落的资料后提出：原始艺术是适应劳动的需要并且在劳动过程中产生的，它与原始人的劳动生活有着非常密切的关系，最初的艺术就是劳动的产物，有明显的功利性。

三、文学产生于以劳动为基点的人类生命活动

人类不仅要生存，而且要发展；不仅创造物质，而且创造精神。文学产生于以劳动为基点的人类生命活动。

（一）原始文学的产生依赖于人类劳动

1.原始人的生产劳动为文学的产生创造了前提

首先，原始人的生产劳动为文学的产生提供了物质生活的保障。

其次，原始人的生产劳动为文学的产生提供了灵巧的双手与灵敏的感觉器官，从利用自然到改造自然，是生产劳动使动物的手变成人的手，使动物的感觉器官变成人的感觉器官。

最后，原始人的生产劳动为文学的产生提供了人的大脑和语言，语言的产生是在人的交往中实现的，人的交往是在劳动过程中逐渐发展起来的。

2.原始人的生产劳动为文学的产生提供了需要表现的内容与借以表现的形式

第一，原始艺术在许多情况下直接反映劳动生活，有时原始艺术本身就是劳动的一部分。比如《吴越春秋》记载的《弹歌》仅仅"断竹，续竹，飞土，逐肉"八个字，就是描写制作武器去狩猎的过程。

第二，原始艺术的重要功能之一就是宣泄和表现劳动中的各种情感。"断竹"不仅是简单的重复，还是原始人在劳动过程中的欣喜自豪的情感的表现，是想在劳动中获得更大收获的期盼。

第三，原始人在劳动中培养了人的形式感（身体动作的节奏感和协调性）以及语言表情达意的能力。鲁迅在《门外杂谈》中说："我们的祖先原始人，原是连话也不会说的，为了共同的劳作，必须发表意见，才渐渐地练出复杂的声音来，假如那时大家抬木头，都觉得吃力了，却想不到发表，其中有一个叫到'杭育杭育'，那么，这就是创作……是'杭育杭育派'。"

第四，原始人的劳动还提供艺术表现的物质手段（劳动工具——原始舞具、乐器）。日本的艺术理论家岩崎旭说："人类的艺术也不是从使用适合于艺术的工

具才产生的。原始时代的人，住在寒冷的洞窟里，靠一盏兽油灯，在壁上刻出了野牛的姿势，这不是用指甲能够刻出来的，显然在他的手里抱有一把又结实又锐利的石凿。"

3. 其他促成文学产生的生存活动都是以劳动为基础的

游戏说与巫术说都是有一定科学依据的。游戏是对人的社会角色的模仿，是原始人对劳动过程中人们角色的模仿。巫术活动是劳动过程的延续，是人们期盼在未来劳动中获得更大收获的活动。

（二）原始文学的产生依赖于人类其他生命活动

人的生命是丰富的，人活动的丰富性决定着原始文学的丰富性。人类全部生命活动都对艺术的起源发挥着作用。原始人的生命活动是多方面的，除了上述劳动、巫术、游戏之外，对文学起源发生重要影响的还包括：信息交流、知识积累、战争、恋爱冲动和生殖崇拜等。

（三）原始文学的产生依赖于人类原始思维的催生

原始思维的基本特征包括：

第一，万物有灵的泛神意识，它使原始文学直接反映原始思维中特定的"万物有灵"的意识。

第二，人化自然的"情感投射"。

第三，神秘感应的"互渗律"思维，认为天地万物本为一体，交互感应。人的行为能够操纵天地万物。

总之，文学的起源是众多内外因素相互作用的结果，是特定历史条件下以劳动为核心的原始人类的全部生命活动的必然产物。原始文学一旦产生，也必然会随着人类的生命活动的历史发展而不断演变。

第二节　文学发展的社会原因

一、文学随着社会生活的发展而发展

文学的发展是随着生活实践的发展而发展起来的，文学发展对生活发展的依赖性表现在以下几个方面。

（一）文学题材的变迁

文学题材最直接地体现文学与生活的关系，它的变迁也最直接地体现文学与生活的同步发展。文学题材随着人们实践范围的变化而发展，进而随着人们注意焦点的变化而发展。在早期人类文学活动中，文学表现对象主要是动物，因为实践对象是动物；到了奴隶社会晚期，人们的注意力逐渐发生变化，变为对植物的关注，因为此时人们已经进入农耕时期。不仅原始时期，以后每当社会大变动的时期，往往就是文学题材大变化的时期，宋代文学中的人物与唐代小说就有很大区别，唐代人物主要是知识分子，宋代逐渐转移到市民身上。五四新文学的表现对象是小人物、知识分子，五六十年代是"高大全"的英雄人物，近30年的"新时期"文学"人物下移"，又开始表现普通人的喜怒哀乐。

（二）文学主题的演化

文学作品的主题集中体现着作家对人生的审美体验，它必然随着社会生活的发展进而随着作家对人生的审美体验的深化而不断演化；我们从"崔张恋爱"同一题材的作品的主题演化，可以清楚地看到社会生活与时代精神通过作家审美意识对文学作品主题的影响。最初在唐代，《莺莺传》的主题还是一个"始乱终弃"的教化故事，到了宋代的《太平广记》中，结局就发生了根本性的变化，到了元代王实甫笔下就成了"愿天下有情的都成了眷属"的歌颂。可见，随着时代的变化，人们的思想在变化，文学的主题也在不断发生变化。

（三）文学体裁的更迭

原始文学是一种集体创作的口头文学，表达的是群体的共同情感，其体裁以神话传说为主；古代社会（这里主要指自然经济条件下的农村社会）的文学是一种个人创作的案头文学，表达的是个体的内心情感，其体裁以诗词文赋为主：近代社会（主要指商品经济条件下的城市社会）的文学是一种代言体的脚本文学（小说原本也是"话本"），在演义他人生活的过程中间接传达作家的审美体验，其体裁以戏剧小说为主。

（四）文学语言的嬗变

语言是人类实践与交往的产物，也随着人类实践与交往的发展而不断演变；生活语言的变化必然会影响到文学语言的发展。一例如五四时期的白话文和白话诗歌运动，是当时人们迫切需要打破封建束缚、进行现代化改革的革命要求的反映。

文学语言的嬗变还受到文学自身发展（主要是文学内容的发展）的推动以及文学传播手段发展的影响。如近些年兴起的网络文学，充分体现了文学随着传播媒介的发展而发展变化的特点。

（五）文学传播的发展

文学传播主要受到科技水平和经济形态的影响，它的发展是社会发展影响文学发展的技术手段层面。如前所述，文学传播经历了口头传播、书写传播、印刷传播和网络传播四个阶段；这种发展变化受制于当时的技术手段与传播体制，同时，社会通过这种发展变化推动着文学的迅速发展和深刻变革。

（六）文学观念的深化

文学观念是指人们对文学是什么等文学基本问题的看法，它是文学实践在人们头脑中的反映，它随着文学实践的历史发展而不断演化。在古代社会，生产力不发达，人们对很多现象难以解释，于是认为文学是神的启示；到了近代，机械唯物论的出现，使文学被认为是社会生活的反映；到了20世纪，一些文学家更把文学抬高到把人类从秩序化、机械化的僵死机制中拯救出来的地位。由此可见，不同时代的文学观念体现着不同的时代精神。

二、文学在人类社会动态系统中的位置

文学不是一个孤立、封闭的自足系统，它是人类社会动态系统中的一个开放的子系统，必然要与系统中的所有要素发生相互联系和影响，也必然要随着这个大系统的运动而不停地变化。

马克思在《＜政治经济学批判＞导言》中指出：人们在自己生活的社会生产中发生一定的、必然的、不以他们的意志为转移的关系，即同他们的物质生产力的一定发展阶段相适应的生产关系。这些生产关系的总和构成社会的经济结构，即有法律的和政治的上层建筑竖立其上并有一定的社会意识形态与之相适应的现实基础。物质生活的生产方式制约着整个社会生活、政治生活和精神生活的过程。不是人们的意识决定人们的存在，相反，是人们的社会存在决定人们的意识。社会的物质生产力发展到一定阶段，便同它们一直在其中活动的现存生产关系或财产关系（这只是生产关系的法律用语）发生矛盾。于是这些关系便变成生产力发展的桎梏。那时社会革命的时代就到来了。随着经济基础的变更，全部庞大的上层建筑也或慢或快地发生变革。

由此可以看出：文学艺术作为社会意识是社会存在在人们头脑中反映的产物，它与人们整个社会生活形态有密切的联系，受生活方方面面因素的影响，但最终要受到经济发展的制约。

经济生活对文学艺术发展只起归根结底的作用，文学艺术的发展必然是由很多复杂的社会原因所构成的。我们对文艺的正确态度如下：

首先，文艺从根本上说不能脱离现实社会生活，人类的物质生产和生活的发展变化，始终是文艺存在的终极动因。

其次，在现实社会中，文艺不可能完全是个人的、自发产生的，它总是要这样或那样地反映一定民族、时代、社会集团与群体的需要、意志与愿望，并与社会意识系统中那些自觉的理论形式的意识形态互相影响与作用，从而以其特殊的方式、手段发挥其影响社会人生的功能。

最后，文艺这种社会意识的独特与复杂性，在于它是漂浮于空中的远离经济的审美实践领域，尤其不应忽视其意识形态生成机制的探究。因此，我们对文艺自身的质的规定性，即它区别于其他社会意识形态的特质，还必须予以深入的探究。

三、各种社会要素与文学之间的相互影响

文学存在于社会这个大系统中，必然会受各种社会因素的影响，下面具体介绍几个对文学发展影响的主要因素。

（一）经济是文学发展的最终决定因素

第一，经济条件是人类从事文学活动的基本前提。人们首先要解决吃、穿、住、行，然后才能解决其他问题。物质生活是精神生活的基础，也是文学艺术生存发展的生活保障。

第二，经济的发展导致社会分工，一方面极大地促进了文学的繁荣与进步，另一方面在相当长的历史时期内使广大劳动人民的艺术才能受到压抑，使文学走向贵族化。在很长一段历史时期内，文学都是属于贵族的特殊活动，劳动人民被排除到文学艺术之外。

第三，经济的发展推动社会的发展演变，社会制度、人际关系、价值观念、社会思潮也都随之变化，这些都直接影响到文学的性质、内容和发展方向。

第四，作为生产力第一要素的科学技术的发展促成了文学传播的，进步，它对文学的表现形式和作品的流通方式与范围产生重要影响，进而会影响到整个文学的发展。比如网络传播的出现已经并将继续促使文学形式发生革命。

总之，以上四个方面表明经济的发展对文学发展有着直接的影响。

（二）政治与法律对文学强制性的巨大干预作用

第一，统治者的政治统治和政策所造成的政治环境的严酷与宽松，直接决定了文学发展的历史命运。在我国20世纪50年代，"双百"方针的出现曾经使文学艺术出现过欣欣向荣的局面；但在"文化大革命"中，文坛上就呈现出一片死寂，除了样板戏和"三红一创"，几乎没有多少文学作品可供阅读。

第二，政治斗争（在阶级社会中主要表现为阶级斗争和民族斗争）成为社会的主要矛盾时，往往成为文学表现的重大内容，影响一个时代作家的审美意识。如一个社会在腐败盛行的时候，清官就会成为文学艺术表现的主题；一个国家受外敌入侵的时候，爱国主义就成为文学艺术的主要表现内容。在20世纪30年代至40年代，我国曾经出现过一大批优秀的爱国主义文学作品，如老舍的《四世同堂》、曹禺的《北京人》等，都在不同层面上反映社会的广度和深度。

第三，政治思想对作家审美意识的影响和渗透。如《水浒传》的忠义思想和《三国演义》的正统观念，是当时政治思想对作家审美意识的影响在文学作品中的反映。

（三）道德评价影响文学的社会价值取向

道德是调节人与人、人与社会之间利益关系的行为准则与规范的总和，对人的影响是通过社会舆论的评价导向功能来实现的，具有非强制性的特点。它负载

着浓厚的文化历史内涵，是对现存社会价值的肯定与维护机制。

道德对文学的影响主要通过影响人们的审美理想指向文学作品的内容，道德类型的主题在文学作品中占有很大比例。如托尔斯泰的作品《复活》基本是一本宣扬上帝之爱的道德教科书；另一部《安娜·卡列尼娜》更渗透着对道德与人性的深度思考和阐释：安娜在人性解放和道德约束的岔口上难以取舍，最终还是被虚伪的社会逼迫上了绝路。

进步文学的审美超越性要求作家在维护社会良好道德的同时，勇于揭出滞后社会发展的落后道德的病苦，引起社会的关注与思考。

（四）宗教文化影响文学的人生精神取向

第一，宗教可以分为宗教信仰和宗教文化，就宗教对文学的影响来说，宗教文化所蕴藏的丰富资源更加值得重视。宗教文化在西方的影响是非常显著的，如被誉为典范的《神曲》，就是诗人但丁取自一个圣经故事演绎而成的。它不仅像恩格斯所说的那样是"新世纪的曙光"，同时又渗透着浓厚的宗教意识和宗教情怀。又如密尔顿的诗《失乐园》，天使因为骄傲触犯了上帝的威严被打人地狱，而后化身为蛇偷偷进入伊甸园引诱夏娃，让人类犯罪，被上帝驱逐出了伊甸园。这也是完全采用宗教故事来演绎现实人生。

第二，宗教与文学都关注人生，这是二者相同的一面，但宗教精神重在顺从现实社会，而文学精神则重在超越现实社会，这是二者不同的一面。文学虽然跟宗教有联系，但毕竟不是宗教宣传书，它更倾向于表达人们对彼岸的向往和追求，以及对现实的批评与否定。

第三，宗教文化把诉诸情感体验和感性直观的思维方式精致化、系统化，强化了人们幻想、直观、感悟、体验和内省的心理机制与能力，对文学创作、欣赏、批判与研究都起过重要的推动作用。如佛教，尤其是禅宗对中国文学中诗歌及其理论发展的重要作用。

（五）哲学思考影响文学的终极关怀取向

第一，哲学具有世界观、人生观的意义，文学是对宇宙人生的感悟、体验与思考，二者在终极关怀的指向上是一致的，许多大作家都是具有深刻哲学观念的思想家。这是因为哲学是以理性的思考来表达，文学是使情感得到宣泄，没有哲学上的深刻思考，文学就很难达到很高的境界。

第二，大多有影响的文学思潮都有哲学思潮为其背景，这一点最为明显地表现出哲学对文学的重要影响。比如，现代主义哲学思潮对文学就发生了重要的影响，出现了一大批以这种思潮为基点的现代主义作品。如卡夫卡的《城堡》表现了在现代社会中人生存的畸形状态，萨特的《墙》完全是对自己"存在主义"人生观的演绎。

四、文学发展的"合力"和"不平衡"现象

经济是文学发展的最终决定因素，但是，如果认为仅仅用经济原因就可以直接说明一切人类精神现象，那就会使历史唯物主义落入机械唯物论形而上学的窠臼。

为了反对这种倾向，首先，马克思在《<政治经济学批判>导言》中指出了物质生产的发展同艺术生产的不平衡关系。他强调：关于艺术，大家知道，它的一定的繁盛时期绝不是同社会的一般发展成比例的，因而也绝不是同社会组织的骨骼——物质基础的一般发展成比例的。

其次，恩格斯在《致康·施米特》的信中申明：虽然物质生活方式是原始的动因，但这并不排斥思想领域也反过来对物质生活方式起作用，然而是第二性的作用。

最后，恩格斯多次强调了上层建筑各种因素相互影响的重要性。他说："如果有人在这里加以歪曲，说经济因素是唯一决定性的因素，那么他就是把这个命题变成毫无内容的、抽象的、荒诞无稽的空话。经济状况是基础，但是对于历史斗争的进程发生影响并且在许多情况下主要是决定着这一斗争的形式的，还有上层建筑的各种因素……这样就有无数互相交错的力量，有无数个力的平行四边形，由此就产生出一个合力，即历史结果，而这个结果又可以看作一个作为整体的、不自觉地和不自主地起着作用的力量的产物。"

合力是一个物理概念，其基本意义是：在一个质点上，有着两个以上不在同一方向却又不在同一直线上的矢量，其中的每个矢量都不能决定质点的方向，而是各个矢量在相互作用、相互牵制之中共同决定质点的运动方向。

把物理理论运用到艺术中，说明任何一种艺术活动都不是孤立地、自在地存在着的活动，它是各种因素相互作用、相互影响的产物。

五、社会心理是整合这类影响的中介环节

文学虽然受整个社会复杂体多要素的影响，但不是零散地发生作用，而是经过一个中介系统的整合对文学产生影响，这个中介就是社会心理。

沙莲香在《社会心理学》中指出：所谓社会心理，是人们在社会生活中自发产生，并互有影响的主体反应。

社会心理有其内过程和外过程，不仅有群体心理，也有个人心理，一般说来，它包括社会知觉、社会态度、社会情绪、社会舆论、风俗、时尚、角色规范等。

普列汉诺夫在《马克思主义基本问题》中提出了社会构成的"五层公式"，第一次将社会心理整合在马克思主义的社会结构中：

如果我们想简短地说明一下马克思和恩格斯对于现在很有名的"基础"对同样有名的"上层建筑"的关系的见解，那么我们就可以得到下面一些东西；

一、生产力的状况；

二、被生产力制约着的经济关系；

三、在一定的经济"基础"上生长起来的政治制度；

四、一部分由经济直接决定的，一部分由生长在经济上的全部社会政治制度所决定的社会中的人的心理；

五、反映这种心理特性的各种思想体系。

普列汉诺夫这样分析道："任何民族的法律、国家体制与道德都直接为特有的经济关系所决定。这些经济关系同时也决定着——不过是间接地——思维与想象的一切创造活动：艺术、科学，等等。"这就是说："绝不是'上层建筑'的一切部分都是直接从经济基础上生长出来的：艺术同经济基础只是间接地发生关系的。因此，在讨论艺术时必须考虑到中间的环级。"这个中间环级就是社会心理。"因此，社会心理学异常重要。甚至在法律和政治制度的历史中都必须估计到它，而在文学、艺术、哲学等学科的历史中，如果没有它，就一步也动不得。"

普列汉诺夫第一次明确提出系统之间存在一个中介环节，也就是社会心理。对文学发生作用的系统是通过社会心理这个中间环节实现的，这充分证明了社会心理对文学发展是具有重要作用的。

中外优秀作家的实践证明，主体的情感、意识与社会心理、时代意识的描写，总是和谐地统一在一起的。因而文学的主观性、情感性的"我"，除了体现着作家对社会生活的自觉意识和理性认识外，还包含着主体自身在人类历史演变及积淀中形成的潜意识和直觉本能等复杂因素。总之，由于作家、艺术家的思维心理活动存在着意识与无意识、理性与非理性的内在融合，因而形成了艺术感知和审美心理的定式。这个心理定势也就是上面所指的社会心理。

六、时代的发展与体裁的嬗变

社会心理对社会生活施加于文学的诸多影响的整合功能，我们在文学体裁的嬗变中可以得到清晰的验证：

如前所述，原始神话与原始社会人们的巫术心态相吻合。当时的人类思维受"互渗律"支配，充满神秘的象征色彩，主体意识不发达，尚不能把人从自然界中区分出来，把个体从类中区分出来。在这种情况下，对自然本性的肯定，对群体力量的礼赞，同时也就是对个体自由的肯定和礼赞，体现在艺术巫术活动中则是群体与自然在生命情感上获得交流和统一，于是本能地把自然人格化，把幻想现实化，从而创造出奇异多彩的神话世界。像马克思所说的那样，"在幻想中战胜自然"。

而自然经济条件下的人类，初次以个人身份面对生活，他们的主体意识迅速觉醒。此时，个体与群体，人类与自然的关系不同于原始社会，进入了一个新的阶段。人类为了有效地征服自然和调节社会关系，在社会分工和阶级关系的基础上形成了不同的团体或者组织，区分为不同的等级：一方面，有效的分工所造成的强大社会力量使自然的威胁逐步削弱，特别是专业分工加深了人类对自然本体的认识，从而取得了比原始人远为坚实的自由；另一方面，等级、团体等复杂的社会关系代替了原始群体，每个等级和团体的人们也承担着相应的义务和责任，个体的作用在社会分工与等级关系的一定范围内得以发挥。于是，个性自由与社会体制发生冲突，压抑的郁闷之情反映到文学的审美价值创造上，便形成了两个基本主题：一个是对等级秩序的皈依或怀疑；另一个是对自然山水的吟咏和寄情。建功立业的伟大抱负时常与无力回天的社会环境发生冲突。一旦受挫，他们往往退回内心，以往昔的旧梦自我慰藉，呈现出一种敏感、易变、夸张、幻想的浪漫型心态。在这种心态下，诗词文赋这些抒发一己情志的体裁便高度发达起来。

城市经济的繁荣使人们置身于异常复杂的人际关系网络之中，并且扮演着越来越多的角色。在这种社会关系中，原先的规范和制约着人们的等级秩序开始瓦解，代之以人与人之间在法律和机会上的平等竞争。人的智慧和才能开始决定其地位和命运，但自由创造精神依然受到现实的积压。这样的人生体验使人类心灵中相互沟通与了解的机制大大发展、强化，人们学会了"设身处地"，懂得了"推己及人"，同时人类心态也从主体浪漫型逐渐转化为客体现实型（以客体、他人为观察、思考的重心）。在这种心态下，戏剧小说才能创作并拥有广大的读者群。

总之，文学体裁演变的原因很多，但都是经过社会心理的整合过滤后，才最终得以对文学体裁发生作用。

第三节 文学发展的自身规律

一、对本民族文学传统的继承与革新

（一）文学传统传承性的表现

文学艺术是一种审美创造，正像一切人类创造一样。"人们自己创造自己的历史，但是他们并不是随心所欲地创造，并不是在他们自己选定的条件下创造，而是在直接碰到的、既定的、从过去继承下来的条件下创造。"文、学的创造与发展也是在一系列客观条件的制约下发生的，其中过去文学自身传统的传承与影响是构成此种制约作用的主干要素。这种文学传统的传承性主要表现在三个方面：

第一，文学内容的演变上。例如古典名著《西游记》的故事，其实早在唐代就已经流传。明代吴承恩在民间传说、戏剧、话本的基础上加工处理，从而创造出了一部神怪小说。

由于文学内容本身就具有丰富的内涵，因此它能受不同时代的人们的喜欢而被一代一代传诵下去。

第二，文学形式的沿革上。正因为赵树理的小说采用了古代民间喜闻乐见的评说体方式，所以他的作品受到了群众的广泛欢迎。

第三，创作方法的沿袭上。在19世纪盛行一时的批判现实主义创作方法，到20世纪仍然被广泛采用，或转化成以欧美为首的新现实主义，或变成以苏联为首的社会主义现实主义，或成为以拉丁美洲为首的魔幻现实主义等。

（二）继承文学遗产的原则

对待文学遗产，历史上出现过全盘继承的复古主义和全盘否定的虚无主义两种错误倾向。之所以要对遗产进行分析批判，是因为一切民族的传统中都存在"两种文化"，即都有民主性的精华和腐朽、落后的糟粕。我们的态度是：对待一切文学遗产应该进行分析，"取其精华，去其糟粕"，坚持批判吸收的继承原则。马克思主义经典作家在批判地继承文学遗产的问题上，不仅要求人们科学地区分什么是优秀的人民文化，什么是腐朽的剥削阶级文化，而且还一再强调，对"两种文化"的区分不能简单机械，要深入细致地分析；既不将那些带有民主性的"精华"的作品范围限制得很狭窄，也不将那些反映封建性的内容却具有某种认识和审美价值的作品，不加分析地归于"糟粕"之列。

怎样进行分析批判呢？一是要采取历史主义的标准，恰当地评价过去时代的作品，不是看它是否提供了我们所没有的东西，而是看它是否提供了前人没有提供的东西；二是坚持古为今用的立场，确定文学遗产的现实意义和作用；三是尊重文学遗产的时代特点，提倡融合吸收，避免机械照搬。

（三）批判继承与革新创造的辩证关系

批判继承完全是为了革新创造。社会主义新文学不仅要继承优秀传统，而且要进行创新。这是因为：

文学只有在批判继承的基础上不断革新创造，才能产生自己时代的特色；表现新的时代和新的生活；满足人们不断发展的审美需要。

例如，改革文学《乔厂长上任记》是当时人们非常感兴趣的，但随着时间的推移，改革的现实发展了，人们关注的问题也发生了变化，如果还总是停止在《乔厂长上任记》的水平上，没有发展、没有创造，就无法满足人们不断变化的审美需要。而《大厂》《车间主任》等一批新作的出现，揭示并且正面回答了国有企业改革中出现的新问题，塑造了一批鲜活生动的新的改革者的群像，把改革文学推向了更高水准。

总之，没有继承，则无根基；没有创造，则无生机。

二、对民间文学的吸纳与借鉴

（一）民间文学的含义与特点

民间文学是指在民间口头流传的，由人民群众集体创作的文学作品。民间文学一般贴近生活，原汁原味，具有自发性、新鲜朴素性、传承变异性等特点。古代统治者常常设置乐府机构，专门采集民间文学以观"民风"。

（二）民间文学对文人文学的滋养与相互影响

第一，民间文学在内容上是文人创作的重要的素材原型来源。比如歌德的名著《浮士德》。在很久以前在德国民间就有浮士德博士的传说，歌德正是在这个基础上综合加工成了这部小说。在欧洲，许多文学也喜欢以古希腊的神话为原料。而在中国，很多文学也是以民间传说为题材的。

第二，民间文学在形式上给文人创作提供新的发展空间。许多文学的新形式都出现在民间创作中，然后由文人加工改造而成。比如"词"这种文学形式本来是流传民间的一种歌唱的曲词，后来由文人加工创造，荣登大雅之堂，成为一种雅文化的象征。

第三，民间文学与文人文学之间还存在着良性的相互影响，文人文学与民间文学各有长短，为了利于文学整体发展，两者应该建立良性互相影响的关系。

（三）吸纳、借鉴民间文学的原则

第一，文学家应该深入生活，了解大众。民间文学来源于人民大众，存在于生动活泼的民间。如果文学家不熟悉大众、不了解人民群众的思想感情，就不可能借鉴民间文学。

第二，善于辨别，善于吸收。民间文学也有糟粕和精华，有富有生命的新形式和旧形式，对待它也要注意善于辨别和吸收。

第三，处理好普及与提高的关系。对待民间文学和文人文学的关系上，有两种不好的倾向：或贬低文人创作，或贬低民间文学，其实这都是不足取的。民间文学与文人文学的侧重点与功能都是不一样的。文人文学内容形式成熟，主题深刻，民间文学题材生动活泼，具有鲜活性。我们应该在普及的基础上提高，在提高的指导下普及。

三、对其他民族文学成果的吸纳与借鉴

（一）文学的世界性和各民族文学相互影响具有必然性

人类实践范围的扩大、科学技术的发展、民族间交往的日益频繁，使各民族文学的相互影响日渐加深，文学的世界性趋势日益发展。各民族文学之间的相互影响主要表现在以下三个方面：

第一，具有符合社会发展潮流和人类文明方向的新的思想内容的文学，往往会对其他民族的文学带来深刻的启示，产生巨大的影响。中国古代对周边文学的影响是很大的，因为在当时，中国的发展在世界范围内是先进的。唐朝时，日本和朝鲜的文学都受到了中国不同程度的影响。但是到了现代社会，中国在经济上落后，思想文化方面处在相对落后状态，需要学习其他国家先进的文学和文化。

第二，独特新颖的文学样式和艺术技巧，会对其他民族的文学产生重要影响。文学新思想的借鉴往往伴随着文学新形式的移植。在文学的相互影响中，新文学内容要借助新的文学形式进行传播。

第三，伴随文学思潮而来的文学观念的传播。在现当代，外来的各种各样的思潮伴随文学观念的更新，出现了各种各样式的文学，像王蒙的《春之声》很明显地借助外来的意识流手法，高行健的戏剧也是以西方的现代主义思潮为背景的。

（二）各民族文学相互影响的一般规律

第一，普列汉诺夫在《论一元论历史观之发展》中"一个国家的文学对另一个国家的文学的影响是和这两个国家的社会关系的相似性成正比的"，就是说，相似的社会关系导致相似的社会需求，而相似的社会需求有利于民族间文学的相互影响。这就是不同民族之间文学影响的相似性规律。

第二，遵循文化传播规律，不同民族间文学的相互影响一般发生在政治、经济交流的同时或滞后；政治、经济交往密切的民族之间，文学交流也必然频繁。

第三，各民族文学之间的影响是双向的，作用也是双向的；中国新文学明显接受了世界文学的影响，任何民族之间文学上的影响都是相互的。但双向的不等于对等的，大多是以一个为主。一般社会发展（尤其是经济的发展）处于领先地位的民族，在文学交流中的影响力也较大。这被称作文学影响上的双向性和优势先进性。

（三）"拿来主义"和"洋为中用"的原则

借鉴外来文学也要采取分析的态度，盲目排外和妄自菲薄都是不足取的。如何对待外民族的文学，鲁迅的原则是"拿来主义"。"拿来主义"的含义有三点：

第一，不拒绝，不排斥。五四时期国粹派拒绝一切外来文化对本民族文化的影响显然是不可取的，因为借鉴是创新的需要，"没有拿来的，人不能自成为新人，没有拿来的，文艺不能自成为新文艺"。

第二，"运用脑髓，放出眼光，自己来拿！"即对拿来的东西要挑选，有弃取，而且选择的标准是自己的，理智的。拿来与送来是不一样的，拿来是有选择有标准的，一切都是为了发展自己文学的需要。

第三，凡是有价值的东西，尽量吸收，为我所用。"总之，我们要拿来。我们要或使用，或存放，或毁灭。"针对不同对象采用不同的态度，发展我们自己的新文化。

还有一个原则是"洋为中用"。继承是为了创新，借鉴同样是为了创新。在借鉴与创新的问题上，我们要坚持"洋为中用"的原则。所谓"洋为中用"，就是以中国人民的实际需要为基础，批判地吸收外国文化（毛泽东《新民主主义论》）。这样，首先，要准确了解外民族文学对本民族文学发展的作用和意义；对先进文化要给予准确的定位。其次，对于外来文学的遗产要进行分析，分清精华与糟粕，批判地吸收。最后，我们的借鉴和吸收完全是要"以中国人民的实际需要为基础"，要能用"洋"经验解决"中"问题。最后，"洋为中用"要为文学的民族化发展服务。

四、对其他艺术的吸纳与借鉴

文学对其他艺术的吸纳和借鉴反映了文学产生发展的内在动力。

（一）文学与其他艺术门类相互吸纳与借鉴的必然性

第一，文学的起源原本就是与其他艺术门类共同发生的。这主要表现在两个方面：一方面是不同艺术门类的"相通性"，凡是艺术都是一种审美活动，尽管手法不同，但不同手法是可以借鉴融合的。这种相通性表现在文学起源的时候，文学是一种综合的艺术（诗乐舞一体）。正是这样一种综合，为后来文学借鉴、吸纳其他艺术门类打下了基础，使文学保有相互借鉴的一种基因。相通性是文学与生俱来的。另一方面是不同艺术门类的"互补性"，一种艺术总是使人们获得某些方面的美感，而人总是要求全面的美感的，人们正是通过不同的艺术相互补充最终获得全面的美感享受的。

第二，不少文学新体裁与其他艺术门类有着密切联系，使文学自身保有与其他艺术门类相通的基因不断增加。例如戏剧文学，戏剧的冲突性很好地促进了文学情节的典型性。而它的产生又使戏剧文学得以确立。随着这种新题材的产生，文学被渐渐发展融合了其他艺术门类的基因。

第三，现代艺术，尤其是多媒体艺术的发展，使文学与其他艺术门类借鉴融合的机会大大增加。例如网络艺术的发展尽管刚刚开始，但已经表现出文学自身表现力的趋势。文学的出现不再与传统的文本形式相似，而是以融合了影像艺术等其他艺术种类的形式出现。

第四，文学在这种借鉴中大大丰富了自身的表现力，获得了新的发展空间。文学大师往往也是艺术通才，比如老舍先生既会写小说，又懂曲艺，正是这种综合的才能才使他的创作具有独特的艺术魅力。

（二）文学对其他艺术吸纳与借鉴的一般规律

第一，新体裁的产生往往成为文学对其他艺术吸纳与借鉴的契机。

第二，艺术通感是文学对其他艺术吸纳与借鉴的主体条件和心理机制。文学是用语言描写视觉形象，在想象中创造一个艺术空间的。如诗人王维抓住视觉通感，创造出"诗中有画"的独特风格。

第三，目标和追求。新的文学趣味与美学原则是文学吸纳与借鉴其他艺术的动力与追求。对新的美感的追求和新的艺术趣味的追求，是文学学习其他艺术门类的重要动力。

（三）吸纳与借鉴其他艺术的原则

第一，文学吸纳与借鉴其他艺术应遵循优势互补的原则。在吸纳、借鉴之前，要清楚两种艺术种类的优势和表现手法的相通之处，借鉴不是简单的相加，而应该融合到内在体系之中。

第二，文学吸纳与借鉴其他艺术应有利于发挥文学的艺术特点与优势。比如，有些多媒体艺术，就是简单地在原来的文学作品中加上插图配乐，并不会激发人的想象力，反而是对人们想象力的抑制。吸纳与借鉴应该融入文学自身表现体系，应该有利于发挥文学自身的优势，这才是具有生命力的借鉴。

【知识盘点】 神示说 模仿说 游戏说 巫术说 表现说 劳动说 社会心理 社会构成的"五层公式" 批判继承与革新创造 "拿来主义" "洋为中用"

【随堂练习】

1. 试论文学产生于以劳动为基点的人类生命活动。

2. 为什么说文学随着社会生活的发展而发展？

3. 什么是马克思、恩格斯所说的文学发展的"合力"和"不平衡"现象？

4. 什么是普列汉诺夫提出的"五层公式"？为什么说社会心理是整合这类影响的中介环节？

5. 试以时代的发展与体裁的嬗变为例，说明社会心理对社会生活施加于文学的诸多影响的整合功能。

6. 简析对本民族文学传统的继承与革新。

7. 谈谈文学对其他艺术的吸纳与借鉴。

附录：作品研究赏析

木木

一、《木木》情节的典型化

大家知道，屠格涅夫的母亲瓦尔瓦拉·彼得罗夫娜（一个专横的、性情暴躁的女地主）的庄园里发生了一件事故，构成了《木木》这篇小说的题材。

盖拉新这个人物就是按照彼得罗夫娜的农奴，看门的哑巴安德烈的原样，不差分毫地刻画出来的。瓦尔瓦拉·彼得罗夫娜的养女席托娃在她的回忆中写道："他力大无比，手也很大，有时当他把我抱在手里的时候，我就觉得好像坐在什么马车里一样；有一次我就这样被他抱到他的小屋子里去，在那里第一次看到了木木，一只白毛褐斑的小花狗躺在安德烈的床上。"瓦尔瓦拉·彼得罗夫娜对她的这个看门巨人表示特殊的好感："……他总是穿得漂漂亮亮，除了红色的斜纹布衬衫，别的就不穿。"这个女地主的"特殊好感"并不妨碍她在脾气发作的时候发下残酷无情的命令，强迫安德烈亲自把自己的爱犬溺死。

总之，一切经过的情形正如屠格涅夫所描写的一样，除了结局之外，其余完全相同。

实际上，哑巴安德烈在木木淹死之后并没有离开他的女东家。据目击这桩惨事的席托娃说："安德烈对于女主人的忠心依然如故。不管安德烈心里有多么痛苦，他对女主人还是忠心耿耿，替她效劳，直到她去世之日。"瓦尔瓦拉·彼得罗夫娜给他穿漂亮的短皮袄和腰部打裥的假天鹅绒的外衣。安德烈奴性十足地重视她的好意，"而且，除她之外，决不承认别人是自己的主人。"

席托娃说，有一次，"一个瓦尔瓦拉·彼得罗夫娜所不喜欢的夫人"忽然想起送哑巴一块浅蓝色的假缎子，给他做衬衫，安德烈"轻蔑地向那块布看了一眼"，把它扔在壁炉旁的一张凳子上。女管家为了讨女主人的欢心，便对她说，"哑巴还指了指自己的红衬衫，用手势表示她的女主人给他很多这样的衬衫。"受了恭维而高兴的女地主把安德烈喊到面前来，赏了他十块纸卢布。"安德烈由于满意和高兴，震耳欲聋地咩咩大叫，并且笑了起来……他一面走出去，一面用手指着女主人，并且拍拍自己的胸脯，意思是说，他非常喜欢女主人。他甚至原谅她害死了他的木木!"

屠格涅夫抛弃了这个奴隶式的妥协的画面。他看得很清楚，如果艺术不是偶然事物的体现，而是合乎规律的事物的体现，那么，这个中篇小说采用同样一团和气的结局，就是不真实的。屠格涅夫描写盖拉新离开女地主出走——沉默地但是有力地表示了自己的顽强不屈，这就反映出农民对贵族的放肆行为是越来越愤慨了。

从《木木》的例子上，我们可以极其明确地看到提炼的基本作用——典型化。屠格涅夫给这个中篇小说所虚构的结局，它暴露的现实，要比如实地描写哑巴在木木死后对女主人所抱的态度更加真实，更加深刻。只有采用我们所知道的那样的结局，《木木》才具有真实的典型性。

关于《木木》这篇小说，维护农奴制度基础的检查官写道："……作者的目的是要指出，农民无辜地受地主的压迫，而且只能忍受他们的任意打骂，已经到了何种程度。……虽然这里表现的并不是在农民的肉体上，而是在精神上所受的压迫，但是这丝毫没有改变这篇小说的那个有失体统的目的，恰恰相反，甚至使这种不成体统更加显著了。"

如果这篇小说的结局写的是看门的哑巴对他的女主人百依百顺，原谅她把木木害死，那么，它会不会引起沙皇检查官的愤怒呢?当然不会。《木木》这篇小说，如果艺术家对题材不加以提炼（就所占篇幅来说并不很大），那么，它就不会成为世界和俄罗斯古典文学的杰作，像我们现在所认识的那样。

（摘自多宾《论情节的典型化与提炼》）

二、为什么要改动情节的结局

屠格涅夫为什么要把情节的结局作这样的改动呢?多宾以合不合乎事物的规律来说明屠格涅夫笔下的盖拉新之应该走还是留，是不能令人信服的。但是，如果屠格涅夫真的也把作品中的盖拉新写成像生活中的安德烈一样留下来了，而且同安德烈一样仍旧对女主人忠心耿耿，那么，不但这个作品将的确失去它的典型意义，而且也将的确使我们感到不真实。不过这并不是事实上的不真实，而是感情上的不真实。屠格涅夫在实际生活中深切地体察到了安德烈的巨大痛苦，对他母亲的残暴行为产生了强烈的不满。在他心头有一股汹涌的感情的激流，迫使他提起笔来，迫使他不能不写下安德烈的痛苦，不能不对他母亲的那种残暴行为进行揭露。在盖拉新这个形象身上所表现出来的，不只是属于安德烈的东西，屠格涅夫把自己在生活实践中所形成的思想感情，也凝注、渗透到盖拉新的形象里去了，才使人感到真实、可信，比安德烈更真实、更可信，才具有这样强烈的激动人心的力量。在艺术领域里，不管是创作还是鉴赏，人们总是带着自己的情绪色彩来观察对象的，总是要将观察对象跟自己的生活、兴趣，跟自己的整个个性联系起来。《木木》的深刻的典型性，正是从力求充分地揭示安德烈的内心痛苦，力求抒发他自己的强烈的愤懑之情中取得的。

（摘自钱谷融《＜木木＞与典型化问题》）

三、比较《木木》与《珂珂特小姐》

试以屠格涅夫《木木》和莫泊桑的《珂珂特小姐》为例，作一比较。这两篇小说都写下层劳动者养了心爱的狗，却引起主人不满，被迫将狗淹死。莫泊桑在结尾处写车夫弗朗索瓦在河中发现狗的尸体，就疯了。而屠格涅夫只写农奴盖拉新不辞而别，离开莫斯科，回到家乡的小屋去了。两者的相同之处在于主人命令把狗淹死这一突发事变（或因子调动），也就是说，前提条件是一样的，但后续效果稍有不同。从表面上看，弗朗索瓦发疯远比盖拉新大踏步地出走效果要强烈，但在艺术上动人的程度却恰恰相反。

《珂珂特小姐》在莫泊桑的作品中远非杰作，而屠格涅夫的《木木》却是世界短篇小说中的经典。原因在于弗朗索瓦的发疯缺乏充分的必然性，整个心理氛围浓度不足。屠格涅夫则不同，为了让他那个忠于主人的农奴盖拉新用行动来反抗他从来不想反抗的主人，他设置了一系列条件，加强心理氛围的浓度。一、盖拉新是个又聋又哑的大力士；二、他无法用语言表达他对女仆塔季雅娜的爱情，而喜怒无常的女主人却把塔季雅娜嫁给一个酒鬼；三、受到了这样的精神打击，他才养了一条狗。这条狗成了他感情的唯一寄托，生命的唯一乐趣。可是这条狗在无意中打扰了女主人，女主人两次严厉命令杀死这条狗。盖拉新最终并没有拒绝执、行女主人的命令。执行以后，他不能用语言表述他的痛苦和反抗，却用行动表明他不能忍受这样的心灵摧残，他未得到主人允许就离开莫斯科，回到乡下去了。

屠格涅夫为了使结局有充分的必然性，强化了一系列前提条件。这里不但有一个喜怒无常的女主人，还有一个温顺愉快的受到盖拉新钟爱和保护的塔季雅娜，与之对照的是一个酒鬼以及人们对酒鬼的厌恶和敬而远之。所有这一切本与狗无关，但由于塔季雅娜几乎毁在酒鬼手中，无声的盖拉新只好把他的爱转移到一只狗身上。这本属低微之至，却使整个情节、场景的氛围达到相当的浓度，盖拉新不能说话的生理缺陷也加深了他的孤独感和抑郁情绪。

当他把感情寄托的对象从一个善良的女人降低为一条忠顺的小狗时，情景的氛围浓度已达到饱和，一旦连这一点也不能享有时，他的情感结构发生"突转"就十分自然而可信了。

如果达不到这样饱和的浓度，最终人物行为的突转就缺乏充分的可信性。在莫泊桑的《珂珂特小姐》中，莫泊桑并没有充分有效地强调珂珂特小姐（狗名）在弗朗索瓦心目中至关紧要的地位，读者还没感到狗在他情感中不可替代的地位时，主人公已经疯了。读者只是被动地得知他疯了，却没有主动地体验到失去珂珂特小姐的弗朗索瓦精神上的苦楚。

正因为此，读者只是震惊于这样的结局，却不可能受到饱和氛围的真正感染。

分析文学作品时，要清醒地认识到，调动一个因子，想象出一个新颖的结局来是不困难的，困难在于把人物感觉的层次、条件、情境、氛围的饱和浓度充分地、有条不紊地、逐步递增地显示给读者，诱使读者分享人物的一切感觉、感情，并且达到同样强烈的程度。

这是作家才气所在，这种才气比之设计情节更重要。正因为这样，它很值得深入分析。

（摘自孙绍振《名著细读》）

诗歌

《呵，母亲》

你苍白的指尖理着我的双鬓，
我禁不住像儿时一样
紧紧拉住你的衣襟。

呵，母亲，
为了留住你渐渐隐去的身影，
虽然晨曦已把梦剪成烟缕，
我还是久久不敢睁开眼睛。
我依旧珍藏着那鲜红的围巾，
生怕浣洗会使它
失去你特有的温馨。

呵，母亲，
岁月的流水不也同样无情？
生怕记忆也一样褪色呵，
我怎敢轻易打开它的画屏？
为了一根刺我曾向你哭喊，
如今戴着荆冠，我不敢，
一声也不敢呻吟。

呵，母亲，
我常悲哀地仰望你的照片，
纵然呼唤能够穿透黄土，
我怎敢惊动你的安眠？
我还不敢这样陈列爱的礼品，
虽然我写了许多支歌
给花、给海、给黎明。

呵，母亲，

我的甜柔深谧的怀念，

不是激流，不是瀑布，

是花木掩映中唱不出歌声的古井。

（选自《舒婷的诗》）

阅读提示：

这首诗歌无论是题材还是立意都谈不上新颖。从题材上说，是写"母亲"；从立意上说，是写单纯的亲情。在20世纪80年代以来的众多诗歌选本当中，我们也极少看到这首诗的踪迹，那么它是否是一首好诗？为什么？

古今中外写"母亲"的诗歌比比皆是，这首诗的写作特点在哪里？在舒婷早期的作品里，我们对一个大胆表白感情，大胆抒发理想的女性形象印象深刻。

网络文学

一、如何看待网络文学

互联网和电子传媒系统正迅速改变着人类的文化和生存状态，包括文学活动在内的人的一切生活都避不开数字化时代的冲击。

网络文学的出现就是突出的标志。所谓网络文学就是指网人在网络上发表的专供网人阅读的文学，它的主体必须是网人，即网络的使用者；其主要传播渠道是网络，作者的创作动机必须是为网上受众写作。由于网络这一载体的特殊性，网络文学自诞生之日起便拥有与平面媒体截然不同的特点。正如著名网络作家李寻欢所概括的：网络文学一般篇幅短小，少有长篇，这与网络阅读习惯有关；体裁以杂文、散文为主，小说和诗歌较少，其他文体更少；内容主要是生活随感、爱情故事和各种时尚话题等；语言活泼随意，或风趣幽默，或诙谐辛辣，还夹杂着许多网络语言和特殊群体的典故等，这与目前占网民大多数的城市青年群体的生活状态有关。特别是由于网络媒介的交互性特征，网络文学实现了作者与读者之间全面的沟通交流，它不再是作者对读者单方面的"灌输"，而是让他们平等地行使反馈、反驳、批评或创作的权力，这自然为读者提供了崭新的阅读空间和写作空间。而且网络写作基本上属于非功利性的写作，网人的创作活动更接近生活现实，情感也更真实可信，甚至许多在现实生活中无法实现的梦想都可以借助于网络写作来完成，因此，它在一定程度上满足了人们企图通过想象发泄内心情绪和扩展现实世界的欲望，这也是许多人迷恋网络的主要原因。可以预见，随着互联网的发展，网络文学会日益普及，也会逐渐在社会文化生活中占更多的地盘，对整个文学系统发挥越来越大的影响。就国内网络文学的发展状况来看，自1991年全球第一家中文电子周刊《华夏文摘》问世以来，各类综合性中文电子杂志及一些纯文学电子刊物如雨后春笋，迅速发展，势不可挡。网络文学造就和培养了一大批网络作家，他们在网上纵横驰骋，锐气逼人，带动华文网络创作大踏步地向前迈进。在强手如林的网络作家中，美籍华人作家钱建军（少君）堪称中文网络文学创作第一人，1991年4月他发表了第一篇中文网络小说《奋斗与平等》，随后，又结集出版了诗集《未名湖》，小说集《愿上帝保佑》、《大陆人生》、《活在美国》《活在大陆》等，他开创的"自白体"小说文体也被竞相模仿。另外，像痞子蔡、安妮宝贝等也是颇有名气的网络作家。当然，网络文学的出现也引起了另一种争议。比如有学者指出，网络文学的出现，给传统的文学创作的运行机制带来了冲击。文学作品通过互联网直接与读者见面。读者所要做的，就是进入国际互联网，点击一下有关作家的个人主页，然后便可以开始阅读。如此一来，就取消了出版、发行与销售等环节，作家的稿费怎么算？作家这个职业还能够存在吗？等等。不过，不管人们是赞赏还是贬斥，网络文学创作像一个打开的魔瓶，它所释放出来的能量会长久存在下去。

二、2009年网络文学：在与传统的融合中形成新的机制（节选）

2009年是中国网络文学发展史上的一个重要年份，这一年，在官方、出版业、高校、文学网站和民间机构的合力下，网络写作与传统写作进入全面融合期，融合主要体现在政策上的大力扶持与创作上的频繁对话交流，以及产业上的创新拓展与进一步规范。两种写作之间出现最大公约数，即在。对话的基础上相互有所认同，这无疑给网络文学的发展带来利好因素。

（一）网络文学整体向纵深发展

2009年，网络创作人气旺盛，网络诗歌热潮不减，博客写作门类细化。网络文学在量的积累和形式的不断变化中，整体向纵深发展，形成文化多元的战略格局。这对文学在未来的发展是一个良好的铺垫。

第一，网络创作引发"第三次诗歌浪潮"。

20世纪90年代，专业诗歌刊物处于停滞状态，综合刊物诗歌版面被替换，整个诗歌创作陷入低谷。网络出现之后，诗歌找到了新的天地。

中国当代诗歌的第一次浪潮；出现在20世纪50年代末至"文革"前夕。第二次浪潮出现于1976—1989年之间的"新时期"。第三次浪潮，便是新世纪以来的网络诗歌，其突出标志是汶川大地震之后喷发的全民诗歌热潮。因此，诗人林莽。认为，网络传播对诗歌创作的积极影响不可低估，毫无疑问，"第三次诗歌兴起与网络有直接的联系"。诗人于坚认为，互联网的出现，进一步打破了权力对资讯传播的垄断。网络是非常好的东西，发表可以自由，直接面对读者，同时对诗人也是最大的考验。网络的活跃，也使得传统的诗坛日益被抛弃，当代诗歌最有活力的核心已经转移到网上。

但我们必须冷静地看到，在激活诗歌创作的同时，以平民姿态出现的网络诗歌也出现了倒退现象：少有天空与大地的苍茫，常见绿水与青山的缠绵；缺少崇高与伟岸的气魄，堆积吟风与弄月的做作。同时，一场以低贱化写作为表征的诗歌话语颠覆、匿名的"语言暴力"，以及恶搞风潮，也以不可遏止的势头在网络上迅速蔓延开来，其中夹带着很多伤害诗歌创作的破坏性因素。新世纪的第一个十年即将过去，网络诗歌创作正在经受新的考验。

第二，博客写作进入新阶段。

从"论坛文学"到"博客文学"。起始于1995年"水木清华"的论坛文学，在十年后的2004年迎来了他的同族兄弟博客文学。如果说论坛文学是公共浴池的话，博客文学则是单间淋浴。仔细观察，可以发现两者之间存在的差异性：论坛文学放大了文学的参与性，即公众的组合性，而博客文学彰显了文学的私人性，即个人话语空间。博客文学的生活化特征、写实性品格、非教益性倾向、自我记录和抒发的意味较之论坛文学，对传统的文学观念（概括性、虚构性、典型性、教益性等）构成了更大的冲击。在生活经验复杂化的今天，它为文学理念多元化，文学表达形式多样化开辟了新的空间。

目前的博客按写作者的身份，可分为名人博客、草根博客和官员博客三类；按内容与影响力，可分为黑马博客、精英博客、优秀博客三类。博客文学中占主流的应当是草根博客，草根博客因其不具有功利性，最能体现博客草根文化的精神内涵。文学名博的数量也有了较大增长，与草根博客相映成趣，中国作家网、中国当代文学网等著名文学网站链接了众多文学名家的博客，并且特设了博文热议专栏。

博客写作的灵活性、观赏性和资料保存功能，使得这一形式深受广大写作者的喜爱。随着网络技术的发展，近两年，博客空间的跨艺术门类现象越来越显著，这也充分体现出博客区别于论坛和网站的个性色彩。文学作品（诗歌、散文、随笔、评论、小说、故事、杂文、传记）、学术作品（历史、政治、思想、文化、艺术、哲学、教育、生活、体育等研究文章）、艺术作品（绘画、摄影、雕塑等图片）、影像作品（歌曲、音乐、flash动画等作品）等，这些广大艺术领域其中的一部分，在个人的信息平台上形成"交响"，最大限度地展示出个体的审美趣味与时代留在个人身上的烙印。

然而，博客文学存在的问题也不少，它还远不如其他艺术门类博客丰富和开阔。大多数博客文学，或是以日记为形式的个人情感记录和抒发，或是粘贴已公开发表的文学作品，达到一定文学水；住的原创作品非常少见，这当然和博客作者担心作品遭到侵权不无关系。

从"文学博客网站"到"博客图书"。在"网络写手"活跃于各大文学网站的同时，一种更为普及的写作形式——博客已被网民所熟知。专门的文学博客网站起步于2004年，主要为青年文学爱好者的集聚地，鲜有文学名人参与，其影响远不如门户网站的文学博客群，目前运行比较成功的文学博客网站有：

文学博客网（http：//WWW.bufen.org/），专注于为作家、文学爱好者提供个人专栏服务，一贯坚持走精品文学路线，严格审核注册用户的资料，实行实名制注册专栏。

博客文学网（http：//WWW.blogwx.cn/.），一个以纯文学为主题、精选博文的网站。

文学博客（http：//blog.readnovel.com/），小说阅读网下面的一个博客分站，信息量较大，比较庞杂。

中国文学博客（http：//WWW.wenxueboke.cn/），前身为池塘边文学网，由一群爱好文学的团队共同创建和管理。

一抹微蓝文学博客（http：//WWW.eomoo.com/），代表网络文学最新发展的博客模式，面向每一位文学爱好者。

目前，中国博客数量已超过一亿，网民拥有博客的比例高达40%以上。这样庞大的受众群体无疑为出版业注入了新的活力，同时"博主"与出版社的结合无疑让动辄百万的流量迈出了商业的一步。

我国出版法规明确规定，书籍内容必须通过相关程序审核方能出版，出版门槛较高，而且需要较长的周期。普通博客作者找到了他们自己的选择——去印书网站印书。网络印书使用激光印刷技术，可以按需印刷，想印几本就印几本，虽然不能公开出售，好在印刷方便，作者一般都印少量几本（不会超过三十本），送人交流阅读。由博客文字印成的书籍，表达了博客作者最本真的创造力，博客书正在撼动中国文化旧秩序，未来将对中国文学的发展产生一定影响。现在在网站上印书的人越来越多。

2009年最引人注目的当属微博客（Micro—Blogging）的流行。发端于2008年的微博客是一种允许用户及时更新简短文本（通常少于二百字）并可以公开发布的博客形式，它既可以选择面向大众，也可以由用户选择群组阅读。随着发展，这些信息可以以很多方式传送，包括短信、即时信息软件、电子邮件、MP3或网页等。和博客偏重于梳理个人一段时间内的所见、所闻、所感不一样，微博客能表达出每时每刻的思想和最新动态。微博客的魅力还在于它具有群聊功能和跨平台数据互动，挖掘潜力不单停留在文字、图片、视频范畴，隐含有SNS交互特性，而中国是移动设备交互最频繁的国家之一，微博客的出现将提升这类用户的使用体验和互动性，而3G的普及势必带来一股新的跨平台交互风暴。

应该说，多样化的博客写作未来的前景十分开阔，同时也存在很大变数，其中既有积极的因素也有消极的因素。

（二）年度最具影响力网络作品

玄幻类小说《盘龙》（我吃西红柿）：《盘龙》属于西方奇幻系列，在起点中文网连载中创造了点击神话，总点击量已经超过一亿。《盘龙》是一个励志故事，主要讲述龙血战士后代林雷·巴鲁克的成长历程。他从一个平凡的人，到成为玉兰位面最好的恩斯特魔法学院的学生，超越学校的天才少年迪克西，修炼成为圣域强者，最后突破成为神级强者。地狱是他通往巅峰的路，从下位神一直修炼到中位神，最后终于成为上位神，最后灵魂变异、炼化四枚主神格，成为突破宇宙限制、跳跃到鸿蒙空间的第一人。这中间发生了特别多的故事，有初恋的失败、有父母之仇、有德林爷爷的帮助、有雕刻的神奇、有好兄弟的友情、有恶魔城堡的任务、有紫荆山脉的阻困、有四神兽家族的重担、有位面战争的历险、有贝鲁特爷爷的嘱托……最后终于他全家团圆、兄弟团聚，并且修炼成为鸿蒙空间的掌控者。在后来月召开的中国国际数码互动娱乐展览会上，盛大文学与盛大游戏宣布，将把网络小说《盘龙》活化成客户端、web、手机三大类型游戏，转让价格达到破纪录的三百一十五万元。

玄幻类小说《斗罗大陆》（唐家三少）：故事讲述了唐门外门弟子唐三，因偷学内门绝学而为唐门所不容，于是只身跳崖明志，却来到了另外一个世界，一个属于武魂的世界——斗罗大陆。这里没有魔法，没有斗气，没有武术，却有神奇的武魂。这里的每一个人，在自己六岁的时候，都会在武魂殿中令武魂觉醒。武魂有动物，有植物，有器物，它们可以辅助人们的正常生活。而其中一些特别出色的武魂却可以用来修炼，这个职业，是斗罗大陆上最为强大也是最重要的职业——魂师。当唐门暗器来到斗罗大陆，当唐三的武魂觉醒，他是否能在这片武魂的世界重塑唐门辉煌？《斗罗大陆》作者唐家三少以虚拟手法表达了他所理解的人，及其在某个特定环境下的成长历程。

科幻励志小说《狩魔手记》（烟雨江南）：故事发生在核战之后的地球，讲述一个少年"苏"在魔兽丛生、人心崩坏的环境里自力更生，通过个人的奋斗来争夺生存空间的故事。《狩魔手记》具有积极向上的价值取向，是一部情节曲折震撼，富有超群想象力的励志类科幻小说。该小说刚一出炉就受到读者疯狂追捧，在首发站17K小说网上获得。新书榜、鲜花榜第一名，每周有近百万读者在线阅读该作品，日发布书评和留言数超过二千条。在读者热烈追捧的同时，小说刚发布六万字就引来众多出版社的青睐和关注，纷纷开出优厚条件要求签约出版。烟雨江南在谈及《狩魔手记》时表示，"这是我迄今为止，最满意的一本书"，他还坦言，此作品将达到百万字以上。对作品他没有做更多解释，只是形象地说，"当欲望失去了枷锁，就没有了向前的路，只能转左，或者向右。左边是地狱，右边也是地狱"。

职场小说《争锋——世界顶级企业沉浮录》（凌语嫣）：全球经济形势变幻莫测，职场小说在2009年更加引人关注，读者希望从这些现身说法的图书中找到自己同类的生存法则。但同时阅读趋向理性，他们不再满足于对职场争斗的表面化描述，而需要更多关照心灵的"深度职场小说"。凌语嫣的《争锋》讲述了一个关于欲望以及如何实现的故事。女主角衣云，既无家世背景，又孤身在大都市奋斗，从单纯懵懂的女大学生，迅速成长为全球顶级公司的TOP SALES。自投身职场的那一天起，她就身不由己地卷入到一场场明争暗斗中。读者能够从女主角一路飞速上扬的故事中看到化解职业危机、规划个人发展的智慧、经验和教训，获取处理商业道德问题的方案。《争锋》在提出白领们所关心的问题的同时，也提供了最现实、最有效的多种解决方法，可由读者按照自身情况进行挑选，显示了作者凌语嫣对职场智慧的深入见解和非凡功力。

黑道小说《东北往事：黑道风云20年》（孔二狗）：小说以毫无修饰、平铺直叙的方式，讲述了1986年至今二十余年来东北某市黑道组织触目惊心的发展历程。1984年，赵红兵和他的战友们在老山前线保家卫国；1985年，他们复员返乡，开始朝九晚五的平凡生活；1986年，他们在家乡街头遭遇地痞挑衅，以暴制暴，一战成名，从此泥潭深陷；1992年，他们已独霸一方；1998年，他们已然成为全东北江湖盟主，呼风唤雨，无所不能；2006年，他们死的死，残的残，有的洗心革面，有的牢底坐穿，有的亡命天涯，有的飞黄腾达……尽管不乏惨烈，但这却是一部让人温暖，甚至让人会心一笑的小说，其人物塑造十分饱满。作为一部网络小说，《东北往事：黑道风云20年》基本上保持了文学作品的严肃性，避免了庸俗化，同时又有很强的可读性。该书得到了余华、刘震云、阿来等严肃作家的高度评价。

幻想小说《卡徒》（方想）：小说建构了一个全新另类的幻想世界——一个由卡构成的后现代社会。在这里，人类用卡的技术解决了新能源问题，一切都离不开卡。卡片级别的高低和力量的大小象征着一个人的地位、财富和荣誉，所有人都以拥有一张高级卡片或力量强大的卡片为荣。男主角陈暮是一个孤儿，依靠制作大量的低级别卡片挣回微薄利润勉强度日，他渴望接受正规的教育，渴望学习，然而现实却没有给他这个机会。机缘巧合下，他得到了一张古怪的卡片，从此开启了他不一样的人生之路。当弱小的陈暮与一张神秘卡片偶然交集后，他的命运不仅因此发生了彻底的改变，联邦的历史也最终因他而改写。"木雷"横空出世，令学院派精英也无法破解的制卡结构，丛林通信技术，力量强大的数字卡片系列，等等，无一不令联邦最大牌的制卡师和卡修抓狂，也因此引发了各利益集团之间的明争暗斗。

陈暮以超人的毅力和韧性，演绎了一个从弱小到强大、从孤独求生到兄弟合作再到团队运营的传奇故事。千奇百怪的卡片源源不断地从陈暮的手中流出的同时，其自身的战斗力也急剧上升，名誉、财富、美女、危险亦从四面八方向他的身边云集。

（摘自白烨主编《中国文情报告》）

三、2012的网络文学初探

在网际流传甚广，影响也较大的网络小说，主要是玄幻、科幻、仙侠、穿越等类型，而出版较多又较有市场的网络小说，则主要是青春、言情、官场、职场等类型。

表面看来，2011年网络文学受到前所未有的瞩目：继参评鲁迅文学奖之后，这一年有7部网络文学作品入围茅盾文学奖，虽然在第一轮的评选中落马，毕竟已往前迈出标志性的一步；中国作家协会吸纳唐家三少、当年明月等网络文学作家为全委会委员，作协重点扶持项目中也包括了网络文学；鲁迅文学院举办了 4 期网络作家培训班，中国作协组织"网络作家与传统作家结对交友"活动，希望网络写手受到传统文学写作训练，能够逐渐走向成熟。

（一）葆有活力的新兴文学板块

种种迹象表明，不仅仅是主流文坛在向网络文学作家敞开了怀抱，评论界也以积极的姿态靠近网络文学：由广东省作协创办、杨克主编的《网络文学评论》创刊，网络文学研究院成立。北京大学副教授邵燕君"北大新世纪网络文学研讨课"开课，这位曾沉浸于传统文学研究的年轻学者，在表示对传统写作的失望之余，转身投向生气勃勃的网络，并在其中找到了文学的希望所在。

尤值一提的是，盛大文学 CEO 侯小强在 2011 年接受记者采访时曾表示，他们正在策划评选网络经典作品。

所有这些，是以飞速发展并逐渐各霸一方的网络文学作品作为支撑的。2011 年，网络文学越来越多地影响社会潮流并形成文化现象。《失恋 33 天》被改编成电影，《步步惊心》《宫》《后宫甄嬛传》等被改编为电视连续剧。

不过十年时间，中国的文学网民人数达 2.27 亿，约占网民总人数的 47%；以不同形式在网络上发表过作品的人数高达 2000 万人，注册网络写手 200 万人，通过网络写作（在线收费、下线出版和影视、游戏改编等）获得经济收入的人数已达 10 万人，职业或半职业写作人群超过 3 万人。在网络作家队伍中，男女作者比例基本持平，18~40 岁的作者占 75%，在读学生约占 10%。

（二）网络文学真的走向成熟了吗

"网络文学领域，既泥沙俱下，又藏龙卧虎，丰富性中具有芜杂性，芜杂性中又有可能性。现在的网络文学，已逐渐成长成为传统文学之外的一个葆有活力的新兴文学板块，这个板块可能没有传统文学看起来那么清晰和规整，水平也参差不齐，但它确实是文学写作爱好者演练才华的一个超级舞台，也是文学写手与文学读者彼此互动的一个活动平台。"当代文学研究会会长、评论家白烨近日接受采访时表示，他愿意在传统文学的青春期的意义上，来看待网络文学，并对它的发展前景表示乐观。

据白烨提供的统计数据，2011 年小说出版总量达到了 4300 多部，除去少数中短篇小说集之外，长篇小说应在 4000 部以上。其中传统的严肃文学类小说约在 1000 多部，近 3000 部的长篇小说应为类型化的网络小说。现在的长篇小说领域，传统的严肃小说与网络的类型小说并行发展，各行其道的情形，已是一个基本的定势。那么，2012 年的网络文学有何新的发展趋势？

过去的网络小说的出版运作，多为与图书文化公司合作的地方文艺出版社，现在随着出版社与文化公司的普遍联营与深度合作，出版网络小说的出版社已越来越多，但出版作品较多，影响也较大的，主要是那些并购了一些知名图书公司因而市场运作更为到位的出版社，如凤凰传媒、长江文艺、中南传媒等，还有一些出版大社也开始介入网络文学的出版，如人民文学、中国青年、作家社等。白烨认为，这是出版改制与市场运作的一种必然选择，因为现在有市场又有效益的文学图书并不好作，网络小说因为已经在网际积聚了一定的人气，造成一定的影响，把它们转化为纸质作品出版，不会有太大的风险，反而还可能作出连锁的效益，如版权转让、作品改编等。这样一些原因，使得网络小说渐渐成为出版选择中的一个热点。

（三）给纯文学突围提供借鉴

从网络文学本身的创作看，2012会有怎样的趋势？题材有何变化？白烨认为，要从网络与纸媒两个方面来分析。

网际的网络小说与纸质的网络小说，日渐呈现出各有侧重的两种趋向。在网际流传甚广，影响也较大的网络小说，主要是玄幻、科幻、仙侠、穿越等类型，而出版较多又较有市场的网络小说，则主要是青春、言情、官场、职场等类型。似乎网上流传的题材类型，多偏于浪漫意蕴的虚构，而纸质作品的出版，更偏于现实生活的写实。

总体来看，网络小说的题材丰富，写法多样。而在这背后，是不同追求的分野，不同情趣的互动，是写作与阅读的细分。值得注意的是，2011年间网络小说改编影视的力度很大，有影响的作品也很多，如《失恋33天》《遍地狼烟》《步步惊心》《钱多多嫁人记》《裸婚时代》《白蛇传说》《后宫甄嬛传》等。这些成功的影视改编涉及到的题材，都有可能会带动新的网络小说写作，使言情、军旅、后宫等题材持续火爆。

文学是时下最重要的出版板块，所谓文艺类新书和畅销书，至少有二分之一，来源于网络。文学是时代的风向标，但是文学期刊等所生产的"文学"已经越来越代表不了时代的风向标，而网络文学所生产的"文学"却越来越靠近大众的流行趣味和社会潮流的走向；植耕于全民自由写作的互联网精神中，文学的"言语即生产力"得到了真正的释放，所以，网络文学十年，诞生了自己的经典、传统和风格。

于是，2011年，"第一次"在传统文学界和评论界出现了这样的声音：研究"主流文学"，不如研究"网络文学"？网络文学代表着文学的未来？或者说，网络文学之路，是不是可以给纯文学突围提供某种程度的借鉴和启示？

无论怎么问，其实质都是一种：我们在变相地承认，要解决传统文学所面临的困境和所直面的挑战，我们必须要"向网络文学看齐"。网络评论家庄庸提出，第一，研究传统文学生产机制。第二，洞悉网络文学新生产机制。第三，找出其中可以互相补充、同融共生的路径。现在问题的关键是，我们并没有掌握网络文学的核心生产机制。所以，如何能够知道它与传统文学生产机制的区别，并了解两者之间的差异，互相补充，同融共融成为2012年网络文学发展核心的关键。

（摘自《工人日报》）

雷雨

这部剧作在两个场景、剧中情节发展不到二十四小时内，集中展开了周鲁两家三十年的恩怨情仇。

三十年前，无锡周公馆的大少爷周朴园看上了女佣梅妈的女儿侍萍，并使她生了两个儿子。第二个儿子生下来才三天，周朴园为了赶着和一个有钱有门第的小姐结婚，将侍萍赶了出去，随她一同走的还有刚出生、病得奄奄一息的孩子。侍萍走投无路，跳河自杀，却又被人救起。从此，她流落他乡，辗转坎坷，最后带着儿子嫁给鲁贵，生下女儿四凤，儿子取名鲁大海。

三十年后，周鲁两家先后搬到北方某城中。侍萍在外地做工，鲁贵在周家做总管，后来把女儿四凤也介绍到周公馆做女佣，鲁大海在周朴园的矿上当矿工。

周朴园那个有钱有门第的太太死后，又娶蘩漪为妻，并生儿子周冲。他的长子周萍就是侍萍所生的第一个孩子，他只比继母蘩漪小六七岁。

接受过新式教育的蘩漪嫁给冷酷、专横、自私的周朴园后，精神极度压抑。病态的，她爱上了软弱的周萍，他们的幽会和疯狂的情感被佣人鲁贵发现了。这之后，由于惧怕父亲，也由于，已厌倦了与继母的这段不正常的关系，周萍开始逃避，他与美丽单纯的四凤偷偷相好。这瞒不过蘩漪，她是将她与周萍的一段恋情视为这暗无天日的生活中唯一一棵救命稻草的，她怎肯放手!

蘩漪的儿子周冲是个单纯开朗的大男孩。这天他告诉母亲他喜欢四凤，想从自己的学费中分一半供四凤读书。这使蘩漪感到事情已到了非解决不可的地步了。

故事开始的时候，蘩漪正请了刚从外地回来的四凤的母亲来公馆，暗示她将四凤带走。一向要强的侍萍也不愿女儿给人帮佣，因此爽快地答应了。然而无意间她发现这周公馆的环境布置似曾相识。正当此时，周朴园进来了，他听出侍萍的无锡口音后，满怀追恋地向她打听当年那梅家姑娘的坟址，说想要替她修坟。当他终于明白眼前的老妇人就是他以为早死了的侍萍时，他一改念念在心、一往情深的语调，厉声质问：你来干什么?谁指使你来的?伤痛万分的侍萍则只能将这一切归之于命运。周朴园给侍萍开出一张五千元的支票，希望两家再不要有任何瓜葛，侍萍却拒绝了。她向周朴园提出的唯一要求是见一见她的儿子周萍。

鲁大海代表矿上的罢工工人来找周朴园谈判，周却使阴谋将罢工破坏，并把大海开除。大海痛斥周朴园的罪恶行径，周萍上去打了大海两耳光。看到自己的两个儿子骨肉相残，侍萍大放悲声。

周萍想离开家到矿上去，四凤要他把自己带走。侍萍坚决不让四凤与周萍在一起，然而四凤却哭着告诉母亲，她已怀了周萍的孩子。侍萍闻说如遭雷击。

正当侍萍准备自己承担罪孽，让四凤与周萍走时，蘩漪来了。她为了阻止周萍与四凤走，将所有的人唤来。周朴园以为三十年前的事已泄漏，遂当着众人的面告诉周萍，眼前的老妇人——四凤的母亲，就是他的亲生母亲。

受不了这么强烈的刺激，四凤跑出去触电自杀，周冲去拉她时也被电死。这时书房内一声枪响——周萍也开枪自杀了。

（选自《中国文学名著快读》）

二、作品研究

（一）曹禺前期戏剧的三种思想资源

曹禺在建构自己的前期戏剧时整合了基督教文化、中国道教思想、西方生命哲学等思想资源，由此形成了自己剧作独特的结构和思想意蕴。(1)基督教的终极追问意识和地狱——天堂、此岸——彼岸的宇宙图式既可以满足青年曹禺批判当时社会的愿望，又能为渴望在"天边外"生活的他提供一个诗意的想象空间。从《雷雨》到《北京人》，曹禺前期戏剧呈现了理想国（天堂）战胜闭锁的世界（地狱）的过程。这与基督教二元对立的宇宙图式、审判——拯救说有逻辑上的同构关系。(2)道家对超越礼教束缚、回归自然本性、追求感性生命之实现的"真人"的向往，使曹禺在中国有限的传统文化资源（儒、释、道）中必然偏爱道家。曹禺通过塑造具有"雷雨"性格的周繁漪，健壮、野性洋溢、生命力旺盛的"真人"仇虎和花金子以及作为人类始祖化身的"北京人"，寄寓了其对理想的未来人——"野人"、"真人"的憧憬。(3)尼采——奥尼尔——曹禺在精神上有相同之处：对感性生命的崇拜。正是在这种弘扬感性生命的哲学的"支援"下，曹禺完成了对传统道家思想的创造性改造：将一种倡导无为但崇拜自然的哲学与一种野性的、有为的、激情洋溢的哲学结合起来，由此形成的则是曹禺独特的精神背景。

（王晓华/文，摘自《新华文摘》2003年7期）

（二）曹禺戏剧研究新角度新观点综述

曹禺研究历来为许多文学史家的兴趣所在。进入新时期后，随着新观念、新方法的引进，研究者逐渐超越过去常用的一般社会学的模式，注重戏剧艺术和深层创作心理的开掘，建立了各种新的理论视角，从而使研究课题更新，范围扩展，成果大量涌现，活跃的学术争鸣态势也终于形成。我们可以参考有关曹禺研究的资料集和一些代表性的专著。如有的论者批评《雷雨》所表现的宿命论思想和神秘主义色彩；有的论者对《雷雨》的戏剧冲突有不同理解；再如关于陈白露和悲剧实质问题，《原野》是否是曹禺最失败的作品问题，怎样看待《原野》借鉴表现主义问题，如何认识《北京人》没有反映抗战现实和时代气氛不够强烈等，都曾经是曹禺研究中的热门话题。

这里不打算全面评述有关曹禺的研究状况，而着重介绍近年来曹禺研究领域里出现的新角度个新观点。这些观点不一定都有充足的学理性，有些可能还比较做作，但总有一些新的思考，可以引发更深入的探讨。更重要的，还是借此拓宽我们的学术视野，以求对曹禺及其《雷雨》有新的理解，并掌握话剧文学评论的基本理路。

1. 从基督教文化的影响来考察曹禺戏剧

这些年关注宗教与文学之联系的著作多了起来，是一个新的学术动向。宋剑华就从基督教文化影响的角度切入，写了一系列论文，试图建立一个用基督教文化来解释曹禺戏剧的框架。他指出，曹禺在创作《雷雨》时感到宇宙斗争的"残忍"和"冷酷"而深陷迷惘，于是"试图从宗教中去寻求大千世界的真谛"。首先，曹禺早期接受过基督教文化的启蒙教育，少年时代"翻阅圣经"，"经常跟从继母去法国人办的天主教堂观看善男信女们的礼拜日祷告"，大学时代"反复研究了《圣经》和《圣经》文学，而且迷上了巴赫创作的宗教音乐"。大学毕业后"曾去河北女子师范学院用英文讲授《圣经》文学"。这段潜移默化的影响，对于他的人生观、创作观的形成有相当作用。在这位论者看来，曹禺从事文学活动的动机是为了改恶从善，这正是基督教文化的影响。其次，从曹禺话剧创作模式来看，表现正义与邪恶的较量，是典型的社会道德剧：《雷雨》是"迷惘人生的罪与罚"，《日出》是"灵魂的毁灭与再生"，《原野》是讲"人与人的极爱与极恨的感情"，《北京人》是"原始野性的呼唤"。再次，从曹禺剧作的人物来看，他们都是上帝苦难的子民，可分为贪婪型如周朴园、淫乱型如蘩漪、仇恨型如仇虎、市侩型如鲁贵、使徒型如方达生、无辜者型如周冲，等等，论者认为这里也浸透着基督教的人文意识，其社会文化意义大于社会政治意义。不谋而合，曾广灿、许正林也撰文论述了《雷雨》的基督教意识，如"原罪情结"、"神秘性"及忏悔意识等等。他们指出"《雷雨》序幕让周朴园走进教堂，尾声让周朴园聆听《圣经》诵读，戏剧正文以回忆形式出现，就好像是周朴园深蕴内心的长长的忏悔祷文"。他们企图对序幕和尾声作出尽可能贴近宗教的新的解读。

《雷雨》等剧作中基督教的影响肯定是有的。上述这些研究确实提供了新的角度，也有所发现。但问题是如何将宗教的影响从作品中恰如其分地剥离出来，又尽可能还原其文学与宗教互动相生的状态，而不只是想办法搜寻例证去证明到处都有基督教的表现。难点可能也在这里。

2. 运用精神分析派的观点来研究曹禺的戏剧

按照精神分析派的观点，作者的无意识心理会以某种经过伪装的方式在其作品中流露出来。用弗洛伊德这种理论深掘作者无意识的论文，近十多年来很多见。这种理论方法的长处，是可能发现深层的创作心理模式或动力，从而超越地解析作家创作个性的形成。邹红的《"家"的梦魇——曹禺戏剧创作心理分析》就把曹禺的个人生活经历和情感体验与创作联系起来，并运用心理分析方法剖析曹禺笔下的人物，认为。"对于前期曹禺来说，'家'是一个无法挣脱的梦魇，一个外在的'心狱',而冲出'家'的桎梏,即出走,成为曹禺剧作一再重复的潜主题。不由自主地被关进'家'的牢笼,憎恶着这种半死不活的生活方式,却又不能选择别的生活方式,愈是挣扎,却发现陷得愈深,下定决心去追求光明,却得知自己早已注定只属于黑暗,这种'家'的梦魇,以及曹禺早年婚姻不幸造成的心底的压抑、苦闷,是他后来创作《北京人》和改编《家》的内驱力"。其中所说的"内驱力"的问题值得注意。还有研究者运用弗洛伊德的理论来解释周萍的心理,认为他对繁漪的爱欲里,有恋母情结的成分,母爱与性爱的双重欲望才是周萍勾引繁漪的真正动机;周萍最终放弃繁漪并非慑于周朴园的权威,而是出于是内心中"乱伦禁忌"所引起的自我罪责感。认为周萍是《雷雨》中最可悲的一个人物,母子乱伦的道德惩罚已经判决了他精神上的死刑,最终兄妹乱伦的禁忌则使他心理防线彻底崩溃,无法自我拯救而不得不走上绝境。他所承载的悲剧冲突具有人性的普遍意义,是心理分析的典型案例。

这一类研究方法与结论往往都是别开生面的,有些深度的心理分析确有新意。但试用这种方式的评论应注意分寸,防止离开审美的意味只顾一味地深掘探奇,结果难免钻了牛角尖。

3. 把比较文学视角引入曹禺研究

比较文学也是这些年的热门,一般而言,包括两个方面的开展。一是影响研究,即着重研究曹禺所受的外国戏剧影响。较有影响的论文如周音的《谈〈雷雨〉对索福克勒斯和莎士比亚戏剧的借鉴》,从创作目的、命运含义、结构安排等几个方面作了比较,肯定了曹禺的借鉴和独创。金延锋的《〈雷雨〉与〈群鬼〉》从反抗精神、戏剧结构、戏剧冲突、人物形象几个方面进行比较。认为曹禺借鉴了易卜生,创造出来的却是"具有中国特色的话剧"。刘珏的《论曹禺剧作和奥尼尔的戏剧艺术》探索了曹禺喜爱奥尼尔的原因,阐述了曹禺怎样吸收奥尼尔的戏剧技巧,认为是戏剧创新的浪潮把两位不同国籍的戏剧家联系起来了。奥尼尔成为美国现代戏剧的开创者,曹禺则成为中国戏剧的革新者、代表者。这是目前国内关于曹禺与奥尼尔最全面的论述。王文英的《曹禺与契诃夫的剧作》则是对曹禺借鉴契诃夫戏剧成功经验的专题研究成果,认为曹禺借鉴吸收契诃夫的经验有三点:一是"生活化的散文诗体结构";二是"细致入微地展示人物内心隐秘的经验";三是悲喜剧结合的新样式。并指出:"对契诃夫经验的吸收和融化使曹禺剧作的戏剧冲突趋向含蓄深沉,使曹禺笔下的戏剧人物的性格趋向丰富深邃,曹禺剧作在莎士比亚、易卜生一类大师影响下,形成的宏伟明丽的基本风格的基础上又融进了契诃夫诗一样幽远深沉的韵味。"

比较文学研究的另一个方面是运用比较的方法研究曹禺与同时代剧作家之间的关系,从而显示出曹禺的特色。这方面朱栋霖首开风气之先,其比较研究成果极为多样化:如《雷雨》与《打出幽灵塔》的比较,《日出》与《大饭店》的比较,《雷雨》与《群鬼》的比较,《原野》与《琼斯皇帝》的比较,《北京人》与《樱桃园》、《三姊妹》的比较,等等。此外,曹禺与陈白尘、老舍、郭沫若等同时代剧作家的比较也深入展开，可以说仁者见仁，智者见智，一批功底深厚而有特色的比较研究论文先后发表，使曹禺研究领域里充满生机。其中，韩日新的《三四十年代曹禺与夏衍剧作比较》值得一提，他把三四十年代北方和南方剧坛的两颗明星作了比较。提出新颖见解：第一，从作家与时代的关系来看，他把曹禺的剧作称为暮鼓，而把夏衍的剧作称为"晨钟"。前者强调长夜漫漫的压抑，而后者则表现了清晨的希望。第二，从人物塑造来看，曹禺熟悉的是北方公馆里的老爷、太太、少爷、丫环，而夏衍熟悉的是南方上海的市民阶层和知识分子。第三，曹禺和夏衍都是杰出的现实主义者。曹禺的个性是热情、深沉、精巧、机智，但又带点忧郁和被压抑的愤懑，给人的印象是勤奋老练，才华横溢而感情丰实。夏衍的个性是简朴、厚实、明朗、清爽，给人的印象是深沉而内向，坚强而丰实。

4. 关于传统文化对曹禺影响的研究

相对而言，这一方面的研究成果较少，却又是有待开掘的重要领域。董健就在他的《论中国传统文化对曹禺的影响》中探讨了曹禺研究中长期被忽视的与传统文化的深层联系。他认为："曹禺不仅从经史子集、古典文学、书面文体和古典戏曲研究中接受了大量传统文化的信息，而且他是在传统文化所濡染化成的生活氛围中长大的。"他指出曹禺所受传统文化影响包括仁学、民本思想，和而不同；托古求新的理性思维方式，作为人格修养和审美判断、价值要求的情、理统一观，以及中国古典诗集"情浮而文明，气盛而化神"的审美原则等，这些都从不同方面给曹禺戏剧创作以积极影响。焦尚志在《论曹禺剧作中虚化形象及其审美价值》中也提出：虚化形象的存在，是曹禺剧作的特征，它具有我国传统艺术写意抒情的美学意蕴。还有研究者注意到，曹禺的贵族出身以及对贵族生活的冥悟，不仅赋予了他表现大家族与士大夫文化的独具的才华，也促成了他与中外古典贵族艺术的深刻联系，以及他的作品中特有的典雅、精致的艺术个性；而且，更重要的是，这种出身与生活，滋养了他的文学创作在根底上的"贵族精神"，即不满足于"有限的平凡的存在"，而"要求无限的超越的发展"。传统文化对曹禺戏剧的内在规定性的影响，正日益受到研究者的关注，有可能形成一个新的研究生长点。

5. 从接受美学和其他不同的层面研究曹禺

值得注意的是孔庆东的《从＜雷雨＞演出史看＜雷雨＞》。他所选择的研究视点是接受美学，承认艺术作品的本质是"建立在从它不断与大众对话产生的效果上"。因此，孔庆东从1935年4月《雷雨》在东京首次演出到1989年北京人。艺第四次排演《雷雨》这五十多年演出史中"架设了十几处观测点"，考察了在不同的历史时期《雷雨》演出时与导演、演员对它的不同理解、不同的处理，勾勒了以导演、演员、观众为主体的《雷雨》接受史，向人们展示了《雷雨》强大的艺术生命力。钱理群的专著《大小舞台之间——曹禺戏剧新论》是多年来曹禺研究方面最有学术个性的论作。该书的特点是知人论世，思想史的色彩很浓，而且极留心作品的生产与消费过程，把曹禺剧作放在更广阔的接受背景（演出过程和研究过程）中去研究，从而新见迭出，打开了新思路。王卫平则从接受过程中常出现的"误读"现象切人对曹禺的三部戏剧进行研究。他指出曹禺创作《雷雨》的本意与观众接受意的背离："曹禺原本要表现的是整个宇宙的残忍和冷酷，所有的人都难以摆脱痛苦和不幸，而观众却觉得《雷雨》是暴露大家庭的罪恶，是反封建；曹禺在《雷雨》中探讨的是自然中人的命运，人的悲剧，观众却认为《，雷雨》象征了资产阶级的崩溃，说明了资产阶级不会有好的命运。"此外，李标晶的《曹禺的戏剧理论初探》概括了曹禺戏剧理论与现实生活及民众审美的心理需求的内在关系。这方面的研究加强了曹禺研究的理论色彩，显示了曹禺研究的深入发展。

（摘自温儒敏、赵祖漠主编《中国现当代文学专题研究》）